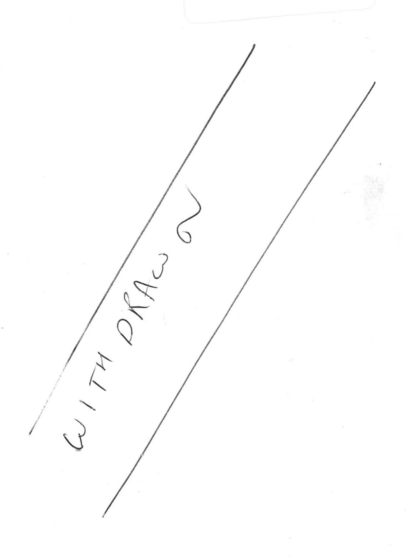

WITHDRAWN

Mariano García Torres

Se van muriendo las rosas

Mariano García Torres

Se van muriendo las rosas

algaida

Diseño de colección:
Paniagua & Calleja

Ilustración sobrecubierta:
Adriana Santos

© Mariano García Torres 2000
© Algaida Editores, 2000
Avda. San Francisco Javier 22
41018 Sevilla
Teléfono 95 465 23 11. Telefax 95 465 62 54
e-mail: algaida@algaida.es
ISBN: 84-8433-011-7
Depósito legal: M-43.109-2000
Impresión: Huertas A.G. (Madrid)

Nota preliminar

Es un acto de justicia que el autor exprese su reconocimiento a aquellas personas que, de una u otra forma, hayan podido colaborar en la elaboración de su obra. En este caso, como nadie directa y explícitamente ha tenido ocasión de contribuir con su aportación a ella, agradezco a los lectores su interés ya que, en definitiva, para un escritor son sus más ineludibles deudos. No obstante, quiero dedicar este libro a mi madre; pues su lúcida, rica, y anciana perspectiva y trayectoria vital me ha facilitado la recreación de momentos puntuales en la cronología ambiental de buena parte de este siglo. Brindo también la obra a Vicente Currá Currá, sencillamente, porque tiene un alma pura, ¡que no es poco! Sin olvidarme —sería un rasgo de ingratitud— de reiterar mi homenaje al extinto e ilustre Miguel Ángel Asturias, amigo e ineludible maestro.

Es necesario jerarquizar que la trama de este libro responde a una completa historia de ficción. La llamada «ciudad de Montorga» aun cuando esté inspirada en una hermosa ciudad leonesa fácilmente identificable, asimismo está animada como una ciudad ficticia. En ningún caso he pretendido tomar por asalto la buena o mala intención de sus gentes, a quienes ni siquiera he tenido el gusto de tratar en profundidad.

Sin embargo, en el capítulo en que se hace referencia a don Cristino Martos y Balbi y a su relación sentimental con una tal Elisa, debo matizar que tengo constancia de que esa relación existió realmente y que, en efecto, Elisa era el nombre de su amante.

De igual modo, al aludir a personajes como Leonard Bernstein, Schwarzenegger, Nureyev, Truman Capote, Antony Perkins, Andy Warhol, Fassbinder o Passolini el autor sabe lo que está diciendo. En definitiva, a ningún personaje real de los que aparecen en las páginas de la obra se le ha otorgado una fisonomía distinta a aquella que corresponde a su propia fisonomía. Jamás este autor aventuraría un juicio temerario.

Señalar también que aquellas sucintas parcelas históricas o circunstanciales que figuran en letra cursiva carecen por completo de mayor protagonismo en la novela que el meramente ilustrativo para su ambientación y soporte. En ningún caso incluyen tampoco tendencia ideológica alguna, salvo la que pueda acompañar a cualquiera de sus personajes.

Únicamente me resta añadir que imploro la indulgencia de los lectores hacia la perversidad que zigzaguea en el hálito de ciertas almas con quienes irán estableciendo contacto si deciden perseverar en la lectura de esta obra. Créanme, sólo son víctimas de la fragilidad humana.

Mariano García Torres

Compendio de personajes:

DON FABRICIO Y DOÑA VICTORIA: matrimonio que inaugura la dinastía.

VICTORITA: hija mayor de don Fabricio y doña Victoria.

DON SEVERO MONTEMAYOR: hijo de don Fabricio y de doña Victoria.

JESUSA: niñera de Victorita y de Severo.

DOÑA BEATRIZ: primera esposa de don Severo.

MARÍA DOLORES: hija de don Severo y de doña Beatriz

CRISTINA CAMPOGRANDE: segunda esposa de don Severo.

TERESA: hija de don Severo y de doña Cristina.

DOÑA CARLOTA ALTAMIRANO: tercera esposa de don Severo.

DON MÁXIMO MONTEMAYOR: hijo de don Severo y de doña Carlota.

FILOMENA: criada de los Montemayor, al servicio del piso de la calle Padilla.

DOÑA ELISA BUSTAMANTE: primera esposa de don Máximo

MONTSERRAT: sobrina de doña Carlota, amante de don Máximo.

RAFAELA: amante de don Máximo.

ULPIANA: amante de don Máximo.

MARÍA MERCEDES: hija de don Severo y de doña Carlota.

DOÑA CASIMIRA: hija de don Severo y de doña Carlota.

JACINTA: doncella, favorita de doña Casimira.

CATALINA y CASILDA: hijas gemelas de don Severo y de doña Carlota.

DON ELOY (DEL) CASTILLO: esposo de doña Casimira.

BENITA CASTILLO: madre de don Eloy.

GERMÁN: mayoral de la dehesa, supuesto padre de don Eloy.

FÉLIX: hijo de doña Casimira y de don Eloy.

FEDERICA: hija de doña Casimira y de don Eloy.

FERNANDA: hija de doña Casimira y de don Eloy.

DOÑA FELISA: hija de doña Casimira y de don Eloy.

DON ROQUE: esposo de doña Felisa.

ROBERTO y ROQUE: hijos de doña Felisa y de don Roque.

DOÑA FE: hija de doña Casimira y de don Eloy.

RAMÓN: compañero de doña Fe.

DON FERMÍN: hijo de doña Casimira y de don Eloy.

DOÑA ESMERALDA: esposa de don Fermín.

GENOVEVA: hermana de doña Esmeralda.

«FEMI»: Casimira Esmeralda Fe: hija de doña Esmeralda y de don Fermín.

FELICIDAD: hija de doña Casimira y de don Eloy.

VIKTOR HALGRIMSSON: primer esposo de Felicidad.

VÍCTOR BIANCALANI: segundo esposo de Felicidad.

HORTENSIA y ANSELMO: guardas de Villa Casimira.

MARKUS OCTAVIO: «TOBÍAS»: hijo de Felicidad y de Viktor Halgrimsson.

PRIMERA PARTE
EL CASERÓN DE LOS MONTEMAYOR

Nos hemos ido yendo…
CAPÍTULO PRIMERO

I

En España, nacía el año de gracia de 1824, hijo de la oscuridad y huérfano de grandeza. Nacía con el raquitismo adherido a sus genes, delfín de un imperio menguante y ensangrentado, y de un absolutismo renacido, tras la reinstaurada autoridad de don Fernando VII *y, más concretamente, de su valido, Francisco Tadeo Calomarde. Una perplejidad desencantada asomaba al rostro de muchos españoles que, tras las Cortes de Cádiz, habían soñado con una patria constitucional y progresista, y que habían clausurado sus sueños tras la contundente realidad del ajusticiamiento de Riego —si es que esa palabra es la justa, algunos dirían* ejecución *o* asesinato—. *Así surcaba su recorrido el año de gracia de 1824 que, para colmo de desmanes proletarios, vio decretado el estanco del bacalao —como el tabaco y la sal—, hecho que incluía el consecuente incremento de precio en favor de los oportunos y absolutistas impuestos.*

Finalizaba tan poco agraciado año cuando, el 28 de diciembre, día de Inocentes, en el señorial caserón de los Montemayor de la no menos hidalga ciudad leonesa

15

de Montorga, todo era júbilo y nadie recordaba al imperio sangrante y malversado, el precio del bacalao, y mucho menos aún, la muerte de Riego y el absolutismo renacido: en la alcoba principal del caserón —rodeada de damascos, dos cirujanos y cuatro comadronas— doña Victoria Castellanos daba a luz felizmente al primer vástago varón de su matrimonio. Siete años antes había nacido su única hija hasta entonces; se llamaba Victoria, como ella. Durante el tiempo intermedio, a pesar de intentarlo, según la Santa Madre Iglesia manda, y como su esposo ambicionaba, la pobre doña Victoria no había conseguido nueva descendencia, sino dos ingratos e inútiles abortos.

De modo que todo era regocijo en casa de don Fabricio Montemayor por esas fechas, salvo para Victorita, que languidecía un poco olvidada por distintos rincones del caserón, sin tener conciencia muy precisa de los acontecimientos, ni entender demasiado bien qué falta le hacía a ella aquel hermanito que le iban a regalar recién llegado a horcajadas sobre una cigüeña, cuando lo más adecuado para la cigüeña era chapotear por las lagunas de lugares remotos, donde no hiciera tanto frío como estaba haciendo en Montorga, y lo más adecuado para ella era seguir reinando en solitario sobre el corazón —que empezaba a bifurcarse— de sus padres. Pero en medio de tanto alboroto nadie reparaba en sus recelos. El día antes de Reyes, desafiando a un viento maligno como el resuello de las furias, el niño fue bautizado. Se llamó don Severo.

Nació Severo con el *don* incorporado, porque era algo inherente a la casa y a la estirpe. Desde hacía generaciones todos los Montemayor habían nacido con dicho título —tampoco tenían otro— aunque varios de ellos lo hubiesen arrastrado por todas las cloacas y lupanares a lo largo de sus vidas disolutas. Cierto es también que en el ancestro familiar menudearon altos clérigos, muy dignas abadesas y algún que otro preclaro hombre de estado. Nadie en la muy ilustre ciudad de Montorga se atrevía, frente a frente, a equipararse a los Montemayor, no tanto por cuestión de abolengo, como de dinero; pues en los mentideros locales —que acostumbraban a estar situados en los gabinetes y salones de sus competidores más próximos— solía decirse que los Montemayor no eran ni siquiera cristianos viejos, y que hasta hacía escaso tiempo habían ejercido la usura del modo más abyecto y lucrativo, y que de tan vil actividad les venía buena parte de su envidiable y envidiado patrimonio.

Montorga se estremecía de frío iniciando el año 1825, cuando doña Victoria, transcurridos los cuarenta días de precepto, esperaba a la puerta de la catedral, con su hijo Severo en brazos, a que el señor obispo saliera a purificarla para poder acceder al templo, como todo buen cristiano, rico o pobre, debía hacer. El obispo, mientras ejecutaba los ritos purificadores y rezaba oraciones —que eran como la lejía del alma—, miraba a doña Victoria con su mirada de obispo, cargada siempre de sacra y soberbia solemnidad. Doña Victoria mantenía la mirada de su ilustrísima con idéntica soberbia. Sabía que esa misma mañana, él y dos canónigos favoritos del prelado, tomarían chocolate y picatoste a su mesa, y se reirían todos juntos a propósito de algún chiste graciosísimo y algo sazonado sobre algún pobre cura de aldea.

Había cumplido Severito tan sólo dos años de existencia en este valle de lágrimas, cuando su madre pasó a mejor vida mientras se esforzaba en darles un nuevo hermanito, quién también pasó a mejor vida junto a su madre. Ya estaba muerto, cuando una de las comadronas le dio el agua de socorro en un esfuerzo, quizá tardío, de liberarlo para siempre del Limbo de los Niños, que era como enjaularlo en la nada por los siglos de los siglos. No había sido la maternidad el mejor atributo de doña Victoria en su escuálido destino.

Severo iba a criarse huérfano de madre —pues su padre declinó el riesgo de darles a él y a Victorita una madre putativa—, único hijo varón, y con todo el mimo y los caprichos casi en exclusiva para él, y al alcance de su mano malcriada.

Correteó su primera infancia por los adoquines de Montorga y bajo el ojo siempre avizor de Jesusa, una estricta y almidonada niñera venida de León, que no aceptaba coqueteos de soldados, ni siquiera de cabos o sargentos ya que, siendo casi una adolescente, en la ciudad de don Guzmán el Bueno, sus ojos diáfanos y neófitos en amores se habían detenido en los de un soldado veterano, y después los había cerrado, y cuando de nuevo volvió a abrirlos, el soldado ya había volado hacia su tierra turolense liberado de uniformes, de guardias y de amores cuartelarios. A ella como frutos sólo, le quedó el recuerdo rencoroso, y un retoño berreante, que inmediatamente fue olvidado en el torno del hospicio. Después, adquirió como pudo cartas portadoras de buenas referencias y abandonó León, sin pena en la memoria, para ejercer su oficio donde nadie la señalara por la calle con el dedo, apodándola *la Jesusa,* que era poco menos que llamarla puta. Así llegó a Montorga. La providencia le brindó la suerte excepcional de entrar al servicio en casa de los Montemayor, donde ninguna madre y señora iba a ordenarla, y donde también servía una vieja cocinera de su aldea natal, a cuyas instancias iba a ser admitida. Y como la naturaleza, antes que de prudencia, la había dotado de una hermosura lozana y encendida, por las noches, tras hacer repetir con ella una plegaria de texto atropellado e incomprendido a Victorita y a Severo, y cuando los ojos de los niños se abatían por el sueño, ella, a hurtadillas del resto del servicio, caldeaba con su fuego la cama y la libido del encomiable viudo don Fabricio —que no quería darles madrastra a sus hijos— acariciando quién sabe qué remotas y fracasadas esperanzas.

Reptó a través del tiempo una España anquilosada y menguante. Y fue por entonces, cuando muchos de sus vástagos imperiales empezaron a llamar a España «madre patria». Aunque, quizá, dentro de sus pechos, más que madre, la hubieran sentido madrastra. Volvió a recordarse la muerte de Riego en la muerte ignominiosa de El Empecinado y, más tarde, en la de doña Mariana Pineda; que era mujer, y era doña pero, al parecer, los jerarcas no discriminaban demasiado a las mujeres en ciertos aspectos, y, desde luego, no eran muy amantes del bordado de banderas libertarias. Así, fue pasando el tiempo, tiempo de tempestad en el corazón de muchos españoles.

Contaba Severito ocho años y medio, cuando el día 29 de septiembre de 1833, en el caserón montorgano de los Montemayor, donde habían alcanzado escasa relevancia la muerte de El Empecinado o de Mariana Pineda, se cerraron puertas, ventanas y contraventanas, y nadie vio la luz del día, ni se encendió fuego en el hogar, porque don Fernando VII había muerto, y a lo largo de generaciones cuando moría un rey de España, los Montemayor acostumbraban a llorarlo con una pena indolora que depositaba en el alma, más que duelo, una inquietud imprecisa; como preguntándose: ¿qué tal lo hará el que entra?

Inmediatamente empezaba la regencia de su desconsolada viuda, doña María Cristina, que pronto encontraría consuelo en los brazos plebeyos pero fuertes del guardia de Corps Fernando Muñoz, con quien contraería un secreto y morganático matrimonio. Así se estrenó 1834.

Meses más tarde —concretamente, el día 17 de julio, cuando Severito contaba nueve años y medio—, en Madrid el pueblo se ocupaba, ensañado, en saquear conventos y en matar frailes bajo la sospecha o el pretexto de estar envenenando el agua de las fuentes. Fueron más de cien los religiosos muertos a manos de los iracundos y consternados vecinos en el curso de ese día, mientras muchos de ellos perdían el aliento y la vida entre vómitos negruzcos, imputando a los monjes una felonía de la que eran inocentes: el cólera morbo, que serpenteaba por Europa, y que durante un año merodeó por los puertos peninsulares, había alcanzado a la Villa y Corte.

Y cuando, pasada aquella tumultuosa jornada de locura, ya todo el mundo en el país había cobrado conciencia de que «la peste azul» se cernía, como una guadaña funeraria, sobre las cabezas del pueblo, don Fabricio, como medida preventiva, ordenó que sus hijos, en tanto el cólera durase, no salieran de casa para nada. Así terminaron para Severo sus correteos callejeros y así estrenaba un episodio de su vida que destituía para siempre el capítulo de su primera infancia. Un chantre de la catedral acudía diariamente a casa de don Fabricio, para iniciar en latín y en otras disciplinas al pequeño, y para admirar en sigilo la nieve grácil de las manos de Victorita deslizarse sobre el marfil de las teclas de un piano, achacoso de vejez, pero bien sonante a la caricia de aquellas manos que él nunca podría besar —como ella besaba las suyas—, ni tan siquiera, acariciar.

Victorita, creció herida por una languidez, que nunca la había abandonado desde el nacimiento de su hermano, y que se le tornó crónica en el alma y anónima de motivos; pues había olvidado aquel momento de soledad vivido entre el abandono de cualquier rincón, mientras Severito inauguraba la vida en manos de una comadrona, y ella se resistía a compartir con él el reinado del cariño paterno. Sin embargo, aunque dormido el rencor en el seno del olvido, nunca llegó a ofrendar a Severo más que cierta tolerancia fraternal, pero completamente excluida del más liviano afecto.

Remitió la peste azul cuando buenamente quiso, cansada tal vez de sembrar muertes y desolación y escondiendo sus gérmenes para el instante en que decidiera enfurecerse nuevamente y empezar a cercenar vidas. Más de medio millón de personas sufrieron su zarpazo en España, y más de cien mil víctimas mortales se habían rendido a sus garras durante los dos años que duró. Se inauguraba la primavera de 1836 cuando, tras tanto tiempo de encierro, Victorita pudo volver a misa mayor en la catedral arrastrando su languidez crónica, y acompañada por Jesusa, quién había consolidado su puesto ya impreciso —entre niñera, ama de llaves, y de ambigua compañía— en el hogar huérfano de dueña de los Montemayor. Cierta solemnidad se le había adherido al alma, tras los años que llevaba ejerciendo sus heterogéneas prestaciones en la casa, y cierto rictus entre amargo, resignado y decepcionado pendía de su semblante. Quizá al haber comprendido que su ascenso en la jerarquía doméstica nunca iba a ir mucho más lejos de donde había llegado.

Culminaba septiembre, de ese mismo año 36, saludando a un otoño límpido pero mate, el día que don Fabricio Montemayor entregó la mano estilizada y casi transparente de su hija a un rico mayorazgo lucense, propietario de un pazo y de un apellido que nadie se habría atrevido a cuestionar, como se cuestionaba el suyo. Del mayorazgo, lo que no puede decirse es que hiciera buena pareja con la dama. Ella tenía diecinueve enclaustrados años; era alta, esbelta, con su mirada herida de incurable lasitud y sus modales a punto del desmayo, que amenazaba siempre en toda la cadencia y en cada movimiento de su cuerpo delicado. Él, por el contrario, era más bien bajo, pero compacto, encaramado en la treintena; su tez rebosaba de un sanísimo y nada aristocrático color sonrosado muy subido —casi escandaloso—, que recordaba más a la intemperie soleada y al buen vino tinto castellanos, que a la atmósfera umbría de un pazo de Galicia. Durante la boda, el chantre, que tantas veces se había extasiado y ruborizado mirando las manos de la novia, elevó como nunca su canto al Cielo, invirtiendo su sacra renuncia en un no menos sacro caudal de misticismo y beatitud. Severito, que nunca se había sentido desolado por la falta de afecto fraterno, y que a los once años era alumno interno en un reputado colegio de León, obtuvo permiso para acudir a la boda de su hermana, durante la cual se atracó de dulces y se consoló magníficamente de la pronta ausencia de Victorita de la casa paterna cobijando en su mente púber, donde ya empezaban a crear sarpullidos los estragos de la libido, la ilusión de que en vacaciones, la hermosota

Jesusa no tendría que acompañarla a ninguna parte y, así, él podría fisgonear dentro de su escote cuanto y cuando quisiera, e incluso podría sobar sus muslos como quien no quiere la cosa, sin correr el riesgo de que la remilgada de su hermana corriera a contárselo al padre, como siempre había hecho cada vez que observaba en su conducta un acto reprobable, y con especial deleite si ese acto iba seguido de un castigo, aunque nunca, eso es cierto, habían sido demasiado rigurosos castigándolo. Así pues, transcurridos dos días tras la conclusión del festín de los esponsales, Severito vio partir a su hermana con el semblante más lánguido que nunca y los ojos anegados en lágrimas, sin querer arrancar la mirada del rostro algo macilento de su idolatrado padre. En tanto, el niño la miraba irse con cara festiva, como quien ve alejarse un nublado que durante mucho tiempo ha permanecido interpuesto entre el sol y la vida, oscureciendo un poco el alma. Ninguno de los dos volvería a ver viva a Victorita.

Doña Victoria de Marquina tomó posesión del verdín de su pazo severo y brumoso, y su languidez, ya incurable, se misturó con la morriña endémica de la tierra, y su alma empezó a corroerse, fulminante, de un cardenillo venenoso, que en tan sólo seis meses la llevó a la tumba. Victorita Montemayor moría de tisis, en el mes de marzo, sin haber alcanzado la caricia húmeda y tibia de la primavera gallega, y sin tiempo para dar descendencia al mayorazgo.

Lamentó mucho don Fabricio la muerte de su hija —quién, a su juicio, nunca había estado completamente viva—, pero se consoló bastante pensando que, de morirse, lo había hecho en el momento oportuno; pues no tendría que beneficiar a ningún yerno, ni a ningún descendiente de éste, con el cuantioso incremento de caudal que por aquellos días su fortuna estaba inaugurando.

Tiempo atrás, Mendizábal, o Juan Álvarez Méndez —que ese era su nombre—, masón y plenipotenciario del gobierno, había decretado la venta en pública subasta de los bienes del clero, que alcanzaban el equivalente a los bienes del Estado. Naturalmente el clero intentó defenderse lanzando bula de excomunión contra sus compradores y los descendientes de éstos, lo cual redundó en un abaratamiento considerable de dichas propiedades.

Don Fabricio Montemayor, siguiendo las pautas de conducta arraigadas en su estirpe —siempre de tapadillo, mediante aparceros o testaferros— había adquirido en esos días cuantiosas extensiones de terreno de los cuatro millones de hectáreas puestas a la venta. Así, don Fabricio, vio casi duplicado su patrimonio, pero con tanta limpieza y secreto que ningún miembro del clero —para quien corrían malos tiempos—, ni el propio señor obispo de Montorga dejó de frecuentar el chocolate con picatoste de su mesa. Es evidente que don Fabricio había ordenado adquirir la sacrílega compra de las sacras heredades a una prudencial distancia de Montorga.

De modo que, tras el sepelio de su muy querida hija, don Fabricio Montemayor acarició con su mirada embelesada la cabeza de su vástago bienamado y se consoló de inmediato pensando: «Hijo mío, únicamente tú serás el rey de esta casa. ¡Qué digo de esta casa, el rey de Montorga, el rey de todo el viejo reino de León! Te lo augura tu padre».

Siguieron pasando años y acontecimientos, a los que las gentes acabaron por acostumbrarse; porque en

la vida, si uno no naufraga, a casi todo se acostumbra.
Cayó en desgracia el absolutismo, las guerras carlistas
infectaban el país, la regencia también se desmoronó,
precipitándose sobre las duras manos de Espartero. Y
durante esa época, por cambiar, cambió hasta la moda:
los caballeros hubieron de arrinconar casacas y som-
breros de tres picos, vistiéndose con frac y sombrero de
copa; y las damas debieron adquirir muchas más varas
de telas y encajes, y las costureras dar infinidad de
puntadas más en la confección de las amplísimas fal-
das de ajustado talle que por entonces empezaron a
hacer furor; naturalmente esta moda sólo alcanzó a las
clases pudientes. Por el contrario, los menos afortuna-
dos empezaron a vestir como bien podían, olvidando en
el arcón del recuerdo los viejos tiempos de complicados
y laboriosos trajes regionales.

Severito, ya adolescente, había decidido hacerse
boticario; no tanto por la vocación de machacar mixturas curativas en un almirez de la rebotica, cuanto por la
rebotica en sí, que por entonces solía ser epicentro de
animadas tertulias donde se discutían temas de café o
de algunos salones, casi siempre, progresistas y algo
libertinos.

Corrían los días navideños de 1843. España estrenaba el infantil reinado de Isabel II —mayor de edad a
los trece años—. Don Severo, quien ya era estudiante de
farmacia, pasaba vacaciones de navidad en Montorga.
Había llegado a su casa procedente de la Villa y Corte,
seductor como la luna llena y apuesto como un torero en
una tarde de gloria. Don Fabricio miraba con beatitud a
su hijo desde la profundidad renegrida de sus ojeras
galopantes, empapadas en la sombra monacal de su caserón lóbrego de viudez y de sórdida avaricia, arrullada

clandestinamente en los brazos campesinos y ya algo flácidos de Jesusa, la doméstica que había perdido su papel entre los viejos muros de la casa. Para don Fabricio, la única ventana que aportaba oxígeno a su alma, era la presencia vacacional de su amado heredero Severito; en ese aspecto sí era generoso. Por su parte, Jesusa, también miraba a don Severo —pues para ella ya era *don*— con la perplejidad dibujada en sus facciones de desdibujada belleza rústica, intentando recordar si realmente aquel gallardo caballero era realmente el mismo a quien ella le había lavado el culo tantas veces, y quien, en sus años de incipiente adolescencia, había intentado, furtivo, robarle el tacto de su anatomía, quizá para ir aprendiendo a sondear los pecados de la carne. Tales recuerdos pusieron un tinte de grana en sus mejillas, que ya iban perdiendo la antigua y hermosa lozanía, y sus párpados se entrecerraron acariciando la sensación de un tierno recuerdo fracasado hacía mucho tiempo, cuando un soldado turolense había regresado a su tierra, olvidando en su seno y en su alma una semilla, cuyo fruto nunca llegó a recoger. No fue insensible don Severo a la melancólica y arrobada mirada de su ex niñera, quien le había encendido en los albores de su infancia un fuego de deseo insatisfecho, del que aún guardaba cierto rescoldo en el alma, como una cuenta pendiente. Así, el veintiocho de diciembre, día de Inocentes y de su decimonono cumpleaños, sustrajo a la ex niñera de los brazos de su padre y la llevó a su lecho exultante de juventud y de vigor. En él humilló a Jesusa en los lances amatorios más abyectos, y cuando hubo culminado el clímax, la invitó a retirarse sin ninguna ceremonia y entre poderosas carcajadas, que laceraron el alma de la ex niñera con idéntico desgarro humillante que había experimentado tras la partida de

León del soldado turolense. En tanto esto ocurría, don Fabricio, agonizaba de un ataque fulminante al corazón en su cama rodeada de damascos, donde antes había agonizado su amada esposa Victoria junto al último hijo de su matrimonio que la había acompañado en la muerte. don Fabricio vio triunfar a la agonía, sin tener siquiera al lado el calor campesino de Jesusa y sin restos de resuello para poder pedir auxilio.

Esos fueron los antecedentes de la familia Montemayor, que alcanzaron —muy difusos y menguados— a sus sucesores, tan sólo a través del recuerdo raquítico y adulterado de Jesusa, una vieja doméstica quien, corroída de vejez, encontró la muerte muchos años más tarde en el señorial caserón de los Montemayor, a quienes murió maldiciendo, y donde, desde hacía largo tiempo, casi formaba parte del mobiliario de la casa.

II

La mañana de junio exhalaba bocanadas de fuego, cuando doña Fe del Castillo Montemayor paseó su mirada difusa de vejez por el horizonte de las calles Padilla y Claudio Coello. En sus mutados aledaños sobrevivía el inmueble que la había albergado durante más de setenta años. No recordaba con precisión cuántos, porque tampoco quería hacer inventario del tiempo exacto que abarcaba la mayor parte de su vida; desde que, estrenando juventud, había llegado, recién salida de un internado de provincias, a la planta principal de dicho inmueble con dos baúles de equipaje, el alma intacta, y un arcano mundo repleto de futuro esperándola en aquel piso, junto a la leal Filomena; que lo mantenía vivo desde los viejos tiempos de excesos y grandeza falaz con que su tío, don Máximo Montemayor, había inaugurado la ruina de su sino, buscando una grandeza que no supo administrar. ¡Cuánta memoria arruinada tiñendo de luto estéril el recuerdo!, como los propios lutos que acompañaron su infancia y juventud, lo mismo que paréntesis en el discurrir del tiempo de su vida.

Doña Fe, anegada por esas desordenadas remembranzas, subió al taxi que la aguardaba para iniciar el retorno definitivo a su punto de partida en el hogar, ya desierto, donde sus ojos vieron la primera luz, y su alma albergó y retuvo las primeras caricias del recuerdo. Retornaba al lugar de sus orígenes sin los dos baúles que habían acompañado su llegada, porque hay que aligerar el equipaje cuando se camina hacia las postrimerías. En cambio, sí la acompañaban algunas plantas —casi únicas compañeras de sus últimos años de vejez— a las que había mimado con especial celo; porque la ternura, por liviana que sea, es inherente a la vida. Asimismo viajaba a su lado la vieja cotorra que le había regalado precisamente Filomena el primer cumpleaños que ella pasó en Madrid. Más de setenta años habían cohabitado doña Fe y la cotorra compartiendo el discurrir de tantos y tantos avatares acaecidos durante ese tiempo. Y, entonces, en el interior del taxi, que rodaba en busca de la periferia, el viejo pajarraco de pico tortuoso y violentos colores graznaba de tanto en tanto dentro de su vieja jaula *art déco*. El pájaro y la anciana se miraban sin pasión; como esas parejas, ni bien ni mal avenidas, que tras haber compartido la vida, ya no tienen apenas nada que decirse, porque todo se sobreentiende en el cristal de sus miradas. El loro, emitía su graznido desganado, y la única palabra que había aprendido a pronunciar: «Rrrramón», y ella le dedicaba su sonrisa honda y hueca con idéntica apatía y cariñosa indiferencia. Doña Fe perdió su mirada sin fondo en el campo, que por fin ya habían alcanzado. Miraba ávida, y a la vez, distraída; quizá intentando aprehender los fugaces jirones de paisaje que el taxi, veloz, dejaba inmediatamente atrás, y que ella era consciente de que ya nunca volvería a recorrer. Como retazos de vida que, en el recuerdo, resultan efímeros y han dejado una huella vertiginosa e imprecisa. Sin embargo, lo cierto es que no veía nada, pues miraba hacia dentro, hacia la perspectiva difusa y enmarañada que se desgranaba en su mente, depositaria de más de ciento cincuenta años de la existencia de su estirpe, buena parte de ella ya recorrida y en reposo, del mismo modo que ella recorría la mañana transparente buscando idéntico sosiego. Alzó uno de los pliegues, que alguna vez fueron cejas, y siguió contemplando el vacío borroso que sus ojos seniles le brindaban. Evocaba los tiempos iniciales, que ella no había vivido, y que sólo conocía a través de sus tías Catalina y Casilda, gemelas idénticas, a quienes familiarmente —y acaso con un sutil matiz de burla, tampoco exento de cariño— se las llamó siempre las *Ca-Ca*. Catalina y Casilda habían nacido y habían muerto, nonagenarias, con veinte minutos de diferencia; respetando, en la hora suprema, y apurándole a la muerte, la menor de ambas, esa escasa diferencia de tiempo que las separaba. Durante toda su existencia, Casilda recorrió invariablemente los mismos pasos que daba Catalina —quedándose un poco detrás de ella, pues no en balde era la menor— y repetía como papagayo parlante las últimas frases que su hermana pronunciaba, como intentando reforzarlas con su aquiescencia. La misión de las Ca-Ca en la vida se redujo a no vivir una vida propia, y a portar el testigo de la memoria familiar que, en cierto modo, tras su muerte, doña Fe había heredado. Así, ella meditaba, a través del legado de las Ca-Ca, en la época cuando su abuelo materno, don Severo Montemayor, a finales del siglo pasado, decidió invertir un poco de su cuantioso caudal en ilusión paternal —especialmente en la que prodigaba a Máximo, único hijo varón nacido de sus tres matrimonios—, comprando el piso de la recién abierta calle Padilla, para que él estudiara y frecuentara los salones más selectos, y sus hijas aprendieran a ser auténticas damas, y no ridículas señoritas de provincias, como tantas otras. La anciana sonrió a su recuerdo con cierta picardía, no exenta de perfidia, a través de la mañana que se deslizaba frente a ella veloz y difusa: no había hecho una buena inversión afectiva su abuelo, don Severo, en la persona disparatada de su hijo; en cuanto a las hijas, tampoco estaba muy segura de que hubieran sido —según la ortodoxia— auténticas damas, incluida su propia madre. En el futuro, con toda probabilidad, ya nadie aprendería nada en aquel piso de la calle Padilla; ella acababa de cerrarlo, acaso para siempre, mientras una inmobiliaria amenazaba con persuadir a los pocos vecinos que quedaban en el inmueble para derribarlo y construir en su solar uno de esos edificios modernos de alto potencial especulativo, repleto de diminutos apartamentos con hidromasaje en el baño y grandes terrazas. No había la menor nostalgia en su expresión. Y, a partir de ese instante, mientras el taxi surcaba la mañana y la autovía del noroeste, su memoria dislocada surcaba años y más años transcurridos, y los acontecimientos que acaecieron en su curso hasta llegar, de su mano, a un presente que ya empezaba a ser pasado, porque ella se iba yendo hacia el mismo fin intemporal donde casi todos los suyos yacían en el seno del reposo inalterable.

Doña Fe empezó a considerar la posibilidad de emprender ese viaje irreversible veinte años antes, cuando había sido jubilada de su plaza de catedrática titular de Matemáticas en la Escuela Normal de Magisterio, o en la Escuela Universitaria de Profesores de Enseñanza General Básica, o como cuernos se llame ahora a los centros de formación de maestros nacionales, que ya ni siquiera lo sabía. Lo cierto es que empezó a acariciar la idea de irse, cuando, cumplidos los setenta años, le llegó la edad de la jubilación, que ella aceptó sin ningún júbilo en el alma por tres razones esenciales. Primera: porque en esa época se sentía aún muy capaz de seguir impartiendo la enseñanza; segunda: porque, a partir de entonces, iban a sobrarle muchas horas a su vida, que había dedicado casi por entero a la docencia; y tercera: porque el hecho de que la retiraran, como a un trasto inservible y en desuso, no incluía ninguna razón de regocijo que pudiera ser asociada al jubileo. Pero acabó por aceptar su suerte de infertilidad remunerada, y llegó a olvidarse del impulso de partir, ocupando el ocio en leer todo lo que no había tenido tiempo de leer, y en releer todo lo que ya había olvidado, o había leído bajo la perspectiva y el criterio juveniles, que se detienen en valores diferentes a los que el criterio de la madurez propone. También salía por las tardes, a contemplar los escaparates de Serrano y a comprar cosas superfluas, o a merendar con alguna amiga, tan jubilada como ella.

Así fue pasando el tiempo. Dos años más tarde —cuando Felicidad, la menor de los hermanos, acudió a depositar su existencia maltratada por casi todos los rincones de la Tierra (porque contradiciendo a su nombre, Felicidad nunca supo ser feliz), y a intentar encontrar la paz, que no había sido su compañera, en el hogar donde inauguró la vida y, acaso, también su descalabro—, mientras doña Fe sostenía su agonía, volvió a pensar que ya todos, menos ella, se habían ido, y que acaso fuera tiempo de pensar en su propia retirada. Pero, tras el desgarro inicial del último de sus muchos lutos, volvió el impulso vital a adueñarse de su hálito, y volvió a salir a ver escaparates por Serrano, a comprar cosas inservibles, o a merendar con sus viejas amigas tan jubiladas como ella. Pero sus amigas empezaron a morirse, y poco a poco fue quedándose sola en el letargo de la vida, rezagada únicamente en la costumbre de vivir. Y, entonces, volvió a pensar que tal vez era el momento oportuno de marcharse a su hogar originario, en cuyos aledaños pervivía el camposanto de su casa campesina en torno a la capilla de la dehesa. En él dormía la memoria aquietada de su padre, don Eloy Castillo, o «del Castillo»; que nunca estuvo muy claro en los anales de su heráldica si era Castillo o «del Castillo», ni maldita falta que hacía. Junto a su sueño indespertable, dormía su madre, doña Casimira Montemayor, quien con infinita crueldad no había querido arrullar en las postrimerías de su intenso matrimonio la agonía de su esposo. En el mismo sueño, y en el mismo lecho, yacían los decesos de Catalina y de Casilda, sus tías maternas, gemelas idénticas y cronistas del testimonio de un ancestro familiar, por cierto, bastante salpicado de ignominias. Junto a su muerte, dormían también las defunciones de Federica y Fernanda, sus hermanas prematuramente malogradas; los restos de la pobre Felisa y los despojos de Fermín, el más querido y entrañable de todos sus hermanos; y también los de Esmeralda, ¡que Dios la haya perdonado!, porque al fin y al cabo había sido su mujer; y, por supuesto, los de Felicidad, la que nunca fue feliz. Sólo Markus Octavio, el remoto y fascinante hijo de Felicidad, había decidido expresamente diseminar los detritus de su temprana muerte muy lejos de los suyos por la geografía de medio mundo; pero eso era comprensible, porque él era ubicuo, y siempre vivió lejos, física y anímicamente lejos.

En aquella pequeña y recoleta necrópolis dormían, pues, el descanso eterno, junto a sus padres y sus tías, todos sus hermanos, cuyos nombres, empezaban invariablemente por *fe*; porque su madre, que era beata y muy empecinada, quería a sus hijos fervorosos y fervientes cristianos, con la fe adherida a la onomástica: Federica, Fernanda, Felisa, Fe. (Recordaba cómo Catalina le había contado que el cura, antes de bautizarla, le había dicho a su madre que no podía ponerle ese nombre, y que su madre —que siempre fue mujer de recursos— había mirado con solemne desprecio al cura y le había dicho: «¡Si puede llamarse Esperanza o Caridad, no veo razón para que no pueda llamarse Fe!». Y Casilda había subrayado asintiendo: «¡No pueda llamarse fe!». Aún se llamaba Fe.) Hasta en Félix, el mayor de todos, había puesto fe su madre —y nunca mejor dicho, pues hasta en eso fue empecinada—; si bien —aunque, a Dios gracias, asimismo estaba muerto—, ése no dormía junto al resto de de los suyos, porque Félix tuvo la muerte que se merecía, y ojalá se hubiera podrido en la más cenagosa fosa común, ya que él había sido el azote del hogar, las siete plagas de Egipto familiares, el hijo inicuo y monstruoso y el hermano abyecto, ¡si es que era hermano!, que posiblemente tuviera razón su padre, y hubiera estado cobijando y sustentando al asesino de su hijo.

—Señora, ¿le importa que paremos para tomar un café?

La anciana se sobresaltó visiblemente, regresando a una realidad que había olvidado entre los efluvios que su mente regresiva iba yuxtaponiendo en medio del embrollo febril que la embargaba. La cotorra, sobresaltada también, dio dos pasos sobre el palo de su jaula *art déco* y alzó un poco las alas: «Rrrramón», arguyó con su voz graznante y miró a doña Fe con su acostumbrada y doméstica indiferencia.

—Vaya hijo, vaya. Por mí, tome todos los cafés que quiera. No tengo ninguna prisa en llegar, se lo aseguro.

El taxista le preguntó si no quería acompañarlo y estirar algo las piernas. Ella, exhibiendo su sonrisa experimentada en esos menesteres, le contestó que no, que muchas gracias; que podía ser toda una aventura intentar estirar sus viejas piernas. Ya a solas, anegada del olor penetrante de las plantas, intentó saber dónde se encontraban, abrió la ventanilla y escudriñó el horizonte: sobre un altozano descubrió el castillo de La Mota, una de las pocas cosas que permanecían inalteradas, desde los albores de su memoria, en aquel trayecto. «Estamos en Medina del Campo —dijo para sus adentros—. ¡Con qué rapidez se viaja ahora! Me parece que acabamos de salir. Claro que, tampoco debo prestar un gran respeto al laberinto intemporal de mi mente, que parece estar dispuesta a pensarlo todo junto y bien revuelto, sin darme tregua para hacer un punto y una pausa en mis recuerdos, que se agolpan sobre mi memoria, como si fueran a escaparse de ella para siempre; igual que esos aluviones de vivencias que temieran no disponer de tiempo para aflorar, y pugnaran por surgir todas a la vez, en completo desorden, en el más absoluto de los caos. Bueno —se dijo resignada—, tengo noventa años. He de ser algo indulgente con las flaquezas que la edad me impone. Sin embargo, si pretendo encontrar alguna luz, debo intentar ordenar todo ese caos.»

El taxista fue prudente y no quiso abusar de la generosidad de tiempo que doña Fe le había brindado. Tardó breves minutos en regresar al taxi. Cuando abrió la portezuela pudo ver dormida a la anciana clienta, con la cabeza reclinada hacia adelante. Dormía con ese tránsito fluido y liviano con que duermen los bebés y los ancianos, como reposando el ímpetu que se les quiebra de puro frágil. Retomó la ruta procurando conducir con respetuosa serenidad.

Cuando doña Fe abrió los ojos, inmediatamente reconoció la ciudad a la que se estaban acercando. Incluso, sus pupilas difusas de senilidad lograron determinar, en su perfil, allá en lo alto, cerca de las dos torres de la catedral, el viejo caserón donde su madre había nacido, y donde su abuela —inmersa ya en una soledad autista— acabó perdiendo la razón después de haber pasado infinidad de noches sin dormir, sentada en una mecedora, con una escopeta de caza sobre el regazo, aguardando el anunciado y truhanesco allanamiento de su casa, o las llamas que pudieran hacer presa en ella. Corrompía ahora la fachada de aquel vetusto edificio el cartel luminoso y procaz de un banco, tras haber sido devorada la pertenencia a la familia por la prodigalidad insaciable de su tío, don Máximo, en cuyo afecto habían hecho una mala inversión

35

sus abuelos, doña Carlota y don Severo. Una vieja e indolora amargura hizo girar la cabeza a la anciana hacia la ventanilla opuesta. Sus labios se plegaron intentando engullir un inespecífico sentimiento de fracaso y de impotencia. Haciendo un esfuerzo casi sobrehumano se dirigió al taxista con voz firme y exenta de matiz:

—Cuando hayamos terminado de pasar Montorga, tenemos que tomar una carretera a mano izquierda. Vaya con cuidado, es una carretera comarcal. Desde ahí, nos quedan dieciocho kilómetros hasta mi casa. Yo le iré indicando.

Don Severo y las difuntas
CAPÍTULO SEGUNDO

I

Retornó don Severo a Montorga para establecerse en la ciudad, con carácter definitivo, durante el tórrido verano del año de gracia de 1848. Cuatro años y medio habían transcurrido desde que su muy querido padre entregaba su alma inconfesa de muchos pecados —sobre todo de avaricia— al juicio divino, durante aquella tumultuosa noche en que don Severo inauguró su decimonono aniversario entre los brazos campesinos y algo flácidos de la ex niñera Jesusa, que le había arrebatado a su bien amado padre.

Y, entonces, llegó el mozo a Montorga para emprender su profesión de boticario, a cuyos efectos, estrenó una flamante botica de techo meticulosamente artesonado y anaqueles repletos de tarros de magnífica porcelana de Limoges. El establecimiento estaba enclavado bajo los pórticos de la plaza, donde los autómatas del reloj del ayuntamiento aporrean invariablemente las horas con sus impasibles golpes de bronce. La ciudad no había conocido nunca otra botica equiparable a la de don Severo.

Suspiraban las señoritas de Montorga al paso arrogante e indiferente del buen mozo recién llegado de la

Corte. En ella se había dejado el corazón don Severo, impregnado de los últimos vientos del Romanticismo superviviente que, tras once años, aún guardaba efluvios de la muerte teatral y mórbida de Mariano José de Larra, quien se había volado sus libertarias ideas dándose un tiro frente a un espejo, tras la decepción de una ciudad «donde hasta se mueren los deseos» y, en su caso, de manera especial, después de la agonía de amor que le había insuflado Dolores Armijo. Zorrilla —su involuntario y póstumo beneficiario—, el también extinto Espronceda, el duque de Rivas, y otros ilustres románticos, depositaban un hálito de melancolía, muy al uso, en la expresión ausente de Severo Montemayor, cuyos hondos suspiros alcanzaban certeros, en Madrid, el corazón de su bien amada novia, la hermosa Beatriz Granado.

Don Severo había conocido a Beatriz dos años antes, el inolvidable día 18 de octubre, fecha de los dobles esponsales, en la capilla de Palacio, de la reina Isabel II con su apreciado primo y detestado prometido, Francisco de Asís y Borbón, duque de Cádiz, y de su hermana, María Luisa, con Antonio de Orleáns, duque de Montpensier. Precisamente esa velada brindó ocasión para que gran parte de la buena sociedad madrileña abriera sus salones a muchos y selectos invitados —según la nueva costumbre que se estaba afianzando—. El pretexto estribaba en honrar los egregios enlaces, el estímulo lo determinaba el poder chismorrear sobre el muy controvertido y no menos disparatado matrimonio de la reina: que si el novio, horrorizado ante lo que se le avecinaba, había escrito de su puño y letra a don Carlos ofreciéndole la mano de su prometida, siendo como era el pretendiente carlista a la corona; pero que ni él había aceptado convertirse en el *marido* de la reina, ni Francia e Inglaterra habían dado su aquiescencia a semejante matrimonio. Se aludía con especial maledicencia a la ligereza de Isabel… y a la ambigüedad de Francisco de Asís. Ajena a chismes y especulaciones, Beatriz abanicaba su tedio con movimientos pausados de su mano de maja impoluta, sentada en un diván de áureo terciopelo. Severo la observaba sin tregua, con mirada incandescente apoyado en una columna de alabastro. De inmediato entablaron conversación, y muy pronto empezaron a encontrarse las mañanas de domingo más límpidas de aquel otoño para dar un paseo entre el follaje crujiente que se dejaba caer, desnudando a los árboles, y bajo el ojo avizor de Aleja, una voluminosa carabina, fiel doméstica, desde que era adolescente, en casa de los padres de la señorita Beatriz.

Y el año del Señor de 1850 —mientras sor Patrocinio, la intrépida monja de las llagas ocasionadas o divinas, reinaba sobre el corazón egregio y casquivano de Isabel y, muy especialmente, sobre el de su petimetre esposo, y mientras los primeros sellos de correos paseaban por España la imagen opulenta de la reina—, en Montorga, indiferente a los entresijos palaciegos, el acontecimiento que hacía furor era la reciente boda de don Severo Montemayor con una señorita de Madrid. Todas las damas de la ciudad ardían en deseos de que la pareja regresara, tras los esponsales, esperando hacerle un consensuado y malévolo vacío a dicha señora, por haber usurpado el corazón de un hijo de la ciudad al ramillete más selecto de sus jóvenes que, con sumo gusto, habrían estado dispuestas a aceptarlo. Ese matrimonio constituía una afrenta para la muy hidalga ciudad leonesa que, desde luego, toda la buena sociedad, en pleno, estaba dispuesta a hacer pagar a la entrometida e inoportuna forastera.

El primer antagonismo que se cruzó con la mirada de Beatriz fue la expresión de sumisa, aunque obstinada, hostilidad de una empleada de la casa —mujer entrada en carnes y en años, que recibía sus órdenes con gesto torvo y silencio en los labios, y procuraba encontrar oportunidad de hacer todo lo contrario a lo que se le había encomendado—, la indisciplina de Jesusa, pues así se llamaba la sirvienta. Doña Beatriz, harta de su indisciplina, empezó a perder la equidad y a llamarla al orden. Jesusa la observaba de frente, con su rostro inmutable, curtido en decepciones y en servilismo estéril, y replicaba invariablemente, con cierto atisbo de sordo rencor en el acento, que en los veinticuatro años que ella llevaba en la casa, las cosas siempre se habían hecho así, y que en lo que a ella concernía, así seguirían haciéndose, en tanto el señor no ordenara lo contrario. Harta de tanta insolencia, Beatriz acabó elevando sus quejas a Severo, quien la miró con burlona ternura y le dijo esquivando el tema:

—Mujer. No me parece oportuno que me metas en querellas domésticas. Ésos son asuntos de mujeres.

Doña Beatriz miró a su marido con una angustia inespecífica que empezaba a germinarle en el ánimo:

—Entonces, déjame que despida a esa mujer. Es una insolente.

Severo acarició con una delicadeza cansada la nunca de su esposa:

—¡Despedir a Jesusa! No sabes lo que dices; es, como quien dice, la sustituta de mi madre.

Y dando por zanjado el tema salió de la sala hacia la amena tertulia de su rebotica. Beatriz, cuando comprendió que se iba, intentó detenerlo, pero la voz se le estranguló entre los primeros sollozos de su vida conyugal. Simplemente iba a anunciarle que creía que estaba embarazada. Entonces reconoció por primera vez la opresión que se cernía sobre su vida constreñida a soportar la segregación de un pueblo con presunción de ciudad, donde todos sus habitantes se conocían entre sí desde generaciones atrás, y sabían quién era quién, guardando unos códigos tácitos de conducta, que ella desconocía, y que posiblemente albergaban con perfecta deliberación la manifiesta hostilidad que le dispensaban. Fue por entonces cuando doña Beatriz decidió presentar batalla desigual, a solas —porque sabía que no podría contar con aliados lugareños para ello—, y empezó por llevarla a cabo en el orden doméstico, empeñándose en hacer venir de Madrid a Aleja —que había nacido en Navalcarnero y seguramente entendía algo de pueblos—, a la vez que condenaba a un ostracismo sin beligerancia a la insolente e indisciplinada Jesusa. Don Severo no opuso grandes resistencias a la revolución hogareña que su mujer había emprendido, ilusionado como estaba con la inminente paternidad, y siempre ocupado en supervisar las mixturas que sus dos mancebos machacaban en la rebotica, y aún más interesado, en las tertulias que ésta albergaba por las tardes. En ellas se departía, desde el vertiginoso cambio que la sociedad estaba experimentando, hasta el color de las ligas de alguna *cocotte* recién llegada al mejor café cantante montorgano.

Nació María Dolores el viernes anterior al Viernes Santo, o sea, el Viernes de Dolores, del año de gracia de 1851. Quizá su fecha de nacimiento, y el inoportuno nombre que incluía, fueran un condicionante para el infortunado sino que iba a regir su vida.

(Pero no es momento de ocuparse de la suerte aviesa de la recién nacida, que además acabó casi traspapelándose en los anales de la familia Montemayor, y sólo la casualidad, muchos años más tarde, iba a entrecruzarla en la ruta del curso familiar.)

Don Severo recibió la llegada al mundo de su hija con una decepción domesticada y fingiendo una alegría que estaba lejos de sentir. Le recordó de inmediato a su difunta hermana Victorita, quien había pasado por la vida y por aquella casa como un halo de hecatombe, y la asociación con ese recuerdo instintivamente le pareció un signo de mal agüero. La niña se parecía a ella de modo ostensible; casi como una venganza rediviva que hubiera tramado, despechada, la difunta. No fue ajena doña Beatriz a la silenciada contrariedad de su marido, y ello planteó un desgarro nuevo al amor que le había dedicado, y que se le estaba quebrando dentro de su alma de tórtola enjaulada, prisionera en una casa y en un lugar donde nadie la quería y a los que ella misma había terminado por aborrecer. A partir de entonces —quizá como revancha, quizá como único sustento a su afectividad malograda— decidió volcar todo su celo y sus mejores sentimientos en cuidar y mimar a la pequeña María Dolores, a quién decidió preservar de que el futuro le deparase una vida tan mezquina como la que a ella le había tocado en suerte recorrer en la muy hidalga ciudad de Montorga.

De su parte, don Severo veía distanciarse de modo incontenible e inabordable el amor de Beatriz, que se había adherido a su alma sin reservas desde aquel otoño madrileño en que la Reina contrajo su disparatado matrimonio. Quería hacerlo, pero no sabía cómo acercarse al hermético calor de su esposa; porque nunca, a lo largo de su vida, se había visto necesitado de buscar un calor que siempre habían estado prestos a brindarle. Y ese sentimiento de frustración acabó por tornarse en ira dentro de su alma. Así empezaron las disputas entre una pareja que se había casado por amor.

Regresaron años de encierro y enormes precauciones en el vetusto caserón de los Montemayor. En 1854, el cólera volvió a enfurecerse con renovado brío y asesina virulencia. Desde Barcelona, hasta Andalucía; desde Murcia, hasta Galicia; y a lo largo y ancho de toda la geografía peninsular esgrimió su azote funerario durante tres largos y angustiosos años. En ese tiempo, se cobró doscientas mil vidas, y acarició con su beso aciago a más de setecientas mil personas. Respetó, sin embargo, el hogar de don Severo; pero su secuela iba a mellar y a herir de melancolía irreversible el desarrollo enclaustrado de María Dolores, que no entendía demasiado de epidemias, y quien durante todo ese tiempo, que para ella fue mucho, no vio más luz que la de los ojos de su madre, tintados de soledad y decepción. María Dolores, iba creciendo y moldeando su fisonomía y su carácter; sutil como una amapola, y con una dulzura grave y desvanecida que afloraba a su sonrisa siempre menguada y cabizbaja, sobre todo en presencia de su remoto padre. Terminó la peste y se abrieron puertas, que la madre y la hija habían olvidado traspasar y que tampoco conducían a ninguna redención. La zozobra señoreaba en la atmósfera de la casa. Se pergeñaba el luto.

Ocurrió la víspera de navidad del año de desgracia de 1858.

Doña Beatriz, tras ocho años de matrimonio, no había tenido nueva descendencia, y ésa era una espina que se clavaba en el corazón de don Severo, como si se tratara de una venganza ruin y soterrada del destino, por no prodigar un mayor amor paterno a aquella niña, que cada día le recordaba más a su hermana, todo un paradigma de la malversación de ciertas existencias. En esos años, doña Beatriz había aprendido a cohabitar con la decepción de verse recluida e inmersa en un minúsculo e insalubre ambiente, que jamás había claudicado en mostrarle su pueblerina hostilidad. Había superado también el desencanto de haberse arrojado ella misma en los brazos de un esposo que amaba a su ciudad, a sus paisanos, a su piojosa botica, y a cualquier vínculo externo, más que a ella; que había renunciado a toda su confortable y placentera trayectoria por él. La mesa estaba puesta para la cena, la niña hacía media hora que descansaba, don Severo y su esposa estaban sentados frente a frente; un ambiente denso caldeaba el comedor mediante el fuego crepitante del hogar, y el ánimo calcinado por la incomunicación crónica del matrimonio. Doña Beatriz revolvió la sopa y dijo con voz neutra, sin levantar la mirada del plato:

—Severo... la niña ya tiene siete años. Hemos de ir pensando en su educación.

Él, tardó algo en contestar y, cuando lo hizo, no esquivó un tono desabrido:

—¿Qué intentas decir...? ¿Que quieres una hija ilustrada? Esos son sofismas de cuatro lechuguinos de la Corte. Mi hija no abandonará la casa hasta el día de su boda. Y para aprender a gobernar su hogar y a ser una dama, aún es muy pequeña.

Doña Beatriz permanecía con la vista empotrada en la sopa, que aún seguía revolviendo. Su voz sonó pausada, pero resuelta.

—¡Mi hija!, no va a criarse en esta casa, ni en este maléfico villorrio. En ese aspecto pienso ser inflexible. Y te lo digo con el desgarro que implica para una madre. No quiero que ella lleve la vida que yo estoy llevando.

La mirada metálica de don Severo se encendió de cólera:

—¡Qué es lo que estás diciendo? ¡Precisamente tú, doña inútil!, que eres el hazme reír de Montorga; que por no saber, ni hijos normales has sabido darme. ¡Siempre con ese semblante de víctima incomprendida! ¡Pero quién te crees que eres!

Doña Beatriz, dejó al fin la cuchara sobre el plato, incorporó su esbelto busto, apoyó ambos brazos en la mesa, como para darle mayor énfasis a sus palabras:

—Soy una pobre estúpida que sucumbió al error de posar su mirada en un pretencioso palurdo, cargado de arrogancia. ¡Y ahora —su voz se desvaneció en un viejo sollozo de despecho—, y ahora estoy sufriendo las consecuencias de mi equivocación! No quiero, ¡lo oyes!, ¡no quiero que la niña se críe en esta atmósfera malsana y pueblerina! En cuanto pasen las Fiestas, pienso llevarla a casa de mis padres. Ellos se ocuparán de buscarle una buena institutriz. ¡Y no sabes cuánto dolor hay en mi alma al tener que tomar semejante decisión! ¡Yo, ya estoy condenada a vivir en este infierno, pero no quiero, de ninguna manera, que mi hija lo comparta!

Las lágrimas enfurecían en sus ojos todo el amor reprimido que, de tanto contenerlo, se le había tornado rencor dentro del alma; y entonces, se le licuaba como plomo derretido rodándole, a través de las pestañas, por sus mejillas puras y encendidas, como el amanecer.

Don Severo se sentía herido en su amor propio y en el amor que se le había quedado incrustado en el alma hacia la única mujer que había querido y quien inmediatamente había huido de su calor sumergiéndose en un laberinto de oscuridad fría, como el túnel abismal de una mina abandonada. Sintió una ira feroz ocupando todo el caudal vacío de su malograda ternura:

—¡La niña se queda aquí! ¡¡Desde cuándo las mujeres deciden el futuro de los hijos!!

—¡Desde que los padres no saben ser padres… ni tan siquiera maridos!

Don Severo se puso en pie de un salto. Doña Beatriz, dispuesta a no claudicar, también se levantó. Los gritos podían oírse desde la cocina. Tras la puerta del comedor, Jesusa, ahogaba una alegría maligna y ciega. María Dolores se había despertado y, sin conciencia de lo que estaba sucediendo, abrió la puerta del comedor justo en el momento en que su padre enarbolaba una silla, la silla tropezaba en la lámpara de petróleo, y el petróleo caía ardiendo sobre la cabeza y el busto de su madre.

Doña Beatriz corrió envuelta en llamas de un lado a otro a gritos de soprano, hasta que sus gritos se apagaron, y sus piernas dejaron de sujetarla, y don Severo, que no había tenido tiempo para reaccionar, cubrió su cuerpo humeante con el mantel de lino que le había arrancado a la mesa intacta. Hubo un momento de silencio aciago, de inmovilidad desconcertada, como una tregua para aceptar lo irremediable. Durante ese instante, Jesusa permaneció inmóvil, agarrando aún la puerta con la mano; como sopesando si entraba o si desaparecía, como evaluando la raigambre del rencor sedimentado desde antiguo, desde muy antiguo. Pero María Dolores ya había entrado y la había visto, y Aleja ya había entrado y la había visto; y ellas también permanecieron durante ese intervalo de segundos estáticas, como rechazando la ruina que se cernía sobre las dos. Doña Beatriz hizo un leve movimiento bajo el mantel que tapaba el horror; parecía un reflejo de sus articulaciones, o un espasmo del hálito recalcitrante a abandonarla. Entonces, don Severo cobró conciencia de que no podía dejarla allí eternamente, cubriendo la tragedia con un mantel maculado de sopa, de vino, de petróleo candente; entre un revoltijo de vajilla hecha añicos y una miscelánea de viandas que ya nadie cenaría. Doña Beatriz emitió un gemido, como un estertor de vida que se resistía a abandonarla. Y, fue entonces cuando terminó el ínterin del estupor; y don Severo, María Dolores, Aleja, y hasta Jesusa, reaccionaron aceptando el cataclismo. Lloró María Dolores con un gemido manso y sin intervalos, Aleja y Jesusa acudieron presurosas invocando a toda la bendita y sacra corte celestial, don Severo ordenó llevar inmediatamente sábanas de lienzo y toallas de felpa empapadas en agua. Un dolor enfurecido rasgaba su alma, que nunca había saludado al sufrimiento.

Don Severo hizo acudir a Montorga a los mejores médicos que encontró, quienes embadurnaron con numerosos ungüentos y óleos de penetrantes aromas las partes afectadas de la paciente; cuya cabeza, en lugar de cabello, mostraba unas pústulas viscosas y reblandecidas de bastante mal agüero. Las facciones le habían desaparecido del rostro, como si hubieran sido dibujadas a plumilla y metidas, sin secar, en un barreño de agua. Sus ojos sin luz permanecían fijos en un punto indeterminado del vacío estático e inmóvil, pues la barbilla le había quedado adherida al escote —quizá en la misma postura de replegada e instintiva protección que adoptó al sentir el impacto del fuego líquido cayendo sobre ella—, como humillando su sonrojo de haber pasado sin solución de continuidad de ser una esbelta y agraciada mujer joven, a saberse convertida en un horrendo adefesio.

Toda la buena sociedad de Montorga —que nunca la había visitado, y que el gesto más cordial que le había dispensado se redujo a saludarla de soslayo y sin detenerse— acudió al caserón de los Montemayor a ver a la convaleciente y presenciar la ruina en que se había convertido. La primera en romper el hielo y correr a rendirle su cínico homenaje, fue una señorita —muy casadera ya— y perteneciente a una familia tan linajuda como exenta de gracia la dotó a ella la naturaleza; se llamaba Cristinita Campogrande. Cristina sonreía a Beatriz, yacente en su lecho de dolor, con una beatífica dulzura en el semblante, igual de falaz y carroñera que el motivo genuino de su visita.

Aún vivió un año doña Beatriz; ciega, con la barbilla pegada al escote, y la cabeza y el busto exhibiendo, sin cicatrizar, aquellas pústulas de mal talante, que con el tiempo se fueron tornando en llagas purulentas y malolientes, para acabar llevándola a la tumba. La mejor sociedad de Montorga acudió, en pleno, al funeral por el eterno descanso del alma de aquella desgraciada señora, quien, de alguna forma absurda, había sufrido un lamentable accidente al derramársele encima una lámpara de petróleo. La señorita Cristina Campogrande había acompañado frecuentemente a la infortunada dama en su lecho de dolor y de agonía a lo largo de todo aquel penoso año. Su caritativo corazón ayudó asimismo a encontrar algún consuelo a su desconsolado esposo.

Doña Beatriz, eso sí, alcanzó a saber —que no a ver— cumplido su propósito de enviar a su hija a la casa de sus padres. Ella y Aleja abandonaron Montorga para siempre días después del accidente. A María Dolores le palpitaba una ira en el semblante que, aunque derrotada, animaba en cierto modo la expresión de sutil y desmayada dulzura de su rostro siempre lánguido. Antes de partir, sus grandes ojos negros condenaron, mudos, a su padre, de quien se negó a aceptar un beso de despedida.

Se iniciaba el año de alivio de 1862 cuando, en los mentideros más fidedignos y honorables de Montorga, el rumor que mayor éxito alcanzaba era la inminente y encubierta boda del boticario don Severo con Cristinita Campogrande. «Ese individuo carece de escrúpulos —denunciaban horrorizadas las voces más piadosas e inflexibles—. ¡Ni siquiera piensa respetar el luto, a la pobre difunta, que la decencia más elemental impone!» Y, de inmediato, otras voces menos intransigentes abogaban a su favor argumentando que un hombre, es un hombre, y que no había nada reprobable en que, siendo joven, después de casi tres años quisiera rehacer su vida.

Se casaron en el curso de una ceremonia achatada que no colmó en absoluto el sueño de Cristinita; la cual había soñado para su boda con níveo encaje de blonda, inmaculada seda, la catedral cuajada de candelabros y flores y un banquete inolvidable. Se casaron un lunes de noviembre, a las ocho y media de la mañana, en una parroquia cercana al extrarradio, y sin otros invitados que la familia más próxima. Cristina lucía un discreto vestido de fieltro gris marengo con menguados adornos de crespón negro; y don Severo, un traje de calle, que ni siquiera estrenaba para la ocasión. Elevaba, la poco agraciada señorita, su frustración hacia las alturas del retablo santo, como una plegaria suplicante de mayor felicidad y entusiasmo en su incipiente matrimonio que lo vivido hasta entonces en el curso de un noviazgo taciturno, tibio, y casi a hurtadillas, con su bien amado

Severo. Y, mientras el anónimo sacerdote que oficiaba la ceremonia peroraba aquello de: «compañera te doy y no sierva», el boticario recordaba un pretérito otoño madrileño, cuando el alma se le extravió, como un aldeano en la urbe, en el amor de Beatriz, y con ella había partido, sin que nunca hubiese sido capaz de hacérselo saber para que, cuando menos, se la devolviera.

Tras la boda, don Severo inmediatamente hizo gala de su nombre hacia una Cristina perpleja de desilusión ante una quimera que sólo ella había alentado. Pronto empezaron a menudear las bofetadas sobre su poco agraciado rostro, cárdeno de confusión y de amargura; porque ella se consideraba una buena y diligente esposa, y porque nadie en su vida había levantado una mano para castigarla. Sin embargo, pronto empezó a aceptar su desdicha, llevada en el más riguroso secreto, puesto que su amor propio jamás le iba a permitir contarle, ni a su madre, que su marido la hacía objeto de tan poco honorable trato. Lo menos que podía pensarse es que si la zurraba, por algo la zurraría. Así, doña Cristina empezó a pasear, muy hierática y grave, el silencio de su drama doméstico por toda Montorga, intentando hilvanar a su semblante inescrutable el orgullo de ser la esposa del hombre más codiciado de toda la ciudad. Pronto, el buen sino hizo que quedara embarazada, y ese evento fue motivo de que don Severo suavizara un poco el rigor de su maltrato. Entonces, la dama lució su embarazo con la cabeza muy alta y sacando vientre por toda Montorga. Se había casado como una pordiosera, pero el bautizo de su hijo pensaba festejarlo por todo lo alto. A la sazón, Cristinita empezó a tejer preciosos gorros, patucos, chaquetitas, y a bordar primorosas mantillas de piqué, invariablemente azules; quizá intentando convencer a su alma, como último recurso para restaurar la ruina de su matrimonio, de que iba a parir un varón. Era tal el entusiasmo y la firmeza que puso en su brío, que contagió a Jesusa, cuyo antiguo rencor ya se le había ido diluyendo en el alma al contemplar cómo el infortunio se adueñaba del rumbo de las esposas de aquel niño malcriado, que había mecido entre sus brazos y que, estrenando juventud, la había castigado, en sólo una noche, por todos los pecados de la carne que había acumulado a lo largo de su vida; Jesusa estaba convencida de que existía algo maléfico tras la mirada metálica de don Severo. Así pues, mientras la señora tejía, hacía ganchillo y bordaba, ella, con un gesto de resignación cansada en el semblante, empezó a confeccionar pañales de hilo fino y faldones de encaje, bordando en cada prenda las iniciales s.m., de Severo Montemayor.

Quiso el azar que el primer hijo de doña Cristina le naciera hembra y, entonces, ella que había sobrellevado los dolores del parto sin exclamar una queja, rompió a llorar con un llanto desconsolado e inagotable, presintiendo los peores augurios para su mal nacido matrimonio. Ante lo insospechado del sexo de la recién alumbrada, hubo que acudir a las arcas y resucitar las prendas color de rosa que, en su momento, había usado María Dolores. Con aquella indeseada herencia iba a ser bautizada la niña. Se llamó Teresa.

Teresita abrió sus ojos a la vida, verdes como menta fresca, el año de gracia de 1863. Y lo primero que miraron sus ojos, repletos de interés por haber amanecido, fue la mirada metálica de su padre, y en ella permanecieron fijos, hasta que don Severo, abrumado de vergüenza por su misoginia filial, retiró los suyos de la niña y acarició después de largo tiempo la mejilla de la madre, a quien se le quedaron las lágrimas estacionadas en el semblante y la mirada muy abierta de pura perplejidad. Poseía Teresita, desde sus primeros días de vida, todos los encantos que a su madre le faltaban. Con ellos, poco a poco, mes a mes, fue atemperando el ánimo implacable de su padre, también atemperado por una pelirroja, supuestamente llamada Mimí, y supuestamente llegada de París al mejor café cantante de Montorga. En realidad, Mimí había nacido en Badajoz, aunque eso a don Severo no le importaba demasiado.

Así transcurrió el primer año de la vida de Teresa, quien se desarrollaba atesorando encantos, no sólo faciales, sino también de simpatía, que desde hacía algún tiempo había empezado a dibujarle dos encantadores hoyuelos en las mejillas, para hacerla incluso más bonita. Don Severo, en casa, sucumbía al bálsamo de la gracia de su hija, que aceptaba con acallado orgullo y aparente condescendencia; y fuera de ella, al perfume de nardos o violetas de Mimí, de Teté o de la última bailarina del café cantante. De su parte, doña Cristina encontró oportuno acomodarse a la templanza distante de su esposo, e incluso llegó a creerse una mujer afortunada, pues disponía de la calidad de vida que era común a gran parte de las esposas de su tiempo, ni más liviana, ni más ardua. En cualquier caso, mejor era eso, que haberse convertido en una solterona beata, y tan sólo útil para vestir santos.

Y así llegó el año de desgracia de 1865. Que empezaría atesorando ventura para la familia, para quebrársele de golpe antes de comenzar la primavera.

Un nuevo embarazo florecía el vientre de Cristina, que le anunció a don Máximo, como regalo de cumpleaños, el veintiocho de diciembre, día de los Inocentes.

54

Durante ese fin de año, la familia Montemayor fue algo parecido a una familia feliz. El boticario no estuvo ausente de la casa más horas de las estrictamente necesarias, y el mejor pavo de toda Montorga despidió la nochevieja del hogar, relleno de pasas y de nueces, sobre la mesa del mismo comedor que años atrás había sido testigo de la ruina, cuyos escombros todavía poblaban en secreto el corazón enfurecido de don Severo. En ocasiones, miraba el retrato, que aún presidía la sala, desde donde la difunta dibujaba su indeleble sonrisa de acuarela, como burlándose del presente mustio que el sino de su esposo recorría. La mirada del boticario recorría la lozanía plasmada tras el cristal, desde donde Beatriz exhibía, procaz, toda la robustez y el encanto de su finada y, sin embargo, inalterable juventud: «Ésta es la única mujer a quién yo he querido; y no supimos entendernos», se decía para sus adentros, con los restos que le quedaban del alma, inundados de una nostalgia baldía. Sin embargo, el año de desgracia de 1865, empezó subordinando la frustración antigua a una ilusión renacida: esperaba a su tercer hijo; esa vez tenía necesariamente que ser un varón —la naturaleza no podía fallarle de nuevo— quien conduciría a su estirpe buscando un futuro, donde los Montemayor podrían seguir sobreviviendo como tales. El vientre de Cristina había ido abultándose, mientras una expresión de júbilo hermoseaba su fealdad. Así llegó el mes de marzo y, con él, un recalcitrante estreñimiento y una flatulencia contenida que parecía embarazar a la dama todavía más. Pronto empezó a reprimir discontinuos dolores abdominales que aún no podían amenazar parto, y unos vómitos perniciosos que ya tampoco podían hacer presagiar el comienzo del embarazo. Doña Cristina intentó sortear en silencio semejante lacra que el organismo le infringía con abundancia de tisanas y balsámicos enemas que de nada habrían de servirle. Y así, acabó rindiéndose ante la evidencia de que algo grave le estaba sucediendo, mientras don Severo —que a fin de cuentas era boticario— se apresuró a llamar al mejor médico de Montorga presagiando lo peor. Auscultó el médico a la dama y, tras lavarse las manos, pasó a la sala donde Jesusa les había servido el café y se retiró dejando su oído rezagado tras la puerta. El médico miró al boticario y le dijo con el pésame aflorando en el acento:

—Lo siento, Severo. Es un cólico miserere.

Nada dijo el boticario, pero por primera vez en su vida la sangre se le agolpó en el ceño dibujándole en el semblante aquella imagen asesina que, en lo sucesivo, se le convirtió en recurrente presagiándole en el rostro los momentos especialmente peligrosos de su humor. Jesusa, tras la puerta, exhibió su sonrisa lúgubre, que empezaba a descarnarse en la boca menguada de dientes y repitió para sus adentros: «No. Si ya lo digo yo; que el amo lleva un demonio en su simiente».

Don Severo, apenas permitió a sus parientes políticos acceder hasta el lecho donde la dama agonizaba, entre vómitos viscosos, ruidos de flatulencia encarcelada y dolores impensables. El boticario la observaba morir con expresión imperdonable en su mirada gris metálica. Poco antes de abandonar este valle de lágrimas y pasar a mejor vida, el despechado marido le mostró un frasquito de vidrio azul:

—¡Míralo bien, porque no lo vas a probar! —le dijo—. Esto es láudano, y podría aliviarte el tiempo que te queda. Pero deseo verte sufrir hasta el final, por no haber esperado a morirte hasta después del parto, y llevarte al cementerio dentro de tus entrañas muertas al heredero de mi casa.

Fue difícil cerrarle los ojos desorbitados de horror y de dolor a Doña Cristina Campogrande, quien iba a ser enterrada una desapacible tarde de marzo en el panteón familiar de los Montemayor, junto a su predecesora en el lecho conyugal de don Severo, la también infortunada doña Beatriz Granado. A partir de entonces, las señoritas de Montorga empezaron a desdeñar el eventual galanteo del boticario Montemayor, hombre de cuarenta años, aún apuesto, viudo dos veces, padre otras dos, sienes levemente plateadas y mirada de glacial gris metálico. Cuando daba un deferente sombrerazo al paso grácil y distraído de alguna de ellas, en ocasiones, ésta cruzaba los dedos. Su prestigio empezaba a resentirse.

Mientras tanto, en Madrid, a doña Isabel II también empezaba a tambaleársele el trono, zarandeado por la ruinosa situación de la hacienda pública, a la que la Reina cedía, como paliativo, tres cuartas partes del patrimonio de la Corona, reservándose para su egregia persona la cuarta restante. El pueblo, siempre ingenuo, aplaudió el rasgo de Isabel, mientras Emilio Castelar publicaba en su periódico, La Democracia, *el día 20 de marzo, un artículo titulado «El rasgo», poniendo de manifiesto que el patrimonio de la Corona era patrimonio público, y que la Reina no tenía derecho alguno a adueñarse ni siquiera de su cuarta parte. Como última consecuencia de la polémica suscitada, Emilio Castelar se vio forzado al exilio por el despótico gobierno Narváez. Sin embargo, a doña Isabel II comenzaba a quebrársele el trono, como a don Severo el prestigio.*

II

Doña Fe del Castillo, de regreso a los orígenes,
detuvo la memoria involuntariamente en aquella página
casi en blanco de los dos matrimonios primeros de su
abuelo, antes de casarse con su abuela, doña Carlota, y
de cuyo trayecto sólo habían llegado jirones desvaídos
a través de una extraña criada, llamada Jesusa, que
habían conocido en la casa, ya vieja, sus tías, gemelas
idénticas, apodadas familiarmente con el apócope de
sus nombres, o sea, las Ca-Ca. Cerró los ojos doña Fe a
una memoria casi ignota —que tampoco le pertenecía— e intentó situarse en el presente, que se deslizaba
fugaz a lo largo del trayecto de su último viaje.

—¡Aquí! Tiene que desviarse aquí —le gritó al
taxista, como siendo presa de un sobresalto—. Y a partir de ahora, vaya muy despacio. Yo le iré indicando.

—Rrrramón —graznó la cotorra irguiendo sus
alas de violentos colores. La anciana, acostumbrada a
oír reproducir la indiscreción, ya olvidada, de ese nombre en el pico de la cotorra, ni siquiera le dedicó una
mirada. Estaba algo inquieta; temerosa de extraviar el
camino, que su precaria vista podía distraerle al recuerdo tantas veces transitado. Aunque, después de todo,
hacía cerca de dieciocho años que no lo recorría; desde

que Felicidad —que nunca fue feliz— recaló, tras todas sus tempestades, en la soledad estática que había mecido su infancia —antes de fraguarse las turbulencias que tal vez, a la larga, la llevaron a pique— para encontrar las postrimerías lejos del laberinto donde se había deslizado. «Al menos, supo volver —se dijo doña Fe, impregnada de una nostalgia mustia, fracasada y lejana—. Y yo supe estar a su lado en aquel tránsito suyo entre la derrota y la nada. Felicidad se me fue de las manos, casi sin darme cuenta, ¡a mí!, que era, desde la muerte de papá, el soporte que equilibraba la estabilidad de la familia.»

En ese momento, la anciana, atisbó una aldea que pretendía disfrazarse de nuevo, vistiendo sus galas de edificaciones recién construidas, seguramente con la argamasa acre del sudor extranjero de sus emigrantes y el polvo fabril adherido a sus monos de trabajo a destajo. Era Tramazo del Encinar, su aldea. Por mucho que se disfrazara, siempre iba a reconocerla. Era la aldea que había cobijado el nacimiento misérrimo de su padre y la que, paradójicamente, llegó a formar parte de su patrimonio. Sus viejos convecinos nunca habían llegado a perdonárselo del todo. En cierto modo, era comprensible.

En esa ocasión, sin exacerbar el ímpetu, volvió a exhortar al taxista·

—En cuanto pase este pueblo, a mano derecha podrá ver un camino de adoquines bordeado de chopos. Métase por él. Al final del camino encontrará la casa. Nos quedan unos siete kilómetros.

El coche chirriaba exabruptos rodando con lentitud sobre el antañoso y deteriorado empedrado, que no había sido proyectado para que circularan sobre él modernos taxis de Madrid movidos a gasóleo. La vida parecía detenida en la semblanza circundante. Habían quedado atrás, en la periferia aldeana, los terrenos cultivados, y el monte de jara y encina se adueñaba por completo del paisaje. Al fondo, un punto difuso y claro interrumpía el horizonte. A medida que se aproximaban, el punto difuso iba incrementando dimensión y encontrando imagen. Era la flamante casa modernista de la dehesa, que don Eloy Castillo —o del Castillo— se había hecho construir, en franca desavenencia con el entorno, a su regreso de Cuba. A una distancia prudencial de la casa estaban las caballerizas, los establos, la casa del servicio y, en el lado opuesto, la capilla, la rectoral, y el camposanto, donde descansaba al fin en reposo buena parte de una familia turbulenta, que ya se había ido yendo en pos de la serenidad interminable.

Doña Carlota Altamirano
CAPÍTULO TERCERO

I

Fueron tiempos de inestabilidad en España los pri-
meros años tras la segunda viudez de don Severo. El 22
de junio de 1866 estallaba en Madrid la sublevación de
los sargentos del cuartel de San Gil, planeado entre
otros, por Prim, Manuel Becerra y Sagasta, contra el
reaccionario gobierno de Narváez. Cierto es que dicha
sublevación iba a ser sofocada ese mismo día, con un
saldo de unos doscientos muertos y más de quinientos
heridos. El 14 de julio del mismo año, O'Donnell volvía
al poder apoyado por el ejército y por la propia Isabel II
—poder que ya había regentado entre 1858 y 1863, con
una notable gestión económica y un encomiable progre-
sismo liberal—, pero poco tiempo después se vería forza-
do a dimitir nuevamente en favor de Narváez, al negarse
a satisfacer las exigencias que el clero imponía a través
de la Reina. Sin embargo, el descontento se generalizaba
entre el pueblo, que se vio inmerso en una insidiosa y
recalcitrante ruina económica a partir de 1867, provoca-
da por la mala gestión financiera. También el ejército,
sensibilizado por el destierro de varios generales —entre
otros, el de Serrano—, empezó a mostrar su hostilidad al

egregio mandato y, en especial, a su gabinete. Todo ello fue mellando los sucesivos y debilitados gobiernos de la Unión Liberal, mientras la Reina permanecía refractaria al acceso de los progresistas al poder, y se iban creando las llamadas Juntas de Defensa. El 23 de abril de 1868 fallecía Narváez víctima de una pulmonía. Y el 18 de septiembre de ese mismo año, estallaba la revolución en Cádiz. En tanto, la Reina —que mientras se fraguó la insurrección había permanecido de vacaciones en Lequeitio junto a su amante, el vividor Carlos Marfori—, ignorante del ambiente que el país vivía, y confiando sin fisuras en la adhesión inquebrantable del pueblo, se enteró por vía telegráfica en San Sebastián —no sin gran sorpresa— de cuál era la situación real. Al conocerla, Isabel intentó pedir ayuda a Napoleón III —quien no en vano estaba casado con una española— pero éste se la negó con exquisita y firme cordialidad, por suerte para España. El día 30 del mismo mes, la Soberana abandonaba el país camino de su exilio francés, sin que ningún español se inmutara ante su paso: «Jamás pensé que mi pueblo me aborreciera tanto», comentó la Reina, sorprendida, llegando a Hendaya. Es evidente que Isabel II, tras treinta y cinco años de soberanía, llegó a conocer muy poco a sus súbditos, inmersa en los salones de Palacio, mecida por el obsceno *chotis y por los brazos de sus múltiples amantes y escuchando los inadecuados consejos de dudosos personajes, como sor Patrocinio, la monja de las llagas, o Marfori, el encumbrado y ambicioso buscavidas.*

Siguieron al reinado de Isabel momentos de crisis y de confusión; entre la regencia de Serrano y el enigmático atentado de que fue objeto el general Prim, el 27 de diciembre de 1870, cuando, llegando a la calle de

Alcalá, fue bloqueado su coche entre otros dos en la calle del Turco. Allí iba a ser cosido a tiros; tres días después moría en su residencia del palacio de Buenavista, sin que jamás haya llegado a conocerse la autoría exacta de dicho magnicidio. Medio año antes, el 25 de junio de 1870, Isabel II abdicaba, en París, la corona a favor de su hijo Alfonso, quien entonces contaba doce años. Sin embargo, España —quizá escarmentada del reinado de los niños— se lanzó compulsivamente a la búsqueda de un rey adulto. Don Amadeo de Saboya ocupó el conflictivo trono nacional el 30 de diciembre de ese mismo año, y el 10 de febrero del 73 lo abandonaba. Poco más de dos años logró mantener su ánimo perplejo sobre tan problemático trono el talante apacible y progresista del monarca. Una efímera república, que apenas encontró tiempo ni ocasión para definirse y afianzar su constitución federal, siguió a la partida de Amadeo. Pero la República estaba llamada a fracasar en un país cuyas arcas públicas permanecían extenuadas, los carlistas seguían en pie de guerra, el respaldo de una Europa mayoritariamente monárquica era nulo y, ni el clero, ni el ejército, como es obvio, apoyaban. Hasta el propio pueblo contemplaba con reaccionario y fervoroso recelo a la República. El 3 de enero de 1874, el general Pavía, mediante un golpe de estado, puso fin al primer ensayo republicano en España. A partir de entonces se instauraba la dictadura de Serrano, a la que también se denominó «república».

Aún corría el otoño de 1870, cuando llegaba a Montorga procedente de Madrid y, según se decía, oriunda de Barcelona, una extraña señorita llamada Carlota Altamirano Maragall. Se trataba de una joven de modales tan exquisitos y belleza tan rotunda, como recatados y virtuosos parecían ser sus hábitos y costumbres.

Se hospedó en una vieja y honorable fonda, a cuyos clientes siempre se les había exigido una conducta irreprochable. Nadie sabía muy bien qué hacía en Montorga sola, y cuál era su condición. Vestía con austera elegancia, y cada mañana podía encontrársela —casi siempre con el mismo traje y una sencilla, pero fina, mantilla de encaje de blonda— en la primera misa de la catedral. Pronto empezaron a surgirle libertinos pretendientes, a quienes ella desdeñaba de modo categórico; y pronto empezó a rumorearse que la forastera aspiraba a encontrar trabajo como dama de compañía, o como institutriz, profesiones ambas bastante infrecuentes en la muy hidalga ciudad de Montorga.

Carlota había nacido en Barcelona, el año de gracia de 1853. Pertenecía a una familia de la incipiente burguesía, que podía definirse como precursora de la clase media; su padre era tenedor de libros de una pequeña industria textil. Tan sólo tenía una hermana, algo mayor que ella, que se había casado con un oficial de marina tres años antes. Del matrimonio había nacido una preciosa niña que, a la sazón, contaba dieciocho meses. Carlota bordaba a bastidor junto al balcón de su cuarto en la fonda. Casi enfrente podía ver la catedral, único lugar de recreo al que le era permitido acceder en una ciudad extraña a una señorita de diecisiete años, sola en la vida, como lo estaba ella, y seria en su conducta. Carlota exhaló un suspiro y siguió pensando en el sino adverso que tan de repente se le había desplomado encima. Durante el pasado mes de agosto, su cuñado había regresado de las Antillas en un barco infectado de la fiebre amarilla. Todo sucedió muy rápido. La epidemia se extendió por la Barceloneta, que inmediatamente fue desalojada, a excepción de los enfermos y sus familias, quienes permanecieron allí, como prisioneros en un lazareto de apestados, pues eso es lo que era. Ni sus padres, ni su hermana vivían en La Barceloneta, pero su cuñado también había sido infectado. En breve, la pandemia se propagó por otros puntos del Mediterráneo: Valencia, Alicante, Palma. Las gentes huían de esas ciudades atenazadas por el miedo. Para su familia, en cambio, el miedo había llegado tarde: en menos de veinte días murieron sus padres, su cuñado y su hermana. Sólo ella y la pequeña Montserrat lograron salvarse. Dentro de la empresa donde había trabajado su padre, también hubo otras víctimas. Los empleados, consternados por el pánico, le prendieron fuego y se desperdigaron despavoridos. Carlota, en el paroxismo de la desesperación, metió en un sólido baúl de nogal alguna plata, todo su ajuar y sus vestidos; así como aquellos objetos que poseían cierto valor, incluido el dinero familiar, y logró huir hacia Madrid sin pensar demasiado en el futuro. Se encontró en la Corte, forzada a silenciar que iba huyéndole a la peste que había azotado y destruido a su familia, porque, de haberlo revelado, se habrían alejado de ella como si de una apestada propiamente se tratara. Se vio sola, joven, y con una niña de año y medio, que tampoco podía demostrar que no era hija suya. Madrid, a su vez, estaba infectada de inestabilidad y de miseria, inmersa en la ruindad de un tiempo de escasez y de convulsiones políticas. Necesitaba encontrar un sitio más benigno y compasivo que una Villa y Corte sin corona, sin sosiego, y curtida en la dureza del hambre acuciante, y en la impasibilidad generada ante miles de menesterosos. Buscó algo parecido a un colegio para Montserrat, donde las monjas enseñaban a ser futuras sirvientas de los oligarcas a las hijas de la calle, para redimirlas del arroyo tentador, que aguardaba con notable éxito a semejantes criaturas; los ricos se encargaban de beneficiar por tales servicios a las caritativas monjitas. Allí quedó la pequeña Montse con su temprana mirada desbordada de lágrimas de zozobra y de miedo. El corazón se le fue partiendo a Carlota mientras regresaba. A continuación le tocaba a ella. ¿Qué hacer? Madrid no era un buen sitio para cobijar y redimir los jirones de su vida; había demasiada competencia en casi todo, hasta en el arroyo —donde ella no quería de ningún modo terminar—, y también abundaban los oídos sordos a la caridad, y numerosos peligros que podían cernirse sobre una joven, sola y atractiva, en una ciudad repleta de truhanes y canallas, estimulados por todas las carencias y todas las ambiciones. Buscar un sitio pequeño, alejado de traumas políticos, de miseria amontonada y casi endémica. Recorrió un viejo mapa con el dedo. Recordó las excelencias que contaba de Montorga —una bonita ciudad donde nunca pasaba nada malo— la antigua portera de su casa, ya fallecida, y que era oriunda de esa zona. No lo pensó más; se fue a Montorga. Tendría que economizar sus menguadas pertenencias y el dinero que su familia había ido atesorando a lo largo de la vida, como hacían casi todas las familias que podían guardar algún dinero, convertido en monedas de muy reciente cuña, divisibles mediante el sistema decimal, adoptado tan sólo dos años antes.

Carlota dejó el bastidor de su bordado, abrió el baúl y, dentro de éste, el doble fondo que había en un compartimento lateral. Contó con meticulosidad el caudal de que disponía. Le quedaban exactamente novecientas setenta y dos pesetas y sesenta y tres céntimos, en piezas de 50, 20, 10 y 5 pesetas de oro; el resto, eran de plata, y las menos valiosas, de bronce. Sabía que disponía de una pequeña fortuna, pero también era consciente, como buena catalana, de que tendría que administrarla con atinado juicio; porque a saber cuándo iba a regresar a Barcelona, si es que alguna vez lo hacía, pues allí, tan sólo el dolor podría salir a recibirla para abofetearle el alma.

Pronto en toda Montorga —siempre ávida de chismes nuevos, que tampoco se generaban todos los días— no había otro tema de conversación más relevante que el origen y los proyectos de aquella damita, que jamás contaba nada de sí misma, y que asistía cada mañana, con fervor encomiable, a la primera misa de la catedral. Decían unos que era hija de un abad mitrado aragonés y de una marquesa catalana, quienes la habían mantenido, en secreto, interna en un pensionado para señoritas, confiando que la vocación religiosa prendiera en su alma; pero que a los diecisiete años, la señorita había amenazado a sus progenitores con un escándalo sonado si perseveraban en su intención de hacerla monja, y que éstos la habían dotado generosamente haciéndole jurar que se iría muy lejos. En tanto, otros mantenían que era una recién casada con alguien que no era de su agrado y que, en un acto de locura temeraria, la dama había rescatado el dinero de su dote y había huido a donde nadie pudiera conocerla. Pero unos y otros, en el fondo de sus almas, lo único que sabían con certeza era que en realidad, de aquella señorita, nadie sabía absolutamente nada.

Hacía algo más de un mes que Carlota Altamirano permanecía en Montorga, cuando recibió, en la fonda donde se alojaba, la visita del viudo más controvertido de toda la ciudad. Don Severo se presentó ante ella, chistera en mano, y explicó a la forastera que, por desgracia, su muy amada esposa había fallecido, y que tenía una hija de siete años más bonita que las estrellas, quien necesitaba recibir una educación acorde a su rango. En resumen: que si estaba dispuesta a ocuparse de la instrucción de su hija. No aludió don Severo a su primer matrimonio, ni tampoco dijo que tenía otra hija —acaso mayor que ella— a la que había abandonado en Madrid en casa de sus antiguos suegros. La señorita Carlota examinó de arriba abajo al boticario con honda meticulosidad, y demostrando un gran temple, además de cierta coquetería melindrosa, le dijo:

—No sé, caballero. Primero he de pensarlo. Desde luego, siendo usted viudo, en ningún caso podré habitar en su casa. Supongo que lo entiende.

Vaya si lo entendía don Severo, quien reiteradas veces había estado observando en sigilo a la dama, y que había meditado mucho sobre aquel tema: desdeñado por todas las señoritas que había pretendido en Montorga, a tenor del mal agüero que emanaba —y que Jesusa se había encargado de alimentar— tras el lamentable final de sus dos matrimonios anteriores, con cuarenta y cinco años y dos hijas, el boticario Montemayor, soñaba casi con obsesiva desesperación en casarse de nuevo. Harto del amor polar y especulativo de diversas *cocottes,* y de la alegre tristeza de miserables prostitutas, quienes en el fondo de su piel conservaban el olor fermentado de sus orines de infancia —que jamás le habían sido lavados—, amasados con el humo y la miseria de sus ruinosos hogares de origen y adornados por no menos improbables enfermedades venéreas. Don Severo —en la soledad de su vetusto caserón y, más concretamente, en la soledad del lecho donde había recibido la primera y linajuda luz, donde sus padres hallaron la venerable sombra eterna, donde habían amanecido sus hijas y anochecido sus esposas— soñaba con un calor renovado que caldeara su talante lacerado de ignominiosa desolación.

Durante una semana, la señorita Carlota realizó discretas pesquisas sobre la conducta y situación del caballero que la había visitado. Con gran despliegue de detalles fue informada acerca de la cuantía de su inequiparable patrimonio, así como sobre su comportamiento que, la verdad, siempre había dejado mucho que desear. Carlota escuchaba en silencio y con la mirada baja el exultante chismorreo que, en aluviones, llegaba hasta ella sobre las glorias y miserias de los Montemayor. Y, siete días después de haber recibido la visita, la bella catalana envió recado al boticario haciéndole saber que estaba dispuesta a ocuparse de la educación de la niña. Esa misma mañana, Carlota Altamirano abrió de nuevo el baúl de nogal y examinó meticulosamente las prendas de su ajuar. Estaba empezando a bosquejar el futuro de su vida.

Durante todo un año acudió cada día a casa de los Montemayor para enseñar distinguidas trivialidades a Teresita, que muy pronto le entregó su cariño transparente, harta como estaba de la ruda y cuestionable devoción de su niñera Jesusa, quien se encontraba perfectamente autorizada, por los muchos años que llevaba en la casa, para propinarle una azotaina de vez en cuando.

Fue a comienzos de primavera del año de gracia y miseria de 1871, cuando se hizo público el inminente enlace matrimonial de don Severo Montemayor, de cuarenta y seis años, con Carlota Altamirano, una señorita catalana caída en desgracia, y casi veintinueve años más joven que el novio. Por entonces, cuando la fiebre amarilla ya hacía tiempo que había remitido, la dama pudo contar su amarga historia sin generar aprensiones. Muy por el contrario, encontró la admiración y simpatía, ante su entereza, de buena parte de las virtuosas y caritativas gentes montorganas. Lo que nunca habría de salir de los labios de la forastera es que en sus genes llevaba incrustada otra pandemia menos eventual que la de la peste pero igualmente inexorable: la de la locura.

Mientras tanto, España intentaba encontrar su endeble equilibrio bajo el reinado de Amadeo de Saboya, si bien, a pesar de las buenas intenciones del monarca, todo presagiaba su fracaso, en un tiempo azotado por el hambre y las discordias ciudadanas. El sistema métrico decimal había sido por fin implantado en el país con el ostensible y conservador rechazo popular y, en Madrid, hacía escaso tiempo que se había inaugurado un nuevo transporte de tracción animal —o tracción a sangre— llamado tram-vía.

Se celebró la tercera boda de don Severo con doña Carlota a finales de abril, sin gran boato, pero en la catedral, y con muchos invitados. Don Severo quería restregar por la remilgada nariz de sus convecinos que aún había estado a su alcance la mano exquisita de una refinada y hermosa joven de dieciocho años, como no había otra igual en toda Montorga. Los invitados bisbiseaban que, después de todo, aquella señorita no dejaba de ser una vagabunda cazadotes; porque resultaba evidente que si se casaba con él, era por lo que tenía. Y Jesusa, la intemporal doméstica, testigo y parte de tantos secretos de aquella familia, cuando la celebración hubo terminado, y la cotidianidad horadaba en la casa acomodándose a la nueva situación, una mañana, mientras ayudaba a vestirse a la señora, le dijo agorera:

—Que sea en buena hora, doña Carlota. No sabe bien dónde se ha metido.

Carlota perdió su mirada, tan verde como la de Teresita pero mucho más turbia, en alguna semblanza interior. La recién casada sólo contestó:

—Gracias, Jesusa. Llevo todo un año intentando averiguarlo. Creo que sobreviviré.

Los primeros proyectos, tras su matrimonio, pasaban por rescatar a su sobrina de las fauces de las monjas, donde la había dejado para que aprendiese buenos modales, a fregar peroles, y a ser sumisa y hacendosa y, así, poder encontrar en el futuro un trabajo de doméstica en casa de gente distinguida. Pero Carlota, con exquisita prudencia, siempre había silenciado, hasta entonces, la existencia de tal sobrina, que en cualquier momento podía poner en tela de juicio su intachable pasado. Además, quiso la fortuna que inmediatamente se quedara embarazada. Ante esa suerte de eventos, doña Carlota decidió seguir ocultando, de momento, semejante rémora familiar, dejando a la niña en manos de las benefactoras hermanas. Comenzaba el invierno de 1872 cuando doña Carlota, rodeada de dos médicos y cuatro comadronas —como había sido asistida la llegada al mundo del padre, y en el mismo lecho— daba a luz un encantador bebé, que en cuanto abrió los ojos, inauguró la vida con una mirada de límpido verde, como la de su madre, pero cargada de una curiosidad vital que ella no poseía. A la vista de aquel encanto de hijo, el boticario —exultante de felicidad— estuvo de acuerdo en que Severo no era el nombre adecuado para el vástago. Se llamó don Máximo.

Sólo habían pasado unos días tras el nacimiento de su primer hijo, cuando don Severo recibió una carta de su hija María Dolores —quien, a la sazón, contaba veinte años; uno más que la esposa de su padre— notificándole la trágica muerte de sus abuelos maternos, quienes habían perecido mientras dormían, asfixiados por el humo de un pequeño incendio ocasionado en su alcoba por una chispa que debió de saltar de la chimenea. El fuego sólo había causado leves destrozos en la habitación, pero el humo se había llevado la vida de los únicos seres que le quedaban, apuntaba María Dolores en un liviano reproche, muy propio de su presunto carácter, que don Severo desconocía, ya que jamás había vuelto a ver a su hija después de la partida de ésta a Madrid, tras el execrable accidente acaecido a su bienamada esposa Beatriz.

La carta se extendía en términos de doliente romanticismo —ya algo en desuso— y rencorosos lamentos de un dolor resignado y fatalista, en el que parecía regodearse con insana morbosidad la preciosa caligrafía de María Dolores, adornada con notables y cuantiosas faltas de ortografía, como era bastante común entre las damas más distinguidas de la época:

sabrá ustez, padre —pues quiza no lo sepa, ya que nunca le a interesado saver de nosotros— que mi queridisimo tio Jacinto, el pobre hermano de mi desdichada madre —por si lo a olvidado—, también falleció hace ya cinco años, victima de una maligna pulmonia, precisamente veinte dias antes de su voda. Parece ser que la muerte, y en especial el fuego, se enpeñan en ensañarse con mis seres queridos. Solo quedo yo.

Don Severo, descargó su mala conciencia enviando a su hija tres mil pesetas y una carta de pésame. Ni por la más remota idea acarició la posibilidad de mandarla ir. Justo en el momento en que había alcanzado la paz de espíritu junto a su joven esposa y su precioso hijo. ¡Ni pensarlo siquiera! María Dolores sólo representaba para él la prolongación de un mal recuerdo que cuanto más alejara de sí, sería mejor para todos.

Doña Carlota, supo entonces que ella también tendría que olvidarse de su sobrina para siempre. Ninguna de ambas tenía cabida en el seno de aquella familia incipiente, y de la cual debía dar muchas gracias al Cielo, a pesar de algunos matices de dudosa razón, como el que su marido le había impuesto antes de casarse: dada la diferencia de edad, amén de otras diferencias, el boticario decretó que su prometida, por años de matrimonio que recorrieran juntos, jamás podría tutearlo, ni apearle el tratamiento de *don*.

Pasaron años y eventos. La republicana dictadura —la contradicción es inevitable— de Serrano iba a ser sofocada por el movimiento de restauración encabezado por Arsenio Martínez Campos. A pesar de las reticencias de Isabel —y muy particularmente de Marfori— a renunciar, de hecho, a un trono del que ya había abdicado en favor de su hijo, Alfonso XII fue coronado rey, en Madrid, el 14 de enero de 1875, entre el entusiasmo popular; que veía en su egregia persona a un soberano joven, pero maduro y sensibilizado con la causa del pueblo. Tres años más tarde, el monarca se casaba por amor con su prima carnal, María de las Mercedes de Orleáns, entre el clamor popular, que deseaba una reina española, y contraviniendo la voluntad de su madre —quien odiaba sin paliativos a su cuñado, Antonio de Orleáns, duque de Montpensier, por rivalidades de poder—. Igualmente, don Alfonso había hecho oídos sordos a los intereses internacionales, que necesitaban alianzas de egregia sangre. Fue muy breve esta unión ya que, según parece, la joven reina llevaba dentro de su gentil cuerpo la semilla de la tuberculosis, que acabaría de modo fulminante con su estimada persona a los cinco meses de reinado y de matrimonio; más exactamente, el día 26 de junio de 1878 a las 12 de la mañana. Grandes duelos siguieron en España a la muerte de la encantadora soberana, que entraría a formar parte del reino de los mitos, como suele ocurrir con aquellos populares que mueren a destiempo. Sin embargo —por exigencias de Estado—, dos años más tarde, España tenía nueva reina en la persona de María Cristina de Habsburg, antigua abadesa de las damas nobles de Lorena. Con ella —y con la influencia victoriana— entraba en España el puritanismo y, como consecuencia, una rigurosa transformación en modas y hábitos: se habían terminado los grandes escotes, los brazos al aire, y la ostensible relajación de costumbres; al menos, en público. No fue conocido ese real y efímero matrimonio precisamente por la devoción que se dispensaron los cónyuges...

Por entonces, la electricidad empezó a iluminar las noches ciudadanas en España. En 1882, eclosionaban grandes diásporas de emigrantes que partían —huyéndole a la miseria nacional— a las que, en tiempos, habían sido colonias, en busca de una vida mejor. Dos años más tarde, durante la Nochebuena y Navidad de 1884, un fuerte terremoto asolaba las provincias de Granada, Almería, Málaga y Sevilla. Pueblos enteros fueron sepultados, y los muertos se contaron por centenares. Europa se solidarizaba con la tragedia española. El Rey, contraviniendo los consejos palaciegos, salía, el día 8 de enero hacia Andalucía para visitar las zonas afectadas, exacerbando el entusiasmo de sus súbditos. Pasó el tiempo, que todo lo redime, y la normalidad fue regresando al país. El día 25 de noviembre de 1885, España estaba de duelo: Alfonso XII fallecía asimismo víctima de la tuberculosis que siete años antes se había llevado a la tumba a su primera esposa, María de las Mercedes. La austera y distante reina viuda, María Cristina de Habsburg-Lorena, asumía la regencia del

país. Aparte de su hija, la princesa de Asturias alberga-
ba en su seno al futuro rey de España.

A lo largo de esos trece años transcurridos entre el nacimiento de don Máximo y la muerte de Alfonso XII, el tiempo se había ido deslizando remodelando en profundidad la inaugural y deseada armonía hogareña con el deterioro de carcoma que la cotidianidad acostumbraba a degradar la convivencia en el señorial caserón de los Montemayor. Doña Carlota se había convertido en una señora que a duras penas ocultaba dentro del corsé y del novedoso *polisson* su manifiesta tendencia a la obesidad. Cierto es que, en ese tiempo, su cuerpo había sufrido los estragos de tres nuevos embarazos, que habían traído a este valle de lágrimas un total de cuatro nuevas y encantadoras niñas —con perdón del padre—. Carlota parió sistemáticamente cada dos años una hija, después de la llegada al mundo del idolatrado don Máximo, salvo en la última ocasión, que ocurrió con cuatro años de intervalo, siendo su parto muy generoso al dar como fruto dos gemelas idénticas, a quienes, hasta que empezaron a andar y a hablar con fluidez, y aún después, siempre resultó arduo distinguirlas. Harto de coleccionar hijas —recordemos que, en total, había tenido seis— don Severo decidió cortar por lo sano, a cuyos efectos nunca más, tras el nacimiento de las gemelas, volvió a acostarse con su esposa. E inevitablemente, el pobre hombre, hubo de recurrir de nuevo para aliviar los ardores apremiantes de su libido —ya un poco achacosa— a las caricias mercenarias de distintas meretrices y de alguna *entretenida.*

Corría, pues, el año de gracia de 1874, cuando doña Carlota paría a su primera hija, que iba a llamarse María Mercedes, y que recibió la primera luz de la vida con la misma mirada verde de su madre y de su hermano, pero a medida que la niña se fue desarrollando, todo en ella apuntaba a una medianía o mediocridad que la hacía parecer en su conjunto bastante gris, excepto en el color de sus ojos. Casi con encomiable puntualidad, tras haber pasado dos años desde el nacimiento de la niña, doña Carlota alumbró a otra hembra de mirada metálica como la de su padre y un carácter poderoso que exhibió desde sus primeros llantos. Fue bautizada, en uno de los días más rigurosos de febrero de 1876, con el nombre de Casimira, pues las féminas de la familia Montemayor, a diferencia de los varones, no nacían con el *don* incorporado; tendrían que encontrar quien se lo diera. Pasaron otros dos años, y hasta tres, sin que doña Carlota anunciara ningún síntoma de nuevos embarazos. Fue don Severo quien pecando de avaricia —flaqueza que, por otra parte, llevaba incorporada a los genes— hizo lo que estuvo a su alcance esforzando su ímpetu hacia la comunión con una esposa que ya había dejado de atraerle, en busca del segundo vástago varón; pues entendía que ya lo tenía bien merecido. Además, ateniéndose al más sencillo cálculo de probabilidades —y él era de natural pragmático— sería lógico que ése fuera el sexo de su nuevo descendiente. Ocurrió durante la nochevieja del 79 —mientras en España ya se había enjugado el llanto por el fallecimiento de la Reina de «carita de cielo» y se empezaba a barruntar una nueva sucesora para su trono vacío—, cuando doña Carlota sufrió el primer desvanecimiento y el primer vómito que presagiaban embarazo. Don Severo recibió el año 1880 orgulloso de sí mismo, porque estaba convencido de haber engendrado un nuevo hijo en el vientre de su esposa, a pesar de los esfuerzos que para ello tuvo que pasar. Contempló con cierta ternura, a lo largo de aquel invierno y de la primavera siguiente, cómo prosperaba el vientre fecundado de la pobre doña Carlota, que ya estaba harta de embarazos, aunque tampoco habían sido tantos, y aunque esa fuera la consigna del santo matrimonio. Llegaron los primeros días del verano, y su vientre era tan notorio, que ella empezó a presagiar en silencio lo que podía suceder, un presentimiento avalado asimismo por las múltiples patadas que en sus entrañas recibía; como si en su seno se hubiera instalado un equipo entero de ese deporte novedoso cuyo nombre ignoraba. Y el 21 de julio de 1880, tras un parto complicado —pues ambas debieron de pugnar por salir juntas—, y con veinte minutos de intervalo, amanecían a la vida dos gemelas casi clónicas, pequeñas como ratas y amoratadas como obispos, que fueron bautizadas ante el desconsuelo paterno sin ninguna ceremonia, recibiendo los nombres de Catalina y de Casilda, por ese orden, a razón de su llegada al mundo.

Contaba pues trece años el gallardo Maxi, el infausto día del fallecimiento del rey Alfonso XII. Once, la gris Merceditas, que a don Severo le recordaba con cierta repugnancia a su difunta hermana Victoria, e igualmente a su hija, la marginada y lánguida María Dolores. Nueve, Casimira, a cuyo nombre no había manera de ponerle diminutivo, ni ella estaba dispuesta a aceptarlo; pues siempre supo lo que quiso y consiguió lo que quería. Y cinco tiernos añitos tenían, Catalina y Casilda a quienes, llevando aún pañales, se las empezó a llamar, Ca-Ca. Quizá más que como diminutivo, como ruin venganza por el simple hecho de haber venido al mundo.

Y esa luctuosa jornada volvieron a cerrarse puertas, ventanas y contraventanas, y nadie vio la luz del día, ni se encendió fuego en el hogar, como durante generaciones venían haciendo los Montemayor cuando la muerte besaba con su hálito emponzoñado a un monarca español; no sólo por vínculos de afecto hacia su egregia persona —que don Alfonso sí contaba con ellos—, sino también porque había muerto el Rey de España, y cuando moría el rey, sabido era que los Montemayor acostumbraban a llorarlo con una pena, casi siempre indolora, que depositaba en el alma, más que duelo, una inquietud imprecisa; como si se preguntaran: ¿qué tal lo hará el que entra? En esa ocasión, y tras tantas y tan inmediatas convulsiones nacionales, en el seno de la familia se rezó el santo rosario por la continuidad de la regencia, en paz, y sin mayores sobresaltos.

Mordisqueaba las plegarias Teresita, quien, a sus veintidós años, ya había aprendido todos los buenos modales que su madrastra supo enseñarle, y quien, siendo ya casadera y hermosa como un crepúsculo, llevaba cuatro años de encierro en el caserón paterno, y no precisamente motivado por el duelo de ningún monarca, sino por el grave pecado de haberse enamorado de quien no debía. Se llamaba Ismael, y había sido mancebo en la botica de don Severo hasta que éste hurtó las miradas inflamadas y clandestinas y las sonrisas cómplices que su hija y el mancebo se dedicaban. Intentando arrancar de raíz un tumor que ya estaba completamente extendido por el alma de la pareja, don Severo cesó de modo fulminante y sin contemplaciones a Ismael. Menguado fue el resultado de semejante recurso, pues no habían pasado ni ocho días, cuando la vieja Jesusa —que por alguna arcana razón jamás había simpatizado con Teresita— alertó al boticario de que en cuanto ponían los pies en la calle —pues jamás salía ella sola, salvo para ir a misa, como ordenaban las buenas costumbres— allí estaba el ex mancebo siguiendo cada paso que daban; ¡pero no era eso lo malo!, lo malo era que Teresa caminaba con paso oblicuo y la cabeza siempre girada, como brújula hacia septentrión, atenta a cada movimiento de aquel don nadie que se empecinaba en seguirla. «¡Y cómo se miran! —añadía Jesusa—. ¡¡Ay, don Severo de mi alma, cómo se miran!! Si hasta parece que quisieran comerse con los ojos. ¡Le digo que, una vergüenza!» Desde ese mismo día duraba el encierro de la pobre Teresita, que sólo se interrumpía para cumplir con los sagrados preceptos junto a toda la familia.

Ocurrió durante un viaje que el boticario hizo a Madrid, donde parece ser que venía proyectando comprar un piso. Fue un domingo antes de medio día, cuando toda la crema de Montorga paseaba, tras la salida de misa mayor en la catedral, pasando frente a la casa de los Montemayor. Posiblemente hiciera tiempo que Teresita aguardara un momento así. De pronto, se precipitó hacia un balcón, abrió con vertiginosa premura las hojas de sus puertas, e irrumpió a grito desgarrado elevando los brazos al cielo, mientras todo el mundo se paraba en corrillos a contemplar el espectáculo:

—¡Ay, mi Ismael del alma! ¡¡Sácame de aquí, mi Ismael del alma!! ¡¡Ay, mi Ismael del alma!! ¡¡¡Sácame de aquí, que me muero, mi Ismael del alma!!!

Intentaron en vano arrancarla del balcón entre Jesusa y doña Carlota —cuyo rubor calentaba la atmósfera de toda la gente que, reunida abajo, contemplaba el espectáculo entre bisbiseos, que ya daban paso a comentarios a viva voz y grandes risotadas—, pero lo único que consiguieron fue que Teresita subiera varias notas en la escala de su voz enamorada reclamando a «su Ismael del alma», bien aferrada a la baranda del balcón. Doña Carlota, justo a punto de desmayarse, empezó a evaluar con gran celeridad de su mente práctica la situación: «Pueden pensar —se decía— que, al no ser hija mía, la estoy mal-tratando.» Y también: «Esta estúpida es capaz de tirarse a la calle, y ¡qué le cuento yo a don Severo!». De modo que arrimó sus labios a un oído de la exasperada amante y le dijo en un susurro:

—Basta ya. Ahora mismo bajo a abrir la puerta.

Cuando doña Carlota llegó al zaguán, ya estaba aguardando junto a la salida la impetuosa enamorada. Crujió la cerradora tres veces, e inmediatamente corrió Teresita, cual tornado amoroso, abriéndose paso a empellones entre la perpleja muchedumbre.

Volvió de Madrid don Severo cuatro días más tar-de, sin que Teresita hubiese regresado de su alocada huida. Esto no había entrado dentro de los cálculos pre-vistos por doña Carlota, quien —una vez puesto el boti-cario al corriente de todo lo sucedido— recibió las pri-meras bofetadas de su, hasta entonces, distante pero pacífico matrimonio.

Al día siguiente pasaron por la botica, gorra en mano, el padre del ex mancebo y un tío suyo. Fue éste el primero en hablar:

—Bueno, señor boticario, ¿qué hacemos con los zagales? A su hija me la he llevado yo a mi casa para evitar las murmuraciones… pero ella dice que no vuel-ve. Así que usted verá. Si no da su consentimiento para que se casen, tendremos que ir al juzgado y sacarla depositada. Además, ella es mayor de edad. ¿Qué le parece a usted, señor boticario?

La ira pintaba de crimen la mirada metálica de don Severo Montemayor y la sangre se le había agolpado en el entrecejo dibujándole aquella expresión asesina que orlaba sus peores momentos. Había amado sin reservas a su hija Teresa hasta que el cariño hacia ella fue menguando al ser repartido entre todo el resto de su prole y, muy especialmente, hasta que Máximo —quien crecía gallardo como un príncipe— se había adueñado casi por completo de su afecto. Comprendió el boticario que, tras aquel campanazo, le iba a resultar difícil encontrar un marido adecuado para Teresita, cuyo empecinamiento, por otra parte, conocía de sobra. De modo que, tras todas esas reflexiones, elevó mucho la cabeza don Severo, como enfatizando el abismo que se interponía entre él y aquellos hombres, y se pronunció, mientras servía de consuelo a su alma de raigambre cicatera el hecho de pensar: «Bueno, una ración menos».

—Que haga lo que quiera —dijo—. Si se empeña en casarse con un palurdo, allá ella. Pero eso sí, se lo participo, ya puede irse olvidando de la herencia de su padre —y mirándolos con el crimen dibujado en sus pupilas— y ustedes también; por si se habían hecho ilusiones. De momento sería conveniente que, hasta el día de la boda, regresara a casa. Después será toda suya. ¡Buenos días caballeros!

Arrastró con gran desprecio esta última palabra y, sin esperar respuesta, introdujo su mal humor en la rebotica.

Así se casó Teresita, veinte días más tarde, con el hombre a quien amaba, y agasajada por las menguadas ceremonias que la familia del novio pudo sufragarle. Sin embargo, ella disponía, intacta, de la nada despreciable herencia de su madre, fallecida de un cólico miserere. No fue la señora Teresa —que nunca obtuvo el título de *doña*— una mujer admitida en la sociedad más selecta de Montorga, pero iba a ser una mujer feliz a lo largo de su dilatado matrimonio. Don Severo había borrado a otra hija de su memoria, aunque con mayor desgarro que en el caso de María Dolores, quien, desde el momento de nacer, nunca había conocido el afecto de su padre.

II

Cuando pudo descender del taxi, doña Fe del Castillo se paró unos momentos a contemplar el aspecto de Villa Casimira, la casa que había cobijado tantos y tantos momentos de su vida; unos buenos, otros menos buenos, y otros, depravados como una castración. Allí había ido desgranándose día a día, íntegra, su infancia. En la mano derecha apoyaba su vejez en un bastón de ébano con empuñadura de plata, mientras la izquierda sostenía la jaula *art déco,* donde desde hacía setenta años habitaba la cotorra, su más íntima e inquebrantable compañera. Examinó, sin pasión alguna en la mirada, la vieja y ancha galería, enferma de abandono, que recorría la fachada entre las dos torres que ponían fin por ambos lados al edificio.

—Bueno —dijo en voz alta, mientras el taxista descargaba el equipaje—, ya hemos llegado al mausoleo.

En ese instante, un perro y las gallinas alertaron a la guardesa de la llegada de doña Fe. La buena mujer recorrió trotando los cien metros que separaban su domicilio del de los señores.

—¡Doña Fe! ¡Cuánto bueno por aquí! —se abalanzó sobre el cuello de la anciana, quien, inmediatamente la alejó de sí sin contemplaciones:

—¡Déjate de pamplinas, Hortensia! ¡Deberías saber que soy enemiga de los aduladores! ¡Pero no te quedes ahí como un pasmarote, mujer! Ayuda a este buen hombre a meter el equipaje.

Hortensia, dobló una esquina de su mandil sujetándola a la cintura, en un gesto mecánico y no exento de una azorada coquetería.

—Que lo vaya dejando ahí mismo. Como no sabíamos que iba a venir, la casa está cerrada. Voy corriendo a buscar la llave.

E hizo literalmente lo que había dicho, galopó de nuevo hasta su vivienda y regresó enseguida.

—Anselmo —dijo en tono de disculpa—, como no sabíamos que venía, se fue de caza. Seguramente la casa esté algo sucia, como...

Doña Fe la cortó con resignado aburrimiento:

—Sí, ya lo sé: como no sabíais que venía —se paró un momento entre dos peldaños de la breve y ancha escalinata que daba acceso al porche sobre el que se encaramaba la maltrecha galería—. Mira, Hortensia, ahora mismo vamos a hacer un pacto: no me importa demasiado cómo esté la casa, y no quiero que estéis incordiándome siempre. Con que quites las telarañas y algo de polvo, es suficiente. Una vez a la semana me llenáis el frigorífico de verduras, yogures y pescado; puedo asegurarte que como muy poco. Eso es todo. Yo no pienso molestaros a vosotros, pero tampoco estoy dispuesta a tolerar que me molestéis a mí. ¿Comprendido?

Lo cierto es que ni Anselmo ni su mujer eran empleados a sueldo, sino una especie de aparceros. Ya habían pasado aquellos tiempos de esplendor, que doña Fe tampoco añoraba demasiado. Hortensia era hija de una criada, ya fallecida, en la época en que todavía vivía su madre. Cuando la casa pasó a ser suya, y tras la defunción de las Ca-Ca, ésta se iba a cerrar. Por entonces, Hortensia acababa de casarse. Se llegó a un acuerdo con el matrimonio mediante el cual ellos podían vivir en las dependencias del servicio y aprovecharse de los campos, a cambio de vigilar la propiedad y de mantener el edificio en estado habitable.

—Bueno, bueno. Usted tan quisquillosa como siempre. No, si genio y figura —Hortensia se interrumpió arrepentida, doña Fe terminó el refrán con acento casi festivo:

—¡Hasta la sepultura!

—Venga mujer, ¡déjese de pamplinas! Ahora, mientras descansa un poco, voy a prepararle una tortilla francesa, porque estoy segura de que no ha comido —examinó el reloj—. ¡Jesús… si son las tres y cuarto!

Una vez a solas, doña Fe se desplomó en un sillón que vomitó un polvo de alcurnia, guarecido en él desde antiguo, desde que el abandono se enseñoreaba, inexorable, sobre aquella fastuosa residencia que escondía entre la soledad de un monte su sonrojo de saberse excesiva y fuera de contexto. Su padre la había hecho construir, tal como era, después de regresar de Cuba y sin reparar en gastos. Su intención únicamente había sido hacerse acreedor de la mano de una de las hijas de don Severo; codicia casi impensable. Ésa había constituido su más recóndita ambición desde la primera vez que, siendo aún niño y pastor de ovejas, había pasado por Montorga y había visto desde el exterior la provocación que exhalaba a los transeúntes, casi como un exabrupto, el caserón señorial de los Montemayor. Ya todo aquello sólo era pasado.

Elisa, un suspiro español
CAPÍTULO CUARTO

I

Doña María Cristina de Habsburgo-Lorena, regente de España, daba a luz a su hijo póstumo el día diecisiete de mayo de 1886, y con él, el país clausuraba sus recelos y se vestía de un alivio sosegado y no exento de esperanza. El príncipe heredero sería bautizado con el nombre de su difunto y llorado padre. Se llamó don Alfonso XIII.

En tanto, la señora Teresa estrenaba su modesto, pero afortunado matrimonio, mientras su padre, don Severo, se iba inundando de una acritud huérfana de motivos, cuyos resultados beligerantes a menudo encontraban destino en el cuerpo y cara frecuentemente tumefactados de su esposa Carlota. Llevaba doña Carlota su cruz con encomiable paciencia, consciente de que entre su marido y ella existía algo más de una generación de distancia, y de lo que eso podía significar en el futuro. Sólo la mirada metálica de su hija Casimira taladraba con silente ferocidad a su padre cuando éste levantaba la mano para dejarla caer sobre la anatomía de su madre; una rabia vencida laceraba su pecho y estrangulaba su garganta en tales momentos. Quizá no tanto inspirada por el fervor que dispensaba a su madre, cuanto por su propia ineptitud ante la flagrante arbitrariedad de que era objeto.

Pasaron en torno a cuatro años sin grandes novedades domésticas, salvo el natural desarrollo de los cinco hijos del matrimonio, que en su curso fueron diagramando su fisonomía e individualizando el carácter, a excepción de Catalina y Casilda, en quienes el tiempo parecía empeñarse en homologarlas haciendo de la una la réplica exacta de la otra. Nadie en la casa les prestaba demasiada atención, hecho que nunca parecieron acusar demasiado, sino todo lo contrario, como si la atención ajena interfiriera en su afinidad y dislocara su perfecta e íntima sincronía. Eran ellas quienes prestaban un interés puntual y siempre aquiescente a todo lo que a su enderredor sucedía, sin inmutar su semblante complacido, fueran sucesos venturosos o descalabros del destino. Don Severo empezó a menudear sus viajes a Madrid y, tras uno de ellos, a finales de verano, dictaminó durante el curso de una cena:

—He comprado un magnífico piso en la calle de Padilla. Está en el nuevo barrio que el marqués de Salamanca ha proyectado para que habite la gente de nuestra clase. Es muy espacioso y recién construido —hizo una pausa tan severa como su nombre. Luego añadió—. Creo que mi querida esposa doña Beatriz, que en paz descanse, tenía su parte de razón: en Madrid se pueden adquirir una formación y unos modales que están vedados a Montorga; de hecho, yo mismo estudié allí. Lo hago por vosotros, hijos míos. Nunca olvidéis la generosidad de vuestro padre —y sus ojos miraron embelesados a Máximo—. De momento lo estrenarás tú, Maxi. El próximo mes comenzarás a estudiar medicina.

Ya te he hecho la inscripción para el curso. Era eso lo que querías, ¿no? Supongo que estarás contento —luego miró a María Mercedes y a Casimira—. En su momento, también iréis vosotras, para adquirir una poca de soltura y unos modales adecuados.

A las gemelas las pasó por alto; también es cierto que sólo contaban nueve años. Sin embargo, ellas sonrieron y asintieron a la vez con su semblante siempre venial. María Mercedes se limitó a agachar la cabeza y a sonrojarse un poco, como si le hubieran hecho una propuesta deshonesta; su carácter desvaído —o su mediocridad— se iba decantando como la tormenta cuando, tras el trueno, empieza a escupir lluvia. Casimira miró a los ojos grises de su padre con su mirada gris metálica:

—Yo no quiero ir a Madrid —dijo.

—¡Tú te callas, doña no! Aún eres muy joven para expresar tus opiniones —zanjó su padre la conversación. Doña Carlota no intervino en el asunto, rehusó el segundo plato y, en su lugar, le fue servida, como todas las noches, una jícara de chocolate muy espeso y hecho en agua, donde ella diluía la acritud de sus silenciadas frustraciones.

Días más tarde, entró al servicio de la casa una joven llamada Filomena, quien descollaba por una fealdad sin atenuantes y por una voluntariosidad de dromedario. La muchacha había sido buscada expresamente fea, porque su misión era acompañar a don Máximo a Madrid y ocuparse de las labores de la casa, y don Severo, quien recordaba los servicios que Jesusa había prestado a su padre, quiso zanjar de raíz semejante posibilidad, que tan sólo podía aparejar inconvenientes. A la sazón, Jesusa —que ya no tenía más papel en el entramado laboral del hogar que ir arrastrando a quedos pasitos su asma cardíaca—, se ocupó de aleccionar a la recién llegada, en un gesto de solidaridad doméstica y de generosidad que nunca la habían caracterizado; seguramente la presunción de proximidad al más allá le incentivó tales virtudes:

—Escucha Filomena... —le decía Jesusa con voz de jaculatoria—, que tú eres muy joven y necesitas de un consejo... No hagas caso de los hombres y, especialmente, de los de esta casa; te arruinan la honra y la barriga, y como pago, acaban por arrinconarte como a un trasto inútil. Te lo dice Jesusa, que es vieja y sabe lo que dice. Tú, ¡pobre desdichada!, te vas a ir a ese país donde está la Corte para vivir a solas con don Máximo... —hizo una pausa en el laberinto de su memoria anciana e infructuosa—. Ay, hombres... hombres. Todos son iguales. Y don Máximo, ¡peor que ninguno! Te lo digo yo, que lo conozco desde que lo parió su madre.

Filomena escuchaba perpleja a Jesusa, pues el último pensamiento que pudo guarecer su mente es que, ¡en ella!, que era muy consciente de sus desencantos, pudiera fijar su mirada aquel apuesto y refinado caballero, recién llegado de León, donde había terminado sus estudios de bachiller. Miró a la anciana con la sorpresa aún adherida al semblante y se le soltó la risa.

—Ríe... ríe... que el último que ríe es el que ríe más fuerte —concluyó Jesusa.

Don Máximo estrenó el flamante piso principal de la calle Padilla dispuesto a adueñarse de todos los placeres de Madrid. Desde los primeros tiempos buscó al mejor sastre para equipar su atuendo, ciñó gruesos anillos de oro y brillantes a varios dedos de sus manos, empezó a encender los cigarros puros con billetes de ¡quinientas pesetas! —que tanta y tanta gente ni siquiera conocía, y que su abuelo y demás antepasados habían atesorado, de muy oscuras maneras, a lo largo de generaciones— y se presentó ante sus condiscípulos anteponiéndose un título de conde que no orlaba su apellido. Pronto, su fama traspasó las aulas de Medicina y serpenteó por medio Madrid, desde los más selectos salones privados hasta los lupanares también más selectos, pasando por todos los teatros frívolos y menos frívolos —donde María Guerrero empezaba a aquilatar su fulgor—, pero siempre sensibles al galanteo de un hermoso y sumamente acaudalado libertino. Así pasaron casi dos años, sin que el idolatrado vástago de don Severo —y la gran flaqueza de su alma— hubiera aprobado más que tres asignaturas de la carrera, y ante el constante pasmo de Filomena, quien disponía, por voluntad de don Máximo, de otra criada bajo sus órdenes. También habitaba en la casa un ayuda de cámara en exclusiva para los múltiples menesteres que el señorito requería. La pobre muchacha pensaba con frecuencia en la vieja Jesusa y sus consejos, y estallaba en muy sonoras carcajadas.

Pero por entonces, y de modo insospechado, el amor iba a inflamar sin escrúpulos el alma disoluta de Máximo, e iba a hacer presa en su talante con tan insidiosa ferocidad, que el joven abjuraría de buena parte de sus excesos. Se llamaba Elisa. Parece ser que pertenecía a una muy linajuda y adinerada familia oriunda de Sevilla. Era huérfana, y habitaba sola, con abundancia de servicio, un piso señorial en la Carrera de San Jerónimo. Pero lo más importante es que era, sin riesgo de duda, la mujer más hermosa que jamás habían contemplado sus ojos expertos en mujeres. Le fue presentada, en el curso de una velada íntima, por sus dos hermanos, compañeros de carrera de don Máximo. Inmediatamente se prendó de sus innumerables encantos. La dama estrangulaba pudorosas sonrisas dando su implícita aquiescencia.

Y aquella noche, don Máximo despedía su vida de crápula, como quien despide su vida de soltero —a sabiendas de que, a partir de entonces, sus pasos cambiarían de rumbo— cuando, entre el denso humo de los puros y la miscelánea de exacerbados perfumes que la noche y el antro cobijaban, una mano de Murillo apoyó su desmayo sobre el hombro del disoluto arrepentido:

—Me invitas a *champagne* —por cierto, de reciente producción en España—, morenazo.

De inmediato don Máximo —que tenía el pelo rubio ceniza y los ojos verdes— atisbó estupefacto a la moza que derrumbaba la mano sobre su clavícula. Lo primero que vio, fueron sus grandes ojos negros perdidos en la vaguedad del recinto —pues ni siquiera lo miraban—, profundos de insomnio, e insondables, a fuer de acumular derrotas de amores ficticios. Lo segundo que vio, es que la mujer, tras su escote de gacela esbelta y blanca, no ocultaba con gran éxito los muchos años que acuñaba; sin duda, podría ser su madre. Lo tercero que vio, fue una pena de Virgen de las Angustias diluida en la profundidad difusa de su mirada negra.

—¡Pues claro que te invito, preciosa! Que no se diga que el conde de Montemayor niega una copa a una mujer.

Por primera vez, mientras se sentaba, la hetera lo miró a los ojos:

—¿Montemayor has dicho?

—Sí, Montemayor, ¿por qué? —se afianzó don Máximo.

—No, por nada. ¿Y cómo te llamas? ¿O he de llamarte conde?

—Me llamo Máximo, ¿y tú?

—Yo me llamo Lola.

El joven inauguró, mediante un brindis con una vieja ramera, la disuasión de su vida libertina. Y qué mejor modo de hacerlo que enfrentándose y acariciando los estragos que la molicie, tras el paso del tiempo, infringe al cuerpo e imprime al alma. No, para él constituía un episodio concluido. Elisa, ¡la bella Elisa!, redimiría con sus encantos sin mácula las miasmas que su pecho pudiera albergar, y juntos, en irreprochable convergencia, fusionarían sus vidas hasta que la muerte, ladina, los arrancara de su abrazo. Sabía que la había engañado diciéndole que era conde, pero estaba seguro de que ella en su generosidad y fervor pasaría por alto esa mentirijilla. Eso sí, tenía que aplicarse y terminar la carrera. Cavilaba ausente el mozo todas esas cursilerías, cuando su acompañante interrumpió el curso dislocado de su efervescencia.

—¿En qué piensas? —le preguntó Lola agitando distraída las burbujas de su copa, y traspasándolo con su mirada bandolera. Máximo, evidenció su sobresalto y su contrariedad, como si el compartir con aquella mujer sus impolutas reflexiones pudieran mancharlas de ignominia.

—¡En nada, en nada! Pensaba en mis cosas.

Y fue entonces, cuando un deseo irrefrenable de conocer sus carnes pecadoras y seguramente algo fofas —que en otra circunstancia no habría deseado— hicieron presa en él, para disuadir esa etapa de su vida mediante una experiencia irrecordable.

—Escúchame, rubia —le dijo riéndose procaz, pues Lola era morena—. ¿Qué te parece si nos llevamos un par de botellas de ese asqueroso vino con burbujas para bebérnoslo en los ombligos?

La mujer rió la burda ocurrencia con risa profesional y agotada. Se puso en pie:

—Cuando tú digas, conde.

El coche atravesaba la madrugada madrileña poblada tan sólo de mendigos y truhanes. El trote de los caballos interrumpía el silencio como una tempestad de granizo. De lejos, se oían las campanas de una iglesia muy madrugadora. Al fin, el coche se detuvo en plena calle Ancha de San Bernardo. Lola introdujo a don Máximo en el silencio sumiso de un vasto recibidor.

—Tienes un piso muy bonito —dijo el joven, algo confuso.

La mujer paseó fugazmente su mirada por las paredes. Aquella pena remota y resignada volvió a atisbarse durante unos segundos en la profundidad de sus ojos submarinos.

—Sí. Era de mis abuelos. Es lo único que me queda —y su voz arrastró una amargura, más rebelde que doliente, a lo largo de su acento.

Mientras la mujer desataba su corsé, Máximo empezó a comprender que más que aquel cuerpo, deseaba un oído anónimo al que hacerle unas confidencias que taladraban su pecho de entusiasmo, enjauladas en el silencio embriagado de ilusión. Besó su cuello de gacela avejentada, sin rastros de deseo, y con un brío que cobraba exaltación tan sólo cuando recordaba a Elisa. Pero sabía que Elisa, en tanto no estuvieran casados, era intocable para él. Copularon con un ímpetu anémico bajo la mirada inerte e indulgente de un Cristo de bronce y, tras el ayuntamiento de la carne, ambos se quedaron tendidos sobre aquella cama honorable, con dosel y mosquitero de organdí, que no parecía en absoluto la cama de una furcia. Fue entonces cuando Máximo sucumbió a la debilidad apremiante de hablarle a una extraña de sí mismo, de evaluar su juicio mercenario e imparcial para poder hacer juicios de valor. Y fue entonces cuando el resultado de las confidencias se volvieron contra él para abofetearle el sino, que si de algo era inocente era, precisamente, de su curso.

Habló el mozo, de Montorga y del «magnífico palacio de sus padres», habló de su vida disoluta y del amor inaugural que le redimía el alma. Habló y habló sin darse cuenta de que mientras él hablaba, un llanto manso y acrisolado anegaba la mirada insondable de Lola, la azucena mustia de fango.

Pasaban las diez de la mañana, cuando ella se cansó de oírlo, y le dijo que se fuera; que se fuera, y que procurara no volver a cruzarse en su camino. Lo despidió a la puerta con su rostro trasnochado, cuarentón y lánguido de cabalísticas agonías, barnizado de un llanto desmedido e incoherente, y con una expresión ignota de rencor en su mirada submarina.

«Bueno, una puta sensiblera.» Se dijo don Máximo mientras descendía los peldaños. Cuando alcanzaba el portal, la portera interrumpió su recorrido.

—¿Baja usté de casa de María Dolores Montemayor? —preguntó sin ninguna ceremonia.

—¿De quién ha dicho?

—Bueno, quizá usté la conozca como Lola. ¿Sabe si va a dormir?, porque es que quería subir a hacerle la limpieza. Desde que se tiró al arroyo, una nunca sabe cuándo puede ser indiscreta. ¿Usté me comprende? No, si una lo aguanta todo, porque sabe lo que sabe. Y los vecinos, lo mismo. Que si no, de qué.

Don Máximo deslizó cinco duros en la mano de la mujer.

—¿Qué es lo que sabe? Y prométame no decirle nada a ella ¿De acuerdo?

La mujer contempló el dinero sin dar crédito a su mano ni a sus ojos.

—Pues que la pobre mujer siempre fue una desgraciada, ¿sabe usté? En tiempos de sus abuelos, eran unos auténticos señores. Luego, su madre se casó con un forastero descastado y terminó mu malamente la mujer, quemadita toda ella como el cisco del brasero, ¿sabe usté? Después, ¡hala!, aquí me abandonaron a la niña sin dar nunca más señales de vida. Luego, sus abuelos también acabaron mu, ¡pero que mu malamente!, ¿sabe usté? Y la pobre criatura, solita en la vida, y víctima de la gula de los administradores, ¡pos claro!, ¿cómo iba a acabar… como acabó!

—¿Está segura de que se llama María Dolores Montemayor? —recalcó don Máximo negándose aún ante la evidencia.

—¡Sí señor! María Dolores Montemayor Granado, pa más señas. ¡Pos no voy a estar segura, si la conozco desde siempre! ¿Además, quién cree que le sube el correo? Aunque, ni cartas recibe ya la pobre desdichada.

Don Máximo, sumido en un mar de pesadumbre y confusión, únicamente quería desaparecer.

—Muchas gracias. ¡Ah!, y no suba ahora. Déjela descansar un rato.

Durante varios días cobijó la intención de hacerle una visita a su media hermana y aclarar las cosas, pero al fin comprendió que no debía hacerlo, que sería como echar agua sobre los rescoldos de dignidad y orgullo que aún le quedaban y convertirlos en cenizas. De hecho, ella no había querido —y lo entendía— darse a conocer en tan lamentables circunstancias. Sin embargo, don Máximo —que a diferencia de sus antepasados, tenía un corazón generoso, incluso pródigo— le fue haciendo llegar con regularidad cada mes, de forma anónima, una cantidad desahogada de dinero, hasta que un año más tarde —cuando don Máximo ya organizaba la boda con la hermosísima Elisa— Lola se quitó la vida, que había empezado a pesarle demasiado sobre su ánimo sutil. El medio hermano acudió a su entierro, que él mismo costeó, en representación de toda la familia, quienes jamás conocieron el abyecto recorrido de María Dolores por la existencia. Acudió, con una sensación de fracaso colgándole del semblante; no sólo motivada por la muerte y la vida desventuradas de su hermana, sino también presa de una melancolía indefinida, como si presagiara el infortunio que se cernía sobre su futuro matrimonio.

Estudiaba con ahínco, don Máximo, para terminar cuanto antes la carrera y poder casarse con su idolatrada doña Elisa. Sin embargo, fue a finales de 1893, cuando doña Elisa empezó a apremiar a su novio para contraer matrimonio sin mayores dilaciones. Total, qué falta les hacía a ellos que don Máximo se hiciera médico, si era conde y multimillonario. El rendido novio sucumbió al mismo impulso, sabiendo que su futura esposa, aparte de ser una belleza, pertenecía a una distinguidísima y acaudalada familia andaluza propietaria de cortijos y caballos purasangre. Comprendió el mozo las premuras de la dama, que era huérfana desde hacía años y, por ende, resultaba justo y comprensible que deseara agilizar los esponsales para tener a su lado a un esposo que velara por ella y por sus intereses.

En ese sentido, doña Elisa rogó a su prometido encarecidamente, que ya que ella, por desgracia, no tenía padres que la acompañaran, prefería contraer matrimonio sin invitados y mediante una ceremonia casi clandestina y exenta de celebración alguna. No deseaba una boda rumbosa y abigarrada por toda la crema de vampiros madrileños. Aceptó esa condición don Máximo con cierta reticencia, pues a él le hubieran gustado unas nupcias inolvidables en los anales de la buena sociedad.

Acudió don Severo a Madrid a pedir a los hermanos de Elisa la mano de ésta y, a pesar de haber mostrado ciertas reticencias en que su vástago se casara con tanta premura y sin haber terminado los estudios, inmediatamente quedó cautivado por los encantos de la novia y por el boato en que la dama se desenvolvía; firmemente convencido de que su hijo —que en verdad era muy guapo y rebosante de carisma— iba a dar un importante braguetazo.

Se casaron en el curso de una menguada ceremonia, el día 20 de diciembre de aquel mismo año. Como únicos acompañantes acudieron a la iglesia, una prima lejana de la novia —que fue su madrina—, sus dos hermanos, y don Severo, que apadrinaba el casamiento. El novio contaba a la sazón veintiún años y un alma pródiga, pero de corazón limpio.

Lo cierto, y lo primero en descubrirse tras las nupcias, fue que don Máximo había engañado a su novia haciéndose pasar por más rico de lo que en realidad era, y adornando su apellido con un título de conde que, ni él, ni nadie en su familia había poseído nunca. De su parte, doña Elisa, había engañado execrablemente a su marido —teniendo por cómplices a sus hermanos— omitiéndole absolutamente todas las verdades de su vida, salvo que era huérfana.

Elisa, que era casi cuatro años mayor que su marido, había nacido en la calle de la Montera, en los tiempos perversos en que la miseria empezaba a devorar al pueblo, y la reina Isabel II iniciaba su mutis hacia el exilio, en el infausto año 1868. Era hija de un modesto relojero y de una hacendosa sastra de camisas masculinas. Tuvo cuatro hermanos, todos varones; dos mayores que ella y los otros dos —que eran los estudiantes de medicina— más jóvenes.

Nació la niña con la naturaleza derrochando perfección en su palmito: era blanca como el amanecer, tenía el cabello negro como una noche apagada, y sus ojos eran de un color indeciso, como una aleación inaudita de oro y esmeralda. Pronto se convirtió en el tesoro de la familia, que no economizó al invertir en ella el producto de muchas horas de puntadas de su madre y otras tantas de lente de relojero en el ojo cansado de su padre para —y a pesar de los tiempos de infortunio que corrían— adornar todos los encantos de la niña con una adecuada educación. Sin duda, abrigando la esperanza de estar invirtiendo en la posibilidad de que, en el futuro, un matrimonio ventajoso pudiera redituar de manera fértil los desvelos que le estaban prodigando. Creció Elisa, pues, como una auténtica señorita, a costa del sudor de toda la familia. Pero quiso el infortunio —y acaso las muchas privaciones— que, el año en que Elisa cumplía diecisiete abriles, la tisis galopante se ensañara a dentelladas en casa de un honrado relojero de la calle de la Montera. Con diez meses de intervalo habían muerto en dicho hogar ambos cónyuges y los dos hijos mayores. La madre, fue la última en entregar el alma al más allá. Antes de hacerlo, miró a su hija desde las cavernas donde sus ojos naufragaban, y le hizo prometer que pondría tanto empeño en sacar adelante a sus hermanos, como ellos habían puesto en hacer de ella una señorita.

Elisa se encontró sola y en completo desamparo con un hermano de catorce años y otro de doce y medio. Logró malvender el pequeño taller donde su padre arreglaba los relojes y así, consiguió algún dinero para las necesidades más apremiantes, consciente de improviso de que le quedaba un largo y arduo sino frente a ella, —que apenas si sabía de privaciones— y con un hermano tirando de cada una de sus manos. Pensó Elisa en ofrecerse como institutriz en las casas de los ricos, pero enseguida comprendió qué menguada atención podría dispensar así de cara al futuro a sus hermanos. Sin embargo, no tenía otra alternativa. Y quiso el azar que una tarde perversa de febrero, mientras ella caminaba por la Carrera de San Jerónimo —adonde acudía cada tarde para dar clases de bordado a dos niñas muy bien alimentadas— de regreso hacia su casa, zarandeada por el viento, y semienterrada entre la nieve, un lujoso coche se parara a su lado. Desde el interior, una voz aterciopelada y de escrupulosa seriedad, pero que no admitía negativas la invitó a ocupar el coche:

—Señorita, tenga la bondad de subir. Permítame acompañarla a donde quiera que vaya. No es propio que una dama como usted sortee a flor de la intemperie semejante tempestad.

Consciente de que la joven lo miraba con el recelo dibujado en su semblante de querubín terrenal, el desconocido exhibió una sonrisa de excusa y añadió chistera en mano:

—¡Oh!, disculpe mi profunda grosería, y permítame que me presente: Cristino Martos, presidente del Congreso, a sus pies señorita.

Por la mente de la joven centellearon, como vertiginosos relámpagos, un sinnúmero de conjeturas que quizá se le estaban brindando. Examinó un momento el lujoso coche y el aspecto venerable de aquel caballero:

—Elisa Bustamante, caballero.

—Tenga la bondad, señorita Bustamante —dijo don Cristino Martos y Balbi tendiéndole la mano.

—Lo cierto, es que voy hacia mi casa y está muy cerca. Vivo al comienzo de la calle de la Montera —dijo Elisa mientras subía al coche.

Al día siguiente, y sin grandes quebraderos de conciencia, Elisa Bustamante, inauguraba una nueva vida. Pronto, don Cristino Martos le pondría un lujoso piso para que habitara ella y recibiera sus visitas galantes en la Carrera de San Jerónimo, que por alguna razón era una calle que le gustaba a Elisa. En su casa paterna se instaló una muchacha para atender las necesidades domésticas de sus hermanos, quienes inmediatamente se pusieron a estudiar. Vivió Elisa con todo el regalo que su juventud y encantos merecían, y que la devoción incondicional de don Cristino Martos podían dispensarle, que era mucha.

Era don Cristino, hombre de gran oratoria, magnífico abogado, y con una tan larga y sobresaltada como fulgurante carrera política a sus espaldas: había sido condenado a muerte y ayudado a escapar simultáneamente, junto a Emilio Castelar, Sagasta y algunos otros antagonistas del reinado de Isabel II. Había formado parte de la junta revolucionaria de 1868 y, en su época, fue diputado, y posterior ministro de Estado. Durante el efímero reinado de don Amadeo de Saboya y la aún más efímera república, ostentó los cargos de presidente del Congreso y de ministro de Gracia y Justicia.

*Tras la restauración borbónica, hubo de emprender
nueva ruta hacia el exilio, pero en 1883 se declaró
monárquico y, tres años más tarde, de nuevo fue nombrado presidente del Congreso. Es éste un balance
somero —por no hacerlo exhaustivo— de los múltiples y
complejos entresijos políticos entre los que discurrió la
vida del granadino Cristino Martos y Balbi, hasta que
en 1893 abandonó esta vida y, con ella, a la hermosísima cortesana Elisa Bustamante, quien desde hacía siete
años no sabía de privaciones, pues había decidido aliviar su memoria de los malos tiempos transcurridos en
su incipiente juventud.*

Lo cierto, es que Elisa conoció a don Máximo
algún tiempo antes de la muerte de su benefactor. Sus
hermanos, curtidos en la sabia escuela de la vida, inmediatamente vieron en el rico, alocado, y bastante ingenuo
conde, un candidato idóneo a la mano nívea y maculada
de su hermana; tras los despojos de un amante, que no
iba a durar eternamente y que, en cualquier momento,
podía hartarse de ella y ponerla de patitas en la misma
calle donde la había encontrado. Para agilizar la situación falleció don Cristino, dejando como única herencia
a Elisa su magnífico vestuario, una discreta colección de
joyas y los muebles del piso, ya que éste era alquilado.

Ésa era la verdad que aguardaba a don Máximo,
para acompañar sus livianas mentiras, una vez consuma-
do el matrimonio. Fue el mayor de los hermanos de la
novia quien descubrió el fraude, sin escatimar detalles de
crudeza, ni abundancia de carcajadas, al saber que el conde con quien había casado a su hermana no era conde, y
que su fortuna tampoco le iba a permitir seguir encen-
diendo cigarros puros a lo largo de toda su vida con billetes de quinientas pesetas. Se lo contó al marido engañado

en su honra y en su dote, se lo contó al suegro de su hermana, o sea, al padre del marido, y probablemente hasta se lo contara a Filomena para vengar la expectativa ambiciosa y, si no fracasada, sí menguada, en la consecución de sus voraces y desenfrenados proyectos para el futuro de su hermana y, en cierto modo, para el suyo propio.

Don Máximo, recibió el detalle de la tropelía perpetrada con amarga y serena resignación, pues habría tomado acíbar o cicuta misma, si Elisa se la hubiera ofrecido. Fue don Severo el que, una vez al corriente del asunto, intentó saltar de la butaca —probablemente hacia el cuello del bellaco—, pero una mano invisible lo precipitó de nuevo hacia la butaca y allí permaneció inmovilizado por la misma invisible fuerza, mientras su mirada metálica se enrojecía con furor asesino, y la sangre se le agolpaba en el ceño, como solía ocurrir cuando se enfadaba, y toda su expresión, desde el almidón de la camisa hacia arriba se le tornó cianótica. En ese estado de inmovilidad y rigidez permaneció una semana, hasta que exhaló la vida de su alma furiosa —sin lograr decirle al menos unos cuantos exabruptos a aquellos buscavidas— el mismo día de Inocentes en que habría cumplido los sesenta y nueve años.

Consideró don Máximo que no era adecuado —o que no tenía talante para ello— informar de inmediato a su madre de la muerte tan intempestiva de su padre, y organizó un decoroso funeral y enterró a su progenitor —junto a todas las ambiciones que éste había cobijado para él— en la misma sepultura donde escaso tiempo atrás había sido enterrada María Dolores, su hija más rotundamente abominada.

Elisa asistió a la vertiginosa sucesión de descalabros con su encantadora sonrisa estancada en el semblante, consciente de que su belleza incomparable la redimía de toda culpa. Sólo una nube se posaba en su ánimo diáfano, era la incertidumbre sobre la holgada estabilidad de su futuro, que tanto ambicionaba, y que nunca había podido acariciar a fondo.

II

—Ya era hora… ya era hora de que se dejara ver por aquí. Que desde que falleció la pobre doña Felicidad, que en paz esté, nos tenía bien abandonados. Y ¿viene por mucho tiempo? —la reconvino y le preguntó simultáneamente Hortensia, mientras extendía un mantel de hilo blanco que amarilleaba de abandono, sobre todo en los dobleces indomables que el desuso había troquelado cuadriculando su superficie.

—No lo sé hija, no lo sé. Eso, sólo Dios lo sabe —respondió difusamente doña Fe, contradiciendo sus principios que no albergaban demasiada fe en el más allá, sino una incertidumbre sosegada y bastante más escéptica que ferviente.

—Ande, tómese esta sopita antes, que le sentará divinamente. Es de cocido. Por suerte había guardado caldo. Luego, cuando vuelva Anselmo, que coja el coche y se acerque, en una escapada, a Montorga para traerle lo que necesite.

—Sí, ya le tendré una lista preparada —la anciana dejó la cuchara un momento en suspenso—. Hortensia, te lo dije en serio: cuando puedas, limpia un poco, y despreocupaos de mí. Si os necesito, ya os llamaré. Quiero estar sola, y aún puedo valerme por mí misma bastante bien. ¿De acuerdo?

—Ya... —Añadió la mujer, arrastrando un monosílabo que podía incluir múltiples intenciones.

Con los reflejos que sólo una inteligencia privilegiada y sin mella podía albergar a los noventa años, la anciana replicó veloz:

—Y si un día dejara de valerme... aún puedo costearme a una enfermera que me atienda; te lo aseguro, hija. ¡Hala, hasta luego! —acompañó su destemplada despedida con un ademán, no menos destemplado, de su mano libre.

Tras la comida, doña Fe recorrió habitaciones y más habitaciones, como reencontrándose con los orígenes, que es una manera de saludar las postrimerías. Quería llegar a ellas en paz y, para poder lograrlo, era preciso reconciliarse con la hostilidad de los recuerdos.

Abrió la puerta de la habitación de Félix, que había sido una de las primeras en cerrarse —y en buena hora— en aquella casa. Miró, a través de la solera del rencor, la cama del mayor de sus hermanos, que las criadas hacían por riguroso turno, pues todas sentían una repugnante aprensión a tocar las sábanas de un hombre que aglutinaba todas las degradaciones: desde los residuos del semen y el alcohol, hasta una más que probable sífilis.

Abrió la puerta del dormitorio de Felisa, que había abandonado hacía muchos años, para casarse con un notario, que equilibraba su cojera con un zapato de veinte centímetros de altura. Mediante ese matrimonio, resignado y sin amor, redimió su hermana la rebeldía

—o incapacidad— recalcitrante que siempre gobernó su infancia y juventud para ser ella misma en la vida e interpretar su propio papel como, de una u otra forma, habían hecho todos los hermanos. «Debajo de la manta, lo mismo da la oveja negra que la blanca», le había dicho en una ocasión, más bien para justificar su íntima frustración. Había vuelto doña Felisa, en coche funerario y acompañada por sus dos hijos, para que la tierra donde había nacido albergara sus despojos. Doña Fe, acudió a su entierro sólo por mera cortesía. Una sima de antagonismos había ido medrando entre ella y la familia de su hermana a lo largo de la vida, hasta dejarlas casi desnudas de afinidades y afecto.

Abrió la puerta del cuarto donde había cursado la vida y la muerte a destiempo de su hermana Fernanda, de quien guardaba un recuerdo palpitante, pero brumoso; porque sus rumbos sólo convergieron en su primera infancia, antes de que una perversa epidemia acabara con su incipiente juventud.

Siguió abriendo y cerrando puertas de dormitorios largamente abandonados. Invadió la soledad dormida de la recámara donde Felicidad, la más joven de todos los hermanos, había acudido también para depositar los residuos de toda la amargura que pobló su vida contaminada de un ineludible sentido trágico, y cuyo origen sólo ella conocía. Una lágrima, más que de dolor de frustración, rodó por sus mejillas de viruta.

Irrumpió, con el ímpetu tirando de ella hacia atrás, en la intimidad silente donde en una misma noche habían alcanzado la liberación del cuerpo: Fermín, el más querido de todos sus hermanos, y sus tías Catalina y Casilda que estrenaron las tinieblas respetando los veinte minutos de diferencia con que habían amanecido.

Profanó la clausura mortuoria de la habitación, donde su padre había vivido el rigor de la agonía, reclamando con una docilidad fracasada la presencia de su esposa, quien se negó con rotunda crueldad a verlo agonizar.

Clausuró, por fin, su excursión por el recuerdo de la vida y de la muerte abriendo la puerta de su propio dormitorio, donde había cobijado unos sueños que, al irse realizando, no habían sido idénticos, ni mucho menos, a cómo los había soñado.

Cerró por fin la última puerta del pasado, con la conciencia algo redimida de residuos ancestrales y de atavismos lastimados; como quien confiesa sus pecados y cumple con docilidad la penitencia que le ha sido encomendada. Bajó trabajosamente la ancha escalera de peldaños de roble, y salió al jardín que amurallaba la parte posterior del edificio. Allí recibió una bocanada de luz primaveral, y su alma experimentó un sobresalto de ímpetu renovado, al inhalar el perfume pegajoso de las rosas, que crecían a su libre albedrío, multicolores y en promiscua exuberancia, ofreciendo renacer donde todo era silencio. Tras recorrer el mismo trecho, apoyada en su bastón, que doña Casimira recorría invariablemente con pasitos briosos y menudos, bajo la clemencia circular de una sombrilla, ya entonces anticuada, se sentó en el cenador donde su madre solía sentarse por las tardes de tantas primaveras remotamente deshojadas. Era un tiempo sagrado, de profunda intimidad, y que nadie podía vulnerar, el que su madre pasaba sentada, muy hierática y a solas, en aquel cenador, serpenteado ahora por múltiples enredaderas que lo devoraban con su silvestre dentellada y su voracidad salvaje. ¡Quién sabe a qué arcanos sortilegios de nostalgia, o a qué místicas y silenciadas devociones dedicaba aquel tiempo íntimo e incompartible el alma indómita de su madre, siempre en la linde sutil y quebradiza del desequilibrio que malgobernaba su razón. Doña Fe había intentado infructuosamente emular sus pasos y recorrer aquel trayecto por el mismo recorrido, de ignotos motivos, que su madre transitó durante todas las primaveras a lo largo de su vida. No encontró en la fragancia malversada, ni en la quietud deshabitada de aquel ámbito inundado de maleza, la elocuencia del impulso de su madre, ni los cabalísticos sortilegios que la acompañaron, leales e inquebrantables, hasta alcanzar la tumba.

Recordaba una ocasión, cuando ella estrenaba adolescencia, en que había acudido hasta el cenador abalanzándose sobre los brazos livianos e inflexibles de su madre, quizá intentando romper su indestructible intimidad. Ella la había rechazado sin ira, y mirándola con todo el menguado calor que podían emanar los iris gris metálico de sus ojos, le había dicho vagamente:

—Hija, no hay dolor en la tierra del silencio.

Doña Fe, al cabo de los años, y de una larga andadura por los laberintos de la vida, pensaba entonces que tan sólo había alcanzado, en la perífrasis de aquella reflexión, algún sentido a su ignoto contenido:

—No hay silencio en la tierra del dolor, madre.

Se dijo en voz alta, justo en el momento en que Anselmo interrumpía su comunión con el vacío saludándola en las mismas claves que lo había hecho su mujer:

—Bueno, bueno, doña Fe. Cuánto bueno por aquí.

—¡Demasiado bueno! —contestó la anciana con cajas destempladas—. Sobre el arca del vestíbulo encontrarás la lista de la compra.

El hombre, que había interrumpido su camino y su saludo, hizo ademán de darse la vuelta y batirse en retirada. Doña Fe detuvo su mutis con voz jovial:

—Anselmo. ¿qué tal se dio la caza?

El hombre se volvió distendiendo su ánimo compungido:

—Bastante bien, doña Fe, bastante bien: cayeron tres liebres.

—¡Así me gusta! —lo despidió la anciana con tono cómplice y festivo.

Aquella noche sonó tres veces el teléfono en una casa donde hacía mucho tiempo que no habitaba nadie. Doña Fe lo dejó sonar templando su ímpetu de levantar el auricular. Sabía de sobra quién llamaba.

Don Máximo y las pelanduscas
Capítulo quinto

I

Recibió la viudedad doña Carlota, con cuarenta años, cinco hijos, una nuera, y el alma tan mellada, que ya ni siquiera logró cobijar aquel regocijo íntimo que tantas veces se había prometido a sí misma reservar para la ocasión. Encargó, en la catedral, un funeral muy solemne por el eterno descanso del alma del finado —que buena falta le hacía— y las consiguientes misas gregorianas, a las que asistió indefectiblemente durante los treinta días que duraron, con el devocionario entre las manos y la expresión grave, elevando una plegaria a las alturas impregnada de una fe rencorosa, pero incólume: «Descansa en paz, compañero —bisbiseaban sus labios piadosos y rotundos—. Que tan a gusto vayas, como a mí me dejas. Al menos, lo que no pasarás es frío —en Montorga estaba nevando—, porque vas para una tierra muy caliente».

Menudearon las visitas que acudían a expresar sus condolencias a la dama, y que ella recibía con mucha ceremonia y un silencio masón ante las jícaras de humeante y espesísimo chocolate hecho en agua, donde doña Carlota hacía tiempo que diluía sus angustias.

Fue durante el curso de una de esas visitas de pésame, mientras intentaba guardar la compostura que hasta entonces la había acompañado, cuando la viuda se quedó con la jícara en suspenso durante unos segundos y a continuación la depositó en el platillo sin haberla llevado a los labios, e inmediatamente prorrumpió en un llanto de contralto, mientras la dama que se sentaba frente a ella entendió que constituía una obra de caridad cristiana el consolarla, y que eran maledicencias los rumores que circulaban por Montorga insinuando que aquella cazadotes no guardaba ningún decoro hacia la muerte de su esposo, ni siquiera fingiendo algo de dolor:

—Doña Carlota, tenga usted resignación cristiana —argumentó la piadosa señora—. Su esposo ya ha encontrado el descanso eterno en la Gloria del Señor, que es todo misericordia. Allí la aguarda a usted para reunirse de nuevo en la otra vida.

Doña Carlota miró a la dama, furibunda, haciendo un efímero intervalo en su llanto, que enseguida redobló con ímpetu renovado:

—Que me aguarde muchos años, doña Guillermina. ¡¡Ay, mi pobre sobrina de mis entrañas!! *Què habrà estat de tu, després de tots aquest anys?! Pobreta neboda meva, Montserrat dels meus pecats!*

Desde ese día, nadie más acudió a dar el pésame a doña Carlota. Ésta, se deshizo del corsé que aprisionaba sus adiposidades, se encerró en su casa y, en lo sucesivo, no escatimó la ingestión de chocolate, que bebía en tazones de los del desayuno.

Don Máximo y su esposa continuaban en Madrid, sin haber aparecido para nada por Montorga tras su boda y el fallecimiento de su padre. Intentaban aplazar la divulgación de su mutuo fraude, hasta que el tiempo, que todo lo suaviza, difuminara con su pátina de noticia ya obsoleta el gran escándalo que podía cernirse sobre los recién casados. Doña Carlota —cada vez más enemiga de los viajes, e incluso de salir a la calle—, empezaba a pergeñar su duelo sin dolor en completa ignorancia de la situación real de la pareja. Su hijo seguía recibiendo con regularidad la nada desdeñable renta que le habían asignado, incluso incrementada, para hacer frente a un hogar que además —según anunciaba por conducto epistolar— iba a ser incrementado por un descendiente. Y, «¡claro está, madre —explicaba en una de las primeras cartas—, yo necesito terminar la carrera, aun cuando no me hiciera falta para vivir. Y, como usted comprenderá, no es de hombres que sea la mujer quien corra con los gastos del hogar. Ya bastante hace, pues vivimos en su casa». Doña Carlota que, después del chocolate, era a su hijo lo que más amaba en este mundo, seguía enviándole cuantiosas sumas de dinero administrado ya por su mente catalana, pero anegada de ceguera maternal.

Sin embargo, pronto iba a desvelarse la verdad de aquel enredo, pues doña Carlota decidió —con gran contrariedad de Casimira— que ella y su hermana María Mercedes acudieran a Madrid para aprender buenos modales, como estaba decidido desde antiguo. Lo cierto es que fue tajante en llevar a cabo esa decisión; no tanto por el virtuosismo de modales que en Madrid podrían adquirir sus hijas, cuanto por su creciente vocación de estar sola, ya que las Ca-Ca, apenas si ocupaban presencia, atención y territorio.

Salió hacia la Corte, exhibiendo su indiferencia crónica, la mediocre María Mercedes. En tanto, Casimira había mirado fulminante a su madre, quien sorteaba su

117

mirada, como si estuviera cometiendo un acto delictivo; pues ambas recordaban —al unísono— aquel día, no tan lejano, en que doña Carlota se quejaba de que era tarde, y de que cuando su esposo, don Severo, regresaba tarde a casa, es que había estado en brazos de alguna mujerzuela, y en tales ocasiones, indefectiblemente, doña Carlota recibía de su esposo una notable paliza, como si ello le ayudara a lavar la mala conciencia que la puta le dejaba en el ánimo:

—¡No se deje pegar! —había argumentado, categórica, Casimira.

—Y ¿qué hago, hija? ¿Pegarle yo a él?

—¡Naturalmente! —replicó la joven sin ningún titubeo en la respuesta.

Doña Carlota había guardado unos instantes de silencio. Luego, dijo disuadida:

—Tu padre, aunque ya es viejo, es todo temperamento. Me mataría si lo intentara.

Casimira había mirado a su madre con un destello fulgente de sus ojos grises:

—Mire, cuando llegue, si se tira a pegarla, yo lo agarro, y usted le da —sentenció rotunda.

Llegó don Severo, colérico, como era previsible. Como era previsible, fue a descargar la cólera sobre el cuerpo de Carlota. Casimira, sin vacilaciones, se lanzó hacia su padre y lo inmovilizó con el mismo nervio que había heredado de él:

—¡Vamos madre! Déle ahora.

Y don Severo recibió la primera gran paliza de su vida, siempre regalada.

Por eso Casimira —que nunca quiso ir a Madrid y, a la sazón, cobijaba motivos para ello— había mirado a su madre resentida, como diciendo: así me pagas; y por eso la madre había agachado la cabeza, donde su razón ya empezaba levemente a quebrársele.

Poco y lamentable tiempo estuvo Casimira en Madrid, en tanto que María Mercedes no volvería nunca a Montorga:

A sólo un mes de haber llegado, la propia institutriz que esculpía sus modales —una *maîtresse* de Avignon— les presentaba a las señoritas de la calle Padilla a un maduro diplomático francés, viudo y sin hijos. Inmediatamente, el diplomático se quedó prendado de los encantos tras de los que María Mercedes guarecía su mediocridad, y también de inmediato, habrían de casarse; pues el francés, un mes más tarde, debía embarcar rumbo a Japón, país a cuya embajada había sido destinado. Se celebró la boda en abril de 1894, a cuatro meses de la muerte de su padre, por cuyo motivo, estando como estaban de riguroso luto, no acompañó a la ceremonia celebración alguna. Don Máximo fue el padrino y Casimira, la madrina. Doña Carlota, enlutada y con su tendencia al aislamiento, no asistió a los esponsales, ni tampoco a despedir a su hija, que se marchaba al fin del mundo, y a la que nunca volvería a ver.

Acudió la señorita Casimira a amadrinar las nupcias de su hermana con un gran desmadejamiento en su cuerpo menudo pero vigoroso, y una calentura que la hacía tiritar, cuando en realidad no hacía ningún frío. Una semana más tarde, la fiebre aumentó hasta el delirio y el vientre se le partía de dolor. Don Máximo —que no había terminado la carrera, pero que tenía una intuición especial para la medicina, casi como una aptitud o un arte innato— inmediatamente le diagnosticó que era tifus, e instruyó a la abnegada Filomena sobre las medidas profilácticas que debía observar para evitar la transmisión de la enfermedad. Acto seguido corrió al Hospital Universitario de San Carlos —donde sus hazañas eran ampliamente conocidas— en busca de los mejores especialistas para que atendieran adecuadamente la dolencia de su hermana. Don Máximo era pródigo y alocado, pero atesoraba una nobleza de espíritu que no había sido demasiado generosa adornando las cualidades familiares.

Partió doña María Mercedes hacia París —desde donde iniciaría, junto a su esposo, su viaje interminable— cuando la perversa afección de su hermana alcanzaba el cenit. Se despidió de ella, sin arrimarse demasiado a la cama y, exhibiendo una sonrisa congelada e inocente, le dijo de todo corazón:

—Hermanita, espero que te recuperes pronto de esa repugnante enfermedad. Y si no volviéramos a vernos, te prometo que siempre te llevaré en mi recuerdo.

Casimira la miró a través de la fiebre que tamizaba su mirada, herida también por el dolor de abdomen:

—Y yo espero que contraigas la lepra y que se te caigan la lengua y las orejas. ¡Cretina!

Fueron las últimas palabras que ambas hermanas se cruzaron en la vida.

Superó el tifus Casimira pero, como secuela, iba a acompañarla de por vida una sordera abominable. En cuanto le bajó la fiebre, despidió a la *maîtresse* de Avignon —que su cuñada Elisa le había buscado—, argumentando que, sorda como estaba, jamás iba a dar conciertos de piano, que el francés no pensaba hablarlo nunca, que eso lo dejaba para su hermana, y que a bordar ya había aprendido hacía años. Mandó a Filomena que le preparara el equipaje, y a ella le encomendó el cuidado de aquel piso —que hacía ya tiempo obraba en sus manos— y regresó a Montorga sin pedirle a doña Carlota su maternal opinión.

Una vez instalada otra vez en el vetusto caserón de los Montemayor, Casimira se sintió obligada —porque alguien tenía que hacerlo, y alguna vez iba a enterarse— a poner en conocimiento de su madre toda la verdad respecto al matrimonio de su hermano.

Nunca había exteriorizado, hasta entonces, doña Carlota una expresión de rencor tan perfectamente dibujada en su semblante. Esa misma noche escribió una larga carta a la pareja, henchida de comprensión e indulgencia, exhortando al matrimonio a dejar Madrid, y a que se instalaran en Montorga. Hacía énfasis la dama en que su hogar estaba en la casa familiar, en que ella era mujer, y se encontraba muy sola para gobernar su patrimonio, en que ni tan siquiera se había decidido a alquilar o a vender la botica de su difunto padre, en que necesitaba del apoyo de su hijo, en que deseaba que su nieto naciera en el hogar de la familia, y que, si no les parecían razones suficientes, iba a darles otra que, estaba segura, les resultaría completamente persuasiva: según obraba en testamento, ella era la usufructuaria de todos los bienes, hasta que Dios se acordara de llevarla —ojalá fuera muy tarde— y podía disponer de su gestión según su santa voluntad, y que su santa voluntad le aconsejaba no pasarles, en lo sucesivo, ni un solo real de renta.

Esta razón fue, en efecto, la más convincente entre todas las razones que doña Carlota había esgrimido. Hicieron amontonar los muebles del piso donde vivían —y donde Cristino Martos había estrenado, usado, y disfrutado a Elisa— como bien pudieron en el viejo domicilio de la calle de la Montera —que aún habitaban los dos estudiantes de medicina—, y una mañana calcinada de julio, la hermosa pareja descendió del tren y puso su pie en la muy hidalga ciudad de Montorga. Habían cursado un telegrama anunciando su llegada. En la estación estaba esperándoles el coche y el cochero de la familia, pero ninguno de sus miembros.

Lucía Elisa su avanzado estado de buena esperanza, que no restaba a su persona ni un ápice de belleza; lucía asimismo un elegantísimo vestido de seda color salmón muy pálido y una deliciosa sombrilla del mismo tono. Fueron escasos los viajeros o transeúntes que se cruzaron con el matrimonio desde el tren hasta el coche, pero todos ellos, sin distinción de sexo, embelesaron su mirada acariciando con ella a la gentil pareja.

Tras largo rato de espera —que Máximo entretuvo tomando limonada, y Elisa abanicando con elegante tino su recelo—, los recibió Doña Carlota, gorda, enlutada como un cuervo, y con un semblante avieso que nadie le había conocido nunca. Besó a su hijo —mejor dicho: aceptó un beso que él le depositó en la mejilla— sin pronunciar ni una palabra, e inmediatamente se dirigió a su nuera, a quien le espetó de sopetón:

—¡No sabes que esta casa está de luto? ¡Pues deberías saberlo, porque tal vez tú tengas cierta culpa de ese luto! —Elisa bajó la cabeza y se mordió levemente el labio inferior—. Sin mayores dilaciones sube a vuestro cuarto a ponerte algo adecuado. Y si no lo tienes, cosa que no me extrañaría, dile a una de las criadas que te preste una saya y una de sus *chambras*. ¡Jesusa —elevó una voz potente e imperativa que también era novedosa—, ven y enséñale a esta mujer su habitación!

Don Máximo hizo ademán de acompañarla. Doña Carlota abortó con vigor su ademán:

—¡Tú te quedas aquí! Tengo que hablar contigo.

Jesusa precedió a doña Elisa arrastrando su vejez y su asma cardíaca escaleras arriba.

Una vez a solas, la madre preguntó al hijo perdiendo buena parte de la gravedad:

—¿Para cuándo espera a la criatura?

—Para dentro de dos meses.

Doña Carlota miró a Máximo con tierna decepción:

—Ay, tonto… tonto. ¡Cómo te has dejado atrapar! —dilató una pausa—. Tú, eres mi hijo, pero ¡a esa, que no se le ocurra sentarse a la mesa donde yo me siento! En esta casa, los señores tienen un sitio, los criados otro, y para las cerdas existen las pocilgas —hizo otra pausa—. Como aquí no hay pocilgas, ella puede comer y hacer la vida en la cocina.

Con rigurosa puntualidad llegó a la vida el hijo de don Máximo y el primer nieto de doña Carlota. Fue bautizado, en privado, con el nombre de Cristino, bajo convincentes y mordaces presiones de su abuela. Y ocho días después del parto, ésta pasó una mañana a primera hora por la cocina:

—Bueno, hija —le dijo a su nuera—, ahora ya puedes ganarte el sustento que te estoy dando, ayudando un poco en las tareas de la casa. ¡Jacinta —dijo a la más joven de las criadas—, esa caldera de cobre quiero verla limpia como el oro! ¡Así que dale a la señora un estropajo, ceniza, vinagre, sal, y adelante!

—¡¡Ay mis manitas!! —se quejaba, desbordada por la angustia, la hermosa dama, mientras restregaba a fondo el estropajo por el cobre chamuscado de la caldera impregnado de aquella asquerosa mixtura. Jamás en toda su vida había lavado un plato, ni siquiera durante el breve tiempo en que había sido institutriz. Esa tarea la hacían sus hermanos para que ella pudiera conservar, intacta, la escarcha entonces inmaculada de sus manos.

Y pronto Elisa inició el contraataque —o, mejor dicho, la fuga— de aquella ingrata situación donde estaba inmersa: Con sus arrumacos de beldad herida, empezó a sugestionar a su marido para que éste conmoviera el alma de su madre; no hacia ella —pues sabía que sería inconmovible—, sino hacia él, que era un hombre, padre de familia, mayor de edad, llevaba el apellido Montemayor —que si bien no incluía condado alguno, si entroncaba con los antepasados de su casa y de su hacienda—, y por consiguiente no era justo que viviera eternamente bajo la tutela despótica y arbitraria de su madre.

—Queridito mío —le decía Elisa entre las caricias infalibles de su lecho conyugal—. Tan sólo una pensión, aunque no sea tan holgada como la de antes, y una casita para ti y para mí. ¡Anda, cielito... que tú puedes conseguirlo!

Pudo. Doña Carlota —en parte, harta de la interferencia de aquella intrusa en casa, y en parte, sucumbiendo al carisma que su hijo irradiaba— consintió en vender la preciosa botica del difunto, con su espléndido artesonado y sus tarros de Limoges, situada en la plaza, que era el mejor emplazamiento de Montorga, donde los autómatas del reloj aporreaban las horas con sus golpes de bronce. Total, ninguno de sus descendientes inmediatos prometía regentarla y, de otra parte, siempre había sentido cierto antagonismo hacia la rebotica de aquella farmacia, donde quizá se hubiera gestado la simiente de más de una paliza de las muchas que su cuerpo había soportado. Fue fácil y lucrativa aquella operación, y con el beneficio obtenido y algún dinero extra que la verborrea filial consiguió de su madre, don

Máximo pudo dar un día a su querida esposa la grata nueva de que había comprado una magnífica casa muy próxima a la catedral.

No escatimó entusiasmo Elisa en ponderar su alegría por semejante nueva. Y una noche, entre los arrumacos de su lecho conyugal, le comentó a Máximo, como si fuera una gloriosa idea recién amanecida en su cerebro:

—¡Máximo, mis muebles! Voy a ir a Madrid para ocuparme de embalar adecuadamente todo. Ya sabes que tenemos mucha porcelana y debe tratarse con mimo para que no se rompa nada en el traslado.

—Te acompaño —dijo Máximo categórico, que tampoco sabía si iba a sobrevivir una sola noche sin la presencia de su esposa.

—¡De ninguna manera! —se opuso Elisa más categórica todavía—. Cariñito mío, en tanto que yo me ocupo del embalaje de los muebles, tú debes supervisar el acondicionamiento de la casa: hay que pintar, estucar, y hacer todas las reformas que hemos acordado. ¡No pensarás dejar que los operarios dispongan a su albedrío! Además, así ganaremos tiempo. ¡Ardo en deseos de tener nuestro nidito en esta hermosa ciudad!

Así, una mañana de finales de noviembre, don Máximo, con el alma rota por la inminente ausencia de su esposa, la despedía desde el andén. Elisa lo miraba desde el pasillo del expreso con su hijo Cristino en brazos. Lo miraba estatuaria como una *madonna* agraviada. Don Máximo le gritó las recomendaciones de último momento:

—¡Y dile a Filomena que te ayude! ¡Y que cuide al niño!

El jefe de estación había dado la salida, la máquina escupía vapor y férreos exabruptos. Doña Elisa, muy seria, y más hermosa que un crepúsculo, lo miró con cierta pesadumbre en el semblante, y asomando apenas su busto por la ventanilla dijo:

—Máximo. Lo siento: confórmate con la jaula, porque el pájaro ya voló.

Transcurrió un mes, durante el cual don Máximo no quiso dar crédito a sus oídos, convencido de que Elisa volvería, de que Elisa le quería tanto como él la quería a ella. A ese mes, siguieron tiempos de zozobra y pesadilla. Hizo innumerables viajes a un Madrid que volvió patas arriba en su ímpetu de hallarla. Todo fue inútil; no quedaba rastro de ella, ni de sus hermanos, ni de su hijo, ni del piso de la calle de la Montera. Nada. Como si todo hubiera sido un sueño embriagador y turbulento. Nada.

Por fin se rindió y regresó a la casa de su madre, quien como más a gusto se encontraba, era estando sola. Quería a sus hijos, pero con un afecto tibio y desorientado, como si su afectividad estuviera perdiendo el norte. Dentro del descalabro en que su emotividad estaba naufragando, sin duda era a Máximo a quien más quería, pues su cariño iba decreciendo cronológicamente en función de las edades de sus hijos; por ejemplo: a las Ca-Ca, las ignoraba hasta el extremo de que apenas se daba cuenta de que existían.

—Madre —dijo un día Máximo a doña Carlota, quien intentaba restaurar los agravios inferidos al matrimonio de su hijo, colmando todos sus caprichos—, dígame en qué puñetero convento dejó abandonada a su sobrina. Necesito un ama de llaves para mi casa.

Doña Carlota se lo dijo, sin economizar un llanto remordiente e incrustado, como un alfiler, en su alma contrita.

—Gracias, madre.

Regresó don Máximo de nuevo a Madrid, ya no en busca de su esposa, sino acariciando un proyecto mórbido y abstracto, que incluía una venganza tenue y ruin hacia su madre y el descalabro que a su vida le produjo.

Hacía unos seis años que la moza había abandonado el internado para irse a servir al palacio de los Medinaceli. Eso fue todo lo que las monjas pudieron informarle.

Don Máximo, se presentó en dicho palacio con todos los anillos de oro y brillantes ceñidos a sus dedos y un magnífico coche aguardándole a la entrada. Pidió a un mayordomo ser recibido por la duquesa, a cuyos efectos, depositó su tarjeta de falso conde sobre la bandeja de plata que aquel le brindaba. No tardó la duquesa en recibirlo, y él, haciendo gala de sus exquisitos modales, y de todo su encanto personal, le preguntó por Montserrat; quien, en efecto, trabajaba a su servicio. El caballero explicó a la dama una historia mucho más grandilocuente y conmovedora que la propia realidad, y añadió que estaba allí para redimir y recompensar a la pobre infortunada prima de los muchos descalabros que un mal gesto del destino le habían infringido a lo largo de su vida; naturalmente, si la señora duquesa daba su aquiescencia. Mandó llamar la dama a la sirvienta, quien acudió a la demanda sin poder imaginar ni por lo más remoto el contenido que ésta incluía. No sin cierta y gratificante sorpresa se encontró don Máximo frente a una mujer de mediterránea hermosura, no exenta de una tenue expresión de sonrojo al verse como criada ante un primo cuya existencia ignoraba —pues Montserrat ignoraba todo sobre sus orígenes—, y al que veía como un príncipe de cuento que se había hecho realidad y acudía a rescatarla.

Aquella misma noche, Montserrat entregaba su belleza mediterránea y su virginidad, en el piso de la calle Padilla, a un primo carnal tres años menor que ella.

Montserrat —que desde el primer día disfrutó de servidumbre, y pasó de ser sirvienta, a ser servida— inauguraba junto a su primo la casa —de postreros excesos y desenfreno, conmoción y escándalo de toda Montorga— que don Máximo había adquirido, para hacer de ella un nido de amor junto a su ingrata esposa, doña Elisa.

Dos hechos, casi simultáneos, a la llegada a Montorga de la sobrina abandonada de doña Carlota, tuvieron ocasión en el vetusto caserón de los Montemayor. Jesusa, harta de ser vieja, y fatigada de su fatiga incurable y fracasada, exhaló el último y trabajoso aliento de su corazón asmático a mediados de enero de 1895. Con ella moría la memoria de casi tres generaciones de los Montemayor, a los que, en el silencio de su corazón, resentido desde muy antiguo, murió maldiciendo.

A diez días de la muerte de Jesusa, se casaba Casimira, tras un noviazgo relámpago, y sin concluir tampoco el luto por su padre. Se casó con dieciocho años, ciegamente enamorada, y minusválida por aquella sordera perversa que ya siempre habría de acompañarla. Contó para la boda con un antagonismo bifurcado y contradictorio que la razón menguante y bífida de su madre enfrentaban. De una parte, doña Carlota deseaba quedarse a solas con su juicio, que caminaba lentamente hacia los piélagos del naufragio; de otra parte, la dama abominaba sin atenuantes y sin causa al novio de su hija. En tanto, las Ca-Ca, asistían con idéntica aquiescencia complaciente a los feroces insultos con que doña Carlota injuriaba, en ausencia, a su futuro yerno; y al entusiasmo sin resquicios con que su hermana

128

daba los últimos retoques a su ajuar. Pero todo esto constituye un capítulo aparte.

Viajaba don Máximo un tormentoso día de comienzo de verano surcando dentro de su coche la magnitud de unos campos que, desde antiguo, pertenecían a los Montemayor, cuando en su camino alcanzó a una campesina a la que, por su belleza, apodaban *la Virgen*. Cargaba la moza un voluminoso saco a la espalda, y don Máximo —de impronta generosa— se apiadó de la viandante que horadaba los rigores de la tormenta con tamaña carga humillando hacia el suelo su talle. Mandó detener el coche y preguntó a la moza adónde iba:

—Al molino —respondió ella, vivaracha.

—Sube, que te llevo —dijo don Máximo, sin arropar la libidinosa intención con que don Cristino Martos había especulado en un trance similar acontecido para perdición de su esposa.

La moza subió sin vacilaciones al coche y sonrió con su blanca lozanía al caballero.

—Buenos días tenga usted, don Máximo, y muy agradecida —la moza lo conocía, sin embargo él no la conocía a ella.

Rodó el coche por los campos matutinos en medio de un silencio que no encontraba un punto de reunión para el diálogo en la mente de don Severo. De pronto, ella quebró el silencio con su voz embriagada de rústica picardía:

—¡Ay, Madre Santa, cuáles serán los sus *pensamentos!*

Don Máximo la miró con cierta perplejidad asomando a su semblante candoroso:

—Cuáles van a ser mis pensamientos, mujer.

—Ay, picarón. Llevará unos pensamentos de tirarme por ahí entre esos centenos.

El caballero, ya con la mirada encendida por una lascivia sin sosiego ni aposento, que jamás quedaba satisfecha, y que jamás le daba tregua desde la partida de su esposa, observó a la moza sin reservas, mientras ella se dejaba tasar por aquella mirada obscena, consciente de su buena factura.

—Para ti, preciosa, tengo reservado un primoroso lecho, con colchón de plumas, en mi casa.

Al día siguiente, el coche y el cochero de don Máximo acudían a su aldea para llevarse a la buena moza a la casa conyugal, que no llegó a albergar a la esposa del señor.

Así empezó a construir su harén don Máximo Montemayor sobre los escombros de su malogrado matrimonio. Montorga entera debería de estarle agradecida por los muchos y malignos cotilleos que su conducta iba a regalarles para recrear la maledicencia de sus lenguas de serpiente.

Don Máximo, exento de todo pudor en cuanto a prejuicios sociales se refiere, intentó ejercer, aunque sin éxito, una veterana actividad que había mancillado el pasado de su estirpe: la usura. A tales efectos, e intentando quitarle hierro al nombre y modernizar su nomenclatura, la llamó «Casa de Banca». Con semejante fin, habilitó en los bajos de su casa una vasta y ostentosa sala, donde atendían a los clientes, en sendos escritorios, dos contables que había contratado para esos menesteres. Al fondo de dicha estancia, había un despacho —casi siempre vacío— en cuya puerta podía leerse en fulgentes letras de cobre: «Director». Don Máximo sólo acudía a su despacho bajo rigurosa cita para tratar algún caso grave, o ciertos ratos libres donde fumaba uno de sus cigarros puros y leía la prensa arrellanado en su confortable sillón. Menudeaban, sin embargo, por aquel despacho muy linajudas personas de Montorga bajo la convincente razón de su apremiante falta de liquidez, para pedir cantidades de dinero, cuyos intereses normalmente no pagaban, o para empeñar algunas linajudas bagatelas que don Máximo, en su exquisita generosidad, solía tasar sobrevaloradas. Quizá por ese orden de razones, amén de su atractivo personal, la mejor sociedad de Montorga aceptaba acudir a las veladas del salón de su casa. En él, se encontraban frecuentemente con auténticas y genuinas bacanales, donde dormían su muerte en pepitoria suculentos pavos, y yacían su sacrificio adornados corderos a la brasa, tostones rellenos, e incluso jóvenes terneras; mientras el champagne francés inundaba los delicados botines de las damas y, en ellos, corría de boca en boca, según una moda muy chic, que en las noches parisinas hacía furor desde antiguo, y que don Máximo importó de esa ciudad a principios del año de gracia de 1900, a donde había acudido a estrenar siglo, a ejercitar sus disolutas vocaciones, y a visitar, durante su Exposición Universal, una monstruosa torre de 300 metros de altura que, en pleno Campo de Marte, un tal Eiffel había construido, con gran horror de buena parte de los parisinos. Normalmente, la gastronomía de las veladas culminaba con enormes orinales rebosantes de chocolate, que habría hecho las delicias de doña Carlota, a pesar de tan impuros recipientes; pero ella, como es obvio, nunca acudió a las fiestas de su hijo.

No fue La Virgen —de nombre Ulpiana— la única concubina que, además de su prima Montserrat, compartiría la poligamia pecaminosa de don Máximo. Corría el año 1898, cuando un modesto tendero montorgano —conocido más que por su tienda, por la belleza de su única hija— acudió lloroso al despacho de la Casa de Banca, donde don Máximo leía la prensa.

—Siéntese. Usted me dirá —le dijo el banquero.

El buen hombre se quitó la gorra visera y con gran atrición esgrimió una lágrima:

—Don Máximo, ¡estoy en sus manos! ¡No puedo pagarle, ni la deuda, ni tan siquiera los intereses! Así que usted dispondrá.

El señor Montemayor —que ya había dispuesto— mordisqueó el cabo de uno de sus habanos y guardó un instante de silencio.

—Bueno, hombre, bueno. ¿Qué avales poseía?

El pobre hombre estaba temblando:

—Lo único que tengo es la casita donde vivimos, y donde está la tienda —su llanto ya casi era contrito—. ¡Nos quedamos en la calle don Máximo!

El banquero dejó de nuevo que el silencio reinara durante un breve intervalo en su despacho, y que azotara algo más el alma dolorida del buen hombre. Al fin dijo:

—¿Gusta usted un habano?

—No, muchas gracias, don Maxi.

—Bueno, hombre, bueno. Vamos a ver cómo puede arreglarse esto. ¿Usted tiene una hija, no?

—Sí, señor. Dieciocho años cumplió la semana pasada.

—¡Pues ya está arreglado hombre! ¡Ya está arreglado! Usted me da a su hija y archivamos el asunto.

Esa fue la tercera amante, por orden cronológico, en habitar el harén de don Máximo. Se llamaba Rafaela. Si bien —quizá por razones de consanguinidad, de escalafón, o por alguna otra arcana obediencia— la que ostentaba la credencial de favorita y, en cierto modo, de oficial, era Montserrat. A las otras dos se las apelaba socialmente con el ambiguo término de *doncellas*. Pero lo cierto es que en casa de don Máximo, además del cochero, vivían otras dos mujeres, que esas sí ejercían realmente las tareas del servicio.

Así fue cursando la vida de don Máximo en Montorga. Con la tolerancia de unos conciudadanos, que en cualquier momento podían precisar de sus servicios, mientras que otros eran sencillamente fieles devotos de sus veladas disolutas. En tanto, la fortuna Montemayor empezaba a resentirse por los excesos del vástago, a través de las manos de doña Carlota que, si bien eran catalanas, adoraban a su hijo, y además, se sentía algo responsable de una honda y recóndita pena que habitaba muy dentro del alma del delfín, y que ninguna francachela lograría cicatrizar nunca; la pena tenía dos nombres: Elisa Bustamante y Cristino Montemayor. Por eso, doña Carlota daba carta blanca al desenfreno filial. Hasta que su aborrecido yerno, don Eloy —del— Castillo, el juicioso esposo de Casimira, intervino categórico en el asunto, en cuanto al patrimonio incumbía.

Tampoco era todo ambrosía de dioses en el gineceo donde Montserrat, Ulpiana y Rafaela se disputaban con silente y, a veces, elocuente ferocidad la supremacía sobre el corazón de don Máximo. En cierta ocasión, Montserrat fue envenenada con fósforo de cerillas triturado y diluido en chocolate. Don Máximo —que aunque no había terminado la carrera, tenía aquel instinto innato para la medicina— le practicó un puntual lavado gástrico y pudo salvar a la envenenada. Ulpiana y Rafaela se acusaban mutuamente con expresión caníbal de la autoría del atropello. Por fin, a saber mediante qué incógnito acuerdo, se consensuaron las tres, y Montse dijo que había sido ella misma la que, presa de un mal momento, proyectó suicidarse. También menudearon los embarazos que, con toda precocidad y pericia, don Máximo convertía en abortos con una simple aguja de hacer punto.

Y un día, después de haber pasado suficientes años como para que la resignación cubriera con una capa de sosiego su recuerdo calcinado, don Máximo recibió un telegrama que decía textualmente: «Si quieres recoger a la desgraciada de tu mujer, estoy en León, en la Posada del Lirio. Elisa».

No lo dudó ni un instante don Máximo, que el alma se le derretía como hierro fundido. Fue a casa de su madre y le mostró el telegrama:

—Voy a ir a buscarla, madre —le temblaba la voz de rotundidad y añoranza al decirlo—, y la voy a traer de nuevo a esta casa. Ella es mi esposa y la madre de mi hijo, madre.

Doña Carlota, vestida de cuervo, y con su alma ya bastante extraviada, contestó indiferente al ímpetu de su hijo:

—Haz lo quieras, Máximo, pero no me molestes.

—Haz lo que quieras, hermano —asintió Catalina.

—Lo que quieras, hermano —repitió Casilda.

Dejó, don Máximo, confiada la Casa de Banca en manos de sus dos, más que dudosos, empleados. Dejó, sin decirles nada, el resto de su casa-harén en manos de las cinco mujeres que en ella habitaban, y corrió a León, extenuando a sus dos caballos de pura sangre árabe, que había comprado en una feria de Sevilla a precio de oro. Llegó al abyecto tugurio llamado la Posada del Lirio y las lágrimas desbordaron sus ojos de musgo al contemplar a su adorada esposa. Yacía ésta derrumbada en una desfondada butaca, con un salto de cama color escarlata completamente ajado y raído. En un velador, a su lado, descansaba una botella de aguardiente destapada y ya casi vacía. Elisa lo miró, sin moverse, con una sonrisa extraviada. Le tendió la botella:

—¿Quieres?

Don Máximo negó con la cabeza, sin dejar de extasiar la mirada en su arruinado y, sin embargo, incomparable rostro. Elisa elevó la botella:

—Pues yo sí. Por el regreso de la hija pródiga.

Máximo Montemayor le arrancó la botella de su mano y de su boca, y la estampó contra una de las mugrientas paredes

—¡Qué te pasa, Elisa?

—¡Qué me pasa? ¡¿Que qué es lo que me pasa?! Di mejor: qué no te pasa —intentó, sin gran éxito, incorporarse—. Pues verás —añadió histriónica—, que Cristino Martos ya había muerto, ¡y no encontré a otro! Claro —dijo como justificándolo—, con un crío tirándome de los pezones —intentó perfilar una sonrisa que se le rompió en las comisuras—. Ahora soy cómica ¿sabes? Estamos… estamos… ¿dónde estamos, en León, verdad? Bueno —se derrumbó de nuevo en la butaca—, no creas que me he dado a la bebida, ¿eh?, sólo intento darme ánimos. ¡Tengo sífilis!

Don Máximo incorporó y estrechó tiernamente entre sus brazos a su esposa.

—Anda, deja todo esto como está. Vámonos a casa. ¿Y el niño… donde está el niño?

—Oh, el niño está bien, ¡y es precioso! Vive con el mayor de mis hermanos. No pudo terminar la carrera, el pobrecito, pero se hizo practicante ¿sabes? Ya está casado.

Cinco meses pasó en Montorga doña Elisa, hasta que un color de pétalo encendido retornó a sus mejillas, y las fuerzas regresaron a sus miembros. Vivió ese tiempo en el señorial caserón de los Montemayor, donde su suegra la ignoraba con toda sinceridad; ignorante acaso de que vivían bajo el mismo techo. También se trató su dolencia con las técnicas más avanzadas del momento. El doctor que la atendía —compinche de francachelas de don Máximo— garantizó su completa curación. Don Máximo no llegó a poder comprobarlo: un mediodía, al regresar de su despacho, encontró una lacónica nota, bajo una rosa, que Elisa le había dejado como despedida. «Perdóname cariño —decía—. Ésta, no es vida para una alondra. Cuídate. Elisa.»

—¡Pelanduscas! ¡¡Pelanduscas todas!! —sentenció el asunto doña Carlota con clarividencia meridiana y vestida de cuervo.

II

Femi colgó el teléfono, apagó el cigarrillo que acababa de encender, y salió a la terraza. La avenida de la Ilustración se perfilaba, trece pisos más abajo, como una vía láctea alineada en paralelo, el cielo exhalaba una sombra rendida al alumbrado ciudadano. «Bueno —se dijo—. Me toca ir a ver qué pasa. ¡Esta mujer es como un sarpullido que le hubiera brotado a mi conciencia! Si al menos no fuera tan testaruda.» El tráfico era fluido en un sábado, que aún no estrenaba noctambulismo. «Lo malo será aparcar en pleno barrio de Salamanca —seguía reflexionando mientras conducía—. Lo raro es que tampoco esté Francisca. Espero que no haya sucedido nada malo. Aunque algún día tendrá que pasar. A su edad, es lo natural. ¡Menuda cruz me ha tocado!»

Casimira Esmeralda Fe del Castillo componía una cadena onomástica tan tortuosa e irrepetible, que todo el mundo —salvo en la Facultad, donde era conocida por el apellido— la llamaba Femi. Esa especie de diminutivo impreciso, fue acordado y consensuado en su primera infancia, como armisticio a las guerras intestinas que en el seno familiar originaba el hecho de llamarla por uno u otro de sus nombres: Casimira, se llamaba su abuela paterna y, por supuesto, su madre jamás la llamó así; incluso argumentaba que era algo ridículo. Esmeralda era el nombre de su madre, y contra él se enarbolaba el antagonismo de sus tías, especialmente el de doña Fe, que era la madrina, y cuyo nombre tampoco convencía a doña Esmeralda. Fue su padre, don Fermín, quien, harto de querellas semánticas, encontró la solución al dilema y sugirió llamarla Femi; que a nadie le pareció una idea gloriosa, pero que todos aceptaron en pro de la neutralidad, y para evitar una beligerancia tan descabellada y fútil, como frecuente. Casimira Esmeralda Fe del Castillo estaba a punto de cumplir cincuenta y dos años, hacía veinticinco que era independiente, y durante ese tiempo pudo haber tomado cartas en el asunto, y haber impuesto su propia decisión, pero ella ya tampoco sabía reconocerse por otro apelativo.

Femi, dejó el coche en doble fila, rezando a los gloriosos y destronados dioses del Olimpo para que no pasara la grúa. Subió de dos en dos los escalones hasta el piso principal de la calle Padilla, llamó al timbre, pero no dio tiempo a que abrieran; introdujo su llavín y los goznes de la puerta chirriaron de vejez al sufragar el giro de la gruesa hoja de madera. En el interior, no había rastro ni de doña Fe, ni de Francisca. La luz estaba cortada, el frigorífico vacío y con la puerta abierta. Revisó el dormitorio de la chica y no encontró ni huella de sus cosas, en cambio, los roperos de su tía rebosaban de prendas suspendidas en sus perchas, como espantapájaros escondidos y en desuso.

—¡Bueno, esto es el colmo! —dijo en voz alta mientras la puerta volvía a pronunciar su quejido de vejez antes de que Femi la trancara—. ¡Ahora, sólo falta que se me hubieran llevado el coche para completar la noche del sábado! ¡Cría tías para esto! —seguía murmurando, mientras bajaba de cuatro en cuatro los peldaños. Al llegar a casa volvió a llamar a Villa Casimira. Nada, nadie contestaba. «Sin embargo, ella es muy capaz de haberlo hecho», repitió para sus adentros.

III

En tanto, doña Fe conjuraba al sortilegio de un silencio que aún no mecía con su arrullo sordo y balsámico el sosiego de su esencia. Permanecía, a oscuras, balanceando su desvelo al vaivén de una vieja mecedora en la magna galería, enferma de abandono, que recorría la fachada entre las dos torres poniendo coto por ambos lados a la soledad del edificio. La noche esmaltaba de fúlgidas estrellas la intimidad del firmamento.

—No, no hay silencio en la tierra del dolor —bisbiseaba su memoria, mientras la mecedora balanceaba su cuerpo, y el teléfono volvía a sonar fracasado, como un grito en el vacío, en el interior de un salón poblado de abandono.

—Rrrrramón —se oyó graznar a la cotorra, testigo insoslayable de su vida.

Don Eloy —del— Castillo, un indiano juicioso

CAPÍTULO SEXTO

I

Eloy Castillo, o del Castillo, había nacido en las proximidades de Tramazo del Encinar, que distaba tres leguas y media de Montorga, o lo que es lo mismo, unos dieciocho kilómetros. Abrió sus ojos a la luz durante el año de gracia de 1865, coincidiendo, días arriba días abajo, con la infortunada fecha en que doña Cristina Campogrande, segunda esposa de don Severo Montemayor, abandonaba este valle de lágrimas y pasaba a mejor vida, víctima de un cólico miserere, sin encontrar la compasión de su marido.

Se tropezó Eloy con la vida una tarde desapacible de marzo, al cobijo de una encina, y mecido por la acústica argentina y disonante de las campanillas pendientes del cuello de las ovejas que su madre pastoreaba. El perro del rebaño fue la única partera que acompañó, a su modo, el alumbramiento de la moza, ahuyentando con sus ladridos disuasorios a algún óvido curioso de fisgonear lo que estaba aconteciendo. Una vez concluido el parto, el can se benefició, con gran regusto, la placenta del recién llegado al mundo, en justa recompensa a los servicios prestados.

Benita Castillo, envolvió a la criatura con su raído mantón de lana, condujo a las ovejas, como bien pudo, hasta un aprisco cercano, y encaminó sus pasos extenuados hacia el raquitismo de su casa, donde la aguardaban una lumbre generosa —que era la única generosidad que poblaba su hogar montaraz—, el cobijo redentor, y una pena, más desconcertada que lastimera, porque Germán, el mayoral, había incumplido su palabra de convertirse, como era su deber, en el padre de su hijo.

Tramazo era una aldea enclenque e ignorada por todas las cartografías, donde aglutinaban la miseria de sus hogares los aparceros de la dehesa, llamada El Encinar, remota heredad del más remoto conde de Valdescusa. Ésta, a su vez, se hallaba enclavada dentro de una comarca montuosa y mezquina próxima a Montorga, llamada La Montería.

Fue creciendo Eloy, mientras doña Isabel II iniciaba la ruta del exilio, y don Amadeo de Saboya llegaba para reinar sobre un país de desconcierto, y a poco tiempo de reinar, se marchaba con la decepción en su equipaje, y se establecía una república, que de inmediato fracasaría para dar entrada a una dictadura, a la que también se llamó república. Pero —para su suerte— Eloy crecía en completa ignorancia de los entresijos que se generaban en el país, que lo único que le había dado era patria —convulsa, menguada, y cicatera; pero era algo que incluía, cuando menos, cierta identidad— y un cielo anchuroso, donde pronto aprendió a observar la climatología que gobernaría al día siguiente, como aprenden normalmente a hacerlo casi todos los pastores.

Y así llegó 1871, un año que los lugareños recordaron durante generaciones, no por la venida de Amadeo de Saboya, ni por un nuevo medio de transporte llamado *tram-vía*, ni por el reciente gobierno de Manuel Ruiz Zorrilla, ni siquiera por una epidemia de fiebre amarilla que en aquella época azotó la costa del Mediterráneo; sino porque en ese año las cosechas se perdieron, y los pozos se secaron, y las ovejas se murieron, y todos los lugareños lo recordaban con estremecimiento en la memoria, llamándolo de forma escueta y elocuente: «el año ruin».

Contaba Eloy seis años por entonces, cuando —después de haber sido trasquilada la tiñosa lana a sus ovejas muertas, y agarrado a la saya de su madre— abandonaron Tramazo del Encinar encaminando sus pasos hacia el noroeste, para pedir limosna por los pueblos y aldeas de Galicia, donde el *año ruin* había sido menos ruin. Fue mezquino y cicatero ese año, hasta en la misericordia de las gentes, que frecuentemente despachaban a la madre y al niño con un categórico y destemplado «Dios la ampare», y lo tristemente cierto es que ni Dios resultó pródigo amparándolos.

Sortearon como bien pudieron ese tiempo de indigencia, y fue de regreso a su paupérrimo hogar de Tramazo del Encinar, cuando el pequeño Eloy, acostumbrado a todas las miserias pero a ninguna grandeza, atisbó por vez primera, a su paso por Montorga, el señorial y vetusto caserón de los Montemayor —en completa ignorancia, como es lógico, de que su propietario acababa de contraer su tercer matrimonio, del cual iba a nacer una hija llamada Casimira—. Se quedó el niño perplejo y paralizado ante el orgulloso granito de la fachada, que se elevaba frente a él como una afrenta y, sin embargo, lo atraía como la caricia solapada de un recóndito desafío. Deseaba la madre proseguir su camino de adversidad hacia el cobijo de su aldea, mientras el niño, inmóvil, tiraba de su saya intentando detenerla.

—¡Vamos, hijo, vamos!, que tu madre está muy cansada.

—¡Cuando sea mayor, viviremos en una casa tan buena como ésta! —adujo el pequeño sin el más leve titubeo, reanudando la ruta de retorno, mientras en su ánimo emergía, insoslayable, un horizonte nuevo. Su madre no lo oyó.

Siguió creciendo Eloy por los vericuetos de la existencia, pastoreando ovejas —cuyo oficio había heredado de su madre— y cultivando ambiciones recónditas y abstractas que habían germinado en su alma desde antiguo; desde la primera vez que sus pies pisaron los adoquines de la muy hidalga ciudad de Montorga, donde, en la plaza Mayor, los autómatas aporreaban las horas con sus golpes de bronce, y donde la vida se le detuvo unos instantes frente a una vetusta casa a la que, por alguna sinrazón, desde esos tempranos días de su infancia, rendía una pleitesía pagana pero inquebrantable, como a un tótem inerte y a la vez henchido de cabalísticos sortilegios, que constituía el cenit de su mística profana.

Creció el mozo gallardo y agreste, hasta alcanzar una estatura de casi dos metros. Curtió y esculpió su magnitud corpórea en la tala de árboles. Y próximo a la edad de dieciocho años, comprendió que podría dejar completamente calvos a todos los montes del entorno sin que ésa fuera la ruta adecuada para lograr sus metas. Una noche, al amor del hogar, mientras cenaba un mendrugo de pan y un generoso trozo de tocino curado por el humo, le dijo a Benita, sin apartar la mirada de la lumbre e impregnado por un acento torvo y rotundo:

—Madre, me marcho a las minas.

146

La pastora, experta en quebrantos del sino, e inmersa en una madurez precoz y sin paliativos, sabía que iba a resultar superfluo cualquier argumento disuasorio, conociendo como conocía la cerrazón obstinada de su hijo. Sin mediar palabra, abandonó el amor de la lumbre e intentó distanciar la caída de su ánimo, avezado en decepciones, frente al hecho inevitable de quedarse sola, tras dieciocho años de no estarlo, diluyendo la contrariedad en cualquier actividad doméstica.

—¿Cuándo? —preguntó con tono neutro.

—Mañana, a la salida del sol.

—Está bien —farfulló la pastora con esa parquedad de palabras que economiza la expresión de sentimientos y encubre los desgarros del ánimo fracasado de antemano, y empapa de resignada austeridad el alma de los desheredados.

Al alba del día siguiente, partía Eloy Castillo, o del Castillo, con la ambición ávida e inmaculada, su capa de estameña, un morral repleto de vituallas y un camino arduo, largo e incógnito por delante, que orientó hacia el sur; pues aún conservaba intacto en su recuerdo el resuello del fracaso que había acompañado su indigente deambular cuando, agarrado a la saya de su madre, habían encaminado sus pasos hacia el norte, aquel inolvidable año de ruindad. Deambuló días enteros, cobijando sus noches al abrigo de las estrellas. Alquiló, a lo largo de la ruta, su cuerpo vigoroso en variopintas actividades campesinas a cambio de un plato de comida y de un pajar o de un establo, donde guarecer su sueño al amparo de la paja o del heno. Llegó a la provincia de Huelva, buscando redención en las minas de cobre de Riotinto, pero no encontró trabajo; sobraban los mineros. Siguió su diáspora hasta Linares y La Carolina, y tampoco allí el plomo y la exigua plata precisaban de sus músculos para ser extraídos. Se arrendó como jornalero en los olivares de Jaén intentando reparar los estragos del ánimo y del infértil periplo recorrido. Pero en breve, su voluntad inquebrantable lo condujo hacia Almadén, donde vio compensada su tenacidad, obteniendo un trabajo en las extracciones de cinabrio, que albergan el mercurio, y también el mal de azogue.

Casi un año permaneció Eloy en Almadén, consciente de que no era ésa la vía adecuada para colmar sus ambiciones y llegar a poseer un caserón como el que había conmovido su infancia, al pasar por Montorga camino de la pordiosería, y que, desde entonces, acudía puntual y recurrente a los sueños donde habitaba su ambición; pero, al menos, le permitió costearse un maestro que le habría de enseñar a leer, escribir, y hacer cuentas. Exhausto de trabajar, el mozo estudiaba con ahínco robándole horas al descanso, que su fortaleza le permitía economizar en pro de ulteriores y más altas miras.

Dejó Almadén, para marchar hacia la Corte, con diecinueve años largos, poco tiempo antes de aquellas infaustas navidades de 1884, cuando un feroz terremoto devoraba media Andalucía y los muertos se contaron por centenares. Desde Madrid, escribió el buen mozo a su madre —quien naturalmente era analfabeta— una larga y encendida carta, donde le explicaba sus proyectos inmediatos y los sueños que esos proyectos guarecían, de un futuro holgado y venturoso, que por fin los cobijara a ambos, tan diestros en estrechez y desventuras. Añadía el zagal en su carta —rebosante de orgullo— que acababa de ingresar en la guardia civil, en cuyo cuerpo iba a prestar, como voluntario, los cuatro años de servicio militar reglamentarios, más uno que incluía el voluntariado; y que, el destino le había tocado en Cuba —muy necesitada de tropa colonial en aquellos últimos y convulsos años de colonia—. «De allí, se lo juro madre —añadía textualmente—, volveré convertido en todo un caballero. Y nunca más pasaremos privaciones, madre. En ello va el honor de éste, que lo es, y que no la olvida. Eloy Castillo».

Acudió Benita a Germán, el mayoral —y presunto padre del mozo—, a que le leyera la carta de su hijo, pues él era el único vecino de Tramazo del Encinar que sabía leer y escribir, ya que en la aldea no había cura, ni tan siquiera maestro. El buen hombre —a la sazón, con esposa y cuatro hijas— fue deletreando, mal que bien, la inflamada epístola de su hijo, mientras Benita restregaba con vigor una empecinada lágrima que se empeñaba en brotar en cada uno de sus ojos, germinada a partes iguales de orgullo y de dolor, por todos los años de ausencia que la carta vaticinaba. A Germán —con quien, tras el nacimiento del chico, nunca más se volvió a hablar del tema, y todo el mundo aceptaba, pero tácitamente, que Eloy era su hijo, aunque no llevara su apellido, ni hubiera disfrutado de su tutela— se le estrangulaba de tanto en tanto la voz de un orgullo paternal impregnado de emoción que se veía forzado a silenciar tras diecinueve años de sistemático silencio.

Partió el buen mozo hacia el puerto de La Habana, a comienzos de marzo del año de gracia de 1885, días antes de cumplir los veinte años; y su madre recibió la primera carta, encabezada en Caibarién, ocho meses más tarde. Mientras, en la Corte, el rey Alfonso XII se hallaba próximo a dejar huérfano a su trono, a su hija María de las Mercedes, y al futuro y póstumo Rey de España.

Acudió de nuevo la feliz y expectante madre, a que Germán le leyera la tardía y esperada epístola de su hijo. La carta hacía casi cuatro meses que renqueaba por las sacas del correo procedente de ultramar:

«Querida y siempre recordada madre —suspiró el mayoral—. Por la presente, debo decirle que estoy bien de salud. Asimismo espero que al recibo de ésta, usted se encuentre también bien.» La misiva se extendía en una profusión de nombres, datos, descripciones —tales como: «guerra grande», «guerra chica», «Ley Gamazo», «ley de libertad de vientres», esclavos, libertos, escaramuzas— que ni el silenciado padre, ni la fervorosa madre entendían en absoluto, pero que ambos presagiaban, como un augurio de que algo irregular y preocupante estaba aconteciendo en aquella tierra, donde se decía que habitaban unos hombres negros de dientes muy blancos y bocas muy grandes, con sus no menos negras mujeres e hijos, que debían de ser una especie de diablos redivivos, ¡ave María purísima! ¡Seguro que eran infundios! ¡En el mundo no había cristiano que fuera negro! Puritas patrañas que Dios sabe quién habría inventado.

Sin mayor demora, y sin contemplaciones —pues, al fin y al cabo, también era su hijo— instó Benita a Germán a tomar papel y pluma y a contestar la carta de Eloy. Que ya tardaban ellas solas bastante en llegar tan lejos, como para andarse con miramientos.

«Mi querido hijo de mi alma —dibujó arduamente, más que escribió, el mayoral al dictado de Benita—. Por la presente sabrás que estoy bien de salud, y que recibí tu carta, y que en ella me dices muchas cosas que me preocupan mucho, como todo eso de la guerra grande y de la guerra chica ¡¿Qué pasa hijo, que te has ido a la guerra?! Hay otras cosas que no entiendo, y que también me preocupan, como no sé qué libertad de vientres; que no sé qué es, pero no debe de ser nada bueno, ni decente —«Más despacio, Benita», se quejaba el mayoral, «que no me das tiempo a ponerlo todo»—. También me han dicho, pero serán cuentos, que en esas tierras viven unas gentes que son negras, ¡pero negras, negras! Así que, hijo, ten cuidado, porque si es verdad, seguro que son demonios; que nunca se ha visto ningún cristiano de ese color.». La carta seguía en claves similares, pero con una ortografía completamente irreproducible, pues resultaría casi imposible de leer.

Pasó otra larga temporada, y Benita recibió de nuevo carta de su hijo encabezada en Manicaragua. En ella le explicaba que estuviera tranquila, que la «guerra grande» había durado diez años, pero que ya había terminado hacía mucho tiempo, que la «guerra chica» tan sólo había durado el mes de agosto de 1879, que por eso se la llamó chica. Que la «ley Gamazo», era la que había dictado el fin de la esclavitud, allá por el año 80, pero que hasta el 88 no entraría plenamente en vigor. Que las cosas estaban muy revueltas, pero que estuviera tranquila porque, de momento, la situación estaba bajo control. También explicaba en su carta que «la ley de libertad de vientres» no era nada inmoral, sino que propugnaba que a partir del pasado año 80, los hijos de los esclavos, ya no eran esclavos, sino hombres libres; y que esos hombres negros a los que ella tanto parecía temer, en efecto, existían, pero no eran demonios ni mucho menos, sino pobres desdichados, seres de carne y hueso como ellos, con la sangre tan roja como cualquiera, que trabajaban para los blancos y eran propiedad de éstos, como el ganado en Tramazo del Encinar. Que a esos hombres se les llamaba esclavos, y a su condición de pertenencia como propiedad por parte de otros hombres, se le llamaba esclavitud.

Poco y nada sacaron en limpio Germán y la pastora de la carta de su hijo, que cada vez utilizaba unos términos más lejanos a su alcance, pero Benita se fue a casa más reconciliada con su ánimo, sabiendo que su hijo estaba hecho todo un hombre de mundo, y que ninguna guerra se cernía sobre su seguridad.

Más tarde, Benita empezó a recibir las cartas de Eloy encabezadas en un lugar llamado Trinidad. Desde allí le escribió sistemáticamente durante siete años cartas que cada vez entendía menos; pues al parecer, su hijo se había hecho ilustrado y utilizaba palabras que no estaban en su vocabulario y que, por tanto, ella no podía entender. Hacía tres años que Benita le dictaba a Germán, el mayoral, epístolas a su hijo instándolo a que volviera a casa, puesto que ya había terminado el servicio militar, y dado que ella estaba muy aquejada de reúma, a consecuencia de tantas y tantas mojaduras que sus huesos habían soportado, bajo el cobijo de un saco, pastoreando sus ovejas por los campos de Tramazo. A lo cual, Eloy le contestaba: «Pronto madre, pronto volveré y, entonces, será una señora de por vida, y no habrá de mojarse nunca más».

Y, por fin, llegó el momento anhelado, en que Benita recibió carta de Eloy diciéndole que volvía. Era primavera de 1892, y anunciaba su llegada para un mes más tarde, añadiendo que esperaba compensarla de todos los padecimientos y privaciones que había sufrido a lo largo de su vida. Benita recibió, deletreada por Germán —quien ya no hacía esfuerzos en contener una lágrima de emoción cuando leía las cartas de su vástago silenciado—, la feliz nueva del retorno de su Eloy con la dicha, que tanta ausencia acumulada le produjo, agolpándosele toda junta en el pecho y la garganta, y estrangulándole un quejido hondo y largo de añoranza, que pugnaba por liberarse inútilmente de su alma de madre, a quien lo único que la vida le había regalado, y después arrebatado durante tanto tiempo, era a su hijo.

Salió la pastora, sin lograr pronunciar palabra, corriendo hacia su casa, e inmediatamente se dispuso a encalar las paredes y a bruñir el cobre de las calderas —que el fuego patinaba con una costra negra y dura— y a deshollinar la chimenea; mientras su pecho galopaba hora tras hora, pensando que ese mes podía hacérsele más largo que todos los años de ausencia transcurridos.

Pero, un infausto día de mayo, cuando Benita pastoreaba a sus ovejas, una súbita y pérfida tormenta se adueñó de la transparencia de la tarde y, en cosa de minutos, cegó al sol, y anegó de lluvia los campos y caminos, calando hasta los huesos reumáticos el cuerpo de la pastora. Aquella noche, la mujer echaba leña y más leña al fuego de su hogar intentando en vano derrotar a un frío recalcitrante y desalmado que le hacía dar diente contra diente, a la vez que la helaba y la abrasaba, sin que la lumbre hubiera intervenido en semejante desavenencia térmica.

Al siguiente día, los vecinos de Tramazo del Encinar pudieron observar a las ovejas de Benita balando dentro de su aprisco, y lo mismo al día siguiente. Entonces, comprendieron que algo sucedía a la pastora, y algún alma generosa acudió a su casa para comprobar lo que estaba aconteciendo. Encontraron a Benita, sin desvestir, tumbada sobre su catre, delirando y sumergida en su propia transpiración. Su vista brillante de fiebre y de un halo mortuorio se fijaba sin mirada en los vecinos que ya acudían en masa hasta su lecho:

—¿Eres tú, hijo mío? ¿Ya has llegado? —preguntaba la pastora a la confusión febril donde naufragaba, sin apenas dar tregua a la sequedad deshidratada de sus labios jadeantes.

Hicieron turnos los vecinos día y noche intentando salvar a la pastora de la zorra muerte que venía a visitarla justo en el mejor momento de su vida. Le aplicaron ventosas y emplastos hirvientes sobre su pecho jadeante, intentaron hacerle ingerir tisanas que no pasaban de sus labios, cubrieron su lecho con varios vellones de lana curtida. Todo era inútil. En tanto, la mujer seguía repitiendo, ya con voz estertórica:

—¿De verdad eres tú, hijo mío?

Por fin, con una lágrima —quizá de remordimiento— orlándole el semblante, se acercó Germán, el mayoral, a su lecho anegado de muerte y de sudor y le dijo, tomándole una mano y con toda la firmeza de la que fue capaz de hacer acopio:

—Sí, madre. Estoy a su lado. Ya he vuelto.

Entonces, la pastora cerró los ojos, e inmediatamente su mano se quedó fláccida e inerte entre la mano de Germán, el mayoral.

Fue una tarde de incipiente y radiante verano, cuando un magnífico coche tirado por dos también magníficos caballos irrumpieron en la monotonía cotidiana de Tramazo del Encinar, que jamás había albergado sobre su suelo un coche parecido. En su pescante viajaba un guapo y barbado forastero y, tanto el interior, como el techo del vehículo, iban repletos de magníficos baúles. Paró el coche frente a la casa, ya vacía, de Benita la pastora. Saltó a tierra el desconocido desplegando toda su magnífica estatura y su gallarda envergadura; y fue entonces cuando dos vecinas, que hilaban sentadas al otro lado de la calle, cuchichearon entre sí: «¡Ay Dios todopoderoso! A que va a ser el hijo de Benita».

Llamó el buen mozo, sin éxito, a la puerta de su madre. Y fue entonces, cuando las vecinas bisbisearon: «¡Maldita sea nuestra condenada suerte! Mira que va a tocarnos a nosotras darle la noticia». Y empezaron a ensayar un sutil llanto y una adecuada cara de congoja, mientras el caballero encaminaba sus pasos hacia ellas.

—Buenas tardes tengan ustedes. ¿Por favor, podrían decirme dónde está mi madre?

Mascullaron las mujeres su llanto mal interpretado, de plañidera improvisada, y cuando empezaron a considerar que Eloy ya estaba preparado para lo peor, Encarnación —de sobrenombre *la Cimarrona*—, le dijo sin mayores circunloquios:

—En el camposanto, hijo, en el camposanto.

Traía el hijo a su madre ricas joyas, metros y metros de seda, de terciopelo y de fieltro fino, sombreros como los que se usaban en la corte; traía suficiente materia prima en sus baúles como para hacerla pasar por toda una señora el resto de una larga vida.

El buen mozo miró durante unos minutos, con sus ojos de antracita, barnizados de una desesperación silenciada y mate, a la puerta de la especie de covacha que había albergado su infancia, su primera juventud y toda la misérrima vida de su madre. Un odio abstracto y caníbal surcó su mirada mineral, subió al pescante del coche, hizo dar la vuelta con brío furioso a los caballos y se fue, sin decir nada, por la misma ruta que lo había traído. Las dos pobres hilanderas aún no habían salido de su pasmo.

Pronto empezó a circular un rumor por los salones más selectos de Montorga respecto a un guapo y misterioso forastero que, desde hacía algún tiempo, estaba instalado en el mejor hotel de la ciudad o, mejor dicho, en la única hospedería que ostentaba a duras penas ese nombre.

155

Las más enteradas —que solían ser señoras— decían que se llamaba don Eloy del Castillo, y que era un antiguo propietario de cuantiosos ingenios en la tambaleante colonia antillana de Cuba, isla que había decidido abandonar, dada la inestabilidad que atravesaba, y acaso también movido por el derrumbamiento de los precios de la caña azucarera que, desde hacía años, se estaba experimentando, debido a no sé qué boicot por parte de varias potencias extranjeras en favor del azúcar de remolacha. Señalaban otras lenguas más filosas que ese enigmático forastero acuñaba un pasado muy oscuro, pues, según fuentes fidedignas, se había hecho millonario traficando con esclavos; y que al irse aboliendo esa lacra, había decidido huir, temiendo represalias. Fuera como fuese, en lo que había consenso era en que el susodicho caballero proyectaba invertir su pecunio en comprar tierras por los alrededores de Montorga. Eso era lo único constatable; el resto, constituían simples y audaces conjeturas. Don Eloy del Castillo —nombre con el que figuraba en sus tarjetas de visita— era hombre parco en palabras y, naturalmente, no daba detalles del origen de su ponderada fortuna.

En tanto, el caballero orientaba sus pesquisas en encauzar el logro de un proyecto perfectamente definido en su ambición: localizar al conde de Valdescusa —de quién había oído que sorteaba ciertos apuros económicos— e intentar adquirir la dehesa de El Encinar, que incluía la propiedad de la aldea de Tramazo, donde él había nacido y crecido, como el más indigente de sus indigentes vecinos.

Logró por fin su meta el nuevo rico, tras ardua negociación con el administrador del Conde, al que iba a pagar, en una notaría de León, un precio algo abusivo por la compra de dicha heredad.

Ya con la escritura registrada a su nombre, seguía don Eloy habitando en el hotel de Montorga, ciudad donde con frecuencia detenía sus pasos frente al vetusto caserón de los Montemayor, como sopesando el recordatorio de un señuelo que la vida le había dispensado para distanciar su rumbo del camino miserable a que había nacido abocado.

Fue durante uno de esos momentos de reflexión evocando el sentido totémico y emblemático que, sin saber porqué, habían hecho mella en su alma paupérrima e infantil, cuando la puerta principal de la casa se abrió, y de su interior salió una menuda y agraciada jovencita que cruzó la calle y pasó ante él indiferente, y la suerte hizo que, a su paso, se le cayera una de sus delicadas manoplas de encaje.

Corrió don Eloy a rescatar y a devolverle la manopla, con el alma galopante, como si una diosa hubiera abandonado su templo para contactar con el mundo de los mortales.

—Señorita —dijo don Eloy, chistera en mano—, permítame entregarle su manopla. Se le ha caído al suelo.

Casimira encendió su mirada metálica fingiendo un rubor que estaba lejos de sentir.

—Ha sido usted muy gentil, caballero. Muchas gracias.

—Permítame que me presente: Eloy del Castillo, para servirla.

Casimira tendió indecisa y lacia su mano desnuda:

—Casimira Montemayor.

—A sus pies, señorita.

La joven esbozó una sonrisa anunciando despedida, y siguió su ruta con pasitos menudos y airosos. Don Eloy sacrificó la semblanza de la casa para seguir con su mirada de antracita fulgente el mutis de su deliciosa moradora. Por primera vez, desde su llegada a Montorga, la expresión de su rostro despejó la bruma que normalmente lo ensombrecía y se tornó diáfana y radiante, como una primavera.

A partir de entonces, menudearon los encuentros más o menos fortuitos entre Eloy y Casimira a lo largo de casi todo un año. Eran efímeros saludos, acompañados de largas y vehementes miradas que silenciaban una, aunque muda, elocuente inclinación. Y por esos días don Eloy empezó la construcción de una casa en los terrenos de su dehesa, como la que hacía muchos años había prometido a su madre, de cuya promesa ella ni siquiera se había enterado. Tras su muerte, aquél había sido un proyecto archivado, hasta que en su alma germinaron nuevas y arrolladoras ambiciones hogareñas, que dejaban un regusto de dulzura en la memoria cargada de renacidos sueños de futuro.

Don Eloy estuvo durante mucho tiempo ocupado en supervisar la construcción de su casa. Discutió con arquitectos y aparejadores imponiéndoles su criterio inquebrantable: la casa tendría dos torres, una a cada lado de la fachada, y entre ellas, se extendería una soleada y vasta galería sostenida sobre un pórtico con columnas manieristas, y en la parte posterior del edificio se habrían de amurallar dos hectáreas de terreno para convertirlas en jardín, donde habría pérgolas cuajadas de rosales, y un estanque para cisnes, y un cenador tan grande como un templete de música por donde treparía la madreselva. Los operarios, poco familiarizados en esa zona con la edificación de semejantes obras, construyeron y derribaron lo que habían construido, hasta que don Eloy del Castillo dio por fin su visto bueno.

Cuando la casa estuvo terminada —en un enclave a tan sólo siete kilómetros de la aldea donde había visto la primera luz bajo el cobijo de una encina—, escribió una carta declarándole su amor invulnerable y sus inmediatas y fehacientes propuestas matrimoniales a Casimira Montemayor, la mujer que había conmocionado su alma irrompible, y que vivía en la casa de sus más remotos sueños.

A poco de enviarla, recibió el caballero respuesta a su inflamada carta, mediante una misiva con una leve fragancia a violetas y festoneada en negro de riguroso luto:

En Montorga, a 22 de enero de 1894

A la atención de:
el Sr. don Eloy del Castillo

Estimado señor mío:

En mala e inoportuna hora recibí su carta expresándome unos sentimientos que han turbado mi alma ante la ineludible respuesta que el destino me obliga a dispensarle:

Acaso no sepa, señor mío, que el día veintiocho del pasado diciembre, fallecía en la villa de Madrid mi amado padre, q.e. p. d., y que esta casa mantiene cerradas sus puertas y contraventanas en señal de desconsolado duelo. Pero no sólo esa luctuosa circunstancia es óbice de que yo me vea forzada a sujetar cualquier rienda a mis emociones o sentimientos; pues ocurre que mi señora madre ha decidido que, junto con mi hermana, partamos en breve a Madrid —donde también habita mi querido hermano junto con su esposa— para recibir en la Corte la educación adecuada a unas señoritas de nuestro rango y condición.

Sin embargo, señor mío, debo confesarle que en otras circunstancias habría tenido muy en cuenta los nobles sentimientos que su carta manifiesta; también sucumbo al impulso de considerar —en tanto a usted le sea dado lo ingrato de la espera— una futura ocasión más propicia donde nuestros sentimientos —que podrían ser mutuos— hallaran ocasión de coincidir y culminar, según las intenciones que su carta manifiesta.

De todos modos, en tarjeta adjunta, le incluyo mis señas de Madrid, por si usted deseara hacerme llegar alguna nueva carta.

Se despide de usted con gran desolación, suya affm^a,

Casimira Montemayor

A un año de esa carta, el tan misterioso y controvertido como apuesto caballero se casaba con la señorita Casimira Montemayor, hija del difunto boticario y de su tercera esposa, una catalana bastante antipática y desaprensiva. La novia era menudita pero agraciada, ¡lástima que una rigurosa sordera menguara sus encantos, como consecuencia de un tifus o una meningitis —en eso no había consenso— que había sufrido durante su estancia en Madrid! ¡Claro, que el novio aventajaba con creces a la novia en cuanto a físico se refiere! Unos, consideraban que ella jamás se habría casado con él —quien, a fin de cuentas, era un antiguo traficante de esclavos— de no haberse quedado sorda. En cambio, otros mantenían que un caballero tan apuesto, si se había casado con una mujer que apenas le llegaba a la cintura y además estaba sorda, lo había hecho por dinero, naturalmente.

La boda se celebró en la Catedral, y fue oficiada por el señor obispo. No hubo invitados ni celebración alguna, porque la familia estaba de luto. Doña Carlota, la madre de la novia, ni siquiera se dignó en asistir a la ceremonia. Mientras la pareja se casaba, y mientras las lenguas de las gentes escupían su veneno por toda la ciudad y los aledaños, la mirada mineral y negrísima del novio y la mirada metálica y grísea de la novia elevaban su pasión, mutuamente inviolable, hacia la policromía del sacro retablo pidiendo a las alturas que nada quebrantara a lo largo de sus vidas el amor que tan devotamente se profesaban durante la inauguración de su matrimonio.

II

Doña Fe del Castillo, recibió el alborear en su casa de la dehesa, llamada Villa Casimira, mientras despedía a un sueño discontinuo y leve que desde hacía décadas venía acompañando a sus noches, en una especie de duermevela, que a veces se le espantaba y luego volvía a poseerla hasta que la primera luz dibujaba sus contornos en un oriente, que en su casa de la calle Padilla siempre había carecido de horizonte. El silencio campestre casi le hacía daño en sus oídos domesticados a lo largo de tantos y tantos años por los exabruptos ciudadanos. Era un silencio sólo interrumpido por murmullos olvidados de pájaros tempraneros y ruidos de follaje.

Se levantó con cierto trabajo de la cama donde, de modo discontinuo y desvaído, había soñado con sus padres, antes de que Félix —el primogénito de los hermanos y el azote familiar— retornara, casi del seno del olvido, para demarcar unos antagonismos conyugales que se fueron afilando, como cuchillos, para hendirse en el amor del matrimonio, hasta que la muerte acudió a separarlos, y aun después, ya que su madre ni siquiera dedicó una plegaria por el eterno descanso del alma de quien, a lo largo de tantos años, había sido su marido y amante compañero.

Fue durante esos años de antagonismos y reyertas familiares, mientras la familia hacía aguas, cuando Felicidad, la menor de todos los hermanos, modelaba su personalidad como una escultura vanguardista, distorsionada y contrahecha, impregnada de tantos sinsabores que, en paradójica contradicción con su nombre, hicieron de ella un ser infeliz y atormentado de por vida.

«¡Pobre Felicidad! —divagaba doña Fe, mientras ingería el té de su primer desayuno, tras la claudicación y el desahucio subyacente a proseguir una ruta que ya no incluía ningún norte—. Soy yo quien debería dormir en su sueño, y ella quien debería sostener el báculo de nuestra estirpe, para depositarlo, en su momento, en manos de su hijo Markus Octavio, que ¡a saber qué cienos buceó, el pobre, a lo largo de su menguada existencia por un mundo tan apartado de todas nuestras trayectorias! Y heme aquí, siendo yo quien ha de clausurar el testimonio corrompido y maloliente de tantos y tantos años de recorridos por los campos de la vida, buena parte de ellos, malogrados y sin norte. Si al menos pudiera reconciliarme con la memoria. y pasarle a Femi el testigo redimido y liviano. ¡cuánto aire ensancharía mis pulmones, si lograra conseguirlo!, ¡cuánto sosiego mecería mis postrimerías! Tengo que intentarlo, hallar la razón de tantas y tan arduas sinrazones, que han poblado y enfrentado a nuestras vidas. Veamos: nada es porque sí, toda conducta obedece a un orden de razones. Ése es el quid de la cuestión: encontrar la razón de la aparente sinrazón de los demás, y que lo único que encubre es que la razón ajena no se corresponde necesariamente a nuestro orden de razones».

Doña Fe se levantó haciendo un alto en el laberinto de sus pensamientos. Lavó el servicio que había usado para desayunar.

«Estás loca, Fe, estás loca. No sabes lo que piensas. Bueno, después de todo, no sería de extrañar: tienes noventa años y, además, te viene de familia.»

III

Femi, había desayunado en la terraza, bajo un toldo azul que amortiguaba, en cierto modo, los rigores vespertinos del verano en la sala de su piso. Pero aquel domingo de incipiente junio había amanecido pródigo de luz y tibio, como la caricia suave que se dedica a un bebé con el dorso de la mano. Encendió su primer cigarrillo de la jornada, se levantó, acodó sus brazos sobre la barandilla y cruzó sus largas y esbeltas piernas que, a sus cincuenta y un años, aún arrastraban la mirada de algunos transeúntes. Su mirada traspasó los arcos metálicos de La Vaguada y se perdió en la lontananza, difusa de un verde mustio, donde Madrid se fusionaba con la

Casa de Campo en un horizonte desvaído. Exhaló una nube de humo a la mañana diáfana y dominical, que aún dormía la resaca del fin de semana.

«¿Será también mi sino? —se preguntó sin apartar la mirada de la lejanía—. ¿La esterilidad trepará también, como la hiedra, a lo largo de mi vida, hasta cubrirla de maleza yerma, y estrangulará mi alma en un vacío, lo mismo de infecundo? ¿Acabaré siendo una tía Fe nonagenaria, y acudiendo al mismo redil donde, sin duda, ella se ha marchado? ¿Por qué? ¡Por qué tienen que suceder estas cosas! ¿Por qué una mujer fuerte, inteligente, culta, y que ha sido muy hermosa, ha tirado su vida a la basura?, ¡y con tanta y tan insólita mansedumbre, tan desacorde con su enérgico carácter! Tengo que ir. Sé que tengo que ir, pero antes necesito prepararme para ello; porque también sé que es la cita con la esencia de la sinrazón que secularmente ha gobernado a mi familia. ¡Pero yo soy libre! He sacrificado demasiadas cosas en virtud de mi albedrío y de mi independencia. ¡No puedo encadenarme a ningún atavismo, por más incrustado que lo lleve en los genes!». Dio media vuelta y aplastó con ira el cigarrillo sobre un inocente cenicero. Una rabia sosegada acariciaba su mirada gris perla, perdida en la lontananza difusa de un horizonte que no encontraba.

—Sí, tengo que ir —se dijo en voz alta—. Es ineludible, pero no puedo hacerlo hasta que no haya tomado vacaciones; o sea: la próxima semana —le dio la risa—. Bueno. hace tiempo que sé que este momento tenía que llegar. ¡Cartas boca arriba!

164

Doña Casimira Montemayor, la dama sorda
CAPÍTULO SÉPTIMO

I

Casimira Montemayor, nació con la rebeldía adherida a los genes, herencia de algún antepasado díscolo que, sin duda, debieron de menudear por ambas líneas de su ascendencia. Creció menuda como un arbusto, en discrepancia con la anatomía de sus padres y hermanos, que eran más bien de elevada estatura y, en el caso de su madre y de su hermana María Mercedes, con cierta propensión a la obesidad. Sólo cuando, cuatro años después que ella, vinieron al mundo las gemelas, volvió a repetirse esa peculiaridad, tan infrecuente en la familia, de «ser poquita cosa», como solía definirlas su madre. Pero todo lo que Casimira tenía de exigua, lo compensaba con una gran fortaleza de carácter,aunque no siempre bien administrada. Desde muy temprana edad sus ojos de un gris tan metálico e irrompible, como los de su padre, fueron los únicos que, dentro del hogar, se atrevieron a enfrentarse, sin pestañear, a su mirada de «perro rabioso», como doña Carlota solía definirla a espaldas de su *bien amado* cónyuge.

Casimira dispensaba a su padre una aversión sin atenuantes, consciente desde su primera infancia de la autocracia que éste detentaba dentro del hogar. A su madre le ofrendaba una mezcla de ternura conmiserativa y de desprecio sin paliativos, por atrincherar su sumisión en una mansedumbre rencorosa, que progresivamente iba degradando su carácter. Similar desdén que a su madre, pero desprovisto de afecto, le inspiraba su hermana María Mercedes, que había crecido bella como doña Carlota, pero mucho más mediocre, y constituía desde siempre una especie de lastre que acompañaba su rumbo y refrenaba su ímpetu. Experimentó una gozosa liberación cuando se casó con el diplomático francés que habría de llevársela a Japón, o sea: al fin del mundo. Sin embargo, profesaba a Máximo un irracional cariño, exento de motivos, que en algunas épocas casi llegó a la reverencia; acaso por todo lo transgresor y desmedido de su conducta. Con los años, esos sentimientos se fueron corrompiendo. El mismo cariño, pero más sereno e indeleble, le inspiraron Catalina y Casilda desde su llegada a la vida, que vino a destronar su indeseada jerarquía de benjamina de la casa. Quizá estimuló su apego a ellas el hecho de que nadie en el seno de la familia sentía inclinación alguna hacia sus idénticas personitas. Desde muy pronto tuvo la intuición de que la vida de las Ca-Ca iba a transcurrir paralela a la suya. Sentía asimismo una simpatía instintiva hacia su hermanastra Teresa, que casi se tornó en beatitud, cuando ésta se aferró al balcón pugnando inexorable, y a voz en cuello, por defender su albedrío vulnerado. Contaba tan sólo diez años Casimira en aquellos tiempos, pero el éxito de su iniciativa se le prendió en el alma como una máxima a seguir en casos límite; sí, había que elevar la voz y la voluntad si una no quería verse naufragar en el cenagoso piélago que gobernaba la atmósfera de aquella casa.

Tenía poco más de dieciséis años, cuando Casimira observó con sus iris gris metálico, y con irreprochable discreción, a través del encaje de los visillos, que un guapo mozo detenía con frecuencia su mirada y sus pasos ante la fachada de su casa. Pronto, también su ímpetu juvenil empezó a cavilar sobre el rumbo del apuesto y anónimo caballero que, con cierta regularidad, exhibía un interés incógnito frente a sus balcones. Y pronto, el alma empezó a írsele del cuerpo tras los pasos imantados e indeterminados de aquel extraño personaje.

A lo largo de varios meses se sentaba a aguardar su llegada, próxima a alguna ventana de la planta baja, mientras incrustaba filtiré o punto de cruz en diversas prendas de su ajuar, y un desenfrenado ímpetu empezaba a proponerle, temerario, dentro de su instinto, que ojalá aquellas sábanas y manteles donde aderezaba tan primorosos bordados pudieran vestir el lecho o la mesa conyugales con aquel desconocido.

Presa de un irrefrenable frenesí, encomendó a Jacinta —joven y recién llegada sirvienta— que hiciera discretas indagaciones sobre la identidad de aquel señor que parecía mostrar tanto interés por la estructura de su casa, no fuera a tratarse de un merodeador. Poco tardó la vivaracha criada en dar cumplida información sobre todas las fábulas, de uno y otro orden, que recorrían las lenguas más desaforadas de Montorga ·en cuanto a aquel enigmático personaje y su, aún más, ignota fortuna. «La señorita puede estar tranquila —concluyó con pícara complicidad la joven— . No sé qué interés tendrá ese señor en esta casa, pero desde luego, no se trata de ningún merodeador.»

—Que Dios te lo pague, Jacinta. ¡No sabes lo tranquila que me dejas!

La chica volvió a confabularse en tácita connivencia esbozando su pícara sonrisa.

—Jacinta —la llamó Casimira cuando ya se iba.

—Sí, señorita.

Casimira le sonrió aceptando su implicación:

—Jacinta. Si un día llegara a casarme, tú te vendrías conmigo, y no tendrías que volver a faenar en la cocina. Te lo prometo.

—Gracias, señorita. Y usted siempre podrá contar con mi lealtad —se despidió festiva y adepta la muchacha.

Ambas cumplieron su palabra.

Fue por entonces cuando Casimira se decidió a seguir los impulsos de su alma desbocada: Durante días aguardó, con el corazón saltándole del pecho y ataviada con ropa de calle, a atisbar la llegada de aquel tal don Eloy del Castillo. Así trascurrieron tres jornadas seguidas, durante las cuales, sin éxito y sin claudicar, antes del regreso de su padre, Casimira, cambiaba su traje de paseo por su bata de casa y aguardaba un nuevo amanecer. Doña Carlota, ya había empezado a esconder su vida en la soledad abismal e inviolable de su gabinete, y ni siquiera reparó en semejante evento. María Mercedes, el segundo día, al ver a su hermana apostada, peripuesta, e inmóvil junto a los visillos de una ventana le preguntó candorosa:

—¿Pero, vas a salir?

—¡A ti qué te importa! —replicó Casimira con cajas destempladas.

Al tercer día, Catalina que tenía poco más de seis años le dijo:

—Hermanita, ¿adónde vas?

Y Casilda que tenía la misma edad, menos veinte minutos, remarcó justo detrás del hombro de su hermana:

—¿Adónde vas?

Casimira hizo entonces un breve alto en su guardia inquebrantable. Les sonrió y acarició sus rubias cabecitas con cada una de sus manos enguantadas:

—No lo sé, cielitos, no lo sé.

Fue al cuarto día, cuando advirtió, aún de lejos, que su espera iba a tener éxito. Lo vio aproximarse, corrió hacia la salida principal, se quitó un guante, salió a la calle, lo dejó caer al cruzarse con su amado desconocido. El corazón se le empeñaba en abandonar su pecho.

Corrió don Eloy a rescatar y a devolverle la manopla, con el alma galopante; como si una diosa hubiera abandonado su templo para contactar con el mundo de los mortales.

—Señorita —dijo don Eloy, chistera en mano—, permítame entregarle su manopla. Se le ha caído al suelo.

Casimira encendió su mirada metálica fingiendo un rubor que estaba lejos de sentir.

—Ha sido usted muy gentil, caballero. Muchas gracias.

—Permítame que me presente: Eloy del Castillo, para servirla.

Casimira tendió indecisa y lacia su mano desnuda:

—Casimira Montemayor.

—A sus pies, señorita.

La joven esbozó una sonrisa anunciando despedida, y siguió su ruta con pasitos menudos y airosos que ya no la conducían a ningún camino. Entró en una mercería y compró hilo de seda azul celeste. Después, volvió a su casa.

Así se inició una temporada de frecuentes y mutuamente deliberados encuentros entre Eloy y

Casimira. Los negros ojos minerales del indiano taladraban el metal gris claro de la mirada de la dama. Ella fingía un rubor que estaba lejos de sentir, mientras para sus adentros se decía: «¡Dios mío, hasta cuándo va a durar este juego! Tendré que salir al balcón, como Teresa, y empezar a gritar: sácame de aquí. Bien sabe Dios que estaría dispuesta a hacerlo.»

Por entonces, don Eloy decidió empezar a construir la casa de sus sueños, que había conservado intactos desde la infancia, y que tan sólo había remodelado levemente al contrastar el bosquejo diseñado desde antiguo en su mente, con el desenfreno arquitectónico que hacía furor en La Habana. Había postergado llevar a cabo sus viejas e irrevocables ambiciones cuando, al llegar, se encontró con la abrupta e inesperada muerte de su madre y, con ella, la frustración de ofrendar a algún ser querido aquella materialización hogareña y casi fetichista, que a lo largo de su vida le había servido de energético. Y, de pronto, había encontrado de nuevo alguien a quien querer lo suficiente como para brindarle su más remoto y recóndito proyecto: No declararía su amor a esa señorita hasta que no dispusiera del techo adecuado donde cobijarlo. Y cuando lo hizo, y su amor fue correspondido, la casa que sus sueños habían pergeñado encontró nombre: se llamó Villa Casimira.

Mientras tanto, llegaron a la vida de Casimira tiempos de desorden y de hostilidad para seguir albergando ilusiones; si bien, la joven —como es sabido— había nacido muy obstinada: Se casó a destiempo su hermano Máximo con una tal Elisa, rica heredera oriunda de Andalucía. Y su padre —que tenía el don de la inoportunidad— fue a dejar sus huesos en Madrid a los pocos días de la boda. Entonces se inició el luto que, durante cuatro años, permitía visitar la calle tan sólo para acudir a misa portando un amplio manto de gasa negra muy tupida que llegaba hasta los pies. Si mientras gozó de libertad para salir y entrar, Eloy no le había dispensado más que miradas encendidas y alguna galantería, qué podía esperar a partir de entonces. Además, su madre, una vez muerto su marido, había empezado a mostrar su inflexibilidad lacerante en lo relativo a quedarse sola —que, parece ser, constituía su más arraigada y desconcertante vocación— y, en favor de ello, había desenterrado un viejo proyecto, jamás materializado, de enviar a sus dos hijas mayores, para aprender modales, al piso de Madrid. Ni ruegos, ni llanto, ni súplica alguna habían conmovido el alma inconmovible de su madre. Y, ¡entonces!, justamente entonces, Casimira recibió la tan añorada carta, donde Eloy del Castillo le declaraba su amor irrevocable.

Partió hacia Madrid con el corazón tirando de ella en sentido inverso al rumbo que llevaban. Llegó agotada de semejante antagonismo. Su hermana, María Mercedes, dedicó a Máximo, que esperaba cabizbajo en el andén, su más encantadora y estúpida sonrisa. Máximo, faltando a su locuacidad habitual, recorrió taciturno, sentado frente a ellas en el coche de caballos las ignotas calles de un Madrid, que se mostraba mágico, como un bosque de cuento, aunque adoquinado, a los ojos de María Mercedes, y lúgubre y hediondo a la mirada ausente de Casimira. Máximo las dejó en el piso de la calle Padilla en manos de la voluntariosa y abnegada Filomena, y se apresuró a escabullirse rumbo a la Carrera de San Jerónimo, con algún pretexto improvisado y la mirada suplicante hacia la que había sido testigo de su opulencia falaz y entonces lo era de su humillada situación. En su forma de mirarla parecía decirle: sé indulgente conmigo.

Así se enteraron las Montemayor del grandioso disparate que acompañaba al matrimonio de su hermano. Y al día siguiente conocieron a una Elisa tintada de rubor, como si acabara de cometer públicamente un pecado mortal, y cuya belleza sin resquicios ensombrecía el buen ver de Casimira y el mejor ver de María Mercedes. Ninguna de ambas hizo alusión al tema, y su cuñada se lo agradeció con una benevolencia voluntariosa durante todo el tiempo que coincidieron en Madrid. Igualmente se enteraron de los pormenores de la muerte de su padre, y entonces, la mayor de las hermanas germinó una lágrima sin pena, mientras la más joven ni siquiera se esforzó en exhibir la más nimia huella de dolor.

En breve, María Mercedes iba a conocer a un tal Gèrard de Saint-Savin, diplomático francés, quien tras haber sorteado a lo largo de su infancia las beligerancias franco-prusianas, y tras una permanencia de dos años en España formando parte del cuerpo diplomático, había sido nombrado encargado de negocios en el País del Sol Naciente, país que empezaba a esmerar su diplomacia hacia Occidente, mientras contemplaba con suculento apetito expandir su alboreado imperio por tierras coreanas, apoyando al regente Taewongun, frente a la sangrienta y fracasada oposición china que, a su vez, se servía con idénticos fines, del pretextado apoyo al rey Kojong.

Sin una conciencia en absoluto precisa de tales embrollos, se casaba María Mercedes con Gèrard, tras haber recibido de Montorga cuatro baúles con sus pertenencias personales y el consentimiento de doña Carlota para celebrar dicho matrimonio, unido a unas difusas razones intentando exculpar su ausencia en la ceremonia.

(María Mercedes moriría diez años más tarde en un sanatorio psiquiátrico próximo a Lausanne. Ningún miembro de la familia volvería a verla nunca.)

Simultáneamente, Casimira incubaba el tifus, que iba a lastrarla con una despiadada sordera de por vida. Mientras, seguía recibiendo cartas encendidas de don Eloy del Castillo implorando matrimonio. Regresó a Montorga, cuando junio espejeaba sus incipientes rigores veraniegos, y cuando había perdido cualquier esperanza de recuperar el oído vulnerado. No tenía ninguna certeza de que, en tales circunstancias, su noviazgo —que, por suerte, había cursado con la discreción de la distancia, y del cual ni su propia madre sabía nada— culminara en boda. Sin grandes dilaciones, que tan sólo podían atesorar zozobra, Casimira, mediante su adepta Jacinta, envió a Don Eloy una nota garrapateada en su papel, orlado de luto y perfumado de violetas, exponiéndole las cosas como eran, y rogándole a su bien amado, que si la minusvalía adquirida cambiaba el talante de sus sentimientos, que no pasaba nada, que ella lo entendía; en cuyo caso, tan sólo esperaba de su caballerosidad le fueran devueltas, por conducto de la portadora, aquella misiva, junto al resto.de las cartas que con anterioridad le había escrito. Don Eloy olió la carta, la guardó en un bolsillo, y le dijo a Jacinta, que esperara la respuesta:

Me consumo en la hoguera de hacer público nuestro amor y de tenerte a mi lado para siempre. No necesitas oírme para saber que te adoro.

Mañana, a las siete de la tarde, me tendrás aguardándote frente a tu casa.

Tuyo,
Eloy del Castillo

Leyó la esquela Casimira, e inmediatamente acudió al gabinete de su madre. Doña Carlota recibió a su hija sentada en su mecedora favorita, con el ceño contrariado, el bastidor apoyado en su regazo, atenazando el bordado incompleto de una servilleta, y la aguja suspendiendo un hilo color malva, enhiesta entre sus dedos; como si pudiera servirle de defensa:

—¡Qué es lo que te pasa ahora? —rezongó la dama.

—Mamá… mamá. Necesito hablar con usted.

Doña Carlota concentró de nuevo la atención en su bordado:

—Habla.

Casimira no la oyó:

—Mamá, ¡deje de una vez ese asqueroso bastidor y escúcheme!

Doña Carlota volvió a contrariar su gesto:

—Está bien —agitó una campanilla y, mientras se presentaba una criada atendiendo a su llamada, ordenó con meticuloso celo su costurero—. Nieves, hija; la señorita quiere hablar conmigo. Sírvenos el chocolate. ¿Quieres picatoste?

—¿Que si quiero qué?

—¡Pi-ca-tos-te! Dios bendito, se ha convertido en una cruz hablar contigo.

—¡Mamá!, que son las doce y diez de la mañana.

—Sin picatoste. Hala, vete, vete —despachó doña Carlota a la chica con elocuentes movimientos de una mano, mientras ambas se sentaban frente a frente ante una pequeña mesa camilla.

—Y bien. Te escucho —gritó doña Carlota. Casimira bajó los ojos y la voz:

—Has oído hablar de don Eloy del Castillo.

—¿De quién? —volvió a gritar doña Carlota.

—De un apuesto mozo venido de Cuba, que no tiene familia y vive en el hotel.

—Ah, sí; he oído hablar de él. ¿Qué le pasa a ese señor? —siguió gritando la dama.

—Pues que quiere casarse conmigo. Hace casi medio año que somos novios.

—¡Que pretende casarse con…! ¡Pero bueno!, ¿es que todos mis hijos se van a casar con aventureros? —en ese momento entraba Nieves con la chocolatera y las jícaras—. ¡A la señorita no le sirvas, no se lo merece!

Nieves dejó el servicio junto a la mesa y emprendió un oportuno mutis. Cuando hubo marchado, Casimira miró a su madre con el fulgor metálico de sus ojos rigurosos. Le dijo poniéndose de pie:

—¡Es posible, madre; nos viene de familia. Mi difunto padre también se casó con una aventurera! ¿No es verdad?

—¡¡Ese hombre es un chacal que quiere apoderarse de la herencia de una sorda!! —argumentó doña Carlota soslayando el comentario de su hija.

Casimira, que ya se iba, volvió sobre sus pasos y dijo muy despacio:

—¡Ese hombre! Ya era novio mío antes de estar sorda. Además, cuando menos, es tan rico como yo.

—Tú sabrás lo que haces, porque contigo no hay quien pueda. Así que déjame tranquila —concluyó doña Carlota elevando la jícara humeante, mientras su hija se marchaba sin oírla.

Al día siguiente, a las siete de la tarde, Casimira, seguida por Jacinta, cruzaba el umbral de la vetusta puerta de su casa, para consolidar su controvertido noviazgo con el hombre más controvertido que pisaba los adoquines de la muy hidalga ciudad de Montorga. Dos días después, todos sus habitantes arriesgaban aseveraciones sobre la desvalida sordita y el oscuro indiano, que se había hecho construir una desmedida mansión en la dehesa que había adquirido a poco más de una legua de la aldea donde, parece ser, que había nacido más pobre que una rata.

Progresivamente los chismorreos iban a zarandear con saña empedernida a todos y cada uno de los miembros secularmente envidiados de la familia Montemayor, cuyos cimientos habían empezado a resquebrajarse tras la misteriosa muerte, en Madrid, de don Severo; último pilar de una dinastía en ruinas. A poco de haber fallecido el boticario, partían hacia la Corte sus dos hijas mayores, «y ésa, mire usted, no es la conducta adecuada para unas señoritas como Dios manda, ¡qué caray!». Por si esto fuera poco, una de ellas, supuestamente había contraído un misterioso matrimonio y había desaparecido como por encanto; mientras que la otra, regresaba a Montorga tan sólo meses más tarde, sorda —«dicen que del tifus, y ¡vaya usted a saber!»— para arrojarse a la desesperada en brazos de un indiano. Por si todo eso no bastara, poco después llegó don Máximo, sin haber terminado la carrera, y casado con una mujer incomparable, eso sí, «pero sobre la que se ciernen habladurías no demasiado edificantes. Usted ya me comprende. ¡Que a lo mejor sólo son calumnias!, ya sabe lo mala que es la gente». Tras la desaparición de doña Elisa, la boda de la *desvalida* Casimira, el enclaustramiento empecinado de doña Carlota, y el harén donde don Máximo disolvió su sino, los Montemayor dejaron de ser escándalo para convertirse en costumbre, en peculiaridad, y en ejemplo de la perdición. Sin embargo, con los escombros del desmoronamiento de los Montemayor, empezó a edificarse la estirpe de otra epopeya: la de los —del— Castillo.

Casimira se casó el 27 de enero de 1895. Apadrinaron la enlutada boda, su hermanastra, la radiante señora Teresa, y su hermano don Máximo, que ya empezaba a diluir la desesperación de su matrimonio malogrado en los brazos consanguíneos de su prima Montserrat, que aún ocupaba en solitario el lecho conyugal abandonado tiempo atrás por doña Elisa Bustamante. Don Eloy del Castillo carecía de familia.

Esa misma tarde, los desposados llegaron a Villa Casimira en un reluciente coche negro, tirado por cuatro caballos del mismo color, para inaugurar su casa inverosímil y su estirpe inusitada. Días antes, un carro entoldado había trasladado a dicha residencia el ajuar y todos los efectos personales de doña Casimira, custodiados por la leal Jacinta que, a partir de entonces, iba a tener a su cargo exclusivamente el cuidado personal de la señora, quien nunca faltaba a su palabra.

Casimira tomó posesión de su morada, accediendo a ella entre dos filas de sirvientes, según alguna remota y poco usual costumbre, probablemente importada de allende los mares, como la fortuna que la hacía posible. En seguida comprendió que aquella casa había sido diseñada bajo los dictados enigmáticos de su indómito corazón, como si se la hubieran arrancado a los sueños que ni siquiera se había atrevido a bosquejar. Todo en ella era luz, espacio, y una audaz alegría adherida a la gama de tonalidades pastel que coloreaba paredes, techos y estucados. Se le hacía tan remota la densa y lúgubre atmósfera del caserón donde había nacido. Doña Casimira, con la voz a punto de resquebrajársele en la laringe de pura emoción, preguntó a su marido:

—¡Cómo has logrado adueñarte de mis quimeras para convertirlas en realidad? Ciertamente eres un extraño personaje —concluyó arrastrando un acento de pícaro recelo.

—Aún no has visto lo más importante. Acompáñame. Lástima que sea invierno. Pero no podía esperar hasta la primavera para hacer de ti la dueña de mi casa y de mi vida.

Don Eloy, hablaba fervoroso y algo distraído, mientras conducía del brazo a su esposa hacia la parte posterior del edificio, donde una alta tapia guarecía dos hectáreas de jardín arrancado a un monte que, en los albores de su vida, había recorrido de la mano de su madre pastoreando ovejas. En ese instante, supo culminada toda la inquietud desapacible que, hasta entonces, le había horadado el alma y gobernado la vida. En tanto, a doña Casimira se le ensanchó el pecho taladrado por una emotividad que nunca había cobijado, y dos lagrimones, libres de razón, envolvieron su mirada tajante, que desconocía la ternura, porque en seguida supo que el desarrollo de su trayectoria vital había de discurrir entretejida al florecimiento de aquel jardín en ciernes. Como un estereotipo de su hado venidero.

Jamás iba a talar, a lo largo de sus días, la urdimbre que entroncó su vida con la del jardín.

La pareja —tras una noche de bodas en la que doña Casimira se había apresurado a quedar embarazada— empezó a transitar su matrimonio envuelto en una felicidad que, de tan compacta, parecía ficticia. Llegó la primavera y, con ella, doña Casimira comenzaba a solazar su embarazo sentada bajo la madreselva y los rosales trepadores que se habían encaramado a las pérgolas para regalar la caricia de su sombra y su fragancia perfumada.

Sin embargo, tras la limpidez de su matrimonio sin estrías, una nube apagaba el firmamento diáfano de la dama sorda, cuya conciencia estricta cobijaba escrupulosas dudas sobre el origen intachable del bienestar que ella disfrutaba. Y una tarde de luminoso abril, se dijo a sí misma: «de hoy no pasa». Se oyeron circular las ruedas del tílburi donde don Eloy regresaba de supervisar su hacienda, y Jacinta corrió al jardín para anunciar a su señora la llegada, que ella no podía oír. «De hoy no pasa», volvió a repetirse Casimira con su criterio empecinado. Depositó el caballero la caricia de sus labios en la frente de la dama, y ella lo miró con sus ojos gris metálico, que hacía tiempo habían clausurado la frialdad de su expresión.

—Eloy, quiero que te sientes frente a mí, y me confíes la verdad del pasado que has recorrido y que tus labios siempre han silenciado. ¿Es cierto que traficaste con esclavos? —doña Casimira dominaba de forma innata el don de la oratoria que sabía conjugar con el don de la osadía.

Don Eloy la miró perplejo y se echó a reír mientras se sentaba. Después se quedó muy serio.

—¿Eso dicen de mí?

—¡Eso se dice de ti, en efecto! Y lo que sí es cierto, es que tú te fuiste pobre a Cuba, y en pocos años regresaste rico. Y no menos cierto es, que yo convivo noche y día con esa incertidumbre que me está corrompiendo el alma.

Don Eloy tomó entre sus manos poderosas las manos diminutas de su mujer, sus ojos de negrísima antracita taladraron la inquietud de su mirada. Entonces, el ilustrado indiano, con pomposa entonación de discurso y grave acento, le presentó su pliego de descargos:

181

—Sólo lo diré una vez, y te lo diré a ti, que me importas demasiado. Y tendrás que creerme, o vivir el resto de tus días con la zozobra suspendida de tu alma, pero nunca vuelvas a hacerme esa pregunta. Escucha.

»Cuba es un polvorín que va a estallarle a España entre los dedos de un momento a otro. Se la está disputando un cachorro de gigante, llamado Norteamérica, que tiene intacto todo el brío de su sangre joven, pujante y ambiciosa. Pronto hará presa de la isla entre sus fauces poderosas, al igual que de Filipinas. La Corona hace siglos que no sabe administrar sus territorios, y ha perdido el rumbo del control de sus dominios entre pequeñas demagogias, arbitrariedad, y corruptelas; ahí está el resultado. Además, Norteamérica cuenta a su favor con la adhesión de gran parte de los isleños, que han creído encontrar en su causa la esperanza independentista de su pueblo. ¡Ojalá no se equivoquen! —hizo una pausa, como intentando conseguir los términos adecuados para explicar algo difícil de entender—. Cuando yo llegué a Cuba, es cierto que me movía la ambición, pero se trataba de una ambición indeterminada, que aspiraba, sin cauces, a mejorar mi sino; sólo eso. Aquella tierra ya era un magma de inestabilidad. Muchos colonos vivían atenazados por el miedo: miedo al control de un cambio de poder indefinido que se estaba gestando entre reyertas pro independentistas y colonialistas. Nadie sabía con exactitud quién era quién, ni qué podía pasar después. Miedo también a la reacción vengativa de un pueblo cautivo, sustrato emergente de una esclavitud insostenible, que había cobrado conciencia de sus derechos como humanos que son, y de la situación de indignidad en que vivían, y cuya emancipación aún estaba sujeta, por ley, a la obligatoriedad de seguir sirviendo a sus antiguos amos, o a perecer de hambre. Para éstos era más cómodo que fueran libres, pero subordinados; pues así, no dependían de ellos al dejar de ser rentables. Sin embargo, es peligrosa la conciencia cívica para detentar la tiranía. En Santo Domingo, donde había triunfado un Estado de antiguos esclavos, estaba el ejemplo. Durante los primeros años, perteneciendo como pertenecía a la Guardia Civil, tuve ocasión de tomar el pulso a todas esas cuestiones. A lo largo de ese tiempo continué con gran ahínco mi empeño en instruirme. Sólo a aquellos que están en posesión del conocimiento los acompaña el albedrío; lo sabía de sobra, porque antes había sido ignorante. En cuanto a mi fortuna —hizo otra pausa—, en parte se la debo al azar, y en parte a la especulación; no voy a negártelo. En 1888, precisamente el año en que se abolía cualquier vestigio de esclavitud, me tocaron doce mil pesos, o duros, oro a la lotería. Desde luego, no es una cantidad nada desdeñable, pero sí insuficiente para colmar las metas que, fuera como fuera, me había impuesto alcanzar. Como te he dicho, la confusión era tan grande que muchos terratenientes que no habían destacado por su espíritu abolicionista ni tampoco independentista, y que arrastraban una larga tradición de ignominia, se encontraban en una situación bastante incómoda, por no decir desesperada. Su mayor sueño era verse lejos de una hoguera que ellos mismos habían atizado. Terminado el servicio militar en el cuerpo de una guardia que defendía los intereses coloniales, yo estaba en condiciones de excepción para saber a quiénes les interesaba de forma prioritaria vender sus propiedades y poner mar de por medio. Concretamente en las provincias de Santa Clara y Matanzas, que eran los territorios donde yo había servido, sabía de memoria quién era quién y de qué pie cojeaba. Me establecí en la ciudad de Trinidad y fui comprando, a bajo precio, haciendas que después vendía, con gran beneficio, a nuevos colonos, en su mayor parte, norteamericanos, he de confesarlo —hizo una nueva pausa, como calibrando la integridad de su conducta—. En menos de tres años había acumulado más oro del que jamás pude haber soñado. Era el momento de regresar. Aquella no era mi tierra, ni mi causa, y las cosas cada vez iban a peor. Aquí, me esperaba un pueblo donde únicamente había encontrado mezquindad y miseria, pero era mi pueblo, y en él vivía mi madre, que nunca conoció la fortuna. ¡Cómo iba a colmarla de dicha!, ¡cómo iba a compensarle todas las privaciones que acompañaron su vida! Cuando llegué, ya no estaba… —la mirada mineral de don Eloy se perdió en la linde por donde se escapaba la tarde. Un lustre de amargura líquida que amenazaba aflorar entre sus párpados se diluyó en aquella lejanía crepuscular. Luego miró con ternura a su esposa, le tomó una mano y le dedicó una amplia sonrisa—. El resto, te pertenece a ti, que eres la luz de mis ojos. No quiero volver a enterarme de nada que ocurra extramuros de El Encinar, que constituye todo mi horizonte. Pero, por favor, nunca vuelvas a hacerme esa clase de preguntas, ni tampoco a recordarme que antes de atreverme ni siquiera a soñar con poder acariciar tu sombra, había nacido pastor y he sido mendigo.

Había una resolución incontestable en su deseo de clausurar las puertas del pasado. Doña Casimira dejó morir el vigor de su mano entre las de su esposo, como si el impulso se le hubiera roto de improviso dentro del alma. No dijo nada. Su vista no atisbó el fulgor vehemente que la envolvía, se había extraviado en algún punto difuso del jardín que, desde entonces, y a lo largo de su vida, cobijaría su intimidad y sería cómplice de sus inescrutables pensamientos.

La primavera discurrió solapada y tibia alternando sol y lluvia, llanto y alegría. Tras la primavera, el verano inundó de fragancia y de color el jardín de Villa Casimira. Por entonces, la dama en cuyo honor había encontrado nombre la casa, ya había adquirido la costumbre de atravesar aquel jardín hasta el cenador con sus pasitos menudos y briosos, bajo la indulgencia circular de su sombrilla, y de sentarse muy hierática e inmóvil sumergida en quién sabe qué arcanos pensamientos, mientras engrosaba su embarazo que, en ocasiones, ella acariciaba con su mano diminuta pero nervuda, como se acaricia una ilusión.

Nació, en mala hora, el primogénito de sus hijos, a finales de octubre, con rigurosa puntualidad, y sin el más leve contratiempo. Su cara trigueña y sus pupilas oscuras, como la noche, anunciaba un parecido incuestionable con su padre, pues por línea materna toda la familia eran de tez muy blanca y ojos claros. Sin embargo, con los años, ese previsible parecido con don Eloy nunca llegó a decantarse; el mozo terminó pareciéndose única e inquietantemente a sí mismo y a su propia perversión. Fue bautizado en la ermita de la dehesa por un coadjutor, llegado de Montorga para la ocasión, con el nombre de Félix. Así empezaba doña Casimira a incrustar la *fe* en el nombre de sus hijos, cuyo concepto, a la postre, sólo le iba a pervivir en la onomástica. Tan sólo acudieron al bautizo del pequeño, don Máximo con los dedos adornados por todos sus anillos, y la prima Montserrat —que fue acogida como

185

prima y no como concubina predilecta del incipiente banquero—; ella guarecía su belleza mediterránea agachando, empecinada, la cabeza y exhibiendo un arte especial para esconder su mirada avergonzada, de las miradas ajenas. Tras el bautizo, se dio un chocolate con abundante picatoste, que hubiera hecho las delicias de doña Carlota, de no haberse obstinado en decir que ella jamás iba a poner sus pies en la casa del *chacal*. Si bien, don Máximo adulteró la exactitud de sus palabras, e hizo saber a su hermana y a su cuñado que su madre se encontraba algo indispuesta. En el curso del suculento desayuno también fueron atendidas las insinuaciones del coadjutor, don Pío, para que ellos, que mantenían desde antiguo buenas relaciones con su ilustrísima, el señor obispo, a ver si lograban que consagrara como parroquia la preciosa ermita de la dehesa, y lo nombrara a él párroco, y así todas las pobres almas descarriadas de Tramazo del Encinar —que eran como ovejas sin pastor— podrían acudir allí para cumplir con los santos sacramentos. Doña Casimira tomó esta sugerencia como algo personal, y según era de obstinada, tras enviar varias cartas al obispado y realizar dos o tres visitas al prelado, consiguió su propósito, y su ermita tuvo párroco, y los antiguos convecinos de pobreza impronunciable de su esposo tuvieron un lugar de culto donde santificar los días de fiesta y mirar aviesamente, con la envidia adherida al semblante, al que habiendo sido el más pobre de entre todos ellos, se había convertido en nuevo dueño de sus haciendas y, por ende, casi de sus vidas. Sin embargo, en honor a la justicia, jamás pudo reprochársele a don Eloy atropello alguno, ni mala voluntad para quienes habían sido sus antiguos compañeros de miseria, sino todo lo contrario. Pero la envidia es mala consejera, y don Eloy, con el tiempo, habría de sufrir el zarpazo de sus garras.

Fue el mismo día de la primera Nochebuena tras su casamiento, cuando la familia Del Castillo surcó el primer quiebro de su armonioso matrimonio. Doña Casimira, en un mal impulso de su indómito carácter, dedicó a su marido, por primera vez, uno de los pocos sustantivos impronunciables, además en su acepción más peyorativa. Quizá de modo irreflexivo para ambos constituyera simplemente una tentativa de calibrar y demarcar el índice de fuerza que cada uno ostentaba sobre el otro.

Estaban sentados a la mesa; dos candelabros de plata iluminaban el mantel, la vajilla, las viandas, la cristalería, y un hermoso centro de flores hurtadas al invernadero. Doña Casimira habitualmente repartía su devoción entre sus tres debilidades domésticas: su pequeño Félix, su muy amado esposo, y Adelfa, una gata persa de largas guedejas blancas. Ése era el orden prioritario de sus afectos —jardín aparte—, en tanto no existiera algún desorden o desavenencia entre ellos; en tal caso, doña Casimira podía transgredir arbitrariamente su propia prelación. Precisamente eso fue lo que ocurrió aquella Nochebuena.

Doña Casimira ocupaba su sitio en un extremo de la mesa, don Eloy, el suyo en el otro extremo, don Pío, el sacerdote, estaba en medio; el belén permanecía estático e inerte sobre el musgo macilento en un rincón, Félix dormitaba en una cuna al lado de su madre, en la cocina alguien cantaba un villancico, el fuego crepitaba vigoroso en el hogar, Adelfa, acaso intentara cobijar su frío felino cerca de las llamas, don Eloy —que ya había intentado, sin éxito, espantar a la minina del hogar, donde podía incendiar su larga pelambrera— se levantó, tomó con las tenazas un tizón y se lo aproximó, sin rozarla, al hocico de la gata que, toda erizada, huyó despavorida.

—¡¡Pastorón!!

Le gritó doña Casimira furiosa, quien había trastocado la prelación de sus afectos. Y aquella era justamente la palabra que no debía haber dicho, el término prohibido, el sustantivo vedado. Se encendió la mirada de antracita de don Eloy, que se fue hacia ella con intenciones beligerantes. Doña Casimira recordó, como un relámpago, todas las semblanzas abominadas del matrimonio de sus padres: «¡A mí, no! —pensó—, ¡a mí no!». Se puso en pie de un salto y con agilidad más felina que la de su gata elevó la pesada silla donde se sentaba; cuando don Eloy, fuera de sí, llegaba para abofetearle el rostro, ya había recibido sobre su cabeza la contundencia de la sólida madera. Todo transcurrió en fracciones de segundos. Mientras don Eloy calibraba con una mano la envergadura de su sangrante contusión, doña Casimira corría hacia la puerta con el niño en brazos. Antes de traspasar el dintel se volvió para decirle:

—¡A mí, no! ¡El mismo día que te casaste tú, me casé yo! ¡No lo olvides nunca!

Pasó por la cocina, como un tornado, gritando con su voz menuda:

—Avisad a Juan que ahora mismo enganche un caballo al coche; yo lo espero dentro. ¡Ahora mismo, he dicho! Nos vamos a casa de mi madre.

Ya «había llegado el Niño» y estaba la casa sosegada, cuando doña Casimira —tras haber recorrido más de tres leguas con el pequeño Félix entre los brazos dentro de un coche que Juan, perplejo, había conducido a golpe de látigo— aporreaba sin escrúpulos la puerta del vetusto caserón de los Montemayor. Por fin, una voz ebria —más de sueño que de alcohol— preguntó recelosa, sin haber descorrido los cerrojos, que quien iba:

—¡Abre imbécil! ¡Soy doña Casimira! —respondió la dama cuando logró oírle.

Doña Carlota escuchó a su hija, con semblante ausente y gesto adusto, las cuitas matrimoniales que, entre golpes de llanto, su hija desgranaba en sus oídos. Cómo iba a calibrar ella la magnitud de la tropelía, cuando su vida conyugal fue sistemática y resignadamente apaleada. Sin embargo, al amparo de una situación tan propicia, encontró pretexto para afianzar los argumentos de profunda aversión que dispensaba hacia su yerno:

—Te lo dije cien veces, y no quisiste hacerme caso; que ese hombre era un chacal, y que no debías casarte con él. Pero tú siempre has sido muy empecinada. Ahora, resignación, hija, resignación.

Aún no había concluido doña Carlota su perorata, cuando doña Casimira se había puesto en pie de un salto. Arrancó a su pequeño de los brazos de la abuela —que parecía haberse olvidado de que lo sostenía— y salió veloz:

—Adiós madre, y felices Pascuas.

Justo en el momento en que abandonaba el gabinete, salían de su cuarto Catalina y Casilda con sus idénticos semblantes y dentro de sus idénticos camisones, a quienes habían despertado los gritos de su madre para taladrar la sordera de su hija.

—Feliz Navidad, hermanita. ¡Qué alegría que hayáis venido! —dijo Catalina.

—¡Qué alegría que hayáis venido! —añadió Casilda, unos pasos más atrás.

—Feliz Navidad, cielitos; pero ya me voy —dijo doña Casimira besando a sus hermanas en la frente—. Sólo vine para felicitaros. Ahora tengo que marcharme.

Salió Juan de la cocina masticando algo y con la incredulidad dibujada en el semblante:

—Vamos, Juan. Regresamos a casa.

Cuando doña Casimira se introdujo en su lecho conyugal, empezaban a cantar los gallos el nuevo amanecer. Don Eloy —al que ya se le había diluido el ataque de furor— se despertó desconcertado:

—¿Cómo has vuelto a estas horas? Mañana tenía pensado ir a buscarte.

Doña Casimira cobijó la cabeza sobre su pecho sólido. Le dijo con dulzura:

—Es que mi madre se puso a hablar mal de ti y, eso, yo no puedo consentirlo.

Don Eloy miró a la oscuridad inflamado de ternura, rodeó con un brazo los hombros de su esposa, y no encontró palabras para responderle. Ella se durmió entre su abrazo, y él recibió despierto la mañana de su primera Navidad conyugal.

Nunca, a lo largo de su vida, dejaría de amar a doña Casimira. Fue ella quien, en la demarcación entre dos antagonismos que enfrentaban a su afectividad, extravió definitivamente la prelación de sus afectos, y acabó disolviendo en un cataclismo errado la armonía de su venturoso matrimonio.

II

«Ya todo es inapelable.», se dijo doña Fe, respirando los detritus de la vida; mientras un viento de poniente acariciaba las frondas vivas del jardín muerto, en aquel atardecer.

«¿Por qué he de ser, precisamente yo, el interludio de la pieza, si sólo he sido una comparsa en su escenificación?», se dijo Femi, contemplando desde su terraza el mismo ocaso.

Las «Ca-Ca», gemelas idénticas

CAPÍTULO OCTAVO

I

Nacieron Catalina y Casilda, estrenando purita-
nismo, el mismo año de 1880, en que la moda abolía los
escotes, y vestía a las damas desde los puños hasta la
barbilla, y aquella parte —de nombre innombrable— de
su anatomía se vería ampliamente incrementada
mediante un artilugio almohadillado llamado polisón,
respondiendo al recatado criterio de la ex abadesa,
María Cristina de Habsburgo-Lorena, reina consorte, y
más tarde regente de una menguada España, y al crite-
rio, no menos imperativo, de la rígida Victoria, reina de
Inglaterra, entre otros reinos, y boyante emperatriz de
la India.
Abarcaría sus vidas un denso y largo trecho,
durante el cual, en España, nacería y conocería el exilio
un nuevo monarca, amanecería otra breve y estrangula-
da república, una contienda fratricida salpicaría de san-
gre y de ignominia el suelo patrio, el país enfermaría de
una larga dictadura, y sus ojos se cerraron a los noventa
y cinco años, a punto de vislumbrar un nuevo amanecer.
En tanto, en el mundo a lo largo de sus vidas, surgirían y
serían cercenados nuevos imperios, dos grandes guerras

cubrirían la faz de la tierra con su negra capa de desolación, e incontables contiendas de menor envergadura azotarían incesantemente su superficie.

Sin embargo, Catalina y Casilda, tuvieron el buen gusto de pasar de puntillas, y con toda la indiferencia que el azar les permitió, por la mayor parte de semejantes acontecimientos, a excepción de aquellos que les salpicaron el rostro.

Siendo aún muy pequeñas, se miraron de frente, y al verse reflejadas la una en la otra, comprendieron que igualmente su razón las identificaba, y el conjunto de sus individualidades completaba una personalidad única e indivisible. Desde niñas, se acostumbraron a dormir uncidas en un estrecho abrazo, como si ese contacto inocente fusionara en ellas el desdoblamiento que la naturaleza les había infringido. Sabiendo que en todo momento ambas pensaban lo mismo, Casilda delegó tácitamente en Catalina la tarea de convertirse en portavoz de las dos y se reservó el derecho a enfatizar con su aquiescencia todo cuanto su hermana proclamaba. Nunca habrían de surgir discrepancias entre las gemelas.

Pronto comprendieron también que su llegada a la existencia no había sido bien recibida en el hogar que el sino les asignó, y haciéndose cargo de semejante circunstancia, y sin albergar por ello resentimiento alguno, intentaron recorrer sus rumbos pasando lo más desapercibidas posible para no interferir ni colisionar con la trayectoria de nadie, pero observando con esmerada atención todo cuanto acaecía a su entorno. Jamás llegaron a plantearse la hipótesis de que la vida separara su unción, pues ello habría constituido la única afrenta inaceptable; pero en ese aspecto, el destino supo indultarlas regalándoles su benevolencia.

Fueron desgranándose los años en su inexorable trayectoria y, con ellos, los acontecimientos. Mientras las gemelas iban haciéndose adultas, España perdía sus últimas colonias de Cuba y Filipinas, y vendía a Alemania las islas Carolinas, Marianas y Palaos. Así, el país remataba un imperio que le había venido grande, y que nunca había sabido administrar demasiado bien. En 1902, fue nombrado mayor de edad don Alfonso XIII y, por ende, concluía la regencia de doña María Cristina. Dos años más tarde, entregaría su alma al más allá la casquivana Isabel II en su exilio parisino. En 1906, el Rey contraería matrimonio con doña Victoria Eugenia de Battenberg, tras cuya ceremonia, con gran horror, la futura reina vería manchadas de sangre las lises y las rosas de su traje nupcial en el cruento atentado de que fueron objeto de regreso a Palacio, en la calle Mayor, a manos anarquistas.

En tanto, el vetusto caserón donde las Ca-Ca vieron la luz de la vida, había ido desgajando a la familia y dispersándola por diversos y variopintos rumbos, y la degradación, implacable y lenta, empezaba a cernirse sobre él.

Catalina y Casilda apenas guardaban memoria de la boda de Teresa, porque nadie de la familia acudió a ella, y porque entonces sólo contaban cinco años. Únicamente recordaban el momento álgido en que su madre y Jesusa intentaron en vano sofocar sus gritos desde un balcón, mientras la gente se arremolinaba en la calle. En cambio, conservaban intacto el recuerdo de cuando su señor padre había entregado de súbito a las tinieblas su alma inexorable, en Madrid, días después de la malaventurada boda de Máximo. Una pena liviana —porque en ellas todo era liviano— salpicó su espíritu, como una pincelada de ácido diluyéndose en su dulzor, ante esa adversidad. Poco tardaría en construir su ausencia definitiva María Mercedes, que había acudido a Madrid, junto con Casimira, para refinar sus modales, y allí se había casado con un extranjero que habría de llevársela a un lejano destino sin retorno. Y tan sólo un año más tarde, Casimira formaría su polémico hogar, por suerte, no demasiado lejos de Montorga; pues las Ca-Ca eran receptivas a ese afecto algo desvaído, pero tierno e indeleble, que tan sólo Casimira les había brindado. Su hogar iba consolidándose con la llegada a la vida de varios hijos —que eran el único hálito sólido de pervivencia familiar—, aunque el sino, mediante la dentellada funeraria y precoz con que habría de devorar a una de las hijas barnizó de duelo su armonía. Pero las penas también unen, cuando son compartidas.

Mientras, don Máximo, herido de su conmoción incurable tras el abandono irreversible de su amada Elisa, y la consiguiente ausencia del hijo de su sangre, siguió empeñado, cada vez con mayor ahínco, en dilapidar su vida y su caudal en desenfrenadas orgías y boato sin mesura. No faltaron, sin embargo, algunos ingenuos que, viendo su tren de vida y convencidos del buen funcionamiento de sus negocios, desenterraron su pecunio del escondite donde tradicionalmente moraba aletargado, o descosieron sus colchones para depositar sus ahorros en la moderna Casa de Banca de don Máximo; el cual, falto de liquidez, prometía suculentos intereses a sus potenciales clientes.

Al mismo tiempo, el espíritu práctico de don Eloy empezaba a alarmarse, desde los confines de su dehesa, y a temer por el futuro del patrimonio familiar que, según testamento, tutelaba doña Carlota de por vida; y quien, a pesar de todo, no había redimido aquella flaqueza que sentía por su hijo, tanto más después de saberse artífice de su desgracia conyugal. Sabía don Eloy que iba a ser tiempo perdido tratar de poner freno al despilfarro filial intentando hacer entrar en razón a su suegra, que siempre, y sin causa, lo había abominado sin paliativos. Además, empezaba a germinar la sospecha de que la razón de la dama podía estar empezando a quebrarse. De modo que se presentó una mañana, bordeando el mediodía —que era a la hora en que don Máximo empezaba a dar señales de vida— en el despacho de su heterodoxa Casa de Banca, en cuya puerta ponía: «Director». Los dos empleados de su cuñado se apresuraron a decirle que don Máximo aún no había bajado. El caballero los miró desde la persuasiva altura de su metro noventa y cinco, y advirtió a los contables:

—¡Pues llámenlo! Lo esperaré dentro.

Casi media hora más tarde, aparecía don Máximo con su elegancia innata y su belleza blonda, que empezaba a acusar los múltiples excesos y a cobijar la decadencia. Sonrió a su cuñado con toda sinceridad:

—¡Eloy! ¡Qué sorpresa! ¿Pero cómo no has subido?

—Porque no he venido a visitar a la familia, he venido a visitar al hombre de negocios —dijo don Eloy sin circunloquios, y sin aceptar el abrazo que su cuñado le ofrecía.

Don Máximo, al observar el cariz de la visita, se sentó en su sillón:

—Bueno, pues tú me dirás.

Y don Eloy, con la voz muy queda y el acento resuelto, levantándose de su asiento y agarrando a su cuñado de las impecables solapas de *cheviot* inglés de su traje, le dijo:

—¡Mira Máximo, el dinero de los hermanos, posiblemente lo hayas dilapidado ya, pero como se te ocurra tocar una sola propiedad, ten por seguro que te mato!

Sin añadir nada, y sin aguardar explicaciones, don Eloy del Castillo salió del despacho y de la Casa de Banca. Don Máximo dijo para sus adentros: «Ese estúpido indiano está hablando en serio».

Ni una palabra comentó don Eloy a su esposa de semejante visita, pero por ese tiempo a doña Casimira, de modo involuntario, empezó a extraviársele la devoción que hasta entonces había profesado a su hermano.

Y por esa época también, en el vetusto caserón de los Montemayor, Catalina y Casilda empezaron a observar peculiaridades insólitas en la conducta de doña Carlota. Hacía algunos años que la dama, en su empecinada vocación de permanecer en soledad, o tal vez a consecuencia de algún amanecido atavismo de cicatería, había ido deshaciéndose paulatinamente de la mayor parte del servicio, que siempre había albergado la casa, hasta quedarse tan sólo con las prestaciones de un viejo matrimonio, oriundos de una de las aldeas cuyos campos pertenecían a la familia desde antiguo. No sin cierta inquietud, las gemelas comenzaron a padecer los estragos hogareños que semejante precariedad doméstica conllevaba: el polvo, e incluso las telarañas empezaron a señorear por doquier ante la indiferencia de la dama, quien tampoco destacaba precisamente por su aseo personal. Como Catalina y Casilda, desde siempre, habían sido casi ignoradas por la mayor parte de la familia, no encontraron argumentos o, mejor dicho, ni la presencia de ánimo, ni la más remota autoridad para requerir de su madre explicación alguna ante tan inusitada y antihigiénica conducta. Se limitaron a mantener en cierto orden sus prendas personales, así como la alcoba y el gabinete que ellas compartían.

Y un buen día, doña Carlota, más tensa que de costumbre —pues ella era de natural sosegado—, y sin dar ninguna explicación a nadie, transmitió el deseo de que fueran adquiridos dos escogidos perros mastines, no mayores de un año, y de probada buena casta. Ella misma durante semanas se dejó desgarrar la ropa por los canes en un heterodoxo y pertinaz, pero efectivo, proceso de adiestramiento. Y a partir de entonces, cualquier ciudadano de Montorga que ejerciera el noctambulismo por delante de su casa, pudo ver amarrados a sendas cadenas, uno al lado de la puerta del zaguán que daba acceso a la vivienda, y el otro junto al portón de carruajes, a los dos feroces mastines de doña Carlota haciendo su inquebrantable y disuasoria guardia. A tan sólo meses de iniciar su cometido, una mañana de incipiente y gélido 1905, los perros amanecieron muertos entre cuantiosos vómitos verdosos y entre restos de morcillas, sin duda envenenadas, que a los canes no les había dado tiempo a devorar. Doña Carlota, con gran presencia de ánimo, mandó enterrar a los perros, sin hacer ningún comentario, ni inmutar su semblante inescrutable. Esa misma noche, y a partir de ella, todas las restantes, mientras Montorga dormía, doña Carlota Altamirano velaba, ocupando su mecedora favorita junto a las puertas del zaguán y abrazando una vieja y recién engrasada escopeta de caza mayor cargada con cartuchos para matar jabalíes. Al observar semejante actitud en la conducta de su madre, las Ca-Ca, tras largo conciliábulo entre ellas, se decidieron a intervenir:

—Pero, madre —inquirió Catalina—, ¿qué es lo que está pasando? ¿Por qué ha dejado de acostarse, y pasa las noches en vela con un arma en las manos? ¿Corremos algún peligro, madre?

—¿Corremos algún peligro, madre? —apostilló Casilda unos pasos más atrás.

Doña Carlota miró a sus hijas con vista extraviada y se limitó a contestar:

—Nadie os ha pedido vuestra opinión. Éstas, no son cosas de niñas. Dejadme en paz.

—Pero madre —se atrevió a insistir Catalina—. Ya no somos unas niñas; tenemos casi veinticinco años.

—Tenemos casi veinticinco años —subrayó Casilda.

—¡Es igual! ¡Dejadme en paz he dicho!

Y doña Carlota siguió velando las noches de su casa, en tanto, las gemelas encontraron oportuno dar cuenta de tan inusitada actitud a su hermano, quien acudió a visitar a su madre con su más encantadora y persuasiva sonrisa y regresó a su casa sin mayor éxito que el alcanzado por las Ca-Ca.

Fue por entonces, cuando doña Carlota recibió un abultado sobre procedente de Suiza, y dentro, encontró diversos certificados médicos, y la partida de defunción de su hija María Mercedes, a quien apenas recordaba. No obstante, revirtió la memoria a su mente, y se esforzó en entender algo de todos aquellos papelotes escritos en francés, idioma que ella había estudiado superficialmente, allá en Barcelona, durante su primera juventud. Lo cierto es que no sacó demasiado en limpio la dama, a través de sus recuerdos idiomáticos, pero, en cambio, pudo entender perfectamente la carta redactada en impecable castellano que su desconocido yerno le enviaba, y donde se lamentaba amargamente del drama que semejante matrimonio había constituido para él: Pues María Mercedes, a poco de llegar a Tokio, había empezado a sentir un vértigo irrefrenable al verse rodeada de unos ciudadanos a quienes no entendía, y cuyas facciones, casi tan idénticas entre sí como las facciones de las Ca-Ca, la hacían sentir diferente, y esa diferencia terminó por resultarle insoportable, produciéndole constantes ataques de histerismo, motivo por el que los médicos aconsejaron trasladarla a Europa e internarla en una clínica de reposo. Lejos de remitir el frenesí, había ido en aumento, y en la clínica suiza donde permaneció internada, seguía viendo japoneses por todas partes, cuando lo cierto es que no había ninguno. Doña María Mercedes, finalmente, había sufrido un síncope que le causó la muerte.

Terminada de leer la carta, doña Carlota, inmutable, la había tirado al fuego. Pero, por suerte, apuntó mal y sus hijas pudieron rescatarla, así como todos los certificados adjuntos, que la dama había dejado en cualquier sitio.

Nadie lloró con gran pena a María Mercedes: su madre, porque vivía inmersa en otras acuciantes obsesiones; las Ca-Ca, porque en ellas todo el mundo exterior a sí mismas era liviano y venial; y tampoco María Mercedes había descollado por prodigarles un gran afecto. De hecho, desde su partida, que ellas recordaran, y lo recordaban todo, únicamente había escrito felicitando una navidad, cuya carta llegó a finales de enero. En cuanto a don Máximo, tenía sus propios y acuciantes problemas. De su parte, Casimira nunca había querido demasiado a María Mercedes. Sin embargo, cuando se enteró, fue ella quien se ocupó de encargarle un funeral en la catedral de Montorga y otro en la ermita de la dehesa, seguido de las consiguientes misas gregorianas. Asimismo, vistió doña Casimira tres años de luto en memoria de su aborrecida hermana, porque el afecto no tiene nada que ver con las buenas costumbres. Por su parte, doña Carlota, como viuda que era, estaba condenada a portar eterno luto, que apenas si pesaba sobre su vida repleta de silenciados pesares.

Lo cierto es que la dama hacía tiempo que venía recibiendo amenazadores anónimos, instándola a depositar considerables cantidades de dinero en diversos lugares a riesgo de muy variadas amenazas —como, por ejemplo, ser abrasada dentro de su casa— en el supuesto de incumplir dichos requerimientos, que ella, con el empecinamiento que siempre la había caracterizado, incumplió sistemáticamente. Los primeros de quienes desconfió la señora fue de los propios criados, de modo que se deshizo de ellos, por otra parte, con harto placer de perderlos de vista, porque, y según mantenía doña Carlota, «cuanto menos bulto, más claridad». A medida que pasaba el tiempo y persistían los anónimos, empezó a desconfiar de todo el mundo, sin hacer excepciones: de su yerno Eloy, a quien consideraba un chacal carroñero y desaprensivo; de su hijo Máximo, cuya situación alarmante no desconocía la madre, consciente incluso de que había malversado los fondos que un puñado de inocentes le habían confiado para su especulación y prometido beneficio. No desconfiaba de las Ca-Ca, pero tampoco le servían de ningún consuelo, pues siempre fueron infravaloradas, como si, en vez de gemelas, de estúpidas se tratara. Y así, el insomnio prolongado, el miedo sedimentado, y la propensión que sus genes albergaban, acabaron por desbaratarle completamente la razón.

Obviamente, fueron Catalina y Casilda las primeras en cobrar conciencia del problema. Ocurrió durante una mañana de domingo de octubre, del mismo año en que había fallecido su hermana, María Mercedes, en una clínica psiquiátrica, próxima a Lausanne, viendo japoneses por todas partes.

El día había amanecido radiante de sol y de benigno otoño. Las Ca-Ca habían madrugado para acudir a la primera misa de la Catedral, como tenían por costumbre. La primera sorpresa que se llevaron, fue que su madre no estaba haciendo guardia, según su hábito, adormilada en su mecedora junto a la puerta, y con la escopeta bien cargada sobre el regazo. Se la encontraron en la planta alta, con un semblante de animación que nunca le habían conocido, la cabeza recién lavada, el cabello aún suelto y vistiendo un viejo corsé, abandonado hacía muchos años y donde, a todas luces, ya no cabía:

—Hijas —dijo en tono jovial—. ¿Querríais hacerme el favor de ayudarme a vestir? ¡Esto de estar sin servicio es algo dramático!

Con bastante extrañeza, las Ca-Ca dejaron sus devocionarios, se despojaron de sus velos, y acompañaron a su madre hasta su alcoba. Allí, contemplaron desconcertadas la cama de la dama rebosante de anticuados trajes, que ellas ni siquiera le habían visto nunca. Tiraron con todas sus fuerzas de las cintas del corsé, que no llegó a abarcar su espalda, y luego se disculparon argumentando que iban a llegar tarde a la misa.

—Bueno, iros, pero no os retraséis, porque hoy es un día especial en esta casa. Ya he ordenado a Benigna que vaya preparándolo todo. Esperamos invitados. Hala, adiós, y volved pronto —concluyó doña Carlota con un tono festivo que probablemente nadie le había conocido desde su llegada a Montorga.

Salieron las gemelas con cierta zozobra naufragando en su alma, y escucharon la misa con simultánea e idéntica distracción. Cuando regresaron a casa, no querían dar crédito a lo que allí estaba sucediendo.

Doña Carlota adornaba su cuerpo con un estrafalario vestido de brocado multicolor cuyas abotonaduras abiertas apenas permitían dar cabida a sus magníficos rollos de grasa. Sobre su moño, bien peinado, lucía una peineta para mantilla española, pero, en lugar de la mantilla, pendía a lo largo de su persona un mantel profusamente bordado, y mediante el cual la dama envolvía su cuerpo disimulando sagazmente el constreñido traje que no había sido capaz de clausurar en torno a sus adiposidades. Asimismo portaba todas las joyas que atesoraba de la familia Montemayor y las de su propia familia, a excepción de los pendientes, pues sólo tenía dos orejas. Desde la misma entrada, hasta el último cuarto de plancha, la casa olía intensamente a chocolate, con una intensidad procaz y casi nauseabunda.

—Hala, hijas, hala, vamos; que los invitados estarán a punto de llegar.

Catalina y Casilda asintieron, y se precipitaron hacia la cocina. Allí, la vieja Benigna las puso al tanto de lo ocurrido, hasta donde ella sabía: doña Carlota el día anterior había dado instrucciones para que a la mañana siguiente se hiciera chocolate bien espeso en la caldera más grande que hubiera en la casa. Aludía la perpleja sirvienta a las enormes calderas de cobre que normalmente se usaban para calentar agua para el baño y menesteres semejantes. Prácticamente se había deschocolatado a toda Montorga. Salieron de la cocina las Ca-Ca a las apremiantes llamadas de su madre, quien tomando a una hija de cada brazo las condujo hacia el comedor de las grandes solemnidades, con la parsimonia adecuada para el supuesto acontecimiento. Al mismo tiempo, las iba informando de que aquella mañana acudirían a tomar el chocolate con ella todas las testas coronadas de Europa, además del Papa. Abrió doña Carlota ambas hojas de la puerta del magno comedor, mientras Catalina y Casilda se trasmitieron telepáticamente que no debían proferir un grito de estupor. Estaba la larga mesa perfectamente adecuada para la ocasión: tres magníficos candelabros de plata con repujados de oro aportaban la luz innecesaria de sus velas a la mañana radiante. A todo lo largo de la mesa estaban dispuestas jícaras, vasos y demás servicio por lo menos para una treintena de invitados. Doña Carlota, con exquisita ceremonia, se sentó a la cabecera e hizo sentar a sus hijas una a cada lado. El chocolate, que ya había sido servido, humeaba en las jícaras. Mientras tanto, la dama iba detallando a sus hijas la identidad de los presuntos invitados que aguardaba:

—Vendrán el zar y la zarina de Rusia, la familia real inglesa al completo, el Kaiser —y así siguió su lista egregia e inacabable.

Las Ca-Ca se miraban temerosas, por primera vez en su vida, de que aquello que observaban fuera una visión fantástica que intentara disgregar la perfecta sincronía de sus mentes. El tiempo pasaba, el chocolate, intacto, se enfriaba en las jícaras. Nadie llegaba. Doña Carlota, que había esgrimido su abanico, y cada vez se ventilaba con mayor celeridad, empezó a impacientarse:

—Pues no vienen, hijas, no vienen.

Pasaron algunos minutos más en torno a un silencio desértico, donde el único ruido perceptible era el vaivén del abanico de doña Carlota al chocar con su busto exuberante.

—No vienen, hijas, no vienen —volvió a perorar la dama.

Tras la concesión de algunos pocos segundos más, la desplantada anfitriona se puso en pie y, muy digna, fue recorriendo la mesa y bebiendo sistemáticamente el chocolate helado de cada una de las jícaras:

—Ésta por la Reina —decía— , ésta por el Zar, ésta por el Papa.

Catalina y Casilda se miraron aquiescentes y, de forma tácita, convinieron que tenían que pedir ayuda.

Corrieron hacia la cercana casa de su hermano, quien acababa de amanecer, y en mala hora lo había hecho: el día anterior, los abogados de sus acreedores le habían hecho una visita para anunciarle los inicios legales que iban a emprender en beneficio de sus estafados clientes. Y al verlo llegar esa noche con semejante abatimiento, Montserrat, su prima y amante favorita, no había tenido presencia de ánimo para entregarle una carta de su hijo Cristino, que jamás le había escrito, y que nada bueno podía anunciar. Cuando llegaron sus hermanas para dar cuenta a Máximo de la locura de su madre, éste lloraba amargamente enfundado en su bata de damasco y con la carta de su hijo entre las manos: su amada esposa Elisa hacia dos meses que había muerto; ni siquiera le decía de qué. Sólo añadía que consideraba su deber ponerlo en su conocimiento para que él pudiera regular su estado. La carta había sido enviada en Madrid y no incluía remite.

—Hermanito… Nuestra madre se ha vuelto loca —dijo con voz mendiga Catalina, odiando interrumpir el dolor de su hermano.

—Se ha vuelto loca —subrayó Casilda con idéntico pesar.

—¡Sólo tenía treinta y siete años! —se lamentaba don Máximo soslayando escuchar a sus hermanas—. ¡Y mi hijo tiene once! Y ni siquiera conozco su paradero.

Ni tampoco podría socorrerlo, completamente arruinado como me veo —las lágrimas brotaban de sus ojos verdes, como persianas de angustia, que le ocultaran la presencia de sus hermanas, por primera vez alarmada en sus vidas gemelas y afables.

Catalina y Casilda se despidieron de su prima Montserrat con encomiable cautela para no interrumpir ni turbar con nuevos pesares el duelo de su hermano, tan abatido y ausente. Al llegar a casa, redactaron entre ambas una carta y se la confiaron al viejo Aniceto, rogándole que aparejara un caballo y, con toda premura, acudiera a Villa Casimira y se la entregara a don Eloy en persona. No a su hermana, a don Eloy. Estuviera donde estuviera. En ella, le anunciaban que la locura había dado la segunda dentellada en el seno de la familia, y reclamaban su estimada presencia.

Con encomiable diligencia acudió don Eloy del Castillo a la sutil, pero apremiante, llamada de sus cuñadas. El indiano invitó a Máximo a posponer sus cuitas para días más propicios, y hubo conciliábulo entre ellos dos y las Ca-Ca, a fin de tomar una determinación de emergencia ante las circunstancias excepcionales. Se determinó llamar a un médico que extendiera certificado del estado mental de doña Carlota, y al notario, quien debía inhabilitar a la dama para tutelar el patrimonio familiar, y llevar a cabo el subsiguiente reparto de bienes entre sus cinco herederos. La señora Teresa —que había sido desheredada por manifiesta voluntad de su padre— fue asimismo convocada para el acto. Se hicieron cuatro lotes equitativos a repartir entre los hijos de doña Carlota, más uno equivalente a la legítima, que pasaría a ser propiedad de su media hermana Teresa. Con el recelo y el silencioso antagonismo de don Eloy

—que hubiera dado cualquier cosa por poseer aquella propiedad tan emblemática para él— se llegó al acuerdo de que la casa familiar entraría a formar parte del lote del banquero, quien, a su vez, se comprometía a habitarla y asumir los cuidados de su madre, mientras que se reservaba a las gemelas el derecho a seguir viviendo en ella. Todo fue debidamente escriturado y enviado al Registro de la Propiedad.

De ese modo, y sin previo aviso, doña Carlota vio invadido su retiro por don Máximo y sus tres mancebas. Ni siquiera recordaba que Montserrat era su sobrina. También formaban parte del cortejo las dos criadas —que buena falta hacían— de las tres concubinas.

De su parte, Máximo, tras vender su casa y el flamante y arruinado banco que incluía, se apresuró a liquidar todas sus deudas con los correspondientes intereses, y para celebrarlo, se marchó de nuevo a Francia donde, con idéntica premura, dilapidó el menguado capital que le quedaba, olvidando en brazos de las locas noches parisinas las cuitas de su fracasado y luctuoso matrimonio.

Mientras, en el vetusto caserón de los Montemayor empezaron a menudear las reyertas entre Montserrat, Ulpiana, la de *los pensamentos,* y Rafaela, la hija del tendero; sin excluir a doña Carlota, que orquestaba con impensable brío la iniciativa en la mayor parte de las desavenencias. En tanto, Catalina y Casilda se habían construido su propio mundo dentro de su alcoba y gabinete, donde les era servida la comida por la vieja Jacinta. Cuando salían a misa, o a dar un paseíto, tenían la prudente costumbre de cerrar con llave sus habitaciones. Ni tan siquiera su brío complaciente se fiaba de semejante caos.

Regresó don Máximo de París a principios de la primavera de 1906, poco tiempo antes de la boda de don

Alfonso XIII y del dramático atentado que la sucedería. Llegó, de nuevo empeñado hasta su rubio y bien cuidado bigote. Entonces, comprendió que sólo le quedaba la alternativa de hipotecar el vetusto caserón familiar, a sabiendas de que si su abuelo, don Fabricio, o si su padre, don Severo, levantaran la cabeza, le arrancarían pelo a pelo el bigote hasta donde se había empeñado. En semejantes circunstancias, un recóndito y mínimo sentido de la prudencia le advirtió que no podía seguir sufragando los gastos de su harén; de suerte que emancipó a Ulpiana y a Rafaela, quienes abandonaron la casa jurando pavorosas venganzas contra su ex amante. Doña Carlota —que ya hacía algún tiempo que había descolgado los añosos cortinajes de terciopelo granate de su gabinete, y con su tela se había confeccionado una especie de sotana y una especie de mitra obispal— despidió a las iracundas mancebas, vestida de esa guisa, y gritando a voz en cuello desde el mismo balcón donde años antes había intentado acallar los gritos de su hijastra:

—¡Putas, putas, putas! ¡¡Putones, putones, putones!!

Las gentes, ya ni se molestaban en arremolinarse frente a la fachada de su señorial y vilipendiado caserón. Igualmente fueron despedidas las dos doncellas que atendían a las tres entretenidas. Y don Máximo —tras haber obtenido las oportunas dispensas— se casaba semanas más tarde, casi a hurtadillas, con su prima Montserrat, de mediterránea y algo consternada belleza.

Una mañana del mismo gélido diciembre de 1906 en que don Santiago Ramón y Cajal recibía, en Estocolmo, el premio Nobel de medicina, doña Casimira recibía, mediante Aniceto, una extensa y angustiada misiva de las Ca-Ca dando cuenta al matrimonio de la vorágine de infortunios que en breve tiempo se habían cernido sobre sus vidas.

Según la carta, las gemelas habían terminado por encontrar, atados cuidadosamente con una cinta roja, todos los truhanescos anónimos que habían contribuido a gestar la locura de su madre. Pero añadían que no era ése el motivo esencial de su desazón, sino que hacía tres semanas, su hermano y su cuñada —ante la incapacidad para atender adecuadamente a su madre, según manifestaron— habían salido rumbo a Palencia, donde doña Carlota iba a ser internada en una clínica psiquiátrica, de pago, y donde estaría muy bien atendida; habían dicho. Lo cierto, es que ellos no regresaron y, ante la extrañeza de su tardanza en volver, pudieron comprobar que se habían llevado consigo todos los efectos personales, amén de las joyas, y objetos de valor que el hogar atesoraba. Hacía dos días que habían recibido a un alguacil del Juzgado notificándoles que disponían de una semana para abandonar la casa, pues ésta había sido embargada.

Lloró con llanto seco don Eloy —que gustosamente hubiera comprado a su cuñado el vetusto caserón de sus sueños de infancia— toda la rabia contenida por no poder estrangular con sus propias manos la pródiga vida de Máximo. Inmediatamente acudió a Montorga, donde recogió a sus cuñadas y las exiguas pertenencias que poseían y, sin regresar a Villa Casimira, siguieron rumbo a Palencia. En efecto, allí encontraron a doña Carlota en la citada clínica psiquiátrica, que había percibido por adelantado el costo de dos mensualidades de estancia —en los siete meses que le restaron de vida a la dama, nunca don Máximo volvería a costear ninguna de ellas, cual era su obligación reflejada en la testamentaría—. Doña Carlota, dentro de una bata de áspero dril gris marengo, miró a su yerno —sin reparar en sus hijas, como casi siempre había hecho—, y su mirada, enajenada y verde, lo recorrió cargada de inusitada curiosidad. Por fin, sus ojos clausuraron la expresión de interés que habían albergado y se iluminaron de un odio alienado y fulgente:

—¡Qué estás haciendo aquí? ¡Chacal! —le dijo, y se dio media vuelta.

En cuanto al paradero de don Máximo y doña Montserrat nadie sabía nada, ni se supo hasta años más tarde, cuando los últimos acreedores olvidaron las deudas contraídas, y prescritas, por un falso conde que, en sus años mozos, había estremecido las noches de Madrid con su boato, su apostura, y el humo de los habanos que encendía con billetes de quinientas pesetas.

Desde entonces, y hasta su muerte, Catalina y Casilda habitarían en Villa Casimira. Así se clausuraban, en Montorga, varios siglos de una linajuda y polémica familia que la trituradora del tiempo había ido engullendo.

II

Volvió a sonar, recalcitrante, el teléfono en Villa Casimira. Doña Fe se apoyó con todas sus nonagenarias fuerzas en la empuñadura de plata de su inseparable bastón y, al fin, logró erguirse de la butaca donde rumiaba, masticaba, y engullía retazos desvaídos del pasado familiar. Contrariada, caminó en pos del chirriante aparato, cuyo auricular elevó hasta su oreja, e inmediatamente dijo con voz mal resignada, sin esperar comentario alguno:

—Sí, Femi, estoy aquí. ¡Dónde diablos iba a estar si no? —hizo una breve pausa— No, no está conmigo; la he despedido —otra pausa—. Pues, sencillamente, porque me ha dado la gana. ¿O es que tengo que rendirte cuentas de mi conducta? ¡Vamos, hasta ahí podríamos llegar! —de nuevo una pausa—. Por supuesto... por supuesto; ven cuando quieras. Hala, adiós —colgó el auricular con el ceño plegado, tras rematar su tono desabrido. «Esta gente —se dijo— que no sabe valorar su independencia, ni respetar la ajena. ¡Cómo se nota que no han tenido que luchar a brazo partido por alcanzarla, como a mí me ha tocado luchar!»

SEGUNDA PARTE

VILLA CASIMIRA, LA QUINTA MUERTA

Félix, o el ejemplo de la decepción
CAPÍTULO NOVENO

I

Una pena enquistada y remota deslustraba la mirada metálica de doña Casimira cuando sus hermanas llegaron a la quinta para instalarse en ella definitivamente. Hacía seis años que, desde la muerte de su hija Federica, esa pena naufragaba entre las múltiples alegrías que, hasta entonces, la vida le había regalado: Félix, su hijo primogénito y único varón, había cumplido once años como once soles, y ya iniciaba el bachillerato en un colegio madrileño, donde cada mañana era conducido y cada tarde recogido por la adepta Filomena, para pernoctar en el piso de la calle Padilla, que doña Casimira había heredado, junto con los servicios de la muchacha que lo mantenía vivo desde los años locos de su hermano Máximo. Tras el nacimiento de Félix, habían venido al mundo Federica, la hija malograda el primer año del siglo, y Fernanda, que llegó a la vida en 1901, y por tanto, contaba cinco años repletos de dulzura y de una belleza morena y categórica, como la de su padre. En 1905 nació Felisa quien, en cambio, a sus catorce meses auguraba una fealdad sin precedentes familiares, y para colmo, desde su llegada al mundo, lloraba sin tregua ni reposo; como si hubiera interpretado de modo literal que la vida era un auténtico valle de lágrimas, y de tormento para la pobre Juana, que a muy temprana edad dejó Tramazo del Encinar para ocuparse en exclusiva de la prole de don Eloy, y era la que soportaba prioritariamente el incesante berrear de la desconsolada benjamina. En aquellos días previos a la navidad de 1906, doña Casimira estaba de nuevo embarazada.

(Pero habrá ocasión de conocer de cerca, uno a uno, a todos los hijos del matrimonio Del Castillo, ya que, a lo largo de sus heterogéneas andaduras, el curso del tiempo se dará cita con el instante en que doña Fe apura las postrimerías, mientras analiza, sopesa y evalúa las venturas y desventuras de toda su variopinta y prácticamente extinta familia.)

Discurría la navidad de 1906 contaminada del luto indoloro y lejano de María Mercedes, y de la desazón aquilatada por el descalabro familiar, rubricada por la vil enfermedad que devoraba a doña Carlota. Casimira no dejó de recordar las últimas palabras que su hermana le dedicó antes de partir a su destino sin retorno: «Y si no volviéramos a vernos, te prometo que siempre te llevaré en mi recuerdo», había dicho. ¡Pobre María Mercedes! Bueno, acaso el Cielo sea un lugar propicio para recordar.

Tintaban de una liviana aprensión el ánimo de don Eloy aquellas demencias sucesivas que hicieron presa, tan de bruces, en la tía y en la abuela de sus hijos, y también en su megalómano y pródigo cuñado; a quien, después de todo, no dejaba de considerarlo un enfermo. Pero intentó acallar sus recelos mientras masacraba, desarticulada entre la familia, la cesta navideña que presidía los postres de una Nochebuena que, después de todo, no era tan mala: vivía en la casa construida por sus

220

sueños, tenía una esposa, con la que durante sus años inaugurales ni siquiera se habría atrevido a soñar —él, que siempre había sido osado albergando sueños—, tenía un hijo que se desarrollaba sano y fuerte, dos hijas, y estaba esperando la llegada de un nuevo descendiente. ¿Qué podía pedirle a la vida que ella misma no se ocupara en regalarle? No obstante, don Eloy, en torno a su familia aquella Nochebuena, precisaba hacerse todas esas repeticiones para convencer a su ánimo de que no era un hombre desgraciado. Como si una premonición de catástrofe decolorara su ímpetu voluntarioso.

Las Ca-Ca, acostumbradas como estaban a pasar desapercibidas, se integraron inadvertidamente en la rutina de la villa, mientras 1907 empezaba a deslizarse con la mansedumbre de un cordero. Don Eloy, por algún recóndito motivo, empezó a recibir frecuentes visitas de Germán, el mayoral de la dehesa; que aparte de mayoral, todo el mundo sabía en Tramazo que también era su padre. Llegaba cabizbajo, gorra en mano, y cuando don Eloy lo hacía pasar a su despacho, el mayoral decía arrebolado de pudor y de respeto:

—¿Da usté su permiso, señor don Eloy?

—Pase, hombre, pase… ¡Faltaría más! Tome asiento. ¿Qué se le ofrece Germán? —contestaba el propietario con una deferencia algo desproporcionada.

Según parece, los vecinos de Tramazo sobrellevaban como bien podían —o sea, bastante mal— que quien otrora había sido el más pobre de entre todos ellos, hubiera pasado, sin solución de continuidad, a ser su patrón, por no decir su dueño. Y es que una cosa era servir a un conde, que para bien o para mal, siempre había sido conde, y otra muy distinta, humillar la cerviz ante el hijo de Benita la pastora, que además murió soltera. Naturalmente no eran esas las cuestiones que trataba el mayoral de la dehesa con el propietario, sino los pretextos que la envidia sedimentada canalizaban como válvula de escape:

—Le digo, don Eloy, que la gente anda ¡pero que muy revuelta! con eso de que el cura viva aquí, y con tener que venir a misa a la capilla que usté mandó edificar, cuando en Tramazo dejaron caer la iglesia, que usté bien sabe que la hubo, y durante tanto tiempo mucha gente se murió condenada, sólo porque el cura más próximo estaba en Santa Engracia de la Montería, a casi dos leguas de distancia. La gente dice que, como gente, nació pobre y que bueno, que qué le vamos a hacer… pero que su alma es tan blanca como la de cualquiera… o que si también el Cielo es sólo pa los ricos. Yo no digo na don Eloy, al contrario, usté lo sabe, pero es mejor que esté al tanto de lo que pasa; porque ya sabe lo mala que es la gente, y pueden estar maquinando cualquier canallada, don Eloy.

La mirada del mayoral estrangulaba silenciada en la amargura de los puntos suspensivos la presunción de la posible canallada que pudiera estar maquinando la gente, mientras permanecía implorante sopesando la intención de su hijo.

—Bueno… bueno… Germán. Váyase tranquilo. Ya encontraremos una solución a ese problema.

—Que sea para bien, don Eloy; que Dios sabe que sólo el bien le deseo.

—Ya lo sé hombre, ya lo sé —le despedía el indiano.

Un día, doña Casimira, preguntó distraída que qué quería ese hombre, que no dejaba de ir por casa. Entonces, su marido —al que le importaba un ápice dónde viviera el cura, ni tampoco le quitaba el sueño hablar con el obispo del tema y sufragar parte de los gastos para reconstruir la iglesia del lugar, que varias generaciones habían conocido ya caída— aprovechó la oportunidad para tratar el asunto con su mujer.

—¡De eso, ni hablar! —sentenció categórica doña Casimira—. Tú sabes que yo, desde siempre, acostumbro a escuchar diariamente la Santa Misa. Y no pensarás que sea yo quien vaya al pueblo a oírla. ¡Vamos, hasta ahí podría llegar la osadía de esos patanes!

A partir de entonces empezaron a ocurrir extrañas desgracias en la dehesa: muertes de ganado, cosechas perdidas, incendios en el monte. Y Germán —cada vez más preocupado— volvió a frecuentar las visitas al patrón: «Haga algo, señor don Eloy, haga algo; que usté sabe que se lo digo por su bien». Así estaban las cosas, cuando doña Casimira recibió la abrupta noticia de la muerte de su madre. Con el disgusto, se le adelantó el parto.

Nació de luto doña Fe por su tía y por su abuela, cuyo cadáver, a pesar de todo, sería trasladado al panteón familiar de los Montemayor, en Montorga, siendo costeado un funeral oficiado por su eterno descanso en cada una de las localidades que el féretro recorrió hasta encontrar el definitivo reposo, como ordenaba, en tales casos, la Santa Madre Iglesia. Nació Fe la cuarta hembra consecutiva de los cinco hijos que, en total, doña Casimira había parido, dos días antes de que los vecinos de Tramazo del Encinar se amotinaran en torno a la preciosa villa donde habitaban los señores, con el ánimo exacerbado y la firme intención de prender fuego a la casa y quemarla por completo con sus amos dentro, si no se reconstruía la iglesia en el pueblo, y el pobre don Pío —que no quería ni oír hablar del tema— se iba a vivir a la aldea. El primer impulso que el temperamental don Eloy abrazó, fue sacar el cañón de su escopeta de caza por una ventana de la galería y disuadir a tiro limpio a los vecinos. Entonces, doña Casimira encontró más prudente entablar negociaciones. Fue y vino Germán el mayoral, de la casa al motín y del motín a la casa reiteradas veces en el curso de aquella larga noche de tensión. Por fin se convino —con el consabido disgusto de don Pío— que éste seguiría viviendo en la rectoral anexa a Villa Casimira, pero que todos los domingos y fiestas de guardar acudiría a cumplir el culto en Tramazo, donde, de una u otra forma, tendrían iglesia nueva. Los vecinos —quizá por el cansancio acumulado a lo largo de aquella tumultuosa noche— aceptaron el acuerdo. Sólo quedaba pendiente la aquiescencia del señor obispo. Cuando la muchedumbre empezaba a disgregarse, y mientras doña Casimira —que aún no tenía ama de cría— daba de mamar a la recién nacida, en la oscuridad se oyó exclamar una voz decepcionada: «Así que no vamos a quemar al hijoputa de Eloy y a toda su jodida familia. Bueno, pues qué pena». Ante semejante torbellino de contrariedades, sólo las Ca-Ca acudieron a Montorga para dar su último y lánguido adiós a los restos de su madre que, por fin, encontró el descanso eterno tras ser zarandeada de iglesia en iglesia y de pueblo en pueblo. Se alojaron en casa de su media hermana, la señora Teresa, quien a pesar de que no se trataba de su madre, las acompañó al camposanto de riguroso luto. Doña Carlota había fallecido asfixiada, en el curso de un oscuro accidente, al tragarse una bola de zurcir que, según parece, la dama confundió con un bombón. La parca la acogió en su seno a la temprana edad de cincuenta y cuatro años, sin haber usufructuado adecuadamente la herencia patrimonial de su añorada viudedad. Compartieron doña Casimira y las gemelas una pena lacia por la defunción de su madre, mientras su hermano Máximo posiblemente ni siquiera se había enterado de su fallecimiento.

Fue por entonces, y a raíz del rencoroso episodio de vocación pirómana de sus aparceros, cuando doña Casimira, se empeñó en buscar, en Montorga, un ama de cría para su recién nacida hija Fe, en lugar de traerla de Tramazo, como había hecho con sus vástagos anteriores; pues no quería dar de mamar a la criatura el veneno lácteo de ninguna sabandija de aquel pueblo. Y fue por entonces también, cuando doña Casimira empezó a rendir una inquebrantable beatitud a su jardín, donde seis años antes había naufragado la vida de su hijita Federica, inclinación que acabaría tornándose obsesiva y, al correr del tiempo, antihigiénica.

Se construyó una nueva iglesia en Tramazo, sufragada prácticamente del bolsillo indiano de don Eloy. A partir de esa época, los vecinos, poco a poco, fueron enmudeciendo y sedimentando su envidioso rencor hacia el patrón; más que por gratitud, por falta de argumentos.

En 1910, nacía el sexto hijo del matrimonio y segundo varón entre los hermanos. Fue bautizado con el nombre de Fermín, siguiendo el inquebrantable prefijo de *fe* que doña Casimira incrustó a todos sus vástagos en la onomástica. Al luto por su madre y por su hermana, le siguió el alivio, y tras el alivio, el color volvió a adornar a la familia. En tanto, Félix, el mayor, empezaba a preocupar gravemente a su padre, que había decidido mantenerlo interno; pues a sus quince años tan sólo había aprobado el primer curso de bachiller, y como por entonces ya no permitía que Filomena lo acompañara al colegio, don Eloy había recibido una carta del jefe de estudios haciéndole saber que su hijo no asistía a clase. «Otro Máximo», pensó el padre sumamente preocupado, y decidió tomar severas medidas correctivas con el díscolo primogénito. Pero inmediatamente halló la firme oposición de doña

225

Casimira, quien idolatraba a su hijo, por ser el primero y quizá también por ser un varón seguido de cuatro hembras. De modo que el enfurecido don Eloy, por no contrariar a su amada esposa, se limitó a internar en el colegio al desaplicado muchacho y a darle una nueva oportunidad. Transcurrieron dos años sin que el joven hiciera grandes progresos. Así llegaron las vacaciones de verano de 1912, que Félix pasaba en Villa Casimira.

A los dos días de su llegada, y cuando el joven había descansado de su largo viaje procedente de la Corte, durante la cena don Eloy le dijo que a la mañana siguiente, a las nueve en punto, estuviera en su despacho, que tenía que hablar con él. Félix se limitó a agachar la cabeza. La mirada gris de doña Casimira intentaba taladrar la de su marido en connivencia con su hijo.

Nadie supo exactamente lo que hablaron en el curso de aquella charla. Don Eloy, ante lo insospechado de los hechos posteriores, y ante las recriminaciones de su esposa, confesó que se había limitado a decirle que el siguiente curso se quedaría en casa y trabajaría ayudando al jardinero, para que a lo largo de ese tiempo tuviera oportunidad de reflexionar sobre su futuro. Lo cierto es que a escasos días de dicha conversación, cuando la familia amaneció, Félix había desaparecido y, con él, todo el dinero que encontró a su alcance. No fue hasta cuarenta y ocho horas más tarde cuando la familia se alarmó y descubrió el desfalco; pues Félix, desde hacía algún tiempo, era aficionado a la caza y en ocasiones pernoctaba en majadas de pastores.

Inmediatamente, don Eloy acudió a Montorga para dar parte a la Guardia Civil de la desaparición de su hijo. Se movilizaron patrullas que peinaron los aledaños, asimismo se telegrafió a distintas localidades donde presuntamente pudiera encontrarse. Como último recurso, su padre ofreció una considerable cantidad de dinero a quien lograra proporcionar alguna pista sobre el hijo desaparecido. Todo fue en vano, ni las pesquisas, ni las iniciativas emprendidas alcanzaron ningún éxito.

Doña Casimira, desde entonces, no obtuvo consuelo en las tres hijas y el hijo que le quedaban. Un despecho ciego se adhirió a sus pupilas y a su talante hacia don Eloy, que ya nunca iba a abandonarla por completo. Fue en el curso de ese verano, cuando ella sistematizó sus íntimas y solitarias incursiones hasta el cenador del jardín, donde permanecía en soledad y en silencio largo tiempo, mientras el resto de la familia dormía la siesta. A saber qué recóndita eucaristía la vinculó de por vida a aquel jardín que, hacía años, había devorado la vida de su hija Federica.

Pasaron unos cuatro meses, y la familia ya había renunciado a encontrar a Félix, cuando llegó una carta suya escrita en Buenos Aires. Refería innumerables maravillas de una urbe que eclosionaba día a día, multiétnica y miscelánea de pluralidad cultural. Pedía disculpas por su conducta indigna, y prometía hacerse allí, y por sus medios, un hombre de provecho, como su padre se había hecho en Cuba. Pedía asimismo disculpas porque, sencillamente, a él no le gustaba estudiar; pero existían otros medios de triunfar en la vida, y si no, el tiempo lo diría. Concluía con una entusiasmada seguridad en sí mismo.

(Eran épocas en que La Argentina estaba haciéndose a sí misma entre continuas oleadas de inmigrantes que llegaban, anónimos e indocumentados, oriundos de los más diversos lugares de Europa y Medio Oriente, aventureros codiciosos de fortuna, y vagabundos de muy diversas cataduras. Era la época, en ambas márgenes del río de la Plata, de auge del tango, las bataclanas, los *guapos* de cuchillo ágil, de fortunas y miserias casi siempre rigurosas, donde solía triunfar la ley del más fuerte, o del más desaprensivo.)

Félix, aún escribió cartas con cierta regularidad durante los dos años siguientes, cuyos sobres doña Casimira besaba con devota pasión materna. En ellas aludía vagamente a sus actividades como burócrata en unas oficinas navieras. Y, de pronto, mientras Europa se infectaba en la Gran Guerra, Félix dejó de mandar cartas. Pasaron meses de anhelo, expectativa e incertidumbre, pero nunca volvió a escribir.

Don Eloy envió apremiantes misivas al Consulado y a diversas comisarías de policía argentinas, en su empeño infructuoso de localizar el paradero de su hijo. Ofreció cuantiosas recompensas unidas a minuciosas descripciones físicas del mozo. Recibió voluntariosas respuestas donde se aseguraba al angustiado padre que se pondrían todos los medios humanamente posibles para culminar con éxito las pesquisas. Más tarde, llegaron nuevas cartas donde, en tono de lamento, se le comunicaba que prácticamente se había vuelto al país patas arriba sin encontrar ningún indicio del paradero del mozo.

Y llegó a la vida, en primavera de 1915, otra hermosa niña de inmensos ojos negros y almendrados, como los de su hermana Fernanda y los de su padre, que sería la última e infeliz hija de doña Casimira, y que tampoco aportó un gran consuelo en la melancolía que devoraba a su madre desde la huida y posterior extravío de su muy amado hijo Félix. La recién nacida se llamó Felicidad.

Quien, al cabo de diez años de su fuga, acabó dando señales de vida, fue don Máximo. Doña Casimira recibió, desde Barcelona, una carta de su hermano, donde le hacía saber que vivía muy modestamente, que trabajaba de enfermero en un hospital, que habían tenido cuatro hijos, y que su esposa, cuyos saludos le incluía, se había hecho modista para contribuir a sacar adelante a la familia. Un sordo y rencoroso desprecio abofeteó las mejillas de la dama tiñéndoselas de un pálido color carmesí. Ni siquiera se molestó en contestarle para comunicarle la noticia del fallecimiento de su madre.

Y un año más tarde, cuando el mundo empezaba a apaciguar la exacerbada contienda que, desde hacía cuatro años, sembraba de muerte y desolación los campos de más de media Europa, una nueva pandemia llegó por vía natural para depredar a buena parte de aquellos que quedaban: la llamada «gripe española» se ensañó a dentelladas con el mundo. Sólo baste un dato: los muertos a causa directa de la guerra arrojaron un balance de unos ocho millones, en tanto que la funesta gripe —sólo en 1918, pues continuaría aún durante buena parte del siguiente año— mató en torno a veinte millones de seres humanos, y en total, llegaron a padecerla cerca de mil millones de personas. No respetó la pérfida epidemia el retirado hogar de los señores del Castillo, donde iban a sufrir su zarpazo, el pequeño Fermín, que contaba ocho años, y su preciosa y dulce hermana Fernanda, que había nacido a un año de estrenado el siglo y, por tanto, tenía diecisiete primaveras.

Un nuevo e irrellenable vacío sucedería, en Villa Casimira, a este episodio y un nuevo luto cubrió de crespones y tupidas gasas negras a toda la familia. A partir de ese siniestro, no cejó doña Casimira, hasta conseguir —sin gran esfuerzo— que su marido en persona se desplazara hasta Buenos Aires, en un último y desesperado intento de encontrar a su hijo extraviado. Llegó don Eloy a la urbe rioplatense en su camarote de lujo, a bordo de un barco infectado de piojos, con muchos más pasajeros de los que admitía, que habían pagado módicas cantidades por el pasaje, según sus economías, e hicieron la larga travesía hacinados en las galerías de cubierta, comiendo sus propias vituallas, a riesgo de tempestades, y bajo el lacerante sol interecuatorial. (Recordaría don Eloy, sin síntomas de mofa, cómo un grupo de mujeres calabresas, en el puerto de Río de Janeiro, corrían despavoridas en busca de refugio donde guarecerse de una garbosa y exuberante negra vestida de amarillo, que atisbaron en el muelle, y que las pobres mujeres juraban y perjuraban que era el demonio en carne y hueso vestido de amarillo.) Por fin, las aguas del océano dejaron de ser azul verdosas y empezaron a teñirse de un color terroso. Los marinos del trasatlántico anunciaron que estaban entrando en el inmenso delta del río de la Plata. Dos días más tarde, don Eloy pisaba tierra en el puerto de Buenos Aires, tras haber dejado atrás Montevideo, donde había descendido parte del pasaje. Ni bien hubo llegado, pudo comprender que iba a resultarle harto complicado encontrar el paradero de su hijo en aquella populosa urbe, que a inicios de 1919 —justo cuando Europa acababa de dejar de pegarse bofetadas, extenuada de muerte y exhausta de miseria—, aglutinaba en aluviones gran parte de los detritus de la gran contienda. Portaba don Eloy la más reciente foto de su hijo, de la cual hizo imprimir copias ampliadas en gran número que, con la aquiescencia y colaboración de las autoridades oportunas, fueron distribuidas por estaciones ferroviarias y otros lugares de alta concurrencia en diversos puntos del país, ofreciendo la misma suculenta gratificación que ya había ofrecido antes a cualquiera que lograra proporcionarle alguna pista seria y eficaz. Fueron muchos los truhanes que acudieron al olor de la carnaza inventando paraderos variopintos, cuya inexactitud, don Eloy, hombre listo y avezado durante sus años mozos en la Guardia Civil, no tardaba en desenmascarar. Durante su estancia en la abigarrada y creciente Buenos Aires estableció contacto con *otarios* y *linyeras, guapos, yiros, bataclanas, milongueras,* tanguistas y los más execrables proxenetas que conjugaban buena parte de la fauna humana, despojos del desarraigo, del fracaso, y de una Europa hecha pedazos. Decidió volver cuando empezaban a llegar las primeras marejadas humanas de una Rusia que hacía aguas a manos del soviet. Decidió volver, porque no había conseguido nada, y porque presagiaba que a Félix se lo había engullido la trituradora de una sociedad emergente que aún estaba en plena ebullición.

Recibió doña Casimira el regreso fracasado de su esposo, como un desengaño de amor o una afrenta conyugal. A partir de entonces, empezó a dedicarle una desdeñosa indiferencia que corroía en secreto el alma devota y dilecta del indiano hacia su esposa. Nunca doña Casimira perdonó a su marido los descarríos de su hijo.

Pasó un tiempo manso y átono, en que la vida pareció estancarse indolora y sin sobresaltos en Villa Casimira: las Ca-Ca bordaban tarareando armoniosas y pianísimas melodías a la luz exultante de varias primaveras; igualmente ocupaban su tiempo en enseñar labores y a tocar el piano a Felisa —que seguía creciendo fea y desangelada con lealtad inquebrantable a sus augurios iniciales—, a Fe, que por el contrario se desarrollaba hermosa y obstinada, en notable parecido con su madre, y su obstinación cada vez se elevaba con mayor brío intentando convencer a sus padres de que quería iniciar el bachillerato, para después, estudiar una carrera. En ocasiones, un suspiro hondo y palpitante se hacía eco en doña Casimira; acaso motivado por la ausencia de su hijo, o quizá por la pérdida irremplazable de Federica y de Fernanda, o a lo mejor por ambas cosas a la vez. ¡Quién lo sabe! Doña Casimira se había vuelto muy huraña. Con todo, las heridas habían ido cicatrizando; porque si uno no naufraga, todos los dolores, con el tiempo, se adormecen. La paz se había vuelto a instalar en la cordura de las gentes. Los campesinos de Tramazo, poco a poco, iban olvidando que don Eloy, antes de ser su amo, había sido el más pobre de entre ellos. El jardín de la villa frondeaba orgulloso de sí mismo en un solar que antes había sido escarpado monte. Los tumultuosos años veinte empezaron a revolucionar modas y costumbres. Fueron acortándose las faldas: desde el airado escándalo orquestado por las damas más tradicionales hacia las pioneras, hasta que las propias Casimira y sus hermanas acabaron por lucir las pantorrillas, como toda hija de vecina. Asimismo desaparecieron muchos moños y fueron sacrificadas gran parte de melenas en favor del novedoso y cómodo corte de pelo a lo *garçon*.

Y un día, cuando ya nadie la esperaba, don Eloy recibió una carta desde Barcelona, firmada con el nombre de su hijo Félix, desaparecido hacía diez años. En ella pedía perdón por sus muchas culpas y pedía, de su benevolencia, ser readmitido en el hogar que —según decía— nunca debía haber abandonado. Don Eloy no pudo reconocer en aquella carta la letra de su hijo. Revisó en los desvanes antiguos escritos de la época en que el muchacho estudiaba en Madrid, revisó las cartas enviadas durante los primeros años, y siguió sin encontrar rasgos grafológicos que pudieran ser homologables. Tras haber vislumbrado durante su estancia en Buenos Aires el submundo canallesco que la metrópoli cobijaba, empezó a acariciar ciertos recelos que le hicieron proyectar un viaje a Barcelona, antes de franquear la puerta de la casa familiar a aquel Félix, de cuya identidad albergaba algunas dudas. Así se lo comunicó a su esposa, la cual presa de un ataque de auténtico frenesí, se negó en rotundo a demorar el abrazo de su cariño maternal al hijo reencontrado, pues hasta Cristo había explicado con meridiana precisión cuál era la conducta a seguir por los padres ante un hijo pródigo. Intentó mantener cierta firmeza don Eloy frente la única debilidad de su carácter, que era su mujer, proponiéndole escribir a su hermano Máximo y que él intentara sonsacar al mancebo algún detalle que pudiera confirmarles que en efecto se trataba de su hijo. Categóricamente se negó doña Casimira a que el degenerado de su hermano interviniera con su extravagante y poco fiable opinión sobre la identidad de la carne de su carne y la sangre de su sangre, que ya lo estaba demandando a gritos: «¡Una madre —concluyó, rotunda, doña Casimira— nunca se equivoca! ¡Haz venir cuanto antes a mi hijo, si no quieres obligarme a que yo misma acuda a buscarlo!».

II

—Félix, llegó en mala hora a esta casa. Yo tenía tan sólo cinco años cuando la abandonó, de modo que no puedo recordar con precisión cómo era antes de su huida. En cambio, recuerdo como si fuera ahora mismo el momento en que apareció. Era verano, yo pasaba aquí las vacaciones; aquel curso había terminado cuarto de bachillerato. Fue a última hora de la tarde, pero el calor aún resultaba agobiante, tu padre había estado correteando por el monte con los perros, se lo encontró en el camino, pero lo dejó atrás. Al volver, tu padre comentó que venía un mendigo. Papá no estaba en casa. No habían transcurrido ni diez minutos cuando llamaron a la puerta. Nunca olvidaré la cara de perplejidad de la pobre Jacinta en el momento que salió al jardín, donde estábamos todos, para anunciar que había llegado un hombre muy raro que decía ser Félix. Mamá olvidó sus buenos y comedidos modales y se puso, como loca, a dar saltos de alegría: «¡Félix! ¡Mi Félix ha llegado! Por fin. ¡Hazlo pasar inmediatamente!». Todavía vaciló un instante la buena de Jacinta antes de cumplir la orden recibida: «¡A qué esperas!», la reconvino mamá. Inmediatamente vimos entrar a un hombre sucio y andrajoso, con una tupida y negra barba que no se había afeitado durante varios días. Tenía el cabello enmarañado y rizoso, mientras que todos nosotros hemos sido de cabello lacio. No traía equipaje alguno, salvo una inadecuada y raída gabardina que pendía de uno de sus brazos. Parece ser que había venido andando desde Montorga. Mamá, sin evaluar ningún recelo, se lanzó a su cuello dando gritos: «¡¡Hijo!! ¡¡Hijo mío!! ¡¡Hijo de mis entrañas!! Por fin vuelvo a abrazarte». «Mamá», dijo, casi en tono de pregunta, el recién llegado vagabundo.

Femi elevó las cejas y frunció el ceño en un evidente gesto de fastidio:

—Ya lo sé, tía, ya lo sé. Te he oído contar esas historias cientos de veces a lo largo de mis cincuenta y un años.

Doña Fe miró con hostilidad a su sobrina:

—¡Ya sé que lo sabes! Pero yo las llevo impresas e imborrables, escritas con letras de sangre en mi vida y en mi memoria. Y aún maldigo su recuerdo, y el momento en que mi madre se obstinó en acogerlo. Fuera o no fuera nuestro hermano; da lo mismo. ¡Y es más: lamento no creer en un infierno donde su alma se estuviera atormentando eternamente para purgar el infierno en que convirtió a nuestras vidas!

Femi se levantó, se aproximó a doña Fe, le dio unas palmadas cariñosas en la espalda, besó su frente, y luego le dijo poniéndose en cuclillas para quedar a su altura:

—Tía... los muertos están muertos, y el pasado también hay que dejarlo morir, porque tampoco existe ya. La vida comienza cada día. ¡Mírala de frente, no de espaldas! Anda... intenta hacerlo.

Un desprecio inexorable asomó a la mirada fría de la anciana:

—Femi. Me avergüenzo de ti. ¿En serio crees en todas las banalidades y tópicos que me estás diciendo? ¿O es que piensas que porque soy vieja has de tratarme como si fuera estúpida? Por tu bien, preferiría pensar esto último.

Femi se incorporó sin ocultar un gesto de cansancio:

—No lo sé, tía. Lo que sí sé es que estoy agotada. Cuando termino el curso me quedo hecha unos zorros. Mis amigas, unas se han ido a Grecia, otras a Sudamérica. Da lo mismo, el caso es desconectar. En cambio, yo...

—Siéntate Femi. Siéntate y atiéndeme bien: ¿Cuándo te he pedido yo que vengas? ¿Alguna vez te he impuesto mi presencia? Mira, hija, sin circunloquios, yo he venido aquí a morir, y todo el mundo muere solo, por más acompañado que se encuentre. Pero, antes de hacerlo, necesito reconciliarme con mi vida, si es que puedo, y sentir la serenidad redentora en torno a mis sienes. Y mi vida ya es pasado, por tanto, necesito reconciliarme con mi pasado. Si no quieres escucharme, márchate cuando quieras, que yo para nada te necesito; aún estás a tiempo de irte a desconectar al fin del mundo. Pero si te quedas, déjame pensar, déjame recordar, mirar hacia atrás, porque ése es mi horizonte. Ahora debemos acostarnos; tú estás cansada, y yo rendida. Anda, dame un beso, y mañana vete a Grecia, si eso es lo que necesitas. Yo, lo que necesito es justamente lo que estoy haciendo. Buenas noches, hija.

—Buenas noches, tía —se despidió Femi, un poco a regañadientes—. Mañana seguiremos hablando, y tienes que contarme en qué consiste ese disparate de que has venido a morir aquí. Hala, que descanses.

Doña Fe, permaneció todavía un buen rato sentada en la penumbra de la sala. Cerró los ojos, los susurros de la noche montaraz llegaron hasta ella, intactos. Chicharras y mochuelos, infinidad de insectos que orquestaban las tinieblas. Lo mismo que lo habían hecho siempre. Recordó a aquel Félix desenterrado del olvido, que su madre acogió exultante de alegría, y su padre soportó por no llevarle la contraria. Recordó a un supuesto Félix que apenas recordaba nada del pasado: ningún detalle, ninguna anécdota; sólo un resumen global, acaso memorizado, de su existencia cursada antes de partir. Recordó las reflexiones de su padre hechas en voz alta, pero lo bastante queda como para que su esposa no pudiera oírlas: «Éste no es mi hijo. Y tal vez le esté dando el pan a su asesino». ¡Cuánta amargura debió de domesticar don Eloy, rebosante de impotencia y decepción, por no abortar el entusiasmo de su esposa. Recordó cómo, sin tregua, aquel hombre fue sembrando el terror en Villa Casimira. Recordó a la pobre Felicidad que, calladamente, sufrió el espanto sórdido e incompartible en sus carnes, con mayor virulencia aún que el resto de la familia, y bajo su yugo fue haciéndose adulta, con una personalidad mellada de forma irreversible. ¡Cuánto odio acumulado!, ¡cuánta ira contenida! Pobre Femi, que había llegado creyéndose un bálsamo completamente ineficaz para curar la gangrena de su alma. Le había dicho que sabía, ¡qué es lo que sabía!; tan sólo lo que ella había querido contarle. Pero todo lo álgido, lo mordiente, seguía oculto horadando su pecho, como un hierro al rojo vivo. Y ella estaba allí, justipreciando la memoria secular de todos sus antepasados, con la incertidumbre de qué hacer con su memoria, si depositarla en los descendientes de su estirpe, o dejarla morir con su propia muerte. Una parte de sí la invitaba a esto último: aligerar de atavismos y de lastres a la savia nueva. Sin embargo, otra parte se revelaba a matar la memoria; porque sabía que era dejar inermes, a merced de sí mismos y de sus propios riesgos y propensiones a los suyos. Pero antes de tomar cualquier determinación, tenía que encontrar el equilibrio, ser dueña de la serenidad, cuya esencia álgida había ido aplazando a lo largo de la vida, enquistando, larvando y enmascarando el rencor para transitar la cotidianidad con pasos más livianos.

El monte guarecía el silencio repleto de noche en torno a Villa Casimira. Doña Fe se apoyó con todas sus fuerzas en el bastón para lograr incorporarse trabajosamente e irse a dormir.

Femi estaba desvelada. El desacostumbrado sosiego campesino la invitaba a la reflexión, en lugar de estimularle el sueño. Había llegado aquel día con la caída de la tarde y el coche repleto de vituallas. No sabía con certeza el orden de afectos que la vinculaban a su tía, pero sí era consciente de que en su emotividad se cernía una contienda ambivalente, y tal vez algo enfermiza, de sentimientos enfrentados. Su tía siempre había sido una persona que generaba ese orden de pasiones; nadie que la hubiera tratado en profundidad podía permanecer ajeno a la dualidad de adorarla y de aborrecerla simultánea o sucesivamente, da lo mismo. Tenía sobrada conciencia del execrable papel que había jugado en el matrimonio de sus padres. Intentaba ser objetiva —pues, a fin de cuentas, sus padres ya habían muerto—, hacer de abogado del diablo en aquella larga y sistemática contienda pendular que surcó toda la trayectoria de la pareja, donde su padre —hombre dotado de esa fortaleza estoica que suelen poseer las personas débiles para sobrellevar los reveses de la vida— había sido constante objeto de querellas entre su madre y su tía Fe, estando siempre entre dos fuegos, a merced de sus antagonismos y bajo la subyacente y única razón de intentar fagocitarlo. No podía dejar de recordar con ternura a su padre, hombre dulce, amante de una paz y de un sosiego que casi nunca lo habían acompañado. Pero, ¿por qué se involucraba ahora, asumiendo un papel de responsable de su tía, que nadie, ni siquiera ella, le había encomendado? ¿Qué morboso magnetismo la inducía a inmiscuirse en unos vínculos de consanguineidad que, después de todo, no sentía como vinculantes, e incluso podían llegar a repugnarle un poco, por todo lo enfermizo que en su familia se había dado cita? Inevitablemente, recordó uno de los episodios que más llagaban su recuerdo y que menos quería recordar: su mente voló hasta el verano anterior, cuando había vivido el silenciado final de la no menos oculta vida de su primo Markus Octavio, quien la había invitado a su isla solitaria para arrojar sobre ella, tan gratuitamente, todos los detritos de su vida, así como los residuos de su muerte. ¡Cuánta crueldad y resentimiento debió de ir acuñando a lo largo de su tumultuosa vida para alcanzar tales cotas de cinismo y perversión! ¿Sería ciertamente un estigma de familia, como solía mantener su madre en los momentos de hostilidad hacia el apellido Del Castillo? ¿Acaso su madre no se daba cuenta de que ése era su apellido? Tenía sobrada conciencia de que, al igual que ella mantenía sus secretos —propios y ajenos—, había un sinnúmero de enigmas familiares que desconocía. ¿Qué misterios acompañaron la azarosa vida de su tía Felicidad, que su hijo Markus le había insinuado y dejado en suspenso? Es posible que ni él mismo los supiera. ¿Qué había pasado exactamente con la oscura y trágica muerte de su tío Félix en un sótano de Barcelona? Sí, es posible que su tía intentara abrirle el pecho para aligerar su espíritu antes de abandonar la vida. Pero, la pregunta era: ¿deseaba ella realmente recibir ese legado, como un lastre imperecedero?, o ¿era hora de salir de la espiral y de abandonar la hecatombe de una vez por todas? Ni siquiera lo sabía.

Doña Fe, ya acostada, intentaba evadir de su mente el fantasma que había vuelto para agarrotar su garganta y entrecortarle la respiración, como tantas veces le había sucedido a lo largo de la vida. ¿Hasta cuándo tendría que hacerle frente? ¿Por qué razón la venía persiguiendo desde que tenía quince años, hasta el final del recorrido? Tal vez hubiera sido preferible ser rematadamente tonta como lo era su hermana Felisa; porque dicen que los tontos no sufren, aunque acaso sea mentira. O haber enajenado la razón, como habían hecho su madre y, en cierto modo, su hermana Felicidad, y distanciarse de la crudeza del sino, que de pronto se le agolpaba todo junto, esgrimiendo en su recuerdo los peores momentos de la vida, el final de clarividente y amarga soledad que acogió a su padre, cuando, desde su lecho de muerte, repetía con obstinada y mansa insistencia: «Dile a tu madre que venga». Mientras tanto ella, con sordo, cruel, y sistemático empecinamiento se mantuvo inflexible y no entró a su alcoba ni siquiera cuando ya estaba de cuerpo presente. Recordaba, clavadas en el alma, las últimas palabras de su padre: «Hijos… cuidado con ese potro; se le va el freno. Llegará a pegar a su madre». Llegó. Recordó, pero sin pena, el final de Félix, en Barcelona, cuando había aparecido, miserable y sucio, como fue en vida, con la garganta cercenada por una navaja de barbero, en el sombrío sótano donde habitaba, en una de las calles más sórdidas del barrio chino. Se sabía que la autoría del crimen había sido llevada a cabo por la mano de una mujer, pero jamás fue encontrada la homicida. La policía adujo que pudo tratarse de una prostituta despechada, y el caso fue sobreseído. Aspiró hondamente doña Fe, como para hacer acopio de entereza y poder seguir sobrellevando la magnitud de su secreto. Ella sí sabía quién lo había matado.

Se anunciaba el albor en lontananza, cuando el sosiego difuminó la conciencia exaltada de doña Fe, y los párpados se le cerraron, y el reposo meció entre sus brazos el sueño frágil y breve de la anciana. Femi, igualmente, hacía poco rato que había conseguido derrotar al insomnio, mientras los gallos del corral de Hortensia, la guardesa, saludaban exultantes a la mañana que eclosionaba, radiante, en un nuevo e indoloro amanecer.

Federica y Fernanda, las hijas malogradas
CAPÍTULO DÉCIMO

I

Había nacido Federica veinticuatro años antes del infausto momento en que el supuesto Félix regresó a casa tras su incógnito y prolongado extravío. En esa época, todo era aún amor y concordia en Villa Casimira, donde don Eloy había construido un edén particular para ofrecer a su familia. Doña Carlota iniciaba lentamente el laberinto de su locura, mientras disfrutaba, como bien podía, su añorada viudez devorando chocolate y velando por su esmerada soledad, en tanto que seguía dispensando a su yerno Eloy un rencor sin atenuantes ni motivos: «¡Ese oscuro advenedizo que tiene el ilustre apellido de un don nadie, por más preposiciones que le anteponga!», argumentaba iracunda la dama, como si ella fuera la mismísima reina de Inglaterra. Don Máximo, por entonces, gestaba el embrión de su ruina prodigando su ostentosa y megalómana grandeza, y las Ca-Ca ocupaban, como siempre, su tiempo malversado en acudir a misa, bordar, o tocar el piano; que era lo único que habían aprendido, y no era poco, pues a ellas, nadie pensó nunca en enviarlas a Madrid para depurar sus modales y estudiar francés, como a sus hermanas, ya que nadie pensó tampoco —y mucho menos ellas— en la eventualidad de un posible matrimonio.

Contaba Félix tres años, cuando aquella primavera de 1898 doña Casimira alumbró a una preciosa niña de diáfanos ojos verdes, que tan frecuentes había sido entre sus antepasados. No cabía en sí de gozo el matrimonio al ver culminada su unción, iniciada con un hijo, sano y fuerte, que correteaba por doquier, y daba vida a la quinta con su incipiente verborrea; y tras él, con la llegada de aquella hermosa criatura. Don Pío —que ya era párroco de la quinta y, consecuentemente, de la pedanía de Tramazo—, ofició el bautismo, del que fueron padrinos Máximo —que ya había apadrinado la cristiandad de Félix— y Casilda, tras haberlo echado a rigurosa suerte entre ella y Catalina, ya que, por desgracia, el sacerdote no encontró adecuado que la criatura tuviera dos madrinas, por muy gemelas que éstas fueran. Obviamente, doña Carlota, en esa ocasión, tampoco acudió al bautizo, dadas su introspección y la antipatía que profesaba a su yerno. La recién nacida se llamó Federica, siguiendo el inexorable prefijo de primera y prioritaria virtud teologal que su madre, con inquebrantable rigor, había convenido incluir en el nombre de sus hijos.

Los dos años que pasaron entre el nacimiento y la muerte de la niña, fueron tiempos de armonía, felicidad y sosiego, que ya nunca habrían de repetirse en Villa Casimira. La dicha se deslizaba sin fisuras en el hogar de un hombre que había invertido mucho sudor en conseguirla. Doña Casimira era mimada con tierno celo por un esposo que la idolatraba, en tanto que ella navegaba por los feudos de sus lares dulcificando, algo desconcertada, una acritud innata que había heredado de su padre y que se había consolidado imprimiéndole su sello en el carácter a lo largo de su infancia oclusiva, y su primera juventud, que es cuando se dibuja el talante en las personas. Posiblemente, doña Casimira era uno de esos seres que no logran sentirse cómodos cuando carecen de motivos para sentirse desgraciados. No era la paz su más íntima compañera; no había aprendido a cohabitar con ella. Cuando menos, esa fue la impresión que dejó en la memoria de sus descendientes.

Por entonces ya habían empezado a gestarse, entre los antiguos convecinos de miseria de don Eloy, hondas fisuras que la envidia cincela en ocasiones, cuando alguien se resigna a tolerar el éxito de quien siempre lo ha disfrutado, pero se siente agredido, o disminuido por el triunfo de quien antes ha sido su compañero de indigencia. Don Eloy, que estaba dotado de un fino instinto para detectar las pasiones humanas —fueran bajas o elevadas—, en aquel tiempo ya había comprendido el talante que intoxicaba a sus aparceros y antiguos convecinos; de modo que en todo momento intentó ser flexible y condescendiente con las debilidades de los trabajadores, entre otras razones porque conocía la acritud de la pobreza y los descalabros que sufraga. Sin embargo, jamás —hasta que muchos años más tarde ocurrió el incidente del motín— quiso interrumpir la concordia de su hogar haciendo copartícipe a su esposa de sus enrarecidas aprensiones.

Por consiguiente, doña Casimira desgranó esos años inmersa en una armonía agridulce, que fue toda la armonía que su genio supo concordar.

Era primavera de 1900, el siglo acababa de estrenarse, y no faltaban agoreros que vaticinaran las más infaustas calamidades. El jardín de Villa Casimira emulaba un edén que había sido arrancado a la nada: los árboles del paraíso, las mimosas, las acacias, los sauces regalaban su sombra y sus fragancias al ambiente; los rosales trepaban por las pérgolas pródigos de multicolores rosas, los frutales —que habían llegado ya injertados desde Lérida— exhibían sus frutos incipientes; al fondo, el cenador guarecía con su sombra a la dueña de la casa que leía, apacible, *Crimen y castigo* de un tal Fedor Dostoievski. En ese momento, un grito horrísono, que logró taladrar los oídos sordos de la dama, resquebrajó la sosegada armonía del jardín. Lo primero que vio doña Casimira, fue a Juana, la niñera, con el gesto desencajado y las manos sobre la cabeza al borde del estanque. Corrió con pasitos menudos y briosos, la señora, hasta el lugar donde Juana había gritado. Lo segundo que vio, fue la imagen imborrable de su hijita Federica flotando boca abajo sobre el agua, entre nenúfares y cisnes. Lo tercero que vio, fue a su hijo Félix —quién aún no había cumplido los cinco años— jugando con un barquito al borde del estanque. Lo cuarto que vio —y que siempre silenció— fue una pérfida sonrisa de connivencia en el rostro del pequeño, que la miraba inmutado, mientras seguía haciendo surcar su barquito por las aguas del estanque. Entonces, su instinto maternal se lo dijo con toda claridad: que Félix había empujado a la niña a la sima del naufragio. El instinto de una madre nunca se equivoca.

Fueron décimas de segundos lo que doña Casimira invirtió en evaluar el procedimiento a seguir tras los dictados que estaban desgarrando su corazón de madre: una parte de su impulso la invitaba a arrojar a su vástago al mismo piélago donde un trozo de sí misma acababa de expirar, la otra parte le advirtió que, si lo hacía, mataría las dos partes de su roto corazón. Y desde entonces, guardó durante casi toda su existencia el secreto que la hizo cómplice y, por ende, la vinculó a su hijo Félix para siempre; como una unción de malsana adversidad que asumió a lo largo de la vida, consciente de que más tarde o más temprano ese tácito complot podría volverse contra ella.

Juana juraba y perjuraba, mientras se desgañitaba en llanto, que había dejado a los dos niños en el cuarto de juguetes, mientras ella estaba aviando su ropita en el cuarto de la plancha, que precisamente colindaba con aquella habitación; a pesar de permanecer con el oído vigilante, ni siquiera los había escuchado salir, y cuando entró a buscarlos y no estaban, los buscó inmediatamente por todas partes hasta que encontró, ¡Virgen Santa del Camino!, lo que encontró. Doña Casimira, que no albergaba ya ninguna duda de cómo se habían desarrollado los acontecimientos, y que nunca hasta entonces había tenido queja del celo de la niñera, no le pidió más explicaciones. El jardinero y un peón se metieron en el estanque hasta los muslos y sacaron a Federica, inerte, como una muñeca empapada, con sus ojos verdes, muy abiertos y vidriados, que expresaban, más que dolor, una velada perplejidad, como si hubiera transitado la experiencia de la muerte sin haber alcanzado a recorrer la experiencia de la vida. A doña Casimira, ante la imagen de su hija convertida en un guiñapo, se le borró la luz de los ojos y el dolor de la conciencia, en un largo desvanecimiento que durante un buen rato la acogió en sus apacibles sombras.

Estrenó Federica el pequeño camposanto colindante con la ermita, dentro de su blanco y diminuto ataúd, mientras don Pío rezaba latinajos por aquel alma sin mácula que ya habitaba, gozosa, el reino de los cielos, desde donde, sin ninguna duda, velaría por toda la familia. Acudieron al entierro su padrino, don Máximo

—recién llegado de París donde había aprendido a beber *champagne* en los botines de las *cocottes*— exhibiendo unas profundas ojeras —que si bien habían sido dibujadas por motivos ajenos, resultaban muy oportunas para la ocasión— y Germán, el mayoral, quien, aunque clandestino, en realidad, era el abuelo de la niña, carne de su carne y sangre de su sangre, y esas cosas tiran; sobre todo si tiran desde arriba. No consintió don Eloy que su esposa presenciara el luctuoso acto que incluía el momento álgido, cuando el jardinero y el peón, tras introducir la diminuta caja en la fosa, empezaron a cubrir de tierra aquella tierna vida, tan tempranamente cercenada. No había panteón en el camposanto, porque doña Casimira mantenía que los cuerpos debían volver a la tierra de la que procedían, ya que Dios había dicho: polvo eres y en polvo te convertirás. Una cruz de mármol blanco y una lápida impoluta inauguraron prematuramente el cementerio familiar. En ella fue grabado, para guardar su memoria a lo largo de los años venideros la siguiente inscripción: «Federica del Castillo Montemayor. 1898-1900. D.E.P.». Mucho tiempo después, doña Fe —dado su amor a la literatura— hizo imprimir sobre la lápida de su hermana un tardío epitafio, traducido del latín, que unos amigos hallaron en una tumba romana; decía así: «Que la tierra te sea leve, que gravite y no pese demasiado sobre ti. Pesó tan poco tu cuerpo sobre ella».

El tiempo volvió a florecer en Villa Casimira y un año más tarde nacería Fernanda, con sus inmensos ojos negros y la dulzura palpitándole en el semblante. Y sucesivamente llegaron a la vida Felisa, que inauguró una fealdad sin precedentes en la familia, Fe, que iba a crecer menuda y férrea, como una prolongación calcada de su madre, pero con ideas propias, y Fermín, en cuya persona se extravió la fisonomía genética, y fue alto, aunque no tanto como su padre, con el cabello castaño claro, los ojos marrones y recorrió la vida provisto de un carácter dulce y apacible que habría de sufragar la fortaleza y acritud ajenas. Felicidad llegó a la vida, como una gota de rocío, cuando ya nadie la esperaba, ni la deseaba. Nació con enormes ojos negros, heredados de su padre, lo mismo que Fernanda. Por entonces, Félix hacía tres años que ya no estaba en casa. En ella se ratificó la belleza montaraz, oriunda de la rama anónima y bastarda Del Castillo y fue, sin duda, la más hermosa de todos los hermanos. Creció alta y esbelta como su padre. Durante la infancia adornaba su mirada una ternura que, al correr del tiempo y de las adversidades, se fue mutando en melancolía, pero que nunca interfirió en el esplendor nocturno de sus ojos minerales.

Doña Casimira, a pesar de haber tenido cinco nuevos hijos, siempre, desde la muerte de Federica, prestó casi por completo su atención al mayor de todos ellos; como si esa complicidad soterrada que la unía a él implicara un vínculo místico, y a la vez una atracción perniciosa, que la hiciera copartícipe en la evolución de su conducta. Quizá por ello, cuando Félix desapareció, su madre sintió en el alma el desgarro de una culpa que había hecho suya desde el instante mismo en que decidió silenciar aquel presentimiento fratricida. Y quizá también por ello, cuando aquel vagabundo se presentó asegurando ser su hijo, no albergó ninguna duda de que se trababa de Félix, que regresaba desde lo más íntimo de sus admoniciones para desplegar la devastación a que había sido predestinado. Una especie de fascinación fatalista impregnaba el espíritu de la dama hacia la persona de su hijo primogénito, que había nacido débil de espíritu, con el alma enferma y el talante contrahecho, y por ende, necesitaba más que ningún otro el apoyo de su mano.

Pasó el tiempo, lineal, en Villa Casimira: Fernanda y Felisa eran educadas en un acreditado colegio de religiosas de la capital, donde Fernanda adquiría los últimos retoques de la esmerada formación inherente al comportamiento de una buena señorita, en tanto que Felisa, a quien la naturaleza la había privado de cualquier don, sorteó los siete años de internado como bien pudo, escondiendo novelas rosa bajo la almohada de la cama, y aprendiendo a soñar con fulgurantes caballeros henchidos de pasión, que nunca iban a llamar a las puertas de su vida y cuyos ensueños, a la postre, terminó por clausurar ante la árida evidencia. Por entonces, Fe ya había empezado a estudiar el bachillerato con gran ahínco, acariciando miras ambiciosas para su futuro profesional, que estaba dispuesta a disputarle al sexo masculino con toda la inexpugnable fuerza de su brío intacto.

Y aquella Semana Santa de 1918 —mientras Europa se daba las últimas dentelladas, inmersa en la voracidad de la Gran Guerra, el imperio austro-húngaro se tambaleaba, y los rusos se mataban entre sí— Villa Casimira acogía a toda la familia, excepto a Félix, de quien nada se sabía, para festejar las vacaciones de esos días sacros. Por entonces, la pérfida gripe que asolaba al mundo era la única batalla que se libraba en el territorio nacional. Ocurrió el día de Jueves Santo: Fernanda amaneció con el cuerpo desmadejado; como si en lugar de sangre corriera plomo por sus venas. Pronto, la fiebre encendió sus mejillas y tuvo que acostarse: la temida gripe había ido a visitarla. Pasó dos días enteros delirando, mientras Catalina y Casilda le aplicaban sobre la frente paños de agua fría. Durante la tarde del Sábado de

Gloria, abrió sus negros ojos con la muerte dibujada en su expresión:

—¿Por quien tocan las campanas? —preguntó con la voz desmayada.

—¿Qué campanas, hija? —la interrogó dulcemente Catalina, que no oía nada.

—¿Qué campanas? —añadió Casilda, que tampoco escuchaba más que los murmullos montaraces.

—En la iglesia de Tramazo están tocando a muerto —añadió la joven, y se echó a llorar.

Las Ca-Ca interrogaron a todos los ocupantes de la quinta si habían oído tocar a muerto en la iglesia de Tramazo. Todo el mundo acogió la pregunta con idéntica sorpresa: el lugar distaba más de legua y media de la casa; era imposible poder oír las campanas desde allí. Sin embargo, doña Casimira, hizo ir al pueblo al cochero para que verificara si habían tocado a muerto. De regreso, el hombre informó:

—Si señora: a media tarde enterraron a Antonio, el cojo. Más de la mitad del pueblo está con gripe.

No obstante, toda la familia supuso que Fernanda era imposible que hubiera oído las campanas; sencillamente porque desde Villa Casimira no podían oírse.

Dormitaban las Ca-Ca —que valían un Potosí para cuidar enfermos— desmoronadas en sendas butacas junto a la cama, donde Fernanda luchaba, amodorrada, contra la fiebre y el delirio cuando, a las ocho y media de la mañana del domingo de Resurrección, sus ojos se abrieron de improviso y su mirada oscura, barnizada con el fulgor de la fiebre y del pánico, taladró el vacío del sosiego.

—¿Por quien tocan las campanas esta vez? —preguntó con angustia renovada.

—Hija —dijo Catalina—, desde aquí no se oyen las campanas de Tramazo.

—No se oyen las campanas de Tramazo —rubricó Casilda.

—¡Sí se oyen, sí se oyen! ¡Las estoy oyendo! Y la próxima vez tocarán por mí —replicó la joven al borde del paroxismo.

Llegó don Pío a media mañana —que, harto de ir y venir durante aquellos días álgidos de la mortuoria epidemia, había optado por pernoctar en el pueblo—, para oficiar la misa de Pascua en la ermita de la quinta. Doña Casimira le preguntó agorera.

—Don Pío. ¿Ha habido algún entierro hoy a las ocho y media?

—Sí, señora —contestó el sacerdote—. Hemos enterrado a una mujer que, la pobre, además estaba embarazada. Se llamaba Antonina, según creo. ¿Por qué me lo pregunta?

—Por nada, don Pío, por nada —Doña Casimira lo miró con toda la fuerza de sus ojos grises—. Y yo me digo: ¿no sería más prudente que enterrara a los muertos sin tocar? No creo que para los enfermos resulte precisamente un incentivo. ¿Usted qué opina?

El sacerdote guardo silencio durante algunos instantes:

—Que es posible que tenga usted razón, doña Casimira.

A partir de entonces, las campanas de Tramazo silenciaron el paso funerario del entierro de las víctimas. Mientras, Fernanda afilaba, con mórbida exaltación, su oído exacerbado por la enfermedad, casi con el anhelo de volver a escuchar el tañido luctuoso de las campanas y saber incumplido su fatídico vaticinio.

252

Extenuada al fin por la fiebre y la atención, que sólo le brindaba un silencio agorero, el martes de resurrección, a primera hora de la tarde, le dijo a las Ca-Ca casi con un hilo de voz apenas animado:

—Tías, id a la sala de música y tocad algo para mí. Prefiero oír el piano a escuchar este silencio insoportable.

Catalina y Casilda interpretaban a cuatro manos el *allegro* del primer concierto para piano de Chopin cuando, en torno a las cinco de la tarde, Fernanda entregaba sus florecientes diecisiete años al reino de las tinieblas. Y, en efecto, la siguiente vez que sonaron las campanas en la dehesa de El Encinar fue por el eterno descanso de su alma. Una nueva cruz de mármol y una nueva lápida, casi idéntica a la de su hermana, conmemoraron su vida y su muerte en el cementerio familiar de la quinta, y acompañaron, desde entonces, la soledad del deceso de la pequeña Federica.

En octubre, también le dio la gripe a Fermín, y entonces doña Casimira veló, junto a sus hermanas, la evolución de la dolencia de su hijo, con la cara desencajada por la angustia, temerosa de perder al único varón que le quedaba; pero, afortunadamente, la naturaleza del niño fue más fuerte que la pérfida enfermedad. Una vez repuesto, y cuando el macabro año dieciocho estaba próximo a concluir, doña Casimira le dijo a su marido, sin dejar resquicios por donde cupiera una negativa:

—Eloy, a mis cuarenta y dos años, tengo dos hijas en el camposanto y un hijo extraviado en La Argentina. Ve a buscármelo, Eloy, y tráelo a casa, por favor.

Por eso, cuando don Eloy regresó con el naufragio de su empresa como única compañía, su esposa lo recibió con un matiz de desprecio en la mirada, que ya nunca borraría de sus ojos al mirarle.

Y a partir de aquella tarde de verano, cuando un andrajoso aventurero, que mantenía ser su hijo Félix, se presentó en el jardín de Villa Casimira, la dama pensó, para sus adentros, que por fin se había reencontrado con la única expiación capaz de redimirla y de reconciliar su memoria, polarizada entre dos sentimientos igualmente pasionales que Félix había engendrado en ella: el afecto inquebrantable que profesaba a su primogénito, y el saber que ese afecto corroía desde antiguo su conciencia, que fue testigo mudo y, por ende, cómplice del asesinato de su hija. Ninguna atrocidad que Félix cometiera, si llegara a ocurrir, podría sorprenderla en absoluto.

Pronto empezó el recién llegado hijo a mostrar sus perversas actitudes exhibiendo un antagonismo beligerante hacia todos los hermanos, en tanto que doña Casimira, durante las tardes de inquebrantable soledad pasadas en el cenador de su jardín, quizá se repetía con una alegría lacia y deslustrada, que más que feliz, la hacía ratificar el antihigiénico afianzamiento de su presentimiento fatalista: «Sí, es mi Félix, es él; lo mismito que fue siempre. Una madre nunca se equivoca».

Empezaron las querellas pretextando razones económicas: Félix, que tenía veintisiete años, y no presagiaba desear ejercer ninguna actividad, reclamaba incesantemente considerables sumas de dinero que dilapidaba, en Montorga, a velocidad vertiginosa en execrables francachelas con las más abyectas compañías, sin excluir a las mujerzuelas más inmersas en el lodo del arroyo, ni las reyertas donde menudeaban las navajas y las posteriores multas; todo ello entre borracheras colosales.

Ante semejante comportamiento, don Eloy decidió racionarle el pecunio, suponiendo que de esa forma se arrancaba la mala hierba desde la raíz. Fue entonces cuando el hijo se enfrentó abiertamente con su padre y le advirtió, de muy malas maneras, que si su hermano gastaba dinero en estudiar el bachillerato, y Fe proyectaba ir a la universidad, a él le correspondía, por derecho, una cantidad equivalente, más todo el dinero que no había recibido durante los diez años que duró su ausencia. Don Eloy, que era hombre temperamental, respondió a la airada reclamación filial dándole, en vez de dinero, una sonora bofetada, que el mozo hizo ademán de devolverle. Entonces, el encolerizado padre, subió la escalera de tres en tres peldaños, mientras la ira colonizaba su expresión. El episodio se cruzó con la fortuna de que las Ca-Ca se encontraran con su cuñado al final de la escalera:

—¿Qué ocurre, mi querido Eloy? —inquirió Catalina.

—¿Qué ocurre? —recalcó Casilda.

—Nada. ¡Dejadme pasar! ¡Voy a buscar la pistola para matar a Félix, porque antes de que pise mis canas, le doy dos tiros!

Entonces, Catalina tomó a su cuñado de un brazo, mientras Casilda hacía lo propio con el otro brazo:

—Vamos, vamos, Eloy. No te pierdas tú por un mal hijo. Vamos, cálmate... querido, cálmate... —dijo Catalina.

—Vamos, querido, cálmate —rubricó Casilda.

Don Eloy recibió el sosiego que la dulce equidad de sus cuñadas le transmitía.

—De acuerdo —dijo—, pero no quiero ni verlo de momento. Que lo encierren dos gañanes en el pajar, y sólo abran para llevarle las comidas.

Aquella noche, durante la cena, don Eloy y su esposa tuvieron un fuerte altercado a causa de Félix.

Don Eloy mantenía, empecinado, y con voz audible a los oídos sordos de su esposa:

—¡Que te digo que no, Casimira, que éste no es mi hijo!

—¡Me estás ofendiendo, Eloy! —malinterpretó la dama.

Al día siguiente por la tarde, doña Casimira, con lágrimas en los ojos, suplicó a su marido que disculpara a Félix, que estaba dispuesto a arrodillarse ante él y a pedirle perdón.

—¡Que lo haga! —convino don Eloy.

En efecto, el hombre, fue conducido a su presencia, y con lágrimas en los ojos, se puso de rodillas, mientras suplicaba su absolución. Entonces, don Eloy, prioritariamente por desagraviar a su esposa, le dijo que de acuerdo, pero que, en lo sucesivo, tuviera muy presente que aún le sobraban agallas para estrangularlo, si volvía a intentar rebelarse contra él.

Una semana más tarde, cuando la familia amaneció, encontró descerrajada y vacía la caja de caudales. Félix había desaparecido y, con él, el automóvil familiar. Era invierno de 1923.

Inmediatamente denunció don Eloy la desaparición de su presunto hijo. Pasaron dos años sin recibir ninguna noticia sobre el paradero del mozo. Sin duda era un maestro en el arte de la fuga.

Volvió a arrastrar doña Casimira su ambivalente melancolía de la casa al cenador, y del cenador a la casa, sumergida en una imperturbable hostilidad hacia su esposo que empezaba a corroer, como un ácido, la entereza de su ímpetu amantísimo. Ambos se volvieron poco comunicativos y, mientras que la dama transitaba sus agonías de ánimo surcando con pasitos menudos y garbosos el jardín, don Eloy había adquirido la costumbre de recorrer a grandes zancadas los soportales que sostenían la galería de la casa. Incluso durante el invierno, era frecuente verlo caminar, bajo su capa, durante horas enteras, sin tregua ni reposo, de un lado a otro la fachada de una quinta, que otrora había hecho construir, sin reparar en gastos, como ofrenda de su amor hacia doña Casimira.

Espejeaba el verano de 1925, Fe —que ese curso había terminado primero de Ciencias Exactas en Madrid— cortaba rosas para adornar los jarrones de la casa, Fermín —que estudiaba quinto de bachillerato en un colegio de León— leía a su hermana Felicidad una novela de Julio Verne, mientras ella lo miraba extasiada con sus inmensos ojos de antracita idénticos a los de su padre, las Ca-Ca y doña Casimira dirigían, en la cocina, la elaboración de un postre, Felisa se ocupaba en la innoble pero ineludible actividad de depilarse los bigotes, don Eloy no estaba en casa. Una paz sosegada adormecía la vida diaria, ni feliz ni desgraciada, de Villa Casimira. Y en ese momento llegó nuevamente la desgracia a la quinta: Félix, descendió de un coche de alquiler, pagó al cochero y gritó exultante, como si regresara de unas vacaciones, que alguien le ayudara a meter el equipaje. Entró en la casa distribuyendo regalos para todos, excepto para su padre y para Fermín a quienes no les llevaba nada. Doña Casimira, feliz de su llegada, se percató en seguida de que tenía algo anquilosada la articulación del brazo derecho:

—¡Hijo de mis entrañas, pero qué es lo que te ha pasado?

Entonces, Félix explicó a su familia que venía del Tercio —donde se había alistado por cinco años una vez agotado, en Francia, el dinero que llevaba—, que había sido herido por los «hijoputas» de los secuaces de

Abd-el-Krim, quienes además les envenenaban el agua de los pozos. Que, una vez curado el brazo, lo habían licenciado, por inútil, sin cumplir el tiempo convenido. Y que eso era, más o menos, todo —concluyó, como si nada hubiera sucedido.

Las Ca-Ca, Felisa, Fe y Fermín lo escucharon sin añadir comentario alguno y mirándose entre sí con soterrada elocuencia. Quizá en lo más recóndito del alma, alguno de ellos lamentara que Félix no hubiera bebido de aquel agua emponzoñada. Felicidad, a sus diez años, aún no dominaba ese código de lenguaje mudo. Don Eloy, al llegar a casa y encontrarlo allí, le preguntó, con severidad quién le había concedido el permiso para entrar.

—¡Yo! ¡Se lo concedí yo! —respondió categórica doña Casimira.

—Ojalá nunca te arrepientas —claudicó su esposo intentando evitar la discordia con la única persona que diluía sus fuerzas, porque también era la única debilidad de su indiano y avezado corazón.

II

—Y, como era previsible, con él llegó de nuevo la guerra a nuestras vidas; ya nunca volvería a reinar la paz en esta casa. Desde entonces, los acontecimientos se fueron sucediendo inexorables: la muerte de papá, la llegada de la república, Felisa se casó con aquel dichoso hombre... más tarde se casó tu padre. Después, para terminar de enfrentar a la familia, estalló la guerra. Luego: mamá... Felicidad. En fin... Sería mejor no recordar, como tú dices. El caso es que yo, ahora que camino hacia las postrimerías, no puedo eludirlo: hay demasiada basura oculta en nuestro recorrido, demasiada. ¡Dios, y cómo pesa!

Por último, doña Fe guardó silencio, mientras la tarde agonizaba en el sosiego perfumado del jardín. Su mirada, extraviada en el viejo estanque seco, presagiaba que la anciana seguía a lo largo del mutismo socavando en la jungla de su memoria, nonagenaria pero rigurosamente precisa.

Femi encendió un cigarrillo:

—Tía —dijo casi con violencia, mientras exhalaba una sonora bocanada de humo—, ¿cómo murió, exactamente, Félix?

Doña Fe observó a su sobrina con un gesto algo socarrón en el semblante:

—¿Es que no lo sabes? Pues, exactamente, murió con la cabeza cercenada por una navaja de barbero. Al menos, esa fue la conclusión de la autopsia —hizo una pausa—. ¿Respondo así a tu pregunta?

—No.

—¿Qué es, entonces, lo que quieres saber?

—Sabes de sobra lo que quiero saber. Al tío Félix lo degolló una mujer, ¿no es así?

Doña Fe guardó silencio durante unos instantes, volvió a apoyar su mirada en el estanque seco.

—Según parece, alguien vio salir del sótano donde vivía, aproximadamente a la hora en que pudo ser llevado a cabo el homicidio, a una extraña mujer que cubría su cabeza con una especie de chal de gasa y ocultaba sus ojos tras un antifaz; precisamente fue esto lo que llamó la atención del testigo. Sin embargo, fue incapaz de dar ningún detalle que contribuyera a describir su fisonomía. Pudo ser cualquiera; Barcelona está llena de mujeres.

Femi tiró la ceniza al suelo del jardín y dijo, silabeando las palabras:

—Pudo ser cualquiera que tuviera motivos para hacerlo, y eso reduce la estadística.

Doña Fe miró de frente a su sobrina:

—No tanto. Te aseguro, querida, que cualquiera que haya tratado a Félix, seguro que dispuso de motivos para hacerlo. ¡Ah!, y te rogaría que, si fumas, vayas a buscar un cenicero. Me resigno a aceptar el hecho de que fumes, pero encuentro intolerable que tires la ceniza al suelo, aunque sea el suelo del jardín.

—Tienes razón; lo siento. Ahora vuelvo.

Femi recogió el mensaje; su tía no quería hablar más del tema. Tardó en regresar y, cuando lo hizo, llevaba un cenicero en una mano, y en la otra esgrimía, como un reto, un nuevo cigarrillo.

—No sé si voy a soportarlo —dijo.

—Nadie te ha invitado a que lo soportes.

—Tienes razón, ¡tienes toda la razón! Quizá me vaya.

Tras un prolongado silencio, doña Fe rompió la densidad que el silencio contenía:

—Escucha Femi: a ti y a mí nos unen muchos lazos, pero nos separan otras tantas divergencias; nos une, anecdóticamente, sólo anecdóticamente, el hecho de que eres mi sobrina, o sea: la hija de mi hermano; pero ambas sabemos que también eres hija de tu madre, y eso, nos desune. Nos une que ambas somos solteras, mejor dicho, solteronas, que así es como se nos llama, y que las dos estamos solas. Quizá en lo más recóndito de tu ánimo te aproxime a mí el hecho de observarme para acuñar una especie de patrón de cómo puedes llegar a ser tú mañana. Desengáñate, Femi, si piensas que eso te vincula a mí. Nadie es como nadie, cada cual es como es, y como la vida lo ha ido modelando. Y por más afinidades que creas encontrar conmigo, te sorprendería saber cuántas simas nos separan. De modo que, anda, sé tú misma, y vete a Grecia, si es que te apetece.

De nuevo, sólo los susurros montaraces volvieron a poblar la atmósfera durante un largo intervalo. Por fin, Femi quebró el intervalo:

—Tía, te sorprendería conocer de mí, y no sólo de mí, todo lo que desconoces.

—Al decir: «no sólo de mí», ¿a quién te estás refiriendo exactamente?

—Prioritariamente, a Tobías; quiero decir: a mi primo Markus Octavio. Lo siento; me he acostumbrado a recordarlo por el sobrenombre de Tobías.

Doña Fe se irguió un poco y tomó la cabeza de su sobrina con ambas manos haciéndole girar la cara hasta enfrentarla a la suya:

—Femi… ya lo sé. Y también sé que te faltan piezas para completar el rompecabezas y poder contemplar la panorámica al completo. Estoy segura de que Octavio no las tenía todas. ¿Te apetece hablar de ello?

—De momento, no. Creo que aún no estoy preparada.

De nuevo amenazaba la densidad de un silencio irredento, que doña Fe cortó con nítida evidencia:

—Mmm… hay una temperatura deliciosa. ¡Oye!, ¿sabes lo que me apetecería? Tomar un buen chocolate con churros. ¡Anda, sé buena y llévame a Montorga! Yo invito. Quizá esté empezando a parecerme a mi abuela Carlota.

Femi se echó a reír:

—¡Venga! A mí también me apetece. Después de todo, soy su bisnieta, y algo he tenido que heredar de ella.

La terraza de la cafetería donde doña Fe y su sobrina paladeaban el armisticio del silencio ante dos tazas de humeante chocolate y una bandeja de churros está situada en la misma plaza que aún acoge, superviviente a la familia, la vieja botica, donde don Severo desgranó, en el curso de tantas y tantas lúdicas tertulias, buena parte de su vida. Los autómatas de bronce aporrearon las diez de la noche en una ciudad completamente ajena a la presencia de la última descendiente indirecta de una linajuda familia apellidada Montemayor, que tan buen juego había dado a la maledicencia de las tertulias ciudadanas durante varias generaciones. Un variopinto, bullanguero e indiferente público se abigarraba en torno a ellas en aquella tibia noche de verano. Femi mojó, con evidente desgana, el churro en el chocolate, mientras su mirada se perdía en los contornos de la taza, elevó el churro y lo dejó en suspenso a mitad de la trayectoria:

—Tía, creo que voy a irme. Todo esto carece de sentido. Espero que sepas entenderlo. Lo cierto es que preferiría que entraras en razón y regresaras mañana conmigo a Madrid. Sin duda…

Doña Fe interrumpió muy quedo a su sobrina mirándola a los ojos:

—Femi. Me alegro de que te vayas. No es tú razón, es la mía. Para mí no carece de sentido. ¿Lo comprendes?

Femi elevó las cejas sin levantar la mirada de la mesa:

—Me gustaría decirte que lo comprendo, pero te estaría mintiendo. Tal vez si lo entendiera me quedara. ¿Lo comprendes tú? —añadió elevando la mirada.

—¡Pues claro que sí! ¡Anda, come, come, que se te está enfriando, y el chocolate frío es indigesto!

Doña Fe, miraba abstraída cómo el coche de su sobrina se perdía en el horizonte de una ruta sobre cuyos viejos adoquines brotaba la maleza. Una ternura fracasada anegaba su alma rebosante de amarguras y de decepciones viejas. «¡Pobre Femi! Resulta encomiable su ciega abnegación por insertarse a unas pautas que no han podido salpicarla. Ella nació bajo la atmósfera decolorada y aséptica de la gran urbe, y sólo ha cohabitado oblicuamente con la ruindad que aquí fue germinada y agostada, y que no tengo nada clara la conveniencia de que se propague más allá de sus lindes.»

—Así que se marcha su sobrina —interrumpió Hortensia las reflexiones de doña Fe con evidente acento de maldad—. No, si ya se dice que «a quien Dios no le da hijos, el diablo le da sobrinos». Total, para lo que valen a la hora de la verdá.

Doña Fe se volvió despacio hacia la dueña de la voz que ya alcanzaba su altura:

—Dime, Hortensia, ¿a qué llamas verdad? —respondió con la mirada ceñuda de sus ancianos ojos grises.

—Pues —se desconcertó la mujer— no sé, pero...,

—¡Pues si no sabes, cállate la boca, que nadie ha pedido tu aviesa opinión. ¡Hala! ¡Largo! Y si tienes alguna queja de algo o de alguien, házmelo saber sin andarte por las ramas.

La pobre mujer se dio media vuelta, mientras doña Fe regresaba a la reclusión donde, voluntariamente, había clausurado su rumbo. La anciana, víctima ya del remordimiento por su brusquedad perforándole la conciencia, gritó a la guardesa desde el último peldaño de la escalinata:

—¡Hortensia! Discúlpame mujer. Pero aprende a no meterte donde no te llaman.

—Descuide, doña Fe, si ya nos conocemos bien. De sobra sé que a usté todo se le va por la boca.

Era cierto: en eso, quizá era en lo único que se parecía a su padre; porque doña Casimira siempre fue obstinada, hasta en el rencor; sobre todo, en el rencor. Nadie lo sabía mejor que su hija, ya que si alguna vez abrió su pecho a alguien, y lo hizo, había sido precisamente a ella. Mejor sería que no lo hubiera hecho.

Felisa, una mujer desangelada
CAPÍTULO UNDÉCIMO

I

Aquilataba Felisa tanta fealdad y deslustre, como atractivo adornaba al resto de su familia, lo que enfatizaba aún más el ensañamiento que la naturaleza había ejercido sobre ella. Era rotundamente chata, ojijunta, la raíz del cabello le brotaba a tres centímetros de las cejas, su boca de toscos y decolorados labios le recorría la cara transversalmente casi de una a otra mandíbula, el mentón se esgrimía puntiagudo y prognato más allá de la punta de la nariz. Era alta, pero desgarbada y mal proporcionada; tenía unas piernas desmesuradamente largas y delgadas en relación al resto de su cuerpo, que tendía a ser rollizo, sin cintura, y con unos senos de vaca recién parida. Intelectualmente, tampoco quiso la fortuna dotarla de grandes luces; era mediocre, vulgar, de carácter rencoroso, y con una libido apremiante, que en múltiples ocasiones habían sufragado los gañanes de la dehesa; más que por gozar de sus encantos, por ser la hija del patrón. Pues quién sabe si por un azar... Cosas más raras se han visto, y torres más altas han caído.

Semejante hija siempre causó el desconcierto de su madre, que a lo largo de la vida en todo momento había cohabitado con la belleza y el encanto, lo mismo en la casa de sus padres que en su propia casa, aunque a esas cualidades las acompañaran otros tantos descalabros.

Felisa, a poco de su llegada del colegio, donde no había aprendido a ser una señorita, fue dejándose ver en reiteradas ocasiones por diversos vecinos de Tramazo bajo circunstancias bastante embarazosas para la buena reputación de su conducta, autorizando la jactancia —veraz o calumniosa— de buena parte de los mozos del lugar que, entre grandes risotadas, alardeaban de sus turbias y muy lascivas intimidades con la joven. Ante ese desarrollo de los acontecimientos, el viejo Germán, que ya no conservaba fuerzas para ejercer de mayoral, pero sí de abuelo, aunque soterrado, aparejó con parsimonia su asno, viejo como él, y se dejó caer por la casa de los amos:

—¿Da usté su permiso señor don Eloy?

—¡Pase, hombre, pase! Cuánto bueno por aquí. ¿Qué se le ofrece Germán? —preguntó el patrón ciertamente sorprendido

—A mí nada, don Eloy —lo miró intentado transmitirle en la mirada el parentesco que nunca había reconocido—. Sin rodeos, don Eloy; vengo a hablarle de su hija, la señorita Felisa.

—Usted dirá —le invitó el propietario más sorprendido todavía.

—Bueno, desde que dejó el colegio… —se interrumpió—. Usté sabe que yo siempre le he tenido muy buena ley, don Eloy, y…

—¡Lo sé, hombre, lo sé; pero hable de una vez!

—Pues, lo cierto, es que corren muy malas habladurías por el pueblo. A la señorita, parece ser que le gusta pasear por los senderos del monte… y la gente, ya sabe usté lo malintencionada que es. Y, digo yo, que era mejor que paseara por el jardín; si usté me lo permite. Porque a uno cuando oye lo que oye, le dan ganas de tirarse al cuello de los fanfarrones, pero uno ya es viejo y no sirve para nada. Así que usté verá, don Eloy.

La ira se agolpaba en las sienes del propietario que, pensando en la honorabilidad de su hija, se había olvidado de que estaba hablando con su padre. Miró al anciano con su penetrante y, en ese momento, tenebrosa mirada de antracita que, precisamente había heredado de él:

—Gracias, Germán. Lo tendré en cuenta —dijo poniéndose en pie y dando por concluida la visita.

(Esa fue la última ocasión en que don Eloy vio a su padre vivo. Meses más tarde fallecía entre el desconsuelo de su mujer, sus hijos y sus nietos legítimos. Don Eloy, en un rasgo de elocuente e inusual deferencia, acudió al entierro de su presunto padre.)

Una vez que el anciano hubo abandonado su despacho, el propietario agitó con violencia una campanilla. Fue Jacinta, la doncella predilecta de su esposa, quien acudió a su llamada:

—Busca a la señorita Felisa y dile de mi parte que la espero en el despacho. Que venga inmediatamente.

Llegó Felisa arrastrando sus diecinueve desgarbados años y su extrañeza por aquella urgente demanda de su padre:

—¡Siéntate! —le dijo éste sin mirarla.

La joven obedeció sin argumentar ni una palabra. Don Eloy no estaba muy seguro de cómo abordar un tema que jamás había imaginado tener que tratar con ninguna de sus hijas, y un silencio espeso se prolongó durante algunos segundos.

—Usted dirá, padre —dijo al fin la joven.

—Felisa, de hoy en adelante, y mientras estés bajo mi techo, te queda terminantemente prohibido salir de la casa y del jardín. En septiembre, cuando Fe empiece la carrera, te irás a Madrid con ella. Para entonces, ya tomaré las medidas oportunas. ¿Queda claro?

—No —respondió la joven, desabrida, con obtusa terquedad.

El padre la miró, con más desprecio que cólera en el semblante:

—Está bien. Intento decirte que desde hoy se acabó que una hija mía sea el hazmerreír entre los mozos de Tramazo. ¿Queda claro ahora?

Rompió en descontrolado llanto la desangelada joven.

—¿Por qué yo, eh? ¡Por qué precisamente a mí?, ¿Porque soy la cenicienta, el patito feo de la familia? ¿Por qué no le prohíbe a las Ca-Ca que hagan guarradas por las noches, y las obliga a dormir cada una en su alcoba? —del llanto pasó a una risa también irrefrenable—. ¿Sabe usted quién me enseñó? ¿Eh? ¿Lo sabe? ¡Fue Félix! El hijo a quien usted mismo fue a buscar a Buenos Aires —de la risa regresó de nuevo al llanto—. Yo acababa de salir del colegio; era una muchacha pura e ignorante. ¡Ande, pregúntele también a Fe, que seguro que algo ha de saber, e incluso a mamá, pregúntele también a ella!

Don Eloy cortó la pérfida perorata de su hija al compás de una sonora bofetada.

—¡Vete de mi vista! ¡Enciérrate en tu cuarto, y no salgas de él ni siquiera para comer! ¡Ay de ti, si llego a verte fuera antes de que yo lo autorice! ¡Largo de mi vista, mujerzuela!

Salió Felisa arrastrando su llanto desenfrenado y su fealdad, que no sólo era corporal. Don Eloy, por primera vez a lo largo de su vida, experimentó el amargo sabor de la derrota, como una lacra que anegaba su talante. ¿Tanta miseria rodeaba a su entusiasmado tesón? ¿Para alcanzar eso había luchado tan arduamente? Volvió a tocar la campanilla, volvió a abrir la puerta Jacinta, que, inmediatamente se percató de su estado de ánimo:

—Jacinta, busca a la señorita Fe y dile que venga.

—Sí, señor.

Mediaba el mes de julio de 1924. Félix hacía más de un año que había vuelto a desaparecer y, con él, el automóvil familiar y todo el dinero de la caja de caudales. Don Eloy casi estaba a punto de arrepentirse de haber formado una familia, cuando su hija Fe llamó a la puerta:

—Sí, papá.

El indiano observó la mirada clara y limpia de su hija con la catástrofe pesándole en el alma:

—Hija. No sé cómo empezar.

—Empiece simplemente, papá —le replicó Fe, sin ningún recodo en el alma, ni titubeo en el acento.

—Hija. ¿Félix te ha ofendido? —rogaba a Dios que le dijera que no; pues de lo contrario, también tendría que hablar con su esposa.

La joven no contestó enseguida:

—Lo ha intentado, papá, lo ha intentado.

—Si lo deseas, puedes contármelo todo.

—¿Lo desea usted, papá?

Don Eloy apartó la mirada de su hija:

—Si me permites expresarlo así: desearía no tener que desearlo, pero es necesario que lo sepa.

Fe exhibió su deliciosa sonrisa:

—Papá… a mí, ningún hombre, ¡nunca!, me pondrá por la fuerza sus manos encima, mientras tenga dientes, uñas, rodillas, pies, codos y brío para defenderme. ¿Me comprende?

—Sí, hija; te comprendo, pero necesito saber lo que sucedió.

Fe podía leer la angustia que, aun cuando la intentara silenciar, desencajaba aquel rostro idolatrado:

—Está bien: fue a poco de llegar, haría una media hora que nos habíamos acostado, alguien llamó a la puerta muy quedo. Yo, estaba terminando de bordar unos pañuelos para regalarle a Fermín en su cumpleaños. Dije que pasara; era Félix. Primero lo intentó con dulzura, después. ¡Yo… yo tuve que clavarle las tijeras en un brazo! Le dije —los ojos metálicos de Fe se arrasaron de lágrimas acrisoladas—, le dije todo eso de los codos y los dientes y… y si no le daba vergüenza intentar violentar a una hermana. Entonces… entonces él me dijo… me dijo: ¡que no era mi hermano!

Anegada en llanto, Fe se levantó y abandonó el despacho de su padre, sin que éste le hubiera concedido permiso para retirarse. Don Eloy no hizo llamar a su esposa; le faltó presencia de ánimo para hacerlo. Pero desde ese día, se tornó poco comunicativo y empezó a recorrer a grandes zancadas el pórtico de su casa durante horas enteras, como si intentara huir hacia alguna parte y encontrara cortados todos los caminos.

Nadie quiso averiguar tampoco la íntima comunión de las Ca-Ca; porque para qué hacerlo, si a nadie hacían daño y ellas, en realidad, eran prácticamente una sola cortada en dos mitades. Además, tampoco era fiable la mezquina acusación de la rencorosa moza.

Llegó septiembre y, con él, el momento en que don Eloy acompañó a sus hijas Felisa y Fe a Madrid, para dejarlas instaladas en el mismo piso de la calle

Padilla donde don Máximo había estrenado la ruina de su vida. Filomena —cuya fealdad había ido aligerándose con el paso de la vida— desde hacía nada menos que treinta y cuatro años permanecía, inquebrantable, manteniendo vivo el piso con incólume lealtad a la infrecuente visita de sus dueños. Fe acudía para iniciar su ambicionada carrera de Ciencias Exactas, en tanto que la llegada de Felisa obedecía a razones menos concretas pero asimismo muy determinadas: de una parte, Fe no estaría sola; de otra, quizá en Madrid la desafortunada y casquivana joven acabara encontrando algún partido que, desde luego, en Villa Casimira no iba a encontrar. Y en prevención de posibles deslices, se había puesto a otra chica para ayudar en las tareas domésticas, y se había encomendado a Filomena que no dejara sola a la señorita Felisa ni a sol ni a sombra, salvo para hacer sus abluciones; encomienda que la buena mujer llevaría a cabo con voluntarioso celo.

Estrenaba Madrid, con cierto retraso y moderación, los «locos años veinte» impregnados de su temperamento lúdico y desaforado, como reacción a una guerra mundial que España no había vivido; en tanto que surcaba los rigores, mundanamente sosegados, de la dictadura de Primo de Rivera, en un contexto donde empezaba a cocinarse cierta atmósfera convulsiva aprovechando el caldo heredado desde el desprestigio que generó el desastre de Annual. Todo ello contribuía, quizá, a refrenar en cierto modo el desenfreno de la época. No obstante, Madrid, como gran urbe que ya era, respiraba aquellas fragancias disolutas que llegaban por doquier.

Paseó su ardiente fealdad la mayor de las hermanas del Castillo por ese lúdico Madrid de teatros y bullicio —con el ojo siempre avizor de la doncella—, sin encontrar vestigio alguno de que nadie se fijara en su palmito, y eso que doña Casimira —que visitaba a sus hijas con la menor frecuencia posible en aquel piso de tan ingratos recuerdos, donde incubó su pérfida sordera— había decidido que las vistiera una modista que se jactaba de coser a menudo para la mismísima reina. De su parte, Felisa profesaba hacia su hermana un rencor soterrado y exento de motivos, salvo si por motivos se entiende que Fe era guapa, elegante, inteligente, dotada de una presencia de carácter, que cuando ella intentaba emular se le convertía en grosería o despotismo, y además estudiaba una carrera nada menos que en la Universidad. En cambio Fe, ajena a la inquina de su hermana, siempre estaba dispuesta a renunciar en favor de ella a caprichos, prendas, tonalidades o cualquier otra iniciativa que hubiera tomado, y de la que con sistemática premura Felisa se adueñaba. Así transcurrió el curso 24-25, durante el cual Fe terminó primero de Ciencias Exactas, Fermín quinto de bachillerato; y cuando toda la familia pasaba las vacaciones de verano sumergida en la paz deslustrada de Villa Casimira, Félix se presentó de nuevo en casa, con un brazo anquilosado, el ánimo exultante, y repleto de regalos, excepto para su padre y para su hermano.

Tras la euforia de la llegada, que únicamente parecieron compartir él y la supuesta madre, pronto empezó el mozo a esgrimir sus formas habituales, pero con renovada violencia. Don Eloy había cumplido sesenta años y necesitaba hacer un gran acopio de fuerzas para mantener las riendas del hogar, que Félix con todo el brío de sus veintinueve años, curtidos en quién sabe qué canallescas lides, se empeñaba en derruir. El precario equilibrio entre ambas energías mantenía una endeble normalidad en la atmósfera de la quinta.

Terminó el verano y, tras él, Fermín volvió a su internado para continuar el bachillerato, Felisa y Fe regresaron a Madrid; en tanto, a Felicidad, que contaba diez años —siguiendo el empeño de doña Casimira, que, según afirmaba, empezaba a acusar el desierto en que su casa iba convirtiéndose—, le fue llevada una institutriz a fin de que la instruyera sin salir de la quinta; pues había decidido que bajo ningún concepto su hija más pequeña abandonaría el hogar, que de una u otra forma todos sus hermanos habían ido abandonando. Su marido le llevaba casi once años, por tanto era natural que faltara antes que ella. Con Fe no podía contar, y con Felisa prefería no hacerlo. Fermín, terminaría una carrera y haría su vida. A Felicidad tenía previsto beneficiarla con la mitad de la herencia más una parte, pero en modo alguno pensaba permitir que estudiara o que se casara. Jamás, hasta entonces, doña Casimira había exteriorizado aquellos osados proyectos que gobernaban su intención. En su fuero interno acariciaba la abstracta perspectiva de conjugar su futuro, recorriendo una larga viudez del brazo díscolo de Félix, y equilibrando tan sobresaltada convivencia apoyada sobre la impuesta soltería de su hija menor. ¡No!, ¡ni hablar!: Felicidad sería el báculo de su vejez. A alguien tenía que tocarle.

Así, aquella hermosa niña de inmensos y dulces ojos negros iniciaba el descalabro de su vida.

Fue pasando un tiempo que, implacable, empezaba a fraguar el caos, tanto en el país, como en Villa Casimira. Inexorablemente, Félix iría desgarrando a zarpazos la concordia que don Eloy restañaba, entre constantes y agotadoras contiendas.

Llegó un nuevo verano, y con él, la familia se reunió otra vez al completo en la quinta, como sucedía a lo largo de todas las vacaciones. El jardín encubría bajo su tupida fronda el estertor silente de una concordia hecha pedazos. Por su bucólico estanque —que había auspiciado la inauguración del camposanto de la casa, tras adueñarse de la vida de Federica tantos años antes— seguían remansándose los nenúfares y surcándolo los cisnes. Una armonía falaz presidía el ambiente. Fe pudo escudriñar durante aquel verano de simulada calma un destello de terror y de agonía en la mirada muda y negrísima de Felicidad, quien, a los once años, había clausurado la dicha, suponiendo que ésta alguna vez la hubiera acompañado.

—¿A ti te sucede algo, cielo? —se aventuró a preguntarle una mañana límpida de agosto, mientras la estrechaba entre sus brazos.

Felicidad se limitó a bajar la vista, donde le afloraba un velado e íntimo desconsuelo, y a negar con la cabeza.

También la mirada de su padre, otrora fulgente, arrastraba un larvado letargo de cansancio. Fe respiró por primera vez en villa Casimira aquella atmósfera de rendición enrarecida y sorda, a la que tiempo después tendría que enfrentarse con toda su energía.

Pasó el adormecido y rarificado verano como un espejismo de tinieblas y, tras él, Fe regresó a Madrid donde creyó encontrar un aire más puro y distendido entre sus condiscípulos de carrera y compañeros de recién amanecidas ideologías progresistas que, en cierto modo, impugnaban su origen social, y el origen de los suyos. Felisa la acompañaba, como un lastre a la deriva, sin ningún sentido vital ni existencial. A Fe cada vez le costaba mayor esfuerzo admitir que aquella mujer sin horizontes pudiera ser su hermana. No sentía hacia ella ni cariño ni rencor; sólo un inconfeso desprecio —que incluso intentaba acallar dentro de su alma— por no saber ser ella misma en alguna trayectoria de la vida, la que fuera.

En cambio, Felisa detestaba a Fe por idénticos motivos; porque era ella misma, y además porque intentaba integrarse en un mundo que secularmente habían regido los varones, y donde apenas si tenía cabida. Fe representaba para su hermana todo lo que ella nunca podría ser, y el reflejo de esa frustración incendiaba en su alma villana un sórdido impulso de inquina que escapaba a su albedrío. Por suerte, ambas coincidían con frecuencia tan sólo a las horas de comer, cuando Filomena mediaba entre sus abismos con su ímpetu noble y sedante. También contribuyó aquel nuevo curso a dispersar los larvados antagonismos la llegada con ellas de Fermín; el cual, terminado el bachillerato, iniciaba Filosofía en Madrid.

A veces, Fe acudía a casa para estudiar con algunos compañeros. Entre ellos había uno que dedicaba largas y calcinadas miradas a la joven. Ella parecía no darse cuenta; en cambio Filomena, discreta pero vigilante, captó con prontitud la afición de aquel muchacho, mientras tejía sentada junto al mirador. Una multicolor cotorra, que la doncella le había regalado a la joven el primer cumpleaños que pasó en Madrid, también observaba a los estudiantes con su mirada de cotorra distante y agraviada. Felisa, en tales ocasiones, solía bordar, o leer una revista sentada frente a Filomena. De igual modo había captado, con hostil ánimo, la amorosa tendencia del apuesto joven, que para sí hubiera deseado. Se llamaba Ramón Ferrater.

Siguió reptando el tiempo en el piso principal de un noble edificio de la calle Padilla, testigo insensible de viejos desenfrenos y extintos descalabros.

Mientras tanto, emergía en los ámbitos de la cultura la insigne Generación del 27. Raquel Meyer y

Conchita Piquer encandilaban a las masas con su voz tonadillera, Carlos Gardel se imponía en las gramolas de medio mundo, Rodolfo Valentino moría a los 31 años, Hipólito Lázaro y Miguel Fleta dejaban oír su bel canto *por los grandes escenarios de la lírica. Un tal Hitler iba irrumpiendo con su pensamiento y su obra* Mein Kampf *en el inflacionado ánimo alemán repleto de paro y de miseria. Una nueva estrella, la sueca Greta Garbo, empezaba a esbozarse en el firmamento de celuloide con su interpretación en la película* La calle sin alegría. *Tras el expresionismo, amanecían el surrealismo y el cubismo como nuevas formas de arte. La innovadora y genial bailarina, Isadora Duncan, hallaba la muerte en la Costa Azul al enredársele el chal entre los radios de una rueda del coche que acababa de regalar a su último amante: «Adiós amigos míos. Voy en la gloria» —o «a la gloria»; pues lo dijo en francés—, fueron, paradójicamente, sus últimas palabras. En Madrid, también hallaba la muerte doña María Guerrero, quien había alcanzado un lugar en el Edén sólo equiparable a deidades como Sara Bernhardt o Eleanora Duse, a quienes incluso superó, según palabras de Jacinto Benavente. Mientras, en el universo de las candilejas brillaba con luz propia otra gran actriz: Margarita Xirgu. En 1929 asimismo encontró el descanso eterno la reina madre, doña María Cristina, ex regente de España, y ex abadesa de Lorena. Ese mismo año, Barcelona y Sevilla vistieron sus mejores galas para acoger a sus simultáneas Exposiciones Universales. Otra nueva estrella eclosionaba tras el estreno cinematográfico de* El ángel azul; *se llamaba Marlene Dietrich. Algún tiempo después, el mundo de la danza volvía a vestirse de luto: la mítica Anna Paulova, moría en La Haya a la temprana edad de cuarenta y nueve años. Así*

fue culminando la bulliciosa década de los años 20: vida
y muerte, miseria y grandeza, en un mundo que empeza-
ba a gestar nuevas convulsiones.

Y un buen día, tras largos años recorridos esperando una pasión que se empeñaba en ignorarla, a Felisa se
le iluminó su apagada y ojijunta mirada, la ilusión pareció haber amanecido en su alma poblada de esterilidad.
Se llamaba Roque, era valenciano, opositor a notarías,
simpatizante del *faccio* italiano, y fiel adicto a la controvertida y agonizante dictadura de Primo de Rivera.
Tenía una pierna mucho más corta que la otra y equilibraba ese defecto mediante un zapato con veinte centímetros de alza. Corría el año 1929 cuando la señorita
Felisa del Castillo recibió una carta suya, donde le explicaba que vivía frente a su casa, que durante meses la
había observado entrar y salir, que en ocasiones se había
tomado la licencia de seguirla, y que sus intenciones
eran serias. Por mediación de Filomena se concertó un
primer encuentro con el adepto caballero, y en breve
tiempo quedó formalizado el noviazgo. Su hermana Fe
que, por ideología, y por otras muchas diferencias,
detestaba al tal Roque, se guardó muy bien de exteriori-
zarlo y, en cierto modo, se sintió aliviada al ver florecer
la esperanza en la desangelada y hosca expresión del
rostro de su hermana, y en su trayectoria de difuso rumbo. La pareja proyectó celebrar su enlace en cuanto el
novio consiguiera obtener su ambicionada notaría.

Se celebró la boda en la ermita de Villa Casimira a
primeros de agosto de 1930, una vez finalizada la dictadura de Primo de Rivera que fue sucedida por la dicta-
blanda del general Berenguer. Se intentó dar a la ceremonia un cierto boato, deslustrado por la presencia de la
familia de Roque —acomodados, pero rudos y cicateros

279

huertanos de Játiva— y por la inevitable apatía de la familia de la novia, que transitaba momentos poco venturosos.

Fe —quien ese curso había terminado la carrera— encontró oportuno preguntar a su hermana, algún tiempo antes de que los padres del novio acudieran a Villa Casimira para formalizar la petición de su mano:

—Felisa, ¿estás segura de que no vas a cometer un error?

La joven había bajado su mirada ojijunta, en la que, más que ilusión, imperaba la resignación:

—Mira, Fe, debajo de la manta, lo mismo da la oveja negra que la blanca. Roque es notario y me quiere.

Quizá esos breves instantes fueran los de mayor ligazón que a lo largo de sus vidas vincularon a las dos hermanas.

Tras la ceremonia, la pareja encaminó su viaje de bodas hacia Francia e Italia. Doña Casimira, por una vez, y sin sentar precedente, se avino a abandonar la ignota comunión que la vinculaba a su jardín y a acudir a San Sebastián y Biarritz, para dar una tregua de tibieza al calcinante verano, a instancias de su hija recién egresada y en reconocimiento a su licenciatura. Acompañaron a los padres, Fe y Felicidad. Félix y Fermín permanecieron en la quinta.

(Lo cierto es que Fe tenía especial interés en realizar ese viaje porque, el día 17 de agosto, su clandestino novio, Ramón Ferrater —que había terminado derecho el año anterior— formaría parte de la reunión de todas las fuerzas republicanas que se congregaban ese día en la capital guipuzcoana, a fin de lograr un consenso en contra de la monarquía. Alcalá Zamora, ex ministro de la Corona, y Miguel Maura, hijo de Antonio Maura, sellaban mediante el pacto de San Sebastián, su antagonismo republicano contra la monarquía y contra su propia raigambre de talante conservador.)

Cuando la familia Del Castillo regresó a casa, encontró a Fermín con la cara salvajemente tumefacta y el firme propósito de no inscribirse ese curso en la universidad. Su hermano Félix había tomado parte activa en ambos asuntos. El tiempo y las menguadas energías de don Eloy acabaron restañando sendas cuestiones y devolviendo las aguas a su cauce.

Doña Felisa regresó de su luna de miel y aún permaneció en Villa Casimira durante dos meses ocupada en organizar y embalar los efectos de su ajuar que habrían de ser facturados a Valencia, en tanto que don Roque terminaba de poner a punto su hogar conyugal y de constituir su amaneciente notaría en la capital del Turia. Una velada y agria arrogancia había sedimentado en el infortunado rostro de la recién casada.

Fe y Fermín, habían retornado a Madrid; ella, para preparar oposiciones, y él, para iniciar su segundo curso de carrera, a pesar del brutal antagonismo de Félix, que su padre había sabido sofocar.

Fueron tiempos de inestabilidad y sedición los que empezaron a vivirse desde entonces: el pueblo no le había perdonado a la Corona la dictadura de Primo de Rivera, que ni él mismo hubiera querido dilatar hasta dejar en su mandato el último resuello de sus menguadas energías. El día 12 de diciembre de ese mismo año 30, estallaba la sublevación republicana, en Jaca. El día 14 Galán y García Hernández eran condenados a muerte por un consejo de guerra, y ejecutados a las cuatro de la tarde de ese mismo día, sin haber obtenido el indulto que la esposa de uno y la madre del otro solicitaron a la Reina. Al día siguiente, un nuevo levantamiento se producía en Cuatro Vientos a cargo de Queipo de Llano y de Ramón Franco, quienes anunciaron por radio la proclamación de la república. Al no obtener respuesta ciudadana, intentaron bombardear el Palacio Real, pero se encontraron sin espoletas para las bombas y, conscientes del fracaso, huyeron en avión a Lisboa. El 14 de febrero siguiente, tras haber anunciado elecciones generales, dimitía el general Berenguer. Cuatro días más tarde, formaba gobierno el almirante Bautista Aznar, que iba a encontrarse con el arduo compromiso heredado de convocar las anunciadas elecciones en un clima ciudadano adverso a la Corona, con la lealtad del ejército fragmentada, y un gobierno mayoritariamente monárquico. Con ánimo de sondear resultados, el 12 de abril se celebraron comicios municipales, que ganó la monarquía gracias al voto rural. Sin embargo, en las ciudades se respiraba una atmósfera republicana. Don Alfonso XII, siguiendo el criterio de su consejo de ministros, abandonó Madrid el 14 de abril de 1931, a las nueve y cuarto de la noche, rumbo Cartagena-Marsella. Así se fue el Rey al exilio; sin derramamiento alguno de sangre, sin gloria, pero con honor. A la mañana siguiente España amanecía republicana.

Mientras, la señorita Fe había ganado las oposiciones a cátedra de Institutos de Enseñanza Media, con el número tres, logro que le permitió ocupar plaza en el mismo Madrid. Su novio, Ramón Ferrater, obtuvo un cargo relevante en un ministerio del nuevo gobierno, su hermano Fermín terminó segundo de carrera con excelentes calificaciones, doña Felisa había tenido un mal parto, y en Villa Casimira se empezaban a preludiar momentos de agonía.

Con la república, fueron llegando, como dardos, los antagonismos de unos y otros aparceros, tanto de la dehesa de El Encinar, como de las múltiples propiedades heredadas por doña Casimira. A medida que el socialismo iba ganando fuerza, empezó a hablarse de una reforma agraria, que buena parte de los campesinos, subsidiarios de sus tierras, comenzaron a llevar a cabo por su cuenta; sencillamente apropiándose al ciento por ciento del rendimiento de las fincas. Al mismo tiempo, a Villa Casimira seguían llegando cuantiosos impuestos contributivos. A la sazón, don Eloy hacía tiempo que venía padeciendo ciertas dolencias cardíacas y, por ende, su estado de salud no era el adecuado para iniciar contenciosas hostilidades con sus campesinos. Él, que a pesar de su origen, siempre mantuvo ideas conservadoras, vivía en un permanente estado de frenesí ante semejantes injusticias auspiciadas por un régimen que juzgaba detestable, y ante la indolencia de un Félix lleno de vigor aún, que sólo pensaba en satisfacer sus múltiples vicios y en salir de caza, mientras en Villa Casimira empezaba a imperar un cierto régimen de inevitable austeridad. La señorita Fe, que junto con Fermín, había llegado a pasar el verano del año 32 en casa, ante tal suerte de hechos, no encontraba presencia de ánimo para comunicar a su familia que tenía un novio socialista y, mucho menos aún, que ella compartía sus ideas. Fue durante esa funesta época de estrecheces, cuando un desventurado día de aquel verano, el supuesto hijo primogénito se presentó ante la escalinata de la casa con un lujosísimo y último modelo de Mercedes deportivo Mannheim Sport 1932 que habría hecho las delicias de cualquiera. Al verlo, don Eloy le preguntó de dónde diablos había sacado él dinero para costearse aquel carísimo coche. El hijo lo miró con absoluta indiferencia y prosiguió su camino sin contestar ni una palabra. Y aquella noche, al acostarse, don Eloy participó a su esposa la sospecha de que aquel energúmeno seguramente había seguido robándoles dinero:

—¡Ni hablar! ¡Ni hablar! —argumentó doña Casimira— ¡Yo le he regalado el coche!, ¡he sido yo!

Fue entonces, cuando el abnegado indiano sintió derrumbarse sobre sí el fracaso de una vida entera:

—¿Con qué dinero le has comprado el coche?

—¡Con el mío! ¡Con mis ahorros! —se le encaró la dama.

—¡Has estado robando a tu hogar para dárselo a ese infame! —don Eloy, sintió eclosionar la ira almacenada a lo largo de tantos y tantos años de transigencia—. Me has estado robando, ¡a mí!, que he encaminado toda mi lucha para construir tu dicha —repetía mientras sus poderosas manos se cernían, como garfios, en torno al cuello de su esposa.

Fue cuando empezó a ver síntomas de asfixia en el cutis amoratado y en los ojos desorbitados de doña Casimira, cuando don Eloy cobró conciencia de lo que estaba haciendo. Inmediatamente aflojó su presión, e inmediatamente la dama huyó veloz del dormitorio. Ya con la puerta a punto de cerrarla detrás de su salida, se volvió para decirle con un odio antiguo, exacerbado y sin causa:

—¡¡Pastorón!! —y cerró con un violento golpe la puerta conyugal que nunca más iba a traspasar.

Durante dos días, don Eloy paseó casi de sol a sol bajo los soportales de aquella quinta, que había hecho construir para ofrendársela a doña Casimira, junto a su amor inquebrantable. Durante esos dos días doña Casimira eludió sentarse a la mesa donde él lo hacía. Al tercero, un ataque paralizó medio cuerpo del indiano, que ya no pudo volver a levantarse del lecho conyugal abandonado por su esposa. La muerte, antes de apoderarse de su vida, le estuvo acariciando durante casi quince días. Durante esa quincena, don Eloy repetía monorrítmico y reiterativo, con su voz medio estrangulada y apenas inteligible:

—Dile a tu madre que venga.

Fe o Fermín transmitían a doña Casimira la encomienda con acento suplicante, pero doña Casimira seguía indiferente su curso bloqueando por completo sus oídos sordos. Una mañana, cuando ya habían llegado doña Felisa y su esposo desde Valencia, Fe tomó a su madre de ambos brazos, intentado conmoverla:

—Papá se está muriendo —le dijo con lágrimas en los ojos.

—Todos tenemos que morirnos —respondió la dama inconmovible y siguió su ruta.

Esa tarde, las Ca-Ca, que velaban su agonía, le dijeron a Jacinta que avisara a todos los hijos, excepto a Félix, porque su padre quería despedirse. Don Eloy, que apenas conservaba voz, fue dándoles la mano uno a uno. Cuando le tocó el turno a la señorita Fe, el moribundo le retuvo la mano entre las suyas un momento:

—Cuidado con ese potro, se le va el freno —dijo en un confuso susurro—. Llegará a pegar a su madre.

Fe, contuvo un llanto que no quería mostrarle y estrechó su despedida con toda la energía de su mano diminuta. Su voz estrangulada sonó con firmeza:

—Ve tranquilo, papá. Quedo yo —le dijo.

A don Eloy, aquella noche se le murió la otra parte de su cuerpo.

Acudió a su entierro una gran multitud de gente llegada de Montorga y, curiosamente, también fueron a rendirle su postrer homenaje, o a presenciar cómo se lo habían engullido las tinieblas, gran parte de los vecinos de Tramazo. Doña Felisa se desgañitaba diciendo a todo el mundo que su madre estaba demasiado afectada como para presenciar las exequias, y que Félix, de modo ineludible, había tenido que salir de viaje. Por su parte, doña Casimira tocaba muy quedo el piano y tarareaba una antigua melodía, de la época en que aún era joven y estaba enamorada, evocando quien sabe qué emociones. En cuanto al supuesto hijo, había salido de caza muy temprano por los montes de la dehesa.

La tercera sepultura del camposanto familiar fue inaugurada. Una cruz idéntica a las de sus hijas y una lápida de blanco mármol, donde se grabó «Eloy del Castillo Jiménez 1865-1932. D.E.P.», testificaban su memoria.

Pronto empezaron a correr rumores entre las gentes: «Ay, Castillo… Castillo —decían—. Ese castillo ya se vino abajo. Tienen mucho capital pero no saben administrarlo. Van a ser unos desgraciados.».

Cuando la señorita Fe se enteró de esas maledicencias, las rebatió con firmeza incuestionable:

—¡Este castillo no se vendrá abajo, mientras esté yo para protegerlo!

La señorita Fe contaba entonces veinticinco años.

II

Una luna desvaída y discontinua iluminaba la noche salpicada de nubes en el caótico jardín de Villa Casimira, el bochorno despiadado presagiaba la inminente

286

tormenta. Doña Fe, sentada en el cenador, testigo excepcional de la devastación espiritual que progresivamente fue corroyendo la razón de su madre, instalaba su desvelo bien acogido; porque cuantas más horas le robara al sueño, más tiempo le apuraba a la vida. Cerró los ojos donde se le había instalado una lágrima seca, mientras saludaba el primer relámpago seguido del primer trueno, y el cielo apagó a las estrellas y a la luna, y su llanto de agua empezó a golpear sobre el techo de vieja chapa de zinc que cubría aquel cenador cuajado de goteras. La memoria fragmentada —mitad vivida, mitad intuida— se le revelaba a acariciarla a partir de la dolorosa e irremplazable pérdida de su padre; porque su caricia rasguñaba el corazón y lo hacía sangrar, como si fuera llevada a cabo por dedos de espino. ¡Cuánta soledad e incomunicación había traído Félix a casa, cuando llegó de quién sabe dónde, y de transitar quién sabe qué anónimos estragos! Pues él jamas contó nada de su vida recorrida durante aquellos diez años de extravío; suponiendo que realmente fuera Félix quien volvió, y no un aventurero cualquiera —como mantenía su padre—, que quizá hubiera intimado con su hijo, y éste le confesara que pertenecía a una familia acomodada; confidencia que, una vez conocida la trayectoria existencial de su pasado, bien pudiera haberlo llevado a la muerte para, después del tiempo y de los consiguientes cambios fisonómicos, suplantar su personalidad. A saber. Quizá su madre hubiera sido la única en poder averiguarlo; y ello, habría justificado su insólita conducta hacia aquel hombre. Pero eso, doña Fe intuía que no llegó a contárselo a ninguno de sus hijos. Tal vez, sólo aquel cenador medio derruido hubiera sido testigo y copartícipe de sus arcanas reflexiones. «Hija, no hay dolor en la tierra del silencio», le había confesado en una ocasión, cuando ella aún no pudo comprender que fuera precisamente el dolor quien la empujaba a frecuentar el silencio de aquel apartado cenador. Porque, sin duda, aquélla había sido una dolorosa, aunque velada, confidencia.

Recordaba el execrable momento en que, durante la guerra, cuando Félix ya vivía en Barcelona —sin causa ni razón; sólo obedeciendo a su perverso instinto, o a la arbitrariedad de devastar a la familia— se había ensañado con empecinado ahínco hasta ver destruido a Roque, el marido de Felisa, por su condición de fascista, que lo era, y también era mezquino y egoísta; pero Roque no habría utilizado su ideología contra la familia; eso, no. ¡Pobre Felisa, cuyo breve matrimonio había constituido el único soporte de su vida sin camino! Recordó tantas y tantas felonías perpetradas por aquel hombre miserable.

Eran las once y veinte de la noche cuando la tormenta agredía a la atmósfera con mayor virulencia, en el momento que Femi, tras abrirle la puerta Hortensia, descubrió a su tía sentada muy hierática en el viejo cenador rodeada de cortinas de agua:

—¡Tía! ¿Qué diablos estás haciendo ahí?

Doña Fe volvió hacia ella la cabeza, sin sobresalto en la mirada:

—Y tú, ¿qué diablos estás haciendo aquí? Te suponía en Grecia adorando piedras.

—Posiblemente estaría allí, si no te hubieras vuelto loca de remate.

Doña Fe estranguló una sonrisa:

—Ya sabes que la locura es un sello de familia. Tú también llevas sangre de los Altamirano; ten cuidado. Anda, abre ese paraguas y volvamos a casa. Tú sí que estás completamente loca.

Doña Fe. el bastón de su estirpe
CAPÍTULO DUODÉCIMO

I

Adornaban muchas y muy nobles cualidades la personalidad de la señorita Fe, pero entre ellas no figuraban ni la fe —de la que su madre pretendió dotar a todos sus hijos—, ni tampoco la modestia. «La génesis de la modestia siempre es falsa —solía proclamar doña Fe en tono doctoral—. No deben ser confundidas la modestia y la humildad. Ni siquiera semánticamente conllevan parentesco alguno. Cuando alguien se muestra modesto, de forma implícita está buscando el elogio ajeno, y ese rasgo conlleva vanidad y, por tanto, contradice a la simulada virtud.»

Nació Fe con el luto duplicado por su abuela Carlota y por su tía María Mercedes, que aunque el duelo no pesaba con gran pena en el alma de dona Casimira, por aquel entonces los lutos eran rigurosos y casi interminables entre las gentes de bien. Pero la niña pronto iluminó su mirada con unas ganas irrefrenables de adherirse a la vida y confraternizar con ella en íntima e intensa comunión.

Fe creció menuda y esbelta con un gran parecido físico a su madre, hacia quien no la ligaron otras muchas afinidades. La fuerza de espíritu, que empezó a decantarse en ella desde temprana edad, podía ser herencia de cualquiera de ambos progenitores; mientras que su carácter no albergaba la ofuscación en el rencor, que doña Casimira extremaba hasta rozar las lindes de la más notable crueldad. Enseguida comprendió la joven que su espíritu precisaba de libre albedrío, y que para conseguir semejante autonomía era necesario ser independiente, o sea: no depender de nadie. A esas peculiaridades, las acompañaba una profunda curiosidad por saber, que inmediatamente la inclinaron hacia el estudio.

Así, a la edad de veinticinco años asistió a las exequias de su padre y al derrumbamiento del endeble equilibrio que, desde antiguo, se vivía en Villa Casimira, siendo ya profesora titular de Matemáticas en un Instituto de Madrid.

La primera decisión que tomó tras el deceso de don Eloy, y ante la precaria armonía que se había establecido con los campesinos, fue darles opción a comprar mediante un precio razonable una parte de los campos que ellos laboraban e invertir ese dinero en otro tipo de valores. Para tratar semejante tema decidió convocar una reunión familiar, que se llevó a cabo antes de que doña Felisa y su esposo, el notario, regresaran a Valencia. Ésa era una medida que ella encontraba justa y coherente con sus principios impregnados de dialéctica socialista. Las Ca-Ca y Felicidad consideraron conveniente aceptar cualquier decisión que se tomara. Fermín apoyó la moción de su hermana, y Felisa —que delegó el asunto en su esposo—, al igual que Félix y doña Casimira, coincidieron en un rotundo desacuerdo. Doña Fe intentó explicar a su madre que tanto ella como Felisa tenían resuelta su economía futura, pero que Fermín precisaba terminar la carrera y Felicidad debería empezar a estudiar, pues el futuro prometía sesgar las viejas estructuras económicas; ya que, en lo sucesivo, se tornaría más difícil que unos vivieran a costa del sudor de los demás, y que, en cierto modo —se atrevió a decir— ella lo encontraba más equitativo. Fue precisamente Félix el primero en poner el grito en el cielo y dar un violento puñetazo sobre la mesa:

—¡Aquí no estudia ni dios! ¡Se acabó esa boludez! Fermín, que se dedique a controlar a esa panda de gañanes escopeta en mano, si es preciso; que eso mismo haré yo. ¡Al que se desmadre, le vuelo la tapa de los sesos, y listo! Además… ya compraré a alguien que me ayude! ¡En cuanto a Maritornes —aludía a Felicidad—, que se meta a puta si no encuentra marido que la mantenga! ¡De hoy en adelante, en esta casa mando yo, que por algo soy hombre, y soy el mayor! ¿Estamos?

—¡No! —se le encaró la señorita Fe poniéndose en pie—. El Encinar no es una estancia argentina, ni vivimos en la época de los amos y los siervos. Si mamá se opone a vender, no se venderá; pero ¡tú!, tú en esta casa no vas a dar órdenes a nadie, ni a hacer tu santa, mejor dicho, tu abominable voluntad.

Félix se lanzó ipso facto sobre su hermana, mientras las Ca-Ca, Fermín, doña Casimira y Felisa lograban inmovilizarlo. Felicidad convulsionaba su cuerpo y le castañeteaban los dientes, presa de puro pánico. Mientras, Roque encendía tranquilamente un cigarrillo, como si con él no fuera nada.

—¡Os mataré a todos! ¡¡A to-dos!! —vociferó Félix cuando logró desasirse de la consensuada sujeción, mientras salía dando un portazo.

Y todos sabían que era muy capaz de cumplir sus amenazas.

Ya sin su presencia, doña Casimira encontró oportuno apostillar su vieja y silenciada decisión:

—¡Ah! La niña ya ha tenido una institutriz; por cierto, convendréis conmigo que era muy competente: la ha instruido de maravilla, le ha enseñado magníficos modales y, según parece, a tocar el piano como los mismos ángeles. No necesita estudiar más. Ella se quedará en esta casa. ¿Qué vamos a hacer, si no, el día de mañana las tres viejas solas? Como comprenderéis, eso sí, tengo pensado mejorarla en la herencia.

Ante este último comentario, don Roque aguzó el oído:

—¿Mejorarla ha dicho? ¿Y en cuánto piensa fijar esa mejora? —se interesó el notario, pues parecía que eso sí le afectaba.

—En lo que juzgue oportuno. ¿Algún inconveniente? —respondió la dama, desabrida.

Por la sombría mirada de Felicidad, tintada de terror y de tristeza, empezaron a asomar unas lágrimas mudas y a la vez indomables, que teñían de crepúsculo sus florecientes diecisiete años.

Fue a partir de ese mismo día, cuando toda la familia por igual —salvo Felisa, que regresó a Valencia— empezó a subsistir bajo el influjo del mismo y unánime miedo, que los obligaba a vivir reunidos y vigilantes, y a tener siempre escondidas, armas, cuchillos, y cualquier otro utensilio punzante, en una ineficaz prevención de que Félix pudiera llegar a utilizarlos contra ellos. Mientras eso sucedía, el verano del año 32 se desgranaba lento y cáustico como un ácido abrasivo. Fe era consciente de que el verano terminaría, y de que ella y Fermín se verían obligados a regresar a Madrid y a dejar más indefensas aún a su madre, a sus tías, y a la pobre Felicidad.

Intentó la señorita Fe convencer a doña Casimira para que se fueran las cuatro con ellos a Madrid, y dejaran a Félix solo en casa campear a su albedrío, dando estrictas órdenes al administrador —que, tras el fallecimiento de don Eloy, se habían visto obligados a contratar— de que sólo beneficiara a Félix de la parte de renta que proporcionalmente le correspondía. Bajo esta propuesta buceaba también la intención de redimir el futuro de Felicidad, cuya suerte no podía dibujarse más siniestra. Una febril excitación parecía dominar a doña Casimira:

—¡Ni hablar! —se opuso categórica la dama—. ¡Jamás abandonaré mi casa, salvo cuando me saquen de ella con los pies por delante camino del camposanto! ¡Y no se hable más del tema!

Fe no insistió. Sabía de sobra que cuando su madre decía «jamás», quería decir exactamente: jamás. Un sentimiento de impotencia se cernía sobre su ánimo, que había prometido salvar de la hecatombe a quienes, en apariencia, no querían ser salvados. Lo más lamentable era que ese influjo temerario de su madre podía arrastrar consigo otras voluntades más indeterminadas, como la de las Ca-Ca y, en especial, la de Felicidad; quien aún estaba bajo la patria potestad de doña Casimira. Fe cerró los ojos apretando el perfil de los párpados: «Ramón —se dijo—, cómo me gustaría que pudieras estar a mi lado en tan críticos momentos. Me siento tan ajena, y a la vez tan vinculada a todo esto.»

—Ramón Ferrater mantenía relaciones con Fe del Castillo desde hacía años; desde antes aún del momento en que Filomena, su hermana Felisa, y hasta la cotorra repararan en sus largas y calcinadas miradas cuando, con otros compañeros, se reunían a estudiar antes de haber terminado la carrera. No era el suyo un noviazgo convencional, tras el cual necesariamente los aguardara una convencional boda y un hogar convencional. Ninguno de ambos se sentía sujeto a semejantes convicciones. Su intimidad discurría discreta y por buen cauce en el piso que él habitaba en la calle Mayor. Se amaban con una pasión equilibrada y dialogante, conscientes de que el futuro hacía falta construirlo cada día, y eso era precisamente lo que hacían. Sin duda, había sido obra de Ramón el abrir a la joven otras dimensiones ideológicas y existenciales, que no estaban contempladas en su trayectoria familiar ni educacional, pero a las que ella fue de inmediato receptiva, porque conjugaban con su espíritu pragmático y siempre abierto a la dialéctica progresista, siempre que ésta fuera coherente. Ramón Ferrater frecuentaba, desde antiguo, círculos vanguardistas, que muy pronto empezó a compartir con su pareja. Así, se relacionaban con un selecto ambiente cultural en una época floreciente e innovadora. A lo largo de aquel tiempo exacerbaron sus ideologías en un credo radical que, al correr de la vida, a Fe se le iría desmoronando, a mediada que iba dejando de creer en las verdades integrales.

Pero en aquel momento de impotencia recordaba Fe, con los ojos aún cerrados, el ambiente al que pertenecía por derecho de convicción, que consideraba además el único derecho; mientras, ineludiblemente, debía hacer frente a una situación anacrónica, perversa, y sin embargo, insoslayable. «Te quiero tanto, Ramón», dijo para sus adentros; pues era plenamente consciente de que ese nombre no tenía lugar ni cabida en su mundo familiar, ni tampoco precisaba que así fuera.

Siguieron sucediéndose, monótonos, los días de aquel verano de calima en el alma, e incendio en la entresiesta. Las tardes en que doña Casimira acudía con metódica pauta, como quien acude a un templo, hasta el cenador a comulgar consigo misma, en tanto las Ca-Ca deshojaban su tiempo malversado bordando al cobijo de la sombra. Félix alternaba la caza con las francachelas, Fermín leía intentando ser invisible a los ojos de su hermano, y Felicidad tocaba el piano durante horas y más horas, como si sus acordes constituyeran su forma muda de llorar la pérdida de su padre, la arbitrariedad de su madre, y otras amarguras soterradas, que ni siquiera quería desvelar a su alma horrorizada.

Empezó a sospechar la señorita Fe que su madre tal vez estuviera perdiendo la razón, cuando sobre su riguroso luto de viuda reciente —ella, que tan inquebrantable culto había rendido a los lutos— adornó su cuello con un collar de muchas vueltas de encendido coral rojo, mientras que tarareaba alguna canción de la época en que aún no estaba sorda. La misma sospecha que Fe deseaba negarse a admitir, asomó en la mirada de sus tías, e incluso en la de Felicidad, sorteando la amargura velada de su alma. Apareció dos días más tarde doña Casimira ataviada con un precioso y anticuado vestido color crema, y cuando advirtió estupefacto, incluso, el progresista rostro de su hija Fe, doña Casimira, a sus cincuenta y seis años, y sin haber salido para nada de la quinta, sólo dijo:

—Hija, ¡me caso!, ¡me caso!, ¡y me caso!

La joven, presa de un ataque, más que de ira, de perplejidad estalló:

—¡Si tengo!, ¡si tengo!, ¡si tengo con quién!

No volvió la dama desde ese día a guardar el oportuno luto pero, aparte de eso, tampoco observó ningún otro síntoma de desvarío durante el verano, ni en los tiempos que siguieron. Simplemente adujo que el luto había que sentirlo dentro del alma; que si no, era hipocresía, y que ella no era hipócrita. Doña Fe no encontró argumentos que oponerle. Sólo don Pío —que sorteando los malos tiempos que corrían para el clero subsistía prácticamente, tanto él como el culto de la ermita y de la iglesia de Tramazo, a expensas de la dama— fue el único que ensayó un raquítico reproche a doña Casimira por su ligereza e impiedad al ataviarse de aquella impropia guisa. Doña Casimira acalló su perorata con una simple mirada fulminante de sus ojos de color gris metálico. Quizá se hubiera hartado de asumir duelos que no le dolían.

Llegó el momento inevitable en que Fe y Fermín habrían de regresar a Madrid para proseguir su rumbo, y a raíz de ello se produjo otro duro enfrentamiento con Félix, que doña Fe abortó, con un tibio apoyo del resto de la familia, haciéndole saber al pretendido hermano que ella misma sufragaría los gastos de Fermín, pero que bajo ningún concepto abandonaría la carrera.

Había traído la república, con la vacilante presidencia de Niceto Alcalá Zamora —que naufragaba entre la izquierda y la derecha—, vientos innovadores al país, y la controversia generada por los inmediatos antagonismos que empezaron a decantarse entre la república y los poderes fácticos de larga raigambre en España. El clero y el latifundismo campesino serían sus primeros detractores. Pronto, ciertos sectores militares declaraban también su hostilidad, tras la reforma militar llevada a cabo por el ministro de la guerra, Manuel Azaña, mediante la cual se resolvió reducir el ejército enviando a la reserva a buena parte de las cúspides militares. Durante el mes de junio del año 32, fue pedido y aprobado un suplicatorio para privar de inmunidad parlamentaria a Calvo

Sotelo y a Juan March, a tenor de sus oscuras finanzas en connivencia con la extinta dictadura de Primo de Rivera. Juan March ingresaría en la prisión de Alcalá de Henares, de donde se fugaría cuatro meses y medio después con la ayuda de dos funcionarios de prisiones. La ley del divorcio fue rápidamente promulgada, soliviantando las rigurosas mentes de eclesiásticos y católicos. La atmósfera republicana pronto empezaría a enrarecerse entre el recelo rural imbuido desde el púlpito, las frecuentes reyertas obreras y estudiantiles, y varios conatos de golpes militares.

Así, Fe y su hermano iniciaron sus respectivos cursos académicos, la una como profesora, y el otro como alumno, inmersos en un clima de progreso dentro de un país que no estaba acostumbrado a progresar. La vieja Filomena, a solas, siguió siendo el alma mater del piso de la calle Padilla, donde fue preciso prescindir de la otra chica, que tampoco hacía demasiada falta, pues nadie necesitaba vigilar ya la conducta con vocación de descarrío de la señorita Felisa, ni a Fe se le caían los anillos si tenía que echar una mano en las tareas domésticas. Por entonces, era ella la que gobernaba ya aquella casa. Asimismo, en Villa Casimira había sido reducido el servicio al meramente imprescindible. Otra época empezaba a perfilarse. No iba a durar demasiado tiempo.

Fue cerca de las vacaciones de Navidad cuando Fe recibió una desesperada carta de su hermana menor suplicándole auxilio para liberarse de toda la negrura que se cernía sobre su vida. La encabezaban términos tan melodramáticos y abstractos como: «Este ser desgraciado que te persigue implorando tu ayuda redentora». Felicidad estaba entonces a punto de cumplir dieciocho años.

Ocurrió en el curso de dichas vacaciones, cuando asomaba a los umbrales del tiempo, el laico y libertario año de 1933.

Habían llegado Fe y Fermín a Villa Casimira para pasar las fiestas navideñas, que discurrirían apagadas y sin lustre a consecuencia de la reciente pérdida de su padre. Por primera vez a lo largo de sus vidas, las Ca-Ca tomaron una iniciativa propia a espaldas de los dictados impartidos por doña Casimira. Semejante hecho ilustró con nítida elocuencia, a ojos de Fe, la gravedad del asunto:

—Hija… Nosotras tenemos nuestra herencia propia, y podemos disponer de ella a nuestro antojo. Llévate a Felicidad de aquí, y ayúdala, como estás haciendo con Fermín, y tú serás nuestra única heredera —argumentó Catalina.

—Tú serás nuestra única heredera —apostilló Casilda.

—¿Es tan grave la situación? —preguntó alarmada la sobrina.

—Es mejor que te la lleves —se reafirmó Catalina sin ahondar en detalles.

—Es mejor que te la lleves —repitió Casilda apoyando a su *alter ego.*

—¡Os adoro, tías! Me la llevaré cueste lo que cueste. Ah, y no quiero oír hablar de favoritismos. Felicidad es mi hermana, y eso basta.

Suponía la señorita Fe que iba a ser arduo tratar el tema con su madre. Sin embargo, estaba dispuesta a oponer a su férrea voluntad toda la energía de que disponía, y no era poca precisamente. No hizo falta:

—Mamá —le dijo un día, a primera hora de la tarde, interrumpiendo la sacra soledad de la dama en el cenador del jardín cubierto de invierno, donde el frío abofeteaba el rostro—, mamá; me voy a llevar a Felicidad conmigo. Es bueno que durante algún tiempo respire otra atmósfera.

Doña Casimira miraba algo abstracto a una distancia imprecisa. Bailaba en su mirada gris el fulgor de un odio indeterminado, y también naufragaba en sus ojos el desconcierto de una rendición que, hasta entonces, nunca había paladeado a lo largo de su vida.

—Ya veremos, hija; tengo que meditarlo. Y ahora, por favor, déjame sola.

Posiblemente Félix hubiera barruntado cierto clima de complot contra sus desmanes. Aquella misma noche, cuando estaban sentados en torno a la mesa a la hora de la cena, al ofrecerle la muchacha la sopera, Félix se sirvió y se sirvió, y la sopa rebasó el plato y empezó a derramarse sobre el mantel y aún seguía sirviéndose. Felicidad, que estaba sentada enfrente, contemplaba atónita la escena:

—¡Qué coño te pasa, Maritornes, que tanto abres los ojos! —gritó el energúmeno con el cazo en suspenso—. ¡Tú presumes mucho de ojos, y uno de estos días te los voy a arrancar de cuajo!

—Félix —intervino doña Casimira—, haz favor de servirte la sopa de dos veces. Estás derramándola sobre el mantel.

Félix cogió el plato, lo elevó, y lo tiró con gran violencia sobre la mesa salpicando a toda la familia y haciendo volar sus fragmentos por doquier. De inmediato Fermín, las Ca-Ca y Felicidad abandonaban el comedor con el pánico dibujado en el semblante.

—¡¡Estoy hasta los cojones de todos vosotros!! ¡A mí nadie me da órdenes! ¡Aquí, el único que ordena soy yo! —vociferó el supuesto hermano abandonando también el comedor.

Doña Casimira y Fe permanecieron, inquebrantables, sentadas a la mesa naufragando en medio de fideos. Hubo un largo y mudo diálogo entre sus miradas igualmente metálicas y grises. Al cabo, la madre dijo, tras limpiarse la boca meticulosamente con la servilleta:

—Sí hija. Tal vez tengas tú razón, y a Felicidad le venga bien cambiar un poco de aires —era la primera vez que claudicaba en algo a lo largo de su vida.

Fue al día siguiente cuando sucedió, mientras el año 33 asomaba a los umbrales del tiempo: las Ca-Ca habían anunciado a Félix, siempre con sus maneras exquisitas, la inminente partida de Felicidad a Madrid junto con Fe y con Fermín. El supuesto primogénito, enfurecido, argumentó que quién coño le había dado permiso para irse. Las Ca-Ca respondieron que era una decisión de toda la familia. Félix se enfureció más y dijo que entonces él qué carajo era. La cólera fue en aumento, y justo acertó a pasar por allí Fermín cuando su presunto hermano abofeteaba los rostros idénticos y atónitos de las tías gemelas. Fermín cerró los ojos sabiendo a lo que se arriesgaba, y se lanzó contra Félix. Justo pasaba Felicidad por allí cuando Félix hincaba su rodilla sobre el pecho de su hermano —que yacía en el suelo en situación bastante apurada— y le gritaba, mientras no dejaba de apretarle la garganta:

—Os mataré a todos, pero tú serás el primero, ¡cabrón! ¡Yo soy quien manda en esta casa! ¡Y ay del que se desmadre!

Felicidad, corrió buscando ayuda hacia la sala en donde doña Casimira atizaba la chimenea:

—¡Mamá! ¡¡Mamá!! —gritó con toda su consternada energía—. ¡Que Félix mata a Fermín!

Doña Casimira, sin soltar el leño que tenía entre las manos, corrió en auxilio de su hijo menor. Quizá en ese momento vio alterado su orden de prelaciones afectivas. Llegó cuando el rostro de Fermín estaba completamente cianótico y al borde del colapso. Sin vacilar, golpeó a Félix con todo su brío utilizando el leño que llevaba.

—¡¡Deja al chico, malnacido!! ¡Debería haberte matado cuando asesinaste a tu hermana!!

Fue entonces cuando Félix rompió el lazo mortuorio que ceñía en torno al cuello de Fermín, e incorporándose como un tigre, se abalanzó contra su madre, a quien derribó al suelo y, mientras le propinaba violentos puñetazos en la cara y la cabeza, preguntaba:

—¡¡De qué carajo de hermana me estás hablando, hija de la gran puta!!

Acudió toda la familia a intentar inmovilizar a Félix, excepto Casilda, que corrió a la casa del servicio para pedir ayuda, siendo ése uno de los escasos momentos a lo largo de su vida en que se separó más de un metro de Catalina.

Cuando llegaron a Villa Casimira las fuerzas del orden enviadas por el Juzgado de Montorga, pudieron observar la huella amoratada que en torno al cuello de Fermín habían dejado las manos asesinas de Félix. Doña Casimira yacía en su cama, medio inconsciente aún, y con la cabeza y la cara monstruosamente hinchadas. El presunto primogénito permanecía amarrado con fuerza a una columna de las pérgolas del jardín lanzando al aire exabruptos y blasfemias.

Lloraba Félix, como un niño bueno y desvalido, cuando el Juez, tras haber retirado la familia los cargos que pesaban sobre él, decretó su expulsión indefinida de Villa Casimira y de toda la provincia de León.

—¡Qué va a ser de mi vida ahora, sin trabajo y sin dinero! —se lamentaba amargamente el mozo, que contaba treinta y ocho años, si es que en verdad era Félix, o tenía su misma edad—. ¡Desgraciado de mí, que nunca me ha querido nadie!

Doña Casimira, en un resquicio de aquel nexo enfermizo que siempre la había vinculado a Félix, convino en dotarlo con la notable cantidad de cien mil pesetas, a condición de no volver a verlo nunca.

—Ella misma habría de traicionar su propia condición.

Por su parte, doña Fe no podía apartar de su mente el profético vaticinio que don Eloy hizo a la hora de la muerte: «Llegará a pegar a su madre», había dicho.

Así empezó a discurrir la vida, depauperada pero serena —que doña Casimira había querido evitar a todo trance—, donde ella y sus dos hermanas irían envejeciendo casi inadvertidamente entre la paz marchita de la quinta.

Llegó Felicidad a Madrid, hermosa como una noche de verano, y con el alma herida a perpetuidad. Fe, que había observado en ella unas dotes excepcionales para la música, le preguntó si no le gustaría estudiar piano de modo oficial en el conservatorio. A Felicidad se le iluminó durante unos instantes su profunda mirada anegada de sombra. Jamás, a lo largo de sus días, nadie había sabido tocarle tan hondamente el alma. Lástima que hubiera sucedido demasiado tarde.

II

—¿Por qué has vuelto? —preguntó doña Fe apoyando la mirada en la misma chimenea de donde su madre había extraído el tronco con el que golpeó a Félix.

Femi no contestó enseguida, lanzó una bocanada de humo a la penumbra de la sala:

—Porque necesito saber.

—¿No es un poco tarde? —replicó la anciana, siempre sin mirar a su sobrina.

—Nunca es tarde para hacerle frente a la verdad.

—Hay verdades que pesan como plomo sobre el alma —dijo, como hablándole a su propia conciencia.

—Ya. Pero sólo mediante la verdad puede alcanzarse la razón. Y, por medio de ella, la reconciliación con la memoria. ¿Quién mató a Félix, tía? ¿Fue mi madre? Sé que tú lo sabes.

Doña Fe envolvió con su mirada, cansada de vejez, la trivial incertidumbre que parecía agobiar a su sobrina. Hizo un silencio, como evaluando todo el caudal sedimentado en el recuerdo, como justipreciando la densidad acrisolada y mordiente de un trayecto ya recorrido, e inútil por irrevocable.

—¡Femi! ¡No seas tan elemental! ¡Vamos, por no llamarte estúpida! La cuestión anecdótica sólo tiene el escaso y morboso valor de un titular de prensa amarilla. Es la esencia, el porqué ha podido suceder lo que haya sucedido. Únicamente eso puede contribuir a acallar a los fantasmas. Todas las mujeres de nuestra familia, incluida yo, hemos tenido sobrados motivos para matar a Félix, no sólo tu madre. E imagino que cualquiera otra que lo haya tratado ha podido tenerlos igualmente. Anda, es muy tarde, vámonos a dormir. Además, los fantasmas ya están muertos. Y yo sigo pensando que habría sido mejor idea irte a Grecia.

Doña Fe se puso en pie apoyando su vejez en el bastón.

—¿No quieres decírmelo, verdad? —insistió aún Femi, mientras apagaba un cigarrillo.

—Femi. Te aseguro que si algo no altera mi paz, o sea: me importa dos cominos, es precisamente la identidad de quién haya matado a Félix; hay otras prioridades en mi memoria. Que descanses.

—Igualmente, tía. Yo aún me quedaré un rato levantada.

La noche acariciaba el silencio, como una complicidad solapada con la densidad del descalabro. No, no había sosiego en la atmósfera inerte de Villa Casimira. Femi recordó a su madre; que acabó muriéndose de melancolía, con el alma rota tras el fallecimiento de su padre. Y, no obstante, ni para enterrarlo quiso poner los pies en Villa Casimira. Recordaba su profunda mirada oceánica que, como el propio mar, cambiaba de color cuando se citaba aquella casa. Sí, sabía que su madre tenía cinco buenas razones para haber matado a Félix. Tantas como hijos murieron en su seno, por su culpa, antes de lograr traerla a ella al mundo cumplidos los cuarenta años, casi en la linde de la menopausia. El haber nacido a destiempo, y la soledad de haber sido hijos únicos, quizá fueran las señas de identidad que había compartido con su primo Tobías; nada más. Tobías. ¡Qué curioso! Siempre lo había llamado Octavio, o Markus Octavio, como toda la familia, hasta que el verano anterior había conocido el origen de aquel alias, junto a todas sus miserias. Ya siempre sería Tobías para ella en el recuerdo, inevitablemente. Encendió un nuevo cigarrillo y sonrió, porque precisamente había sido él y su perfidia quienes le habían devuelto ese hábito nocivo después de tantos años. Tobías... Aún guardaba su hálito de muerte y de hechizo en el contorno de sus labios. Caminó hasta la galería, desde donde la noche se daba cita con la nada sobre las torturadas copas de las encinas. Sabía que ella iba a ser la heredera de esa nada poblada de vieja desolación, y que entonces no sabría qué hacer con un atavismo del que la había alejado la costumbre de haber vivido, desde siempre, fuera de sus lindes. Por eso, antes, tenía que saber. Tenía que aprender a cohabitar con la densidad de los descalabros viejos para, así, poder dar un sentido, el que fuera, a las vicisitudes venideras; que no lograran encontrarla desprevenida. Eso era lo que debía desvelarle su tía: cuál era el sentido totémico de aquella nada desgajada de la realidad tanto tiempo atrás y que, sin embargo, perduraba incólume corrompiendo la memoria. Deseó convertirse en crisálida y después, en mariposa, y volar... y volar lejos del estigma infértil que la atenazaba, y que acabaría derrumbándosele encima. Pero ineludiblemente, era necesario saber, alcanzar a calibrar la densidad total de todo el descalabro ancestral y su progenie.

La mañana exhalaba una fragancia de pureza recién amanecida en medio del silencio de la nada, cuando Lorena —una joven, experta en cuidar ancianos, que Femi había contratado en Madrid, a precio de chantaje, para atender por completo las necesidades domésticas y, muy en especial, las de doña Fe— les servía el desayuno en el viejo cenador, que por alguna incógnita razón era objeto de una atención recurrente e inexplicable por parte de su tía.

Durante el tiempo transcurrido desde la llegada de doña Fe, Anselmo, el guarda, había dedicado gran cantidad de horas en cercenar la maleza del jardín. La anciana les había dicho que no le importaba demasiado que la casa no estuviera en orden y que las arañas entramaran su tela en los rincones, pero que el jardín quería verlo como en los viejos tiempos. Incluso había hecho limpiar el estanque y llenarlo de agua, cosa que no sucedía desde hacía infinidad de años.

La vieja cotorra, testigo inmutable de tantos y tantos acaeceres a lo largo de la vida de su dueña, se ocupaba en rascar metódicamente con su viejo pico retorcido el sobaco de una de sus multicolores alas, mientras permanecía dentro de su jaula *art déco,* al lado del desayuno de su ama, apoyada sobre el mantel de líquenes que cubría la vieja mesa de granito. La anciana depositó su taza de té sobre el platillo y sonrió a su sobrina:

—¿Te gustan mis rosas?

Femi paseó la mirada por el solar del jardín, donde se exhibían rosas de infinitas variedades, tonalidades y tamaños, en una promiscuidad, no obstante, equilibrada. Un denso e indeterminado perfume, miscelánea de múltiples fragancias, enrarecía la atmósfera. Femi, asintió con la cabeza.

—Las rosas eran las flores predilectas de mamá. Y mamá, la pobre, carecía del sentido de la mesura. Eso también debió de heredarlo por la rama de los Altamirano. En realidad, mi abuela no aportó a la familia más que estigmas.

Femi tomó un sorbo de café y miró a su tía:

—¿Entonces, supones que Félix fue un estigma oriundo de la genética de tu abuela?

Doña Fe se puso seria:

—Bien mirado, yo siempre he opinado lo mismo que papá: supongo que Félix no era hermano nuestro. Además, en cierta ocasión, él mismo me lo dijo —la miró de frente—. Femi, desgraciadamente, Félix no ha sido la única lacra que se ha cruzado en nuestras vidas. Al menos para mí; han habido factores tan perversos y destructivos como él…

—¿Por ejemplo?

—¿Es que no lo sabes?

—¿La guerra?

—¡Sin duda! Mi vida la truncó la maldita guerra. En todos los aspectos, como la de tantos y tantos españoles.

Femi observó un ligero temblor en la mano de su tía al elevar la taza hacia sus labios. Prosiguió, apoyando la taza adecuadamente, acodándose sobre la mesa, y mirándola de frente:

—Hija, hay cosas que nadie ha sabido nunca; ni siquiera tu padre. A mí, la guerra me hizo añicos, profesional, y humanamente.

—Rrrrramón —graznó la cotorra, inoportuna, como si contestara a una pregunta que no le había sido formulada.

Un silencio mutuamente intencionado siguió a la indiscreción del papagayo. Al cabo, doña Fe prosiguió, elevando los residuos de sus cejas y hundiendo la mirada en la taza vacía:

—No voy a decirte ahora que fuera una época idílica la que se vivió con la república. Sería una visión simplista y tópica, que a mis años no puede tener cabida. Todo es más relativo y más complejo mirado a través del tamiz del tiempo. La república cometió graves pecados: pecó de ingenua, de radical, de inexperta. No supo encontrar la serenidad, ni perspectivar, ni tomarle el pulso a la sociedad que representaba, ni al entorno exterior de la época. Se apresuró en casi todo. Y acabó perdiendo; porque, aun cuando nos acompañe la razón, es malo apresurarse. Y con ella, perdió el país entero la oportunidad de emerger del tenebrismo que se venía cerniendo sobre España desde antiguo. ¡Ya sé que algunos ganaron en el caos de esa pérdida! Siempre ha sido así. Nosotros mismos pudimos haberlo hecho, pero no lo hicimos. Bueno, no voy a darte la lata con algo que sobradamente sabes. El caso es que por entonces se dieron cita muchas cosas, con la misma celeridad de los tiempos que corrían. Por ejemplo: la boda un tanto apresurada de tus padres. Mi pobre hermano obró como la república; su único afán era abandonar la casa.

Femi interrumpió a su tía:

—Mis padres se querían, tía. Eso te consta.

Doña Fe hizo una mueca de escepticismo:

—Me constan tantas cosas que a ti no pueden constarte. Pero, en fin; dejemos ese asunto. Luego… Luego.

—¿Ramón?

—¡Qué sabes tú de eso?

—¡Nada! Lo que dice el loro. Que yo sepa, es la única palabra que ha pronunciado desde que nací.

—Sí. Debería haberme deshecho de él hace muchos años.

—Quizá precisamente por eso no lo hayas hecho. ¿Me equivoco?

—Tal vez no. Una, en ocasiones, sabe muy poco de sí misma.

—Tía. Mírame a los ojos. Puedes contármelo todo, ¿no lo comprendes?, absolutamente todo. Es bueno aligerar la conciencia, y tú, ya va siendo hora de que lo hagas, ¿no te parece? ¿Qué le pasó a Ramón exactamente?

Doña Fe liberó un gesto de frustración antigua a la mañana radiante, un gesto de dolor cristalizado y que ya había dejado de doler:

—Entre Ramón y yo se cruzaron todos los naufragios. Primero, la quiebra de esta casa, que yo había jurado mantener viva: tu padre, Felicidad... a quienes tenía que proteger. Y, por fin, como un tiro de gracia, la maldita guerra... que durante casi tres años seccionó nuestros rumbos, desgajó nuestras trayectorias y, por fin, acabó destruyendo aquellos proyectos que habían ido gestándose, como ilusiones maceradas en el almíbar de otra fe, mucho más pragmática, pero verosímil, que la que dio origen a mi nombre, o, en todo caso, mucho más humana. Discúlpame Femi; no sé muy bien lo que estoy diciendo. ¡Y te ruego que no sigas apremiándome! ¡Tengo noventa años, pero no he prometido morirme mañana!

Femi bajó la mirada y guardó unos instantes de silencio reflexivo, al cabo dijo:

—Tía. ¿Alguna vez te preguntaste por qué no me he casado? No creo haber sido una mujer mal parecida. Yo también tengo guardados mis secretos.

—Sí, siempre lo he sospechado. Bueno, imagino que no hemos destacado precisamente por ser una familia dialogante.

Femi permanecía inmóvil, con la vista apoyada en algún punto indeterminado del granito de la mesa.

—¿Sabes qué me movió a estudiar Filología Italiana y, después, a irme a Italia?

—¿Te gustan los italianos?

—No exactamente. Lo hice intentando huir del infierno que entre tú y mis padres habíais creado en casa. Me asfixiaba semejante atmósfera, constantemente enrarecida. Me faltaba el aire.

—Ya.

—¿Y sabes qué pasó en Italia? —Femi dibujó una ácida sonrisa, y perdió la mirada en la lontananza del jardín—. ¡Claro que no lo sabes! Nadie lo ha sabido nunca. Sin embargo, a raíz de ese episodio, decidí no casarme. Pero como, evidentemente, yo tampoco he prometido morirme mañana, me lo seguiré callando. Total, hace más de veinte años que lo vengo haciendo.

La anciana escudriñó con sus marchitos ojos grises en el fondo de la mirada de Femi, perdida en quién sabe qué tinieblas. Extendió sus viejas manos y entre ellas estrechó la que su sobrina apoyaba, lacia, sobre la mesa:

—Hija. En nuestra familia siempre ha imperado el miedo. Por alguna incógnita razón, ésa ha sido la constante esencial en nuestras trayectorias; y el miedo es malo: nos aísla, nos torna agresivos e inhumanos. Para mí ya es tarde; me moriré siendo como soy, pero tú aún estás a tiempo de aligerar el alma. ¿Por dónde empezamos?

Femi sonrió abiertamente:

—Por irnos de aquí. Ya ha empezado a dar el sol, y yo estoy muerta de calor. Sería conveniente mandar hacer una piscina en el lugar donde está ese inútil y dichoso estanque…

—Cuando pase a tus manos, haz con esta casa lo que quieras. Pero, si sigues mi consejo, deshazte de ella, y no vuelvas nunca a aparecer por estas tierras. ¡Nunca Femi, nunca! Huelen a muerte y a miseria humana.

Fermín, o el esposo de Esmeralda
CAPÍTULO DÉCIMO TERCERO

I

Quizá no le faltara razón a Victoria Kent —aunque le costara su cargo como Directora General de Prisiones— al mantener su controvertida e impía sospecha de que «tras el voto de cada mujer católica se escondía el voto de su confesor». Lo cierto es que, recontada la segunda vuelta de los adelantados comicios, en diciembre del 33, ganaron las derechas, siendo nombrado presidente del Consejo de Ministros Alejandro Lerroux y Presidente de las Cortes Santiago Alba. Dos meses antes había sido fundada la Falange Española, que a través de su controvertido semanario Fe *y de su posterior —y no menos combativo— diario* Patria, *empezaría a difundir su radical ideología de índole fascista en causa común con el Partido Nacionalista Español. A lo largo del año siguiente surgieron los disturbios, de ingrata memoria, en la minería asturiana y en la Generalitat de Cataluña, mientras por otra parte Juan Antonio Ansaldo organizaba el terrorismo de la Falange como reacción a la muerte, el día 9 de enero del año 34, de Matías Montero —uno de los fundadores del SEU—, y a los atentados frustrados contra Ruiz de Alda y José*

Antonio Primo de Rivera. A tan radical organización se unieron los históricos y violentos «albiñanistas». La ley de las pistolas empezaba a imperar en las calles de una España que, a principios del año 35, contabilizaba más de seiscientos cincuenta mil parados, y múltiples huelgas. Ante la creciente pujanza del fascismo, los partidos republicanos decidieron unir sus rumbos y limar sus desavenencias, y el día 16 de diciembre de 1935 quedaba constituido el llamado Frente Popular. Pronto surgirían una nueva crisis de gobierno y unas nuevas elecciones generales, que el 16 de febrero de 1936 ganaría el recién creado Frente Popular. Obligado a dimitir de la presidencia del gobierno Alcalá Zamora —tras haber convocado dos comicios adelantados—, el 12 de mayo sentaba sus reales sobre el Palacio de Oriente un nuevo inquilino: don Manuel Azaña. La precaria concordia nacional estaba próxima a saltar por los aires hecha pedazos, y la España negra asomaba otra vez al recodo de la historia.

Pero aún no había empezado a germinar la simiente de esa atmósfera cuando, a comienzos de enero del año laico y libertario de 1933, Felicidad llegó a Madrid con su hermana Fe y su hermano Fermín, y Fe le preguntó si no le gustaría estudiar piano en el conservatorio, y Felicidad sintió en las puertas de su ánimo la llamada de una dicha que ya no podía redimir toda la amargura condensada en su alma crónicamente enferma.

Se decidió que con los conocimientos que poseía y el apoyo de clases particulares, acaso la joven pudiera examinarse libre de varios cursos entre las convocatorias de junio y de septiembre y ese, aunque tardío, redentor logro pudiera empezar a evaporar la pena que se escondía, estrangulada, detrás de su mirada de antracita siempre húmeda. Después de muchas indagaciones, doña Fe visitó, en su chalet de El Viso, a una acreditada profesora de música, quien a regañadientes se avino a acudir de lunes a sábado a dar clases intensivas, a precio de oro, en el piso de la calle Padilla a la recién llegada Felicidad. Y es que doña Esmeralda Rocamora, ¡por Dios!, no acostumbraba a dar clases a domicilio. Pero bueno, al fin resolvió hacer una excepción: «Todo sea en pro de tan noble arte. Si es cierto que la chica está tan bien dotada. Además, teniendo en cuenta que siempre ha vivido en medio de un monte», dijo tras claudicar.

Acudió, pues, la virtuosa del piano el día convenido a casa de la alumna, y Felicidad la vio joven, rubia casi desvaída, tan alta como ella, pero cargada de arrogancia; como si una diosa se dignara en ir a visitarla. Mirándola distante con su mirada de agua fría le dijo: «Vamos, niña, toca lo que quieras. Que yo te oiga». Y Felicidad, muda de emoción, abrió el teclado del piano, que en el pasado habían aporreado sin clemencia su difunta tía María Mercedes, su madre antes de quedarse sorda, y sus dos hermanas mayores. Con humilde devoción ojeó un montón de viejas partituras y colocó sobre el atril una de ellas. Sus flexibles dedos cobraron vida propia acariciando el teclado, y el *allegro affettuoso* del *Concierto para Piano en A menor, Op. 54* de Robert Schumann roció de incuestionable armonía la atmósfera de la sala. «Basta. Es suficiente —dijo la profesora—. Empezaremos por el barroco.»

Acompañaba la vieja Filomena hacia la salida a la oronda pianista, cuando Fermín regresaba de la Facultad, y ambos coincidieron en el vestíbulo. Fue inmediato. Fermín la miró con una expresión medio alelada, que desde entonces habría de acompañar con frecuencia a su semblante a lo largo de su vida perpetuamente enamorada.

317

—¿Quién es esta señorita? —preguntó a la buena de Filomena evidenciando el pasmo. A la sazón, la mujer ya estaba curada de sobresaltos en los azarosos cuarenta y tres años que llevaba al servicio de tan ajetreada casa.

—Pues. Se llama… se llama. Es la profesora de…

—Esmeralda Rocamora. Profesora de piano —se presentó ella misma tendiéndole la mano boca abajo y muy alta, en ostensible ademán de que se la besara. Un escuálido diamante amarillento adornaba aquella estilizada, pero vigorosa, mano.

—Fermín del Castillo. Encantado.

Y el resto naufragó en la mirada oceánica de la pianista. Fermín supo de inmediato que aquella mujer se le había quedado enganchada en el alma a perpetuidad, aunque estuviera casada y fuera madre de familia numerosa. Doña Esmeralda atravesó el dintel de la puerta emulando a una reina en visita oficial a sus colonias. Fermín no pegó ojo a lo largo de aquella interminable y desasosegada primera noche de náufrago en los piélagos del amor.

Esmeralda Roca Mora —pues esos eran sus apellidos, que ella decía de corrido, porque le sonaba más altisonante Rocamora que Roca a secas— ni era madre de familia numerosa, ni estaba casada, ni tan siquiera tenía familia —bueno, sí: una hermana, a quien le silenció la existencia hasta que la propia hermana se encargó de reivindicarla—. Contaba veintisiete años largos, tenía un raquítico chalet en la tranquila colonia de El Viso —en su compra había invertido toda la herencia de sus padres—, un viejo piano de cola, catorce alumnos de solfeo y nueve de piano en varios turnos semanales, una asistenta que le hacía la limpieza en días alternos, un minúsculo jardín con un limonero, un castaño de Indias y cuatro adelfas. Y, sobre todo, tenía unos enormes, voraces y quebrados delirios de grandeza. Doña Esmeralda Roca Mora había nacido en Santander dos años después que su silenciada hermana. Su padre había sido militar. Ella solía decir que era general y que había muerto en heroico acto de servicio durante la guerra de África —aunque alguna vez, con los años, se le extravió la mentira de la memoria y llegó a decir que era almirante—. Y si alguien le preguntaba el nombre del supuesto general intentando identificarlo, ponía cara de alta solemnidad y decía: ¡el general Rocamora! Lo cierto es que el general Rocamora —que se llamaba Ramiro Roca Pérez— murió en su cama, de cirrosis fulminante, a temprana edad, con una impecable hoja de servicios y el grado de teniente coronel. Su viuda, doña Valentina Mora, para engrosar la pensión de viudedad y hacer de sus hijas dos señoritas de provecho, regentó desde entonces una academia de corte y confección durante los ocho años que sobrevivió a su marido. En ese tiempo sólo consiguió a medias sus encomiables ambiciones maternales. Cuando la rondaba la agonía, Esmeralda llegó de Barcelona, donde había terminado la carrera de piano y empezado virtuosismo; la hermana sigilada había llegado dos días antes procedente de Madrid. Cuando Esmeralda entró en la casa familiar, su hermana estaba sentada en la sala ojeando una revista francesa de modas y fumando un cigarrillo turco. Tras el entierro de la madre, ambas jóvenes permanecieron juntas en su viejo hogar santanderino el tiempo preciso para liquidar la herencia y después, las dos encaminaron por separado sus pasos a Madrid, donde Esmeralda compró el chalet de El Viso e inició una nueva vida; mientras que la hermana sigilada proseguía su incierta trayectoria. Un año más tarde, el Rey abandonaba la Corte y partía rumbo a Cartagena, sin gloria pero con honor, mientras en España entraba la república con gran disgusto de la egregia profesora de piano.

Contaba Fermín cinco años menos que Esmeralda y, el día que la conoció, le restaban dos cursos y medio para concluir la carrera. Pronto supo que ese tiempo se le iba a hacer eterno, pues antes de terminar los estudios ni siquiera podía soñar con proponerle matrimonio. Sin embargo, pronto empezó a acompañarla cada día hasta su casa de lunes a viernes, tras la clase de Felicidad. Lo cierto, es que fue ella misma quien, con gran sutileza, le había brindado esa posibilidad; como si se tratara de un don que la magnanimidad de los dioses concede a veces a los simples mortales. Y pronto también doña Fe empezó a observar con creciente y enervada inquietud la devoción de su hermano del alma hacia aquella extraña mujer.

Llegaron los días largos de primavera, y tras ella, las vacaciones de un nuevo verano. Logró Felicidad, sin contratiempos, un holgado éxito en sus exámenes, que la profesora de piano atribuyó en exclusiva a su alta cualificación. Por entonces, ya permitía la entrada a Fermín en su minúsculo chalet de El Viso cuando la acompañaba tras la clase de su hermana y, en ocasiones, lo invitaba a tomar té con galletas María, y entre dolientes silencios, breves sonrisas y melancólicos suspiros le decía de tanto en tanto perdiendo su mirada oceánica en el vacío de la pared:

—¡Ay, querido Fermín! Ésta ya no es vida. Atravesamos tiempos de oscurantismo y deleznable miseria.

No entendía muy bien Fermín a qué miseria se refería Esmeralda; pues, si bien a ella la adoraba, desde hacía tiempo había depositado su devoción, sin resquicios, en la persona de Ramón y su credo, en la ideología que lo acompañaba. En ella había enjuagado la conciencia de toda la sordidez pacata, maniquea y arbitraria que, a su juicio, impregnaba desde antiguo la atmósfera de Villa Casimira, la quinta enferma de obsoleta y enrarecida esclerosis. Fermín había sido contagiado por Ramón y por Fe de una peligrosa enfermedad llamada socialismo que, si bien en su hermana cursaba en una fase relativamente benigna, en él observaba síntomas más rigurosos.

Llegaron pues las vacaciones de verano, y los tres hermanos del Castillo, tras largas y concienzudas controversias, convinieron que Felicidad debía permanecer en Madrid para preparar a conciencia los exámenes que tenía previsto rendir en septiembre y, así, ganarle tiempo a la carrera que se había visto obligada a rezagar. Doña Fe, no sin cierto recelo hacia la glacial profesora y la reverencia que su hermano le dispensaba, decidió que Fermín se quedara en Madrid; pues Felicidad le parecía demasiado vulnerable e indefensa para permanecer sola, y Filomena ya iba estando vieja y no era lo que había sido en los tiempos de la casquivana y ardiente Felisa. De todos modos, al despedirse, la miró a sus viejos y voluntariosos ojos y le dijo sin palabras: en tus manos encomiendo el alma de esta casa. Inexcusablemente, ella debía acudir a Villa Casimira, donde su madre y las Ca-Ca empezaban a vislumbrar la indefensión de una vejez improrrogable, y donde Félix, el supuesto hijo desterrado del hogar, había enviado una carta desde Barcelona prometiendo vengarse, más tarde o más temprano, de aquella piojosa y jodida familia. Ramón Ferrater acompañó a la estación a Fe en su coche oficial, y ya a pie de andén, tras un diálogo mudo de elocuentes y silenciadas frustraciones, Fe le dijo desde el estribo del vagón.

—Lo siento cariño. Se lo prometí a mi padre ante su lecho de muerte. Aguardemos a que amanezca.

Encontró doña Fe a su madre más ausente y absorta que nunca, gastando las mañanas en descabelladas actividades domésticas que hacían convulsionar el orden establecido en la rutina del servicio, como por ejemplo, exterminar una enorme araña que sólo ella había visto entre los intersticios artesonados del altísimo techo de alguna de las salas. Para semejante y tan dudosa actividad requería la alpargata de alguna muchacha, escaleras, zorros de limpieza, pulverizaciones de alcohol alcanforado, el cónclave de todo el servicio y, por supuesto, ver de cerca con sus propios ojos a la supuesta araña muerta. Las Ca-Ca solían mediar entre la desesperación de la servidumbre y las exigencias de la dama, y le decían algo así como que ellas habían matado a la araña mientras corría veloz y peluda por la pared abajo, y que la habían tirado entre los matorrales del jardín. Entre los matorrales del jardín, rubricaba Casilda la invención de Catalina. Entonces, doña Casimira se resignaba a claudicar y pasaba el resto de la mañana sin observar nuevos incidentes. A primera hora de la tarde, y mientras el sol horadaba la entresiesta, doña Casimira se ataviaba con uno de sus vaporosos y anticuados trajes de verano y enarbolando una sombrilla acudía hasta el cenador donde permanecía inmóvil buena parte de la tarde. Nadie tenía permiso para interrumpir durante ese tiempo, bajo ningún motivo, su insólito y sistemático retiro; ni las Ca-Ca, ni siquiera Jacinta, su más antigua, adepta, e íntima sirvienta.

—¿Pero, entonces, mamá está loca? —preguntó doña Fe a sus tías.

—No, hija, son excentricidades. No está loca —la tranquilizó Catalina.

—Son excentricidades. No está loca —ratificó Casilda.

Varios días después de su llegada, doña Fe pidió a su madre que le dejara leer la carta repleta de amenazas que Félix había enviado.

—Eso es imposible; la he quemado. Además, ésas son cosas entre Félix y yo. Nos une una larguísima urdimbre de enredos. Cosas de la vida. Debilidades de madre —doña Fe comprendió que intentaba soslayar el asunto. A pesar de ello, insistió:

—Mamá, ¿la carta traía remite?

—Sí, traía remite.

—¿Lo conserva?

—No, lo quemé junto con la carta —doña Casimira sonrió enigmática a su hija y cambió de tema—. A propósito de Barcelona, ¿a que no adivinas quién me ha escrito? —ante el silencio de Fe, la madre prosiguió—. No, ¿cómo vas a adivinarlo si ni siquiera la conoces? Me escribió mi prima Montserrat, es decir: mi cuñada, la que se casó por fin con tu tío Máximo. Dice que Máximo murió de tuberculosis, a finales de mayo, en la sala de infecciosos de un hospital público; pero que tiene cinco hijos como cinco soles. La última vez que supe de ellos, sólo tenía cuatro —se quedó pensativa unos instantes, como si una nostalgia lastimera intentara perforar el acero de su alma—. ¡Pobre Máximo!, acabar de esa manera. ¡Y en Barcelona! Parece que allí terminan acudiendo los fracasados como él y como el desgraciado de Félix. Lo siento por Barcelona; no sé si se merece semejante escoria. ¡Ah!, otra cosa: los aparceros siguen cometiendo irregularidades. ¡Estos dichosos tiempos que vivimos! ¡Con mi padre tenían que haber topado!

—Mamá. Sigo pensando que sería aconsejable vender.

—¡Vender? ¡Mientras tu madre viva, aquí no se vende ni un diente de ajo! ¡Aunque llegara a devorarnos la miseria! ¿Está claro? Y ahora, por favor, déjame tranquila.

Doña Fe salió sin contestar. En el jardín estaba oscureciendo. Se sentó en un banco debajo de una pérgola. El aroma de la mimosa y de la madreselva taladraron sus pituitarias, a Fe le resultaba un olor desagradable. Las chicharras lanzaban su monótono concierto a la noche incipiente. Cerró los ojos a la penumbra vespertina. «Ramón... —pensó— quisiera irme contigo muy, muy lejos de este manicomio.»

Mientras tanto, en Madrid, al mismo tiempo que el calor acrisolaba la vida licuándola como plomo fundido, la profesora de piano le repetía a Felicidad, con la arrogancia pintada en su semblante y la acritud modulando sus palabras, que aprovechara el precioso tiempo que le estaba dedicando, que únicamente por ella había renunciado a pasar un verano fresco y apacible a orillas de su mar Cantábrico. No era cierto. Ni tampoco hacía falta que nadie le dijera a Felicidad que aprovechara el tiempo, quien tocaba y tocaba con una obsesión casi enfermiza y compulsiva, como si la música que salía de sus manos liberara el llanto que permanecía atorado en su garganta desde niña. Llanto que nunca había llorado, porque hasta de llorar creció sintiendo miedo. Miedo de que alguien le dijera: hija, ¿por qué lloras?, y ella flaqueara y acabara confesando el motivo de su llanto, y Félix cumpliera su amenaza y le arrancara por fin sus ojos de antracita húmeda. «¡¡Quieren dejar de tocar ese maldito piano!!», escuchaba gritar con frecuencia, pasadas las doce de la noche, a alguna voz agriada de insomnio y de bochorno desde algún balcón de los pisos superiores. Y entonces, Felicidad se iba de puntillas a la cama para no hacer más ruido, e imploraba al sueño que la dejara descansar en paz, sin castigarla con sus horribles pesadillas.

No era cierto que doña Esmeralda Roca Mora se hubiera quedado en Madrid, simplemente para dedicar su celo al progreso musical de aquella señorita agraria. ¡Vamos, hasta ahí podríamos llegar!, pensaba para sus adentros cuando lo decía. Lo cierto, es que Esmeralda, tras la muerte de su madre, no había vuelto a ver el mar Cantábrico, porque tampoco disponía de alojamiento donde ir, ni de dinero para hacerlo. Y si en verano no tenía alumnos, es que en verano los alumnos prescindían de sus melómanos servicios. Además, doña Esmeralda Roca Mora, había comprendido de sobra que estaba a punto de acariciar la mejor inversión de su frustrada vida. Tacto, mucho tacto… Si no la traicionaba la soberbia, aquella empresa podría tener éxito, y se habría acabado para siempre el estar insultando a sus oídos con las atrocidades musicales de los hijos de cualquier madre que tuviera dinero para alquilar sus servicios, así como la imperdonable humillación de tener que sobornar al personal auxiliar del Conservatorio para que no le faltara la demanda de sus abominables discípulos. El caso de Felicidad era distinto; lo comprendió inmediatamente el primer día, cuando ella le había dicho: «Vamos, niña, toca lo que quieras. Que yo te oiga», y ella había interpretado a Schumann como pocas veces lo había oído tocar a lo largo de su larga vida en contacto con la música; inmediatamente Esmeralda comprendió que tenía oro entre sus manos, que tan sólo había que lavarlo para que brillara como ella no sabía brillar. El fuego de la rivalidad, más conocida como envidia, pronto dio color a sus pálidas

325

mejillas. Sí, aquella triste palurda podría llegar lejos, mientras a ella podía acabar marchitándosele la vida escuchando aporrear su resignado piano. Tacto... mucho tacto; porque aquel mirlo blanco merodeaba, goloso, en torno a la carnada de su lazo y, si picaba, se habrían terminado para siempre las malditas clases de piano.

Naufragaba Fermín inmerso en su frenesí de amor y en el perverso bochorno de la noche madrileña entre las sábanas empapadas de su cama. Si pudiera ser posible. Si aquella mujer incomparable se dignara a esperar a que él terminara la carrera. ¡Dioses todos del Olimpo!, casi ni se atrevía a acariciar tan elevado sueño, porque después podría ser mucho más amargo el despertar a la lógica realidad de la vida cotidiana, donde existía un hogar que no quería recordar, y un rufián llamado Félix que lo odiaba sin causa, ya que el odio parecía ser el timón de su vida; y una hermana pluscuamperfecta a quien le debía hasta el aire que respiraba, y eso pesa mucho. ¡Oh dioses todos del Olimpo! Cuándo podría tener su hogar, sereno, cálido e inquebrantable, que en definitiva era lo único que le pedía a la vida, y tampoco pensaba que fuera a atosigarla pidiéndole demasiado; si bien, aspirar a que Esmeralda Rocamora formara parte de él, tal vez era excederse en la ambición. Si por él fuera, ya mismo se iría a vivir con Esmeralda, sin celebración alguna, ni santo matrimonio, en cuyo sacramento no creía; con casarse en el Juzgado para que nadie pudiera mirar mal a su mujer tenía bastante. En cuanto a la economía, él tenía asignada su propia renta desde que Félix había sido expulsado de la casa, y muy posiblemente excediera al dinero que Esmeralda ganaba con sus clases. Pero sabía que sólo eran fantasías del insomnio, que la señorita Rocamora podría darle una sonora y dignísima bofetada si alguna vez osara planteárselo; porque Esmeralda era una dama un poco chapada a la antigua, de ésas que no habían sabido evolucionar con los tiempos que corrían. Además, comprendía que, ante todo, lo primero era concluir la carrera. No quería seguir el ejemplo de su tío Máximo, ni el de Félix.

Terminó el verano y siguió corriendo un tiempo que empezaba a envilecerse entre huelgas de parados y reyertas con fascistas; enfrentamientos que iban exacerbándose y enrareciendo la vida ciudadana de una sociedad poco acostumbrada a moderar las libertades. En el orden doméstico, doña Fe constató los estragos que durante su ausencia iban cobrando relieve: con una rebeldía sorda en el ánimo, pudo verificar cómo Fermín había naufragado en manos de una lagarta que le tenía sorbido el seso. ¡Maldita la hora en que había metido a aquella mujer en casa! En cuanto a Felicidad, había hecho del piano una religión, y a ella personalmente, le causaban cierta inquietud los fanatismos, porque suelen cobijar alguna cojera soterrada en el alma. Felicidad iba a cumplir veinte años, era sin indecisiones la más hermosa de todos los hermanos; jamás pudo observar que le prestara oídos a las demandas naturales de su edad. Simplemente los hombres no parecían existir para ella. Y si alguna vez se aludía en su presencia a esos temas, renacía en el fondo de sus grandes ojos una expresión de terror cenagoso que desde adolescente había invadido su semblante. También le preocupaba el frágil equilibrio que se respiraba en el ambiente enrarecido de Villa Casimira, y no dejaba de inquietarla la amenaza que Félix había suspendido sobre sus cabezas. En el terreno personal, algún arcano y agorero sortilegio le borraba a Ramón de la perspectiva de su vida cada vez que intentaba sostener en su mirada el ánimo y los proyectos de un futuro conjunto. Era una sensación desasosegante, como si no fuera capaz de creer en un mañana que pudiera albergarlos, o intentara agarrar una sombra con la mano.

Fermín, en su impulso vertiginoso de terminar la carrera cuanto antes y emanciparse, consiguió superar dos cursos en uno y obtener la licenciatura en Filosofía en septiembre de 1934. Un año más tarde ganaba las oposiciones a cátedra de institutos con el número dos, logro que le permitía optar a una plaza en el mismo Madrid. El ímpetu del amor puede mover montañas.

Se casaba Fermín del Castillo Montemayor con Esmeralda Roca Mora el día 15 de diciembre de 1935 en la Iglesia de San Ildefonso, a las 11 de la mañana. Un par de semanas antes, el novio se había enterado de los verdaderos apellidos de su prometida —que, en definitiva, a él le traían sin cuidado—, y de los cinco años y tres meses que ella le llevaba, hecho al que tampoco le dio demasiada importancia. Únicamente le habría gustado que hubiera tenido mayor confianza en él y se lo hubiera confesado desde el lejano momento en que habían formalizado su compromiso. Pero, después de todo —dijo para sus adentros—, ésas son coqueterías femeninas.

Dos horas antes de la ceremonia y enfundada en un sencillo traje negro, rechinaba Fe los dientes de pura ira e impotencia contenidas, viendo cómo aquella lagarta atrapaba a su hermano del alma y acababa saliéndose con la suya.

Con extraordinaria pompa y solemnidad había hecho doña Casimira la gran excepción de acudir a Madrid —ciudad que odiaba sin atenuantes— para ser la madrina de la boda de su querido hijo —que sí había salido adelante, y no como los desdichados de su hermano, y de Félix—. Incluso las Ca-Ca habían descendido del viejo coche familiar —ayudadas en tan inexpertas lides por el no menos veterano chófer— para poner por primera vez los pies en Madrid en el curso de toda su gemela y enclaustrada vida. Como Esmeralda no tenía absolutamente a nadie en este mundo, y en la familia Del Castillo no había más varones que Fermín, a instancias de Fe, le tocó a Ramón Ferrater apadrinar los esponsales, e ir a buscar a la novia a su chalet de la colonia de El Viso para conducirla hasta la iglesia. Semejante coyuntura incluía para Fe decantar una controvertida relación que siempre había mantenido difusa. En el último momento habían llegado, procedentes de Valencia, Felisa y Roque, a los que Fermín había enviado una invitación casi de compromiso rogando en el fondo de su alma que declinaran acudir, pues Fermín comulgaba bastante mal con Roque. Estaba ella ajada, fea como siempre y notablemente gorda; en tanto que él arrastraba su zapato ortopédico de veinte centímetros de altura con renovada arrogancia y exhibía sin inhibición alguna —más bien ostentaba— en la solapa de su levita una insignia de la polémica y candente Falange, que tanta inestabilidad estaba generando. Felisa y Roque eran padres de dos hijos varones que, por azares varios, la familia aún no conocía, ni parecía acusar gran interés en conocer. Los niños no habían asistido a la boda de su tío.

Mediaban el aforo del templo los escasos invitados de la novia y los más abundantes del novio, muchos de los cuales jamás pisaban una iglesia. Ocupaba el banco nupcial doña Casimira, enfundada en un flamante abrigo de colas de visón y tocada con una preciosa mantilla española, que no acababa de encajar con el abrigo. Las Ca-Ca, con sendas e idénticas capas de fieltro fino color lacre y exactos sombreros del mismo paño, se acomodaban en el primer banco, reservado para la familia. Junto a ellas, se alineaban Fe, mordisqueando su furia, y Felicidad, más hermosa que una noche musulmana, y con su inalterable mirada de antracita húmeda; a su lado, Felisa embutía sus adiposidades en un riguroso vestido de brocado sobre el cual flotaba una gran estola de armiño. Roque cerraba el banco reservado a la familia con su provocativa insignia de Falange.

El órgano empezó a lanzar sus notas de viento, justo en el instante en que Ramón, de riguroso frac, conducía a la novia que, cubierta de tul y de blanca seda, bajo el tocado de azahar que ceñía su rubia cabellera, parecía más que una novia, una reina de cuento de hadas injustamente destronada.

Acababa de comenzar la impecable ceremonia, cuando se escuchó a lo largo del pasillo el taconeo mundano de unos vigorosos pasos que no concluyeron hasta alcanzar el banco que ocupaba la familia. Inevitablemente, las tías del novio y sus hermanas y cuñado miraron de soslayo a la dama que acababa de acomodarse junto a ellos. Un discreto asombro afloró a sus semblantes justo cuando entre los asistentes a la ceremonia empezaba a silenciarse un no menos discreto murmullo. La recién llegada aceptó con perfecta indiferencia todo aquel discreto revuelo, como si estuviera muy acostumbrada a semejantes acogidas. Era una muy llamativa mujer, que sobre sus altísimos tacones excedía con creces de un metro ochenta; enfundaba su llamativo cuerpo en un no menos llamativo abrigo de piel de leopardo, y bajo su llamativo sombrero asomaba su llamativo cabello, color rubio platino. La ceremonia recobró su curso normal y fue en el momento en que el oficiante le preguntaba a la novia «si aceptaba a Fermín como esposo, y lo amaría y respetaría en el dolor y en la enfermedad», cuando la llamativa dama soltó una sonora carcajada. Una vez concluida la boda, la desconocida abandonó la iglesia sin despegarse de la familia del novio ni un centímetro. Ya en la calle, tendió su enguantada mano a Catalina, Casilda, Fe, Felicidad, Felisa y Roque.

—Genoveva Roca. Soy hermana de la novia. Pero pueden llamarme Veva; así me llaman mis amigos.

—Encantadas señorita —dijeron las Ca-Ca al unísono.

—Encantada —dijo Felicidad con sonrisa ausente.

—Mucho gusto Genoveva —dijo doña Fe sin aceptar su mano ni su diminutivo.

—Es un placer señorita —graznó Roque dando un taconazo de su pie sano contra su zapato ortopédico.

Felisa se limitó a inclinar un poco la cabeza mientras la saludaba.

Salieron los recién casados junto a los dispares padrinos, y Genoveva, tras haber encendido un cigarrillo turco, se dirigió a felicitar a la novia:

—Cariño —le dijo—, ¡cómo has podido olvidarte de invitarme a tu boda? Soy tu hermanita, ¿recuerdas? Menos mal que en Madrid todo se sabe —y tras una pausa repleta de burla, añadió—. Ha sido una gran torpeza, cariño; te habría hecho un buen regalo. Bueno, hasta la vista, cariñito.

Un uniformado chófer negro le abrió la puerta trasera de un magnífico Mercedes blanco que la aguardaba justo detrás del coche nupcial. La llamativa dama se introdujo en él sin despedirse de nadie, el automóvil desapareció por Corredera Baja. Una mirada asesina asomaba a los ojos de hielo de la fulgurante novia. No dijo ni media palabra al respecto. Doña Casimira, que había presenciado muda el hecho, decidió regresar aquel mismo día a su casa sin esperar al banquete, que ella misma había costeado en el hotel Palace. Igualmente se abstuvo de hacer comentario alguno.

Tras aquella accidentada efemérides, los recién casados partieron hacia la Costa Azul y Venecia para disfrutar su luna de miel. Durante esos días doña Esmeralda se quedó embarazada. Desde entonces, una tierna expresión, que encajaba mal en su semblante desdeñoso, empezó a licuar el hielo de su mirada glacial. Después, el tiempo continuó desgranándose, un poco crispado, en aquel incipiente y álgido año de luto y de tragedia de 1936.

Junio abría la puerta a los días largos y luminosos de comienzos del verano, cuando Félix decidió empezar a cumplir su anunciada amenaza. Naturalmente, empezó visitando a su aborrecido hermano, que representaba todo lo que él no había sido en la vida. Se presentó una mañana a última hora en el chalet de El Viso, donde Fermín se volatilizaba de amor en brazos de su adorada esposa. La portera del piso de la calle Padilla, con toda ingenuidad, le había dado la dirección. Del mismo modo que Esmeralda ocultó la existencia de su hermana, Fermín había ocultado a su esposa la existencia de Félix; no de una forma deliberada, sino porque cuando el juez lo desterró de Villa Casimira, él había intentado asimismo desterrarlo de su vida.

Esmeralda abrió la puerta y miró a aquel desconocido con su mirada de océano glacial. Félix escrutó a su presunta cuñada de pies a cabeza, pasando por su vientre embarazado. Fermín no estaba en casa. El desconocido le dijo que era hermano de su marido y, posiblemente, Esmeralda careciera de argumentos para esgrimir extrañeza ante aquella omisión.

—Pasa —le dijo—. No creo que tarde en volver.

—Sólo serán unos minutos —respondió Félix con una sonrisa aviesa colgándole del semblante.

Ya en la sala, donde antaño los alumnos de Esmeralda hacían escalas al piano, Félix preguntó, como de pasada:

—¿Estás preñada?

A la remilgada dama, no le gustó demasiado el modo de formularle la pregunta. Creyó encontrar el vértice de la causa por la que, tal vez, su familia política segregaba a semejante hermano.

—Sí —dijo, sin lograr reprimir del todo la ilusión de su semblante—, de cinco meses y medio.

Félix no dijo nada, limitándose a acentuar su pérfida sonrisa. Y de pronto, Esmeralda sintió, primero los puños, y después la contundente punta del calzado de aquel energúmeno golpeando inclemente su vientre embarazado. Ya en el suelo, siguió recibiendo brutales patadas en el abdomen, hasta que ella supo que una poca de vida moría en sus entrañas, mientras algo caliente como el fuego se rompía en su interior y se derramaba a lo largo de su entrepierna; el dolor atenazaba su laringe. Por fin, Félix detuvo el castigo, volvió a exhibir su sonrisa diabólica y dijo despacito, como paladeando las palabras:

—Estabas preñada. Dile al maricón de Fermín que su hermano ha venido a visitarlo. Chao marquesa. No hace falta que me acompañes, sabré encontrar la puerta.

Habrían sido mellizos; acaso como Catalina y Casilda. Esmeralda, juró para sus adentros vengarse algún día de aquel hombre.

(Cuatro veces más iba a quedarse embarazada, y al cuarto mes de gravidez se le diluía la ilusión y el embarazo en un incontenible naufragio de la vida que gestaba.

Detrás de cada nuevo aborto, la frustrada madre renovaba la promesa de vengarse de aquel monstruo. Ya encaramada en la cuarentena, y a base de reposo, logró alumbrar por fin a la única hija que conseguiría tener. Fue bautizada con los nombres de Casimira Esmeralda Fe, pero en la familia se acordó muy pronto llamarla Femi. Corría entonces el año de victoria de 1945. Ese mismo año, Félix, aparecería con la garganta cercenada por una navaja de barbero, en el sombrío sótano donde habitaba en una de las calles más sórdidas del barrio chino de Barcelona.)

Ante tan trágico suceso, doña Casimira se apresuró a invitar al matrimonio a pasar en la quinta el verano, donde Esmeralda podría reponerse magníficamente y respirar el aire más puro de toda España, a pesar de que el mismo día de la boda de su hijo se había propuesto marginar inexorablemente a su nuera: en primer lugar por su condición de nuera, y en segundo y definitivo, a consecuencia del enojoso episodio vivido con aquella insolente y silenciada hermana suya, a quien ¡a saber por qué la ocultaba! Pero el hecho de que Félix —la espina clavada en su corazón y en su conciencia desde antiguo— hubiera matado a sus dos nietos, debió de afectar alguna fibra oculta, pero sensible, de su alma normalmente inconmovible.

Así, llegaban a El Encinar, y poco después, a Villa Casimira Fe, su hermano Fermín, y la desolada y agraviadísima Esmeralda Roca Mora. El veterano chófer de la quinta, que había sido enviado a esperarlos a la estación de Montorga, respetó durante todo el trayecto el denso silencio en que naufragaban los señores. Felicidad hacía en torno a un mes que se había marchado a Viena, donde, por sus muchos méritos, había sido becada para proseguir la carrera en su prestigioso Conservatorio. La habían acompañado y dejado instalada en un pensionado para señoritas su hermano Fermín y Ramón, el compañero de Fe. Por suerte, Felicidad ya no estaba en Madrid cuando Félix atacó a Esmeralda; dado el pánico que le tenía, resultaba imprevisible saber cómo hubiera reaccionado. Doña Esmeralda, durante todo el trayecto desde Montorga hasta Villa Casimira, había ido desgranando de árbol en árbol su mirada polar, de un gris mucho más claro y mucho más frío que el de su cuñada y el de su suegra. Al llegar, observó con perfecta indiferencia la soberbia fachada de la casa, que un indiano había erigido para enajenar el amor, a la postre desmoronado, de una linajuda señorita de Montorga. Todo aquello pertenecía ya al pasado. Doña Esmeralda subió por primera vez la escalinata de aquella quinta el día 8 de julio. Así comenzaron unas vacaciones de verano que entonces no era previsible que duraran cerca de tres años.

Fue doña Fe la primera en enterarse. Hacía diez días que vadeaban una monotonía densa y turbia entre el jardín, la caza, que tanto Fermín como su hermana practicaban, mientras Esmeralda paseaba a su lado lánguida e introspectiva. En ocasiones, acudían a bañarse a medio kilómetro de la casa, donde el río hacía un recodo y remansaba el agua en una especie de piélago ancho y cristalino. Fe, a pesar de la impulsiva hostilidad que sentía hacia su cuñada, ponía su mejor voluntad en intentar borrarle aquella amargura velada de la expresión que le había dejado el zapato de Félix, o que quizá ya arrastraba antes; no estaba segura. Aquel 18 de julio, cuando el resto de la familia se había acostado, Fe no tenía sueño y puso la radio: ¡Había estallado la guerra! Recorrió el dial de emisora en emisora intentando averiguar con mayor precisión cual era la situación: España aquel mismo día se había desgajado en dos partes que se enfrentaban entre sí.

Enseguida se percató de que ella estaba atrapada en la parte equivocada. Apagó la radio y cerró los ojos. El silencio le hacía daño en el alma. «Ramón. Mi casa… mi carrera… mi vida. Felicidad. Ramón. ¡Qué locura!, ¡qué locura!»

Cuando en la mañana del día 19 de julio, el resto de la familia se enteró de la situación, mientras desayunaban al fresco cobijo de la sombra campestre del cenador, doña Casimira se puso en pie, y batiendo palmas gritó hasta oírse ella misma:

—¡Bravo, bravo! ¡Ya era hora!, ¡ya era hora! ¡Ahora recordarán esos malditos patanes quiénes somos los señores!

Doña Fe le hubiera abofeteado la cara si no fuera su madre. Esmeralda esgrimió una rotunda y radiante sonrisa, como nadie de los presentes —a excepción acaso de su marido— le había visto nunca —doña Fe jamás le llegó a perdonar aquella sonrisa—. Fermín agachó la cabeza, y supo que una parte de España estaba disparando contra sus convicciones.

—¡Santo Cielo! —dijo Catalina.

—¡Cielo santo! —añadió Casilda.

Y quizá fuera ésa la única vez en que incluso las Ca-Ca a lo largo de sus vidas no habían coincidido literalmente en sus manifestaciones.

El tiempo, que nadie podía prever al principio que fuera tan largo, pronto empezó a mostrar sus aristas en la difícil convivencia de Villa Casimira. Doña Esmeralda, a medida que la guerra fue decantando la pujanza hacia su marcial ideología, empezó a fortalecer su vanidad, que doña Fe combatía con denuedo. ¡A qué asunto aquella doña nadie iba a levantarle a ella la voz! ¡Vamos, faltaría más! Sería capaz de aplastarla con la yema de un dedo si fuera preciso. Un día, en la cúspide de sus antagonismos, doña Esmeralda hizo acopio de toda su prepotencia y poniéndose en pie le dijo a su cuñada desde lo alto de su generosa estatura:

—¡Pero cómo te permites tratarme así! ¡Has de saber que mi familia está entroncada con la rama de la Casa de Alba!

Doña Fe también se levantó, y elevando la mirada hasta sobrepasar su altura le replicó sin titubeos:

—Bueno, ¡y eso qué! Yo soy descendiente directa, por línea paterna, del Cardenal Cisneros, y por línea materna de la reina Elena de Troya; e incluso me dicen que me parezco mucho a ella. ¿Seguimos hablando de abolengo? ¿O prefieres hablar de atunes?

Fe, a la que traían sin cuidado esas cuestiones, ya sabía por entonces que Esmeralda era nieta de un pescador.

—¡Fermín! ¿Has visto cómo me trata tu hermana?

Y fue por esa época cuando el pobre Fermín empezó a ser la mortadela del emparedado entre las reyertas de su hermana y de su querida esposa. Esa situación, de una u otra forma, iba a perdurar a lo largo de su vida.

Pasaron años sin que la guerra infectara la paz turbia de El Encinar: no había hambre, no había tiros. Allí permanecieron inamovibles durante ese tiempo los miembros de la familia que habitaban la quinta el día que el país se fracturó en dos Españas sangrantes e invertebradas, como filetes ideológicos. Doña Casimira, tras los primeros años de matrimonio, pasó entonces quizá los mejores momentos de su vida, en un hogar sobre el que reinaba a solas y de manera absolutista. Únicamente a veces se le nublaba el ánimo y recordaba la ausencia atenazada de incertidumbre que se cernía sobre el rumbo de Felisa, que estaba en la otra España, y más punzante aún, la ausencia de Felicidad, que estaba completamente sola y apenas sabía dónde estaba. Si no hubiera flaqueado y le hubiera impedido abandonar la casa... Tal vez otras ausencias más traumáticas pesaran también en el silencio inquebrantable de su alma desaforada; quién puede saberlo... A Fe le lloraba la memoria presumiendo la hecatombe que se cernía sobre su futuro indeterminado. Fermín naufragaba viendo como se resquebrajaba su cenit, e intentando sostener con su frágil brío los estragos que causaba en su querida esposa el verse atrapada en medio de aquella nada y con la unánime hostilidad de toda la familia, a excepción de las Ca-Ca, quienes a lo largo de sus vidas nunca tomaron partido por ninguna facción doméstica, salvo contra Félix. Tres nuevos abortos desangraron el cuerpo y el alma de Esmeralda durante aquella época. Sólo en esas ocasiones logró la ex pianista cierto aliento cálido de su suegra y de su cuñada, que a ella no la alentaba, porque ella tampoco quiso nunca su calor. Fermín, antes de casarse, había cumplido sus obligaciones con la patria durante cuatro meses y con pase de pernocta, en las oficinas militares del ministerio de la Guerra; pues tenía buenas recomendaciones, y había disfrutado de prórrogas estudiantiles, lo que acortaba el tiempo de servicio a la patria. Y un buen día fue llamado a filas para tirar tiros él mismo contra sus propias convicciones. Esmeralda, sintió que se le quebraba el alma al quedarse sola en aquella casa sin el único nexo que la vinculaba a ella. Entonces, Doña Casimira y su nuera, se vistieron con sus mejores ropas y subieron a su viejo coche que las llevó hasta la puerta del Gobierno Militar en León. La viuda Del Castillo aún conservaba algunas amistades y había hecho suculentas donaciones para «la causa», que también era la suya, pues no en balde era terrateniente desde hacía generaciones. Esmeralda adujo, titubeante, que su padre había sido militar de alta graduación; aunque esto último tuvo mucho menos peso que la presencia y la firmeza de doña Casimira quien, mientras su nuera enjugaba una lágrima, miraba fijamente al gobernador e insistía en que Fermín era el único soporte masculino de su casa. De este modo, Fermín logró evitar disparar contra sus propias y silenciadas convicciones, y a lo largo del tiempo que duró la guerra, prestaba sus servicios durante una semana en la sección administrativa del propio Gobierno Militar y a continuación disfrutaba invariablemente de un mes de permiso. Al cabo de dos años y tras arduas e infatigables gestiones, a través de la Cruz Roja, la familia logró ponerse en contacto con el pensionado vienés de Felicidad, pero Felicidad ya no estaba en Viena…

—Pasaron muchos años antes de que la familia reencontrara el rumbo, ya siempre incierto, de Felicidad; quien nunca fue feliz, porque había extraviado, en el albor de la adolescencia, el hálito y el camino para serlo.

Se instauró la paz el primero de abril de 1939, cuando el gobierno de la República se esparcía en varias direcciones sin gloria y, acaso, sin honor. Y al día siguiente, el viejo coche de la quinta trasladaba a Madrid a Fe, a Fermín y a su esposa. Ésta, elevaba la barbilla y respiraba a pleno pulmón todo el aire que durante aquellos años se le había corrompido en el pecho en casa de su suegra, donde nadie le había rendido la pleitesía que correspondía a la reina que llevaba dentro. Fermín y Fe contemplaron en silencio, con el vaho de la derrota incrustado en la laringe, toda la ruina que, a medida que se acercaban a la urbe, les iba mostrando los muñones de aquella contienda fratricida. Ya en Madrid, los escombros, el luto y la miseria les brindaron su acogida; como si se estuvieran adentrando en el epicentro devastado de un reciente terremoto. Madrid, desde el primer año de guerra, había sido prácticamente abandonada a su suerte por un gobierno, legalmente elegido, que juzgó más oportuno instalarse en Valencia. Dejó el chófer a Esmeralda y a Fermín en el chalet de El Viso, cerrado casi tres años antes, y continuó hasta la calle Padilla. Ambos edificios se habían mantenido indemnes soslayando el rigor de las bombas. Las tropas *nacionales* habían sido indulgentes con sus barrios.

Una vez en casa, Filomena contempló a doña Fe desde la honda y negra sima de sus ojos, que habían envejecido varios lustros en tres años. La miró con expresión perpleja y seca, ella, que estaba acostumbrada a presenciar casi todos los excesos. Su cuerpo parecía haberse reducido como el de las momias, o el de la carne amojamada. Casi naufragaba dentro de su vieja y remendada bata negra. Tenía la piel marchita y algo amarillenta.

—Doña Fe, antes de nada, es mejor que pase a la sala: hay algunas novedades. Yo…

La cotorra de doña Fe, que había permanecido durante aquel tiempo en Madrid, emitió un graznido y elevó algo las alas como dándole la bienvenida o reprochándole el abandono. Doña Fe se sentó e invitó a hacerlo a Filomena. Miró su vieja y escuálida fealdad y comprendió que adoraba a aquella mujer, que había sido para ella más madre que su madre.

—¿Qué ha pasado Filomena? Cuéntamelo todo.

La mujer intentó, sin éxito, dibujar una sonrisa:

—Todo no. No me quedan años suficientes, ni resuello para contárselo todo. Tengo aquí a don Ramón. Yo… yo no supe negarme a recibirlo. Vino el lunes pasado, el día antes de entrar las tropas nacionales.

A doña Fe se le iluminó la cara:

—Hiciste lo correcto, Filomena; como siempre. Y yo te adoro.

—Hay más.

—Dime.

—Su cuñado, don Roque. Lo mataron hará cosa de un año y medio. Parece ser que fue su hermano don Félix el que lo denunció. Creo que fue a Valencia y todo. Sé que su hermana vino a Madrid a hablar con don Ramón, por si podía hacer algo. Pero, parece ser que ya era tarde. No sé, él se lo contará mejor que yo —hizo una pausa—. Ay, doña Fe, ahora que ha llegado, no sabe lo cansada que me siento. Creo que ya voy a dejarla pronto. Y vaya si lo siento; sobre todo en los tiempos que corremos.

Nueve días más tarde, a Filomena le falló el corazón y hallaba por fin el merecido descanso eterno, tras la ajetreada vida que durante casi cincuenta años dedicó, sin resquicios, a custodiar el piso de la calle Padilla, que desde los tiempos de don Severo obraba en sus manos. Con ella, se enterraba un episodio muy largo de aquella variopinta familia. Doña Fe lloró su muerte con pena, pero sin flores; porque era más fácil encontrar muerte, en el luctuoso Madrid de aquellos días, que flores para acompañarla al cementerio. Desde entonces, acaso en homenaje a su memoria, doña Fe prácticamente nunca se separó de la vieja cotorra que ella le había regalado en el primer cumpleaños que pasó en Madrid. Cuánto tiempo y cuánto ánimo se habían marchitado en esa trayectoria sin haberse dado apenas cuenta, mientras iban dejando sutiles, pero indelebles, cicatrices en el alma.

II

Doña Fe guardó silencio y miró a la lejanía. Femi la miró a ella, y también guardó silencio. De lejos, como una irreverencia, se oía la disonante voz de Hortensia cantando: «Se nos rompió el amor a media noche». Por fin, Femi interrumpió la copla:

—¡Así que Félix llegó a ir a Valencia y todo! ¡Mira tú! Eso, yo no lo sabía.

—Félix llegó a ir a Valencia, y no sólo eso. Según parece, él mismo le disparó varios tiros en la pierna sana de Roque, antes de que los milicianos lo remataran. Felisa se salvó porque Ramón intervino. Pero su plan era liquidarla igualmente. Ella también juró vengarse, Femi. Y no dudes que lo hubiera hecho al entrar las tropas franquistas en Barcelona; pero Félix culebreaba como un reptil. Quién sabe cómo logró pasarse al otro bando y volver a alistarse en la Legión. Cuando terminó la guerra era cocinero de la tropa del Tercio, y estaba a salvo de cualquier represalia ideológica.

Femi dejó que el silencio dominara el jardín donde la luz empezaba a menguar.

—¿Y Ramón? —preguntó al fin.

Doña Fe tocó vigorosamente la campanilla de plata que casi siempre trasladaba consigo.

—Hija, dejemos ese tema para otro día. Tengo la boca seca y estoy extenuada.

En ese instante apareció Lorena:

—Querida, ¿querrías traerme un vaso de agua?

Doña Felicidad, que nunca fue feliz

CAPÍTULO DÉCIMO CUARTO

I

Una paz proclamada bajo el lema «Viva la muerte» se había instalado en España tras el alborear de un nuevo amanecer, que muchos entendieron —en silencio— como el ocaso de sus ideales progresistas. Hambre, devastación, miedo, y una involución abismal se cernía sobre un horizonte donde la mano férrea de los triunfadores de esa *paz* estrangulaba credos y libertades, detentando un poder omnímodo y bajo palio. Ésa era la atmósfera que respiraba doña Fe cuando su mirada se enfrentó a la mirada de Ramón, y ninguno de ambos fue capaz de articular palabra, porque no había palabras para definirlo, y sus cuerpos se estrecharon en un abrazo casi eterno, y exento de perspectiva. Días más tarde, en el piso de la calle Padilla, donde don Máximo había inaugurado la ruina de su vida, Ramón Ferrater empezó a clausurar la suya, que corría grave riesgo. Doña Fe fue recogiendo, poco a poco, con cautela, ladrillo a ladrillo, bolsitas de yeso o de cemento de las restauraciones que empezaban a iniciarse en las múltiples ruinas de Madrid. Así, una de las habitaciones de aquel piso fue cediendo parte de su superficie a un pequeño zulo que el propio Ramón iba levantando. Cuando estuvo concluido, nadie que no conociera metro a metro el piso habría podido observar alteración alguna. No es que Ramón fuera un experto albañil, sino que el miedo mueve montañas. Una insignificante arqueta de nogal clausuraba el exiguo acceso al escondrijo. Durante aquellos días de principios de agosto eran ajusticiadas —si es que esa palabra es la justa; quizá otros dirían ejecutadas, o asesinadas— las llamadas «Trece Rosas», que a pesar de pertenecer a las Juventudes Unificadas, y a pesar de ser lo que hubieran sido, a ojos de Fe y de Ramón, sólo eran trece niñas. Por motivos obvios, ninguna sirvienta sustituyó a Filomena, ni absolutamente nadie, incluido su propio hermano —que tenía esposa—, se enteró jamás de la existencia de aquel zulo, ni de quién lo ocupaba cuando doña Fe recibía visitas. Sólo la cotorra fue compañera y cómplice de aquel infortunado secreto.

Por su parte, Felicidad, mientras Europa amenazaba con empezar a darse bofetadas, seguía en paradero desconocido.

Por esa época, doña Casimira recibió una larga y expresiva carta, donde Félix le daba cuenta detallada del cruel final de Roque, pero sin involucrarse. Se lamentaba de que la dilatada incomunicación que la guerra había generado no le hubiera permitido hacerlo antes. Asimismo, la informaba muy sucintamente, pues suponía que ya estaría informada, del desdichado accidente que Esmeralda había sufrido hacía tres años. En una postdata, recalcaba que tendría mucho gusto en seguir enviándole noticias.

Dos días antes de que doña Fe recibiera la destitución oficial de su cátedra y se abriera un expediente disciplinario contra ella, «a tenor de su dudosa conducta moral y religiosa y de su ambigua ideología», su hermano

Fermín era detenido «por su manifiesta simpatía hacia los milicianos y por sus decantadas inclinaciones marxistas». Ninguno de ambos había llegado a pertenecer a partido político alguno, pero el ánimo de revancha y de recoger los frutos o el patrimonio que a otros le eran arrebatados menudeaba en aquella España renaciente, delatora, grande y libre.

Amargas lágrimas vertían los gélidos y derechistas ojos de Esmeralda Roca al ver detenido a su esposo precisamente por un régimen que gozaba de toda su simpatía. En su amargura se entremezclaban un sentimiento de vergüenza —casi colindante con el deshonor— por verse salpicada por semejante lacra, la infausta perspectiva de tener que volver a admitir alumnos en su casa, que atormentaran su piano y sus oídos por horas, a cambio de unos honorarios para poder huirle en cierta medida al racionamiento de hambre y poder acceder a los productos de estraperlo, y también un rencor ciego y sin destinatarios, porque la vida la maltrataba con tan desproporcionadas ignominias. De ningún modo contempló ni por un solo segundo la posibilidad de regresar a casa de su suegra; jamás volvería a poner los pies allí mientras viviera. Vistió doña Esmeralda un impecable y nada sospechoso traje azul marino con botones dorados —pues el color rojo estaba prácticamente prohibido en aquella España renaciente— y se dedicó a recorrer despachos y negociados en pro de la liberación y de la rehabilitación del esposo de una mujer huérfana de un insigne militar, y cuyos ideales ni siquiera podían ponerse en tela de juicio. Sólo consiguió tomar muchos tranvías y perder su nacionalista tiempo.

De Felicidad seguían sin tener noticias.

Y fue por entonces, cuando la profesora de piano tuvo que tragarse su inmaculado orgullo e ir a visitar a su hermana sigilada, de quien le constaba que simultáneamente había sido amante —entre otros amantes— de determinado ministro de la República y de determinado general, muy laureado en tiempos de la guerra, y que en esos días ocupaba un alto cargo en el Ministerio de Orden Público. Genoveva había incrementado notablemente su fortuna durante todos esos años —y seguía incrementándola— prevaricando y salvándoles la vida, mediante sus influencias en ambos bandos a cambio de fuertes sumas de dinero, a preclaros y próceres de una u otra ideología. Ella no tenía ninguna; estaba limpia de tendencias políticas.

Recibió la encumbrada cortesana a su hermana en medio de vigorosas carcajadas, sentada ante una mesa de hierro y mármol en el frondoso jardín de su palacete próximo a Villalba.

—Cariñito —le dijo—. Personalmente, es poco o nada lo que yo puedo hacer —se quedó mirándola de los pies a la cabeza, mientras una criada rigurosamente uniformada les servía un suculento ágape, en una época en que muchos se morían de hambre—. En cambio, quizá tú misma puedas serle de gran utilidad a tu marido; sigues siendo muy hermosa, ¿sabes cariñito? Pasado mañana, a las once en punto, pasaré por tu casa a buscarte e iremos al Ministerio de Orden Público. Allí tengo buenos amigos que estarán encantados de conocerte. ¡Ah!, ponte guapa.

Poco después hizo sonar una campanilla, a cuya llamada acudió una muchacha:

—Rosa, mi hermana ya se va. Dile al chófer que la lleve a la estación.

Nunca supo don Fermín cómo a poco de haber sido detenido y depurado, era puesto en libertad y restituido en su cátedra de Instituto.

348

En cambio, a doña Fe nada le resultó tan fácil, y ella sí pudo, cuando menos, llegar a sospechar los cauces que había cursado la rehabilitación de su hermano. Aún espejeaban los restos del verano sobre la ciudad famélica y maltrecha, cuando recibió una llamada telefónica completamente inesperada:

—Soy Veva Roca. ¿Me recuerdas?

—Sí —respondió cortante doña Fe.

—Te llamo, porque he sabido que tienes algunos problemillas. Ya me entiendes.

—Sí, te entiendo ¿Qué quieres?

—Pues he pensado que... Bueno, yo tengo algunas amistades que ocupan puestos importantes. Todo podría solucionarse. Tú eres bastante atractiva y... En fin, que yo soy una mujer generosa y compasiva.

Doña Fe cortó de inmediato la generosidad y la compasión de Genoveva:

—Te lo agradezco mucho. Sin embargo, confío en que todo pueda aclararse sin molestar a tus amigos. En realidad, conmigo se está obrando una injusticia.

Genoveva dejó oír su risa procaz:

—Atravesamos tiempos algo duros, Fe. Las injusticias están al orden del día. En fin, tú verás. pero son tu carrera y tu futuro los que están en juego. Tu hermano lo tenía más difícil, pero Esmeralda fue a visitarme y supo entrar en razón.

Cierta náusea furiosa recorrió el espíritu y el ánimo de doña Fe:

—Escucha Genoveva. Yo reharé mi vida y mi carrera, y lo haré con la frente alta y entrando por la puerta grande. Buenos días.

Durante dos años —muy a regañadientes, pero Fe había costeado parte de la carrera de Fermín— doña

Casimira estuvo manteniendo a su hija y, sin saberlo, a su compañero Ramón. Asimismo, moviendo sus propias influencias logró que a Fe no le aguardaran males mayores en aquella España renaciente. En 1941 se convocaron oposiciones a Escuelas Normales, y Fe ganó la cátedra de Matemáticas con el número uno. Obtuvo plaza de nuevo en Madrid.

Durante esos años, en los que Europa se partía la cara a bombazo limpio, nada se sabía aún de Felicidad.

Ramón Ferrater, que cuando se gestaba la Guerra Mundial abrigó ciertas esperanzas de que la dictadura en España no durara más que la misma guerra —a pesar de que desde los inicios de la contienda española, tanto Francia, como el Reino Unido, habían reconocido el régimen de Franco—, vio fracasar su esperanza tras las conversaciones de Hendaya y la neutralidad española. Podría seguir indefinidamente siendo un topo bajo la tutela de su compañera, cuya relación difícilmente podrían llegar a normalizar. Pero no siguió siendo un topo por mucho tiempo; su trayectoria se rompería de golpe.

Durante esos años, Felisa arrastraba su aire de heroína y víctima por las calles de una Valencia renacida a los gloriosos valores tradicionales recorriendo negociados con un hijo de cada mano y reclamando justicia y protección para sus vástagos vilmente huérfanos de padre. Poco después, la desangelada viuda regentaba un estanco en la mejor zona de la capital del Turia, donde un guapo y desheredado dependiente atendía a la clientela y, según las malas lenguas, a las necesidades apremiantes que la ardiente y fea viuda demandaba. Desde esos tiempos, doña Felisa dispensaría una hostilidad crónica hacia sus hermanos menores «que eran todos rojos». En cuanto a Félix, su solo nombre tintaba de una aviesa sombra los desencantos de su rostro: «Arrieros somos —solía decir— y en el camino nos encontraremos».

Así empezó a transcurrir la postguerra para los hijos de un indiano juicioso y de una linajuda señorita de Montorga. De Felicidad nadie tuvo noticias hasta el otoño de 1945. Ocurrió poco antes de que Félix apareciera degollado en su sótano del barrio chino de Barcelona. En esos días fue anunciada la llegada, procedente de Nueva York, de una joven figura del piano en gira por varias ciudades españolas. Iniciaría su periplo con un recital en la Ciudad Condal. Valencia, Sevilla, Oviedo, Santander y, naturalmente Madrid, también podrían deleitarse con la magia de sus manos. La destacada pianista se llamaba Felicidad del Castillo, y era de origen español. Lo cierto es que aún no hacía diez años que había abandonado España para proseguir su carrera en Viena. Doña Fe se enteró por la prensa. Por entonces, Ramón ya sólo era un dolor incrustado en el alma, que ella no podía compartir con nadie.

II

Julio centelleaba en Villa Casimira como los fuegos fatuos en una noche de tinieblas. El gris cansado de los ojos de doña Fe buscaban sosiego intentado sondear alguna incertidumbre que aportara coherencia al absurdo, razón a la sinrazón, atenuantes a la ruindad. ¿Por qué?

Femi regresaba de Montorga con el coche repleto de provisiones. Se la oía en la cocina hablando con Lorena. Entretanto, doña Fe permanecía en la sala con las ventanas abiertas y los tragaluces cerrados. El viejo tocadiscos lanzaba a la penumbra los acordes de *El amor brujo*, que Felicidad había grabado el año 46 para homenajear la reciente pérdida del maestro Falla. No había amor en los dedos ni en el alma de Felicidad al ejecutar la partitura. Sólo la intensidad acompañaba su ímpetu al acometer la *Danza del terror* y la *Danza ritual del fuego*. Sólo Dios podía saber por qué laberintos su hermana había tremolado durante aquellos nueve años de ausencia. En ocasiones, la había mirado desde la negrura de sus ojos de náufrago como intentando decirle que era incapaz de decírselo. La amargura velaba entonces los vínculos, mientras Felicidad apuraba otro whisky. No pudo lograr rescatarla del naufragio. Recordó aquella tarde de principios de diciembre del 45, cuando ella ya tenía rota el alma, y en el piso de la calle Padilla sólo la aguardaban la cotorra y un silencio mortuorio. Había acudido a visitarla al camerino una vez terminado el recital. Ambas se habían mirado largamente con el silencio en los labios, con la devastación en las almas y con la pena en los ojos.

»Estás muy guapa —le había dicho, y era cierto.

»Tú también lo estás —le contestó Felicidad.

Caminaron largo rato, sin romper el silencio, por la noche de un Madrid ungido de yugo y flechas y convaleciente de sus llagas.

No es que por alguna causa concreta quisiera ocultarle la tragedia de Ramón y el desierto que poblaba su alma, sino que el desierto con su nada se había apoderado de su alma y le atenazaba la garganta. Sabía que si convertía en palabras el desgarro de su corazón, después no iba a lograr dominar el desenfreno. Y entonces, precisamente entonces, fue cuando pudo calibrar la densidad de todo el dolor silenciado que desde muy antiguo agarrotaba el pecho de Felicidad.

»¿Sabes que ha muerto Félix? —le comentó a su hermana, intentando quizá arrancarle alguna espina clavada en el alma.

»Sí, lo sé. Mamá me lo dijo —respondió indiferente, con el alma ulcerada e indolora.

»¡Te lo dijo mamá?

»Sí, a poco de ocurrir. Cuando fue a verme a Barcelona.

»¡Qué mamá fue a verte a Barcelona? ¡No sabía ni un palabra!

»Bueno. Yo, al llegar, mandé un telegrama a casa. Por cierto, me dijo que tú, desde que terminó la guerra no habías vuelto por Villa Casimira.

»Es cierto. No he podido hacerlo. ¡Se me ocurre una idea! ¿Por qué no vamos todos a pasar las navidades? Las tías se llevarían una gran alegría.

»Yo… yo no puedo, Fe. Como supongo que ya sabrás, en Madrid he terminado la gira y el próximo lunes me marcho a París. Ahora voy a tomar un taxi, te llevaré a tu casa y yo continuaré al hotel. Estoy agotada, lo siento. Mañana nos vemos en casa de Fermín. Aún no los he visto. Me llamó por teléfono y me dijo que tú también irías. Tengo ganas de conocer a la niña —no había ninguna emoción en sus palabras.

Al día siguiente, los tres hermanos y Esmeralda se reunían para cenar en el chalet de El Viso, como si nada hubiera pasado, ni siquiera el tiempo. Casimira Esmeralda Fe, había cumplido cuatro meses.

Femi irrumpió en la sala cercenando los recuerdos de la anciana:

—Bueno, tía, pues ya tenemos comida para medio verano. Mmm, ¡qué a gusto se está aquí. Fuera, hace un calor de justicia! Qué, ¿escuchando a tía Felicidad?

—Poniendo a hervir la memoria.

Se terminó el disco y un silencio tóxico ocupó su vacío.

—Te escucho.

El silencio pervivió aún algunos segundos corrompiendo la atmósfera.

—Estaba pensando en el año 45. Fue un año crucial en nuestras vidas.

—¡Y tanto! Yo nací ese año.

Doña Fe no aceptó la broma de su sobrina. Estaba harta de transitar con ella un camino hacia la luz, y cuando iban vislumbrando el horizonte, ambas le volvían la espalda. Si Femi quería saber, ella le contaría todo lo que pudiera contarle, eso sí, sin trasladarle incertidumbres nuevas a su alma, incógnitas que nunca había llegado a despejar, porque tampoco había entendido las razones. Dijo:

—Ese año naciste tú, Félix fue asesinado (aunque sería mejor decir: ajusticiado), reapareció Felicidad, y sucedieron otras cosas relevantes; cuando menos, para mí. Pero, volviendo a Felicidad: Como quizá sepas, uno de sus profesores en el Conservatorio de Viena era judío. En el 38, por la época en que Austria fue anexionada a Alemania decidió, con muy buen tino, trasladar su residencia a Nueva York. Por alguna incógnita razón Felicidad siguió su ejemplo. Bueno… si bien Felicidad era muy guapa, no tenía un aspecto precisamente muy ario que digamos. Aunque creo que debieron de existir otras razones. No lo sé. Nunca supimos mucho de tu tía. En

354

fin, pero logró convertirse en una pianista notable. ¡Lástima que destrozara su vida! Sin embargo, ese veneno ya la acompañaba desde niña. Creo que se le había hecho crónico ¡Pobre Felicidad!

—Tía, ¿tuvo Félix algo que ver en todo ese proceso, verdad?

—¿Que si tuvo algo que ver? ¡Por Dios, Femi! ¡Félix empezó a violar sistemáticamente a mi hermana desde que murió papá, o quizá desde antes, bajo constantes amenazas de muerte! Felicidad creció con el miedo y el asco pudriendo su alma, mientras mamá defendía a aquel monstruo y le regalaba coches. Su vida estaba tan contaminada de terror y de repugnancia, su personalidad tan contrahecha, habiendo vivido día tras día desde la niñez bajo ese yugo de sordidez y de terror, y tan a solas. Así que no me extraña que terminara cometiendo las felonías que supuestamente cometió. Ni siquiera tengo argumentos para juzgarla. Yo… yo… cuando me enteré de todo ya era demasiado tarde para poder socorrerla. Únicamente pude ayudarla a apoyar su agonía, nada más. ¡Yo!, que le había prometido a papá en su lecho de muerte sostener la casa en pie. No pude conseguirlo, no fui capaz.

Femi preguntó casi en un susurro:

—Entonces… ¿fue tía Felicidad quien mató a Félix?

Los ancianos ojos metálicos de doña Fe brillaron en la penumbra del salón.

—¡Qué obsesión tienes con la dichosa muerte de Félix! Mira Femi, voy a contarte algo que nunca ha salido de mis labios, y que sólo mamá llegó a saber, o eso creo. Quizá después haya sido del dominio público, pero nunca ha salido de mis labios, puedo asegurártelo:

»La cotorra aprendió a decir Ramón porque, tras la guerra, y durante los seis años siguientes, ella y yo —más ella que yo— fuimos sus únicas compañeras. Cuando regresamos a Madrid, Ramón ya estaba en casa, la vieja Filomena había asumido por su cuenta el riesgo de guardarlo. Así fue corriendo el tiempo; tiempo de miseria en los cuerpos y en las almas. Yo... yo me había acostumbrado lentamente a esa miseria. Ramón, no. Día a día el tiempo plano e inútil se le iba corrompiendo en el ánimo. Así llegó el año 45. La gran Alemania empezaba a vislumbrar su caos, las tropas aliadas estaban a punto de colocarle un pie encima. Nosotros... nosotros, a medida que las aguas se iban enfriando, empezamos a trazar planes de huida para Ramón. Ya había conseguido una documentación falsa bastante aceptable. Tenía proyectada la aventura de llegar a Brasil y, desde allí, a México. Un día, un inolvidable día, exactamente el martes, 6 de febrero, al llegar a casa encontré el cuerpo de Ramón acribillado a puñaladas con un cuchillo de cocina, que aún tenía clavado en el vientre. Todo estaba en orden, la puerta trancada y ni rastro de nadie, sólo un silencio funesto envolvía la atmósfera. Yo... yo no podía hacer nada, ni acudir a nadie; ni siquiera a un servicio de pompas fúnebres. Ramón no existía. De haberlo hecho, las consecuencias para mí habrían sido nefastas —doña Fe hizo una pausa muy larga, se podía oír su respiración jadeante mordiéndole el pecho—. De modo que yo misma, y con el mismo cuchillo que había cercenado su vida y parte de la mía, fui troceando su cuerpo y quemándolo poco a poco en la chimenea, entre vómitos y sollozos, junto a veinte años de ilusiones muertas. Para nosotros no hubo ningún amanecer. Durante algún tiempo el miedo, ¡qué digo el miedo!, el espanto desveló mis noches, por no saber cuando menos quién había sido el autor de aquella atrocidad. El que lo hubiera hecho, estaba al corriente de todo, y podía volver, y detenerme, o hacer de mí lo que le viniera en gana. Corrían tiempos de arbitrariedad y de miseria. Fueron días terribles, Femi, terribles. Y ni siquiera podía aliviar el alma desahogándome con alguien. En nuestra familia convergían pasiones e ideologías muy divergentes. No tardé demasiado tiempo en enterarme: a finales de mes, mamá recibió una carta de Félix diciéndole que había ido a visitarme a Madrid y que ¡cuál no había sido su sorpresa al descubrir que «doña Perfecta» no vivía sola!, que estaba amancebada con un individuo, que, además, sólo podía acarrearle problemas. Pero que los hermanos estaban para algo, y que él había puesto solución a ese asunto. ¡Pobre mamá! Entonces no debió de entender nada. Sin embargo, mamá, aunque era ofuscada, no tenía un pelo de tonta. Más adelante lo entendió todo, pero ya era tarde —doña Fe hizo otra pausa y sonrió a su sobrina—. Eso ocurrió poco antes de la muerte de Félix, querida. Yo misma, con sumo gusto, lo habría matado, te lo aseguro. Y a estas alturas de la vida, tampoco me importaría demasiado que tú me creyeras autora de su muerte; al contrario: podría servir de consuelo al rencor que, desde entonces, se me corrompe en el alma. Piensa lo que quieras. Ya sabes lo que, salvo mamá, tal vez nadie haya sabido: qué fue de Ramón. Lo que nunca he llegado a comprender es cuál fue el móvil de la visita de Félix, ni cómo entró en casa, pues es obvio que las cerraduras habían sido cambiadas. Bueno... quizá tuviera experiencia en violentar puertas, ¿quién lo sabe? Desde luego, no vino a hacerme una visita de cortesía. Ahora, Femi, preferiría quedarme un rato a solas.

Una vez a solas, la anciana dio la vuelta al disco, y mientras los acordes empezaban a dejarse oír, doña Fe creyó escuchar llorar al alma muda de su hermana, que se le había enquistado en el alma, como una cuenta pendiente, que nunca podría saldar. Recordó sus treinta años culminando una belleza categórica, sin resquicios, durante aquel invierno madrileño anegado de una paz muerta y de una angustia impronunciable. Recordó los requiebros de tantos y tantos pretendientes incondicionales rendidos a su hechizo y a su gloria de maga de los teclados. Recordó la derrota agazapada en el fondo de sus ojos negros, como una pena dibujando la ruina y la incapacidad de poder traspasar la linde de los galanteos, y contraer algún compromiso más vinculante. Recordó la soledad desesperada naufragando en la misma ruina de sus ojos negros que la inducía a rodar y a rodar. ¿Por qué nunca dijo nada hasta que el naufragio le estaba ahogando la vida sin remedio? ¡Cuánta soledad fue acuñando a lo largo de todo el descalabro de su existencia! Recordó su tardío e infausto matrimonio con un difuso hombre de negocios nórdico, llamado Viktor Halgrimsson, a quien nadie de la familia llegó a conocer, porque no hubo tiempo para ello. Fue en 1955. Felicidad contaba treinta y nueve años. En Villa Casimira se recibió un telegrama enviado desde Londres que decía: «Me he casado. *Stop.* Mi marido se llama Viktor Halgrimsson. *Stop.* Es danés, oriundo de Islandia. *Stop.* Me idolatra. *Stop.* Besos. Felicidad». Por aquella época la razón ya había empezado a abandonar definitivamente la mente de doña Casimira. Doña Fe recordó cómo su madre había dicho: «¡Qué bonito! ¡Adoro las bodas! ¡Enhorabuena! ¿Pero, hija, quién es esa Felicidad?». Doña Fe estaba pasando en la quinta las vacaciones de Semana Santa. La siguiente noticia que recibieron de su hermana fue mediante otro telegrama enviado desde Oslo en agosto del mismo año: «Mi marido ha fallecido. *Stop.* Un lamentable accidente. *Stop.* Estoy embarazada. *Stop.* Felicidad».

Markus Octavio nació en París a finales de diciembre; doña Fe no recordaba el día concreto. Pensaba en su hermana, ya en las postrimerías, cuando Markus Octavio tenía veintitrés años, y ningún miembro de la familia conocía con precisión su rumbo, y Felicidad, viuda de su segundo marido, y hastiada de la gloria, y hastiada de la vida, y hastiada de todo, se estaba muriendo o, para ser más precisa: se estaba terminando de matar. Por entonces, hacía cuatro años que la quinta había sido cerrada. Doña Fe recordó el momento en que su hermana le dijo: «No quise hacerlo. Tienes que creerme, Fe, ¡no quise hacerlo!; pero no pude evitarlo». Y entonces, ella volvió a convertirse en cómplice, por encubrimiento, de los delitos ajenos, que también eran los suyos; porque los móviles habían crecido como la enredadera, enmarañando a toda la familia, que eran a la vez reos y víctimas sin poder acotar las lindes.

Tras un intervalo de tiempo prudencial, Femi volvió a entrar en la sala.

—Tía, se está poniendo el sol, y en el jardín empieza a hacer una temperatura deliciosa. ¿Salimos?

Doña Fe levantó trabajosamente sus noventa años apoyándolos en la empuñadura de plata de su inseparable bastón. La cotorra graznó articulando, empecinada, aquel nombre extraviado e inolvidable:

—Rrrramón.

—Podemos decirle a Lorena que cenaremos al aire libre. ¿No te parece?

—Sí, hija, sí. Así no podrá oírnos. ¿No es eso?

Las rosas corrompían la pureza de la atmósfera con su fragancia procaz:

—¡Bueno —dijo doña Fe sentándose en uno de los bancos de piedra del viejo cenador—, ya hemos llegado al templo que mi madre consagró a quién sabe qué deidades.

Femi no contestó. Los gorriones revoloteaban buscando cobijo ante el atardecer.

—Tía. ¡Quiero saberlo todo!

Fue entonces doña Fe quien guardó silencio. «Saberlo todo. ¡ojalá supiera explicártelo —pensaba—, porque si no consigo hacerlo, después no podrás redimir tu memoria, como yo no he redimido la mía. Y, entonces, también te haría cómplice de la falta de indulgencia precisa para indultar a la conciencia. Sin embargo, tú no estás implicada en la raíz de los hechos; sólo eres una subsidiaria de ellos. Y a mí, tal vez me aligere el alma.».

—¿Por dónde quieres que empiece? —dijo.

—Eso, eres tú la que sabe por dónde has de empezar.

—La vida no es tan lineal como la trama de una novela, Femi. En ocasiones, todo resulta enmarañado e impreciso. Vamos a ver.

—Sigue hablándome de tía Felicidad. Siempre había presentido que en torno a ella se cernía la luz de muchas tinieblas. Tobías me contó su versión. Pero conociendo a Tobías, como yo llegué a conocerlo, supongo que su punto de vista puede ser parcial y sesgado. En cualquier caso, él la conoció como madre, no como mujer. Y además, según creo, la conoció muy poco. Ya hablaremos de Tobías. En definitiva, soy la única de la familia que llegó a tratarlo algo, así como la que cerró sus ojos. El pobre, también cobijaba sus tinieblas… E incluso te hablaré de mí, ¡mira tú por dónde!, que tampoco he sido un completo y radiante día de verano, no vayas a creer. Si has venido aquí para hacer examen de conciencia, ¡pues adelante! Supongo que yo también formo parte en cierta medida de esa conciencia.

Doña Fe sonrió:

—No, Femi. Tú, no.

—Sin embargo, tú sí formas parte de la mía. E incluso tienes cierto protagonismo en ella.

—No lo dudo. Pero querías hablar de Felicidad, ¿no es así? Pues hablemos de Felicidad: ella, como las Ca-Ca, nació cuando ya nadie la esperaba. Quizá desde entonces mamá cobijara el proyecto de convertirla en sucesora de las gemelas, o sea, en ese ser abnegado y estéril cuya meta en la vida consiste en servir de baluarte y báculo a la familia, y que era tan común en los viejos tiempos. Pero las cosas no siempre salen como uno las proyecta, y a mamá, a pesar de su obstinación, muy pronto iban a empezar a fallarle los cálculos. No calculó, ya que no es fácil hacerlo; tener un hijo como Félix, aunque ella contra viento y marea siempre mantuvo que sí era su hijo. Bueno, archivemos ese capítulo, aun cuando sea difícil hacerlo; porque de él se deriva buena parte de la epopeya de nuestra familia. Lo cierto, es que Felicidad nació condenada al mismo ostracismo y marginación que a lo largo de toda su vida sufrieron mis tías Catalina y Casilda. La diferencia estriba en que ellas eran dos y, además, inseparables. Tampoco tuvieron un hermano que desde la niñez las ultrajara y amenazara sin tregua. Mi tío Máximo fue un calavera, pero no era un monstruo; Félix, sí. Así fue creciendo Felicidad, con el alma contrahecha de asco y de un miedo siempre silenciado, que iba a dejarle cicatrices indelebles; entre otras, una aversión patológica a los hombres y al sexo. Debió de tratarse de algo muy complejo. Quizá fuera un sentimiento enfrentado y ambivalente, que a lo largo de su juventud generara en ella grandes luchas internas. No lo sé con exactitud. Ella, hasta casi el final de sus días, nunca contó nada; posiblemente a nadie. La música fue el canal donde vertió sus lágrimas y sus mutilaciones. Felicidad hubiera necesitado ayuda: era una enferma. Pero ni supo pedirla, ni ninguno de nosotros supimos dársela. Nunca podré perdonármelo. La personalidad, como bien sabes, se construye o se destruye prioritariamente durante la infancia y la adolescencia. Cuando, a punto de cumplir dieciocho años, me escribió una carta suplicando mi amparo, ya era tarde. Yo tuve que habérmelo impuesto desde el principio, como hice con tu padre. Pero a ella la dejé a merced de las excentricidades de mamá y de las monstruosidades de Félix. Hasta las Ca-Ca, que nunca se involucraban en nada, tuvieron que advertirme. Y eso, quema mi alma, Femi; no sabes cómo la quema. Yo contribuí de forma pasiva a matar a mi hermana. Era Felicidad quien debería estar viva ocupando este lugar.

—Tía.

La anciana enjugó una lágrima en sus ojos de metal derretido:

—Discúlpame, Femi. Tú has querido saber y, es más, tienes derecho a saber. Así que déjame continuar y no me interrumpas.

—Llegaron los abominables años de la guerra justo a continuación de que Felicidad hubiera obtenido aquella dichosa beca para el Conservatorio de Viena. Se había empecinado en huir cuanto más lejos, mejor. Y supo conseguirlo… ¡y yo lo entiendo! Entonces empezó la guerra… ¡la maldita guerra! Incluso la muerte de

Ramón no puedo dejar de imputársela a ella. Félix le dio el tiro de gracia, pero Ramón ya había muerto; lo mató la guerra —otras dos lágrimas corrompidas en sus ojos desde antiguo surcaron sus mejillas de viruta.

—Lo dejamos. ¿eh, tía?

—¡No quiero dejarlo! ¡Cállate de una vez! ¿No querías saber?, ¡pues escucha! Te iba diciendo que tu tía extravió su ruta existencial, al menos como mujer, quizá desde la infancia, y a manos de las monstruosidades a que Félix, por sistema, la había sometido. Sin embargo, Felicidad era una mujer extraordinariamente sensible y, quizá, también sensual. Un gran vacío debió de ir poblando su alma mutilada, sentimientos enfrentados debieron de ir pujando en su interior. Lo intentó. Y tuvo que claudicar, su parte mellada no pudo sufragarlo. Conoció a ese tal Viktor quien, según parece, se dedicó a seguir sus pasos por medio mundo, y ella lo intentó. Duró sólo unos meses, Viktor se cayó a un fiordo desde lo alto de un acantilado cerca de ¿Trondheim?

—Creo que fue cerca de Bergen.

—Da lo mismo; estaban pasando vacaciones en Noruega. Por alguna razón, ni siquiera entonces, cuando el dolor y el fracaso debían convertirla casi en una inválida, y además, estando como estaba embarazada, ni siquiera entonces, digo, quiso buscar apoyo entre los suyos, o sea, entre nosotros. Y lo más espantoso, Femi, ¡es que también lo entiendo! ¡Cómo no voy a entenderlo, si nosotros la habíamos hecho como era! Así que tuvo al desdichado de su hijo como buenamente pudo, y como bien pudo lo fue criando: de ciudad en ciudad, de hotel en hotel, de niñera en niñera, de camerino en camerino. ¡Pobre Octavio! Además, por esa época Felicidad empezó a beber. Después, al chico lo dejó interno en aquel pensionado británico, hasta que cumplió los dieciocho años, reclamó la herencia de su padre, y dijo adiós. Desde entonces, yo no me atrevería a sostener ninguna opinión sobre la vida que el chico llevó durante el resto de sus días. En realidad, como bien sabes, sólo llegué a verlo en dos ocasiones: la primera fue en Madrid, y la segunda fue un verano que pasó aquí cuando tenía doce o trece años; no recuerdo. Únicamente recuerdo que durante una entresiesta se dedicó a matar a los tres pavos reales que había en el jardín y a destrozar las flores. Menos mal que mamá ya no vivía; si no, creo que lo habría matado a él —Femi sonrió levemente. Doña Fe prosiguió tras una pausa—. Fue por entonces, o poco tiempo después, cuando tu tía volvió a casarse. Espera… espera… se casó de nuevo exactamente el año 69, sí, Felicidad tenía cincuenta y cuatro años, y aquel individuo, ¿cómo se llamaba?, Víctor también ¿no?, era un joven.

—Sí tía; se llamaba Víctor Biancalani, era uruguayo, y tenía veintiséis años.

—Era un vividor. ¡Pobre hombre! Felicidad tuvo mala suerte también con sus maridos. Ese Víctor se le cayó por la borda de un barco una madrugada cuando hacían un crucero. Creo que los dos estaban algo bebidos. Según parece, ella ni tan siquiera se enteró hasta por la mañana. Hacía poco más de un año que se habían casado, ¿no es así?

Femi había vuelto a sonreír:

—Eso creo. ¿Sabías que en ese barco iba también Tobías? Perdón, quiero decir Markus Octavio.

—No lo sé, Femi. Acaso lo haya sabido, pero no lo recuerdo.

—Tía. ¿Te das cuenta de que no estamos hablando, sino chismorreando? Todo esto es superficial, manido y meramente anecdótico. Felicidad mató a Viktor, ¿no es así?

En ese momento llegó Lorena para decirles que la cena estaba lista, que iba a poner la mesa. Un largo silencio siguió a la retirada de la chica.

—Femi, Femi, pareces una periodista de prensa amarilla. ¡En fin! Sí, creo que sí. A Viktor lo empujó, en un impulso irracional cuando, según parece, él intentaba estrecharla entre sus brazos en lo alto del acantilado. Me confesó que había sido un ataque irrefrenable de repugnancia; dijo eso: «repugnancia». Que no sabía por qué lo había hecho, que era un hombre bueno. El otro Víctor, terminó trágicamente con su codicia en las aguas del Mediterráneo. Sin embargo, Felicidad me juró que no podía acordarse de cómo había ocurrido.

Femi apagó vigorosamente un cigarrillo y miró a los ojos a su tía:

—Tía… tía. A Víctor Biancalani no lo mató tía Felicidad. ¿Ves como es bueno que hablemos?

—Tal vez. Pero por hoy ha sido suficiente. Ahora, vamos a cenar en paz.

Hacía casi dos años que doña Fe había sido jubilada, sin ningún júbilo en el alma, de su plaza como catedrática titular de Matemáticas en la Escuela Normal, cuando Felicidad la llamó por teléfono desde su piso de París para decirle que se estaba muriendo, y que quería hacerlo donde había nacido y también donde había empezado el descalabro de su vida, o sea, en Villa Casimira. Que si podía contar con ella. Que ya sabía que era una faena, pero que seguía estando tan sola como siempre. No había vestigios de amargura en su acento, sólo el mismo desconcierto que la había acompañado a lo largo de la vida. «¿Y tu hijo?», le había preguntado doña Fe, no intentando soslayar la ayuda que le pedía, sino en un mero acto reflejo. Entonces, Felicidad se había reído de ella con risa triste e interrumpida por la tos. «¡Eres una ingenua, hermana! —le había dicho—. A mi hijo ni siquiera me atrevería a pedirle la hora. Además, tampoco tendría por qué dármela. ¿Puedo contar contigo?». «Siempre has podido contar conmigo, hermana, aunque casi nunca lo hayas hecho...»

Fue unos días más tarde cuando se habían vuelto a abrir las puertas de aquella casa muerta, después de todas las muertes que habían ido cayendo sobre ella: murió su madre, que desde el año cuarenta y cinco —tras su silenciada estancia en Barcelona y su posterior, y no menos ocultada, estancia en Madrid— se había ido sumiendo en un autismo casi fantasmagórico y etéreo, del cenador a su alcoba y de su alcoba al cenador, donde apenas si comía y apenas si vivía y apenas si respiraba, sorteando incluso los días más pérfidos de invierno y los días más pérfidos de verano, cuyos rigores parecían no rozarla. Hasta que un atardecer, tras haber soslayado durante más de quince años la vida circundante, la muerte besó muy quedamente sus labios estando sentada donde siempre se sentaba, y ella entregó a la muerte su hálito con idéntico sosiego, y Jacinta, su vieja doncella favorita, que había cumplido su promesa de serle siempre fiel, y doña Casimira había cumplido la suya de que nunca entraría en la cocina, la encontró sentada e inerte donde siempre se sentaba y con una sonrisa de serenidad que jamás le había ofrecido a la vida. Una cruz idéntica a las otras tres que albergaba el cementerio y una lápida de mármol blanco donde fue grabado «Casimira Montemayor Altamirano. 1876-1961. D.E.P.» guareció sus frágiles restos al otro extremo —elegido por ella misma— de donde reposaba la memoria de su amantísimo y repudiado esposo. Tras la muerte de doña Casimira, se quedaron en la quinta —tan empecinadas en ese aspecto como ella lo había sido— las gemelas Catalina y Casilda supervivientes a todos los naufragios e indemnes de todos los descalabros; porque de ese modo fue su tránsito por la existencia, sutil y en superficie, sin infectarse de las diversas infecciones que fueron corroyendo a la familia. Así, sobrevivieron a Felisa, cuyos restos fueron trasladados por sus hijos, don Roque y don Roberto, desde Valencia para ser enterrada en la parcela funeraria que por derecho de familia le correspondía. Según parece, había fallecido doña Felisa de un cruel cáncer de estómago que le hizo perder 60 kilos de los 112 que había ido acumulando antes de enfermar. Doña Fe había acudido a las exequias, más que por ser su hermana, por mera cortesía, y una nueva cruz, idéntica a las demás cruces, y una lápida de mármol ocultaron para siempre sus múltiples y extintos desencantos sobre la que se grabó: «Felisa del Castillo Montemayor. 1905-1968. D.E.P., mientras, las Ca-Ca gemían con débiles sollozos la memoria tibia de su desangelada sobrina. La siguiente vez que la parca visitó la villa, lo hizo por triplicado y durante el mismo día. Corría 1975. Un año antes, don Fermín empezó a evacuar sangre y a callárselo; porque así era don Fermín de recatado, hasta que su esposa Esmeralda —que se había casado con él por interés— observó la sanguinolenta anomalía en los calzoncillos de su esposo y puso el grito en el cielo, esa vez, con toda la razón. Visitaron a urólogos, quienes los enviaron a radiólogos, y tras el consenso de unos y de otros se determinó que don Fermín hacía tiempo que debería haberse operado de próstata. De modo que, sin mayores dilaciones, se llevó a cabo la inaplazable operación cuando, según parece, ya era algo tarde. A partir de entonces la arrogante doña Esmeralda empezó a perder buena parte de su arrogancia y a rodear sus grandes ojos de océano glacial de unas muy profundas y renegridas ojeras. Cuando estaba próxima a perderlo, comprendió que había dejado de quererlo por interés y que adoraba a su marido quien, en efecto, siempre había sido un hombre adorable. Asistió a su larga enfermedad sin despegarse apenas de la cabecera de su cama surcando más y más sus ojeras, hasta que la muerte pareció tan instalada en su rostro como en el de su marido. Doña Fe acudía invariablemente cada tarde a visitar a su hermano al chalet de El Viso y, en ocasiones, coincidió con la visita de una Veva Roca cuajada de enormes brillantes azulados, y con la vejez ya instalada en su antiguo esplendor; y doña Fe besaba a todos los presentes y pasaba por alto a Genoveva, sin que nadie supiera a ciencia cierta el motivo de tal desaire. Y un día, don Fermín, al que la muerte debió de anunciársele en los oídos o en el alma, dijo que quería morir en la quinta donde descansaba su familia. Entonces, Esmeralda rompió en amargo llanto y dijo que ella hacía muchos años que había jurado no volver a poner de por vida los pies en Villa Casimira. Fue trasladado don Fermín en ambulancia y seguido por Femi, la que había venido de Italia para la ocasión, y por doña Fe, que estaba a punto de perder a su hermano más querido, y siempre disputado a las garras rapaces de su cuñada. Recibieron las Ca-Ca, a sus noventa y cinco años, la agonía de su sobrino con la estoica devoción que siempre habían prodigado para cuidar enfermos. Durante el día, Femi o doña Fe, permanecían alertas a la evolución del moribundo, pero las noches eran propiedad de las Ca-Ca, quienes se sentaban en sendas butacas, tan gemelas como ellas, y aguardaban la mañana en un duermevela liviano, como duermen los ancianos, con un ojo en el sueño y el otro pendiente de la agonía de Fermín. Eran las cuatro y diez de una madrugada de agosto, cuando Casilda fue a despertar a su sobrina Fe, que estaba despierta, y le dijo sin alterar la serena dulzura de su voz, que se levantara, que Catalina se había dormido y que no podía despertarla. Fue quizá la primera y la única vez que Casilda habló por iniciativa propia. Tampoco doña Fe fue capaz de despertar a su tía, quien había entregado el hálito con la misma mesura que había vivido, mientras Casilda ocupaba su butaca de nuevo y fallecía, con idéntica prudencia, a las cuatro y veinticinco. Eran las once de la misma mañana cuando don Fermín entregaba su afable alma al reino de los muertos. Dos nuevas cruces y dos nuevas lápidas, pues las Ca-Ca fueron enterradas en la misma fosa, pasaron a habitar en aquel diminuto camposanto. Doña Esmeralda, se dejaría morir de melancolía año y medio más tarde y, como ella había jurado no volver a poner los pies en vida en aquella casa, tanto Femi como doña Fe, entendieron que el juramento no era extensivo a la muerte, de modo que trasladaron sus restos a la misma tumba que ocupaba su marido. Tras el fallecimiento de Fermín, la hostilidad que a lo largo de todo su matrimonio había enfrentado a ambas cuñadas se vio sensiblemente atenuada. Y entonces fue despedido el servicio que quedaba y se llegó a un acuerdo con los recién casados, Hortensia y Anselmo, para que no dejaran morir la casa por completo, y Villa Casimira cerró sus puertas hasta el momento en que volvieron a abrirse, porque doña Felicidad dijo que quería morir donde había nacido y donde se había iniciado el descalabro de su vida.

Daba vueltas y vueltas doña Fe en su cama implorando a su raquítico sueño nonagenario que acudiera a poseerla y la liberara de revivir todas aquellas muertes que se daban cita en su memoria, quizá para saludar a la suya propia.

Contaba sesenta y cuatro años Felicidad cuando puso sus inseguros pies en la casa que hacía largo tiempo que no visitaba; porque era como una bacteria que le infectaba el alma, y donde nunca había encontrado más que el horror o la indiferencia. Sin embargo, entonces, mellada irreversiblemente por aquella ponzoña que se le había incrustado en todo su ser hasta abatirla, entendía que era el lazareto más adecuado donde depositar para siempre todas sus miasmas. Doña Fe observó a su hermana, quién a pesar de la ruina de su vida y de la madurez de su cuerpo, aún arrastraba restos indelebles de aquella belleza rotunda y malversada por todos los rincones de la tierra y los escenarios de la vida. Fue allí, y en aquel tiempo, donde le contó todo lo que nunca había salido de sus labios: los atropellos sistemáticos a que Félix la sometió desde que tenía diez años, jurándole arrancarle los ojos si alguien se enteraba, mientras ella nunca dudó que cumpliría su promesa, porque Félix a lo único que solía ser leal era a sus amenazas. Le contó cómo el amor asaltó más de una vez su alma a lo largo de la vida, y cómo una fuerza incontrolable dentro de sí se rebeló contra ese amor dejándole desesperación y vacío en el pecho y un hondo sentimiento de haber extraviado algo esencial en su vida de mujer. Le contó cómo había forzado a su instinto a sucumbir ante las inquebrantables propuestas de Viktor Halgrimsson, que la adoraba, y era bueno, y tenía el apellido de un ilustre poeta islandés; y cómo su instinto pervertido acabó imponiéndose a su voluntad, arrojándolo al vacío desde lo alto de un acantilado. Le contó el miedo que siempre le inspiró su propio hijo, porque también era hijo de su inicuo e incontrolado comportamiento; como si se tratara de un testigo y juez inexorable, que antes o después pudiera condenar su iniquidad. Así fue como prácticamente abandonó a su hijo a la afectividad que el azar le deparase, consciente tanto de su abandono como de no poder eludirlo. Le contó cómo había empezado a diluir en whisky sus miserias y sus miedos y cómo, en la cresta de esa ola, conoció sin apenas recordarlo, a aquel uruguayo encantador, de quien era muy consciente que lo único que él había amado de ella era su cuenta corriente, y precisamente por eso no le había importado iniciar con él nuevos y arriesgados ensayos desde su emotividad desdoblada. Le contó que acaso se había casado con él simplemente por llamarse también Víctor, mientras se reía con carcajadas que ahogaban el llanto. Le contó cómo no podía contarle demasiadas cosas sobre su vida en común ni sobre su muerte, porque buena parte de ese tiempo ella lo había pasado inmersa entre los efluvios del whisky, que Víctor le servía sin cicatería. Le contó cómo las teclas de los pianos empezaron a rechazar sus desorientados y temblorosos dedos y cómo ella fue quedándose tan sólo acompañada por el whisky. Le contó, entre un whisky y otro whisky, cómo la cirrosis había llegado, inexorable y redentora, a visitarla. Y le contó que quizá hubiera muchas más cosas que contarle, pero que ni las recordaba, ni valía la pena hacerlo. Doña Fe, había recibido todas esas confidencias como puñaladas en el alma, que fue negligente y torpe, y no supo o no quiso tender a tiempo una mano a su hermana para rescatarla del precipicio por donde se deslizaba. Una lágrima seca se enquistó en sus ojos insomnes.

Markus Octavio, el depravado «Tobías»

CAPÍTULO DÉCIMO QUINTO

I

Markus Octavio Halgrimsson del Castillo nació un frío día del invierno parisino de 1955. Y quizá por eso, el invierno se le coló desde entonces en el alma y el frío ya nunca lo abandonó. Atesoraba Markus Octavio, con prodigioso y audaz equilibrio, todos los encantos de la raza vikinga y todos los encantos que adornaron la belleza, muy española y categórica, de su madre. Abrió los ojos a la vida con la misma inmensidad de la mirada de Felicidad, pero en la de él destacaba un azul diáfano, tan límpido como engañoso. Creció esbelto y fuerte, con la simetría y regularidad ósea de los nórdicos y la sensualidad húmeda en los labios y en la mirada heredada de su madre, y que ella malversó. Había nacido con un pelo rubio y débil, que al correr de la infancia se le fue mutando, oscureciendo y vigorizando hasta transformársele en una fuerte e indómita cabellera negra y brillante, como la de Felicidad. Como ella, tenía la piel dorada y una sonrisa blanca y regular, que Markus Octavio ostentaba sin regateos, y que su madre siempre economizó. Pasó los primeros tiempos de su vida de camerino en camerino, de hotel en hotel y de país en país, arropado por muy diversas y asalariadas manos. Así, cuando, cumplidos los seis años, Felicidad decidió internarlo en aquel reputado y sombrío colegio inglés, el alma se le había hecho trashumante y la afectividad eventual y reticente, y durante los doce años siguientes que fueron sucediéndose entre correctivos físicos y férrea disciplina, Markus Octavio fue desarrollándose indisciplinado, hermoso como las estrellas, y frío como la escarcha. Al cumplir los dieciocho años y, con ellos, la mayoría de edad, Markus Octavio abandonó el pensionado y el campus de la universidad que acababa de estrenar en Estados Unidos, reclamó la herencia de su padre, y desde entonces, empezó a vivir su propia vida, yéndosele por completo de las manos a su madre que, por qué negarlo, nunca habían sabido sostenerlo demasiado bien. Pocas y esporádicas fueron las noticias que Felicidad, su familia nórdica, y su familia española tuvieron del muchacho desde que decidió vivir su propia y emancipada vida. De vez en cuando, enviaba a unos o a otros una tarjeta diciendo que estudiaba Bellas Artes en París, o Arte Dramático en Nueva York, o Danza Clásica en Milán. Así fue pasando el tiempo sin saber qué opinaban del muchacho sus parientes islandeses afincados en Copenhague, mientras Felicidad y su familia española, habían sabido desde siempre que Markus Octavio era un hijo, un nieto, o un sobrino que tenían, y que a la vez no tenían. De modo que nadie dedicó nunca grandes desvelos en sondear la ventura o desventura de su sino. De hecho, doña Casimira ni siquiera llegó a conocerlo y, de haberlo hecho, seguramente no se habría dado cuenta; pues cuando su nieto llegó al mundo, doña Casimira ya navegaba sumergida en su autismo demente entre el cenador y su alcoba y su alcoba y el cenador de la quinta que, otrora, don Eloy del Castillo había mandado construir para brindársela junto con su amor.

Sólo Femi, quizá porque no tenía hermanos y, a excepción de Roque y de Roberto, los hijos de su tía Felisa, con quienes sus padres nunca se trataron, tampoco tenía más primos, o quizá porque el hijo de Felicidad se le antojara un pariente muy sofisticado y exótico, y ello estimulara su curiosidad; lo cierto es que, de toda la familia, fue ella la única que siempre que pudo, estuvo en contacto con Markus Octavio. Le escribía felicitaciones de Navidad a apartados de correos, que él, en ocasiones, contestaba con una tarjeta postal desde el otro lado del mundo varios meses más tarde. Aparte de las dos veces que Markus Octavio, siendo niño, había estado en España, Femi lo había visto en tres o cuatro ocasiones más en la época en que ella estuvo como lectora en la universidad de Bolonia, a donde había ido, porque era licenciada en Filología Italiana y ese puesto puntuaba en su currículum y, sobre todo, por huir del hogar de sus padres, donde siempre había respirado una atmósfera enrarecida y opresiva, por ser hija única, y por las constantes reyertas que el antagonismo entre su madre y su tía Fe erosionaban la convivencia. A doña Fe, a medida que la soltería y la soledad se afianzaban en su vida, se le iba agriando más y más el carácter y trataba a su cuñada Esmeralda como a una intrusa en el cariño de un hermano y de una sobrina de los cuales se consideraba con títulos de propiedad en exclusiva. Así, Femi, una vez terminada la carrera, comprendió que era preciso poner distancia entre tan enfermizos e indestructibles antagonismos, y tras haber disfrutado de una beca en Palermo, donde pasó dos cursos y había terminado la tesina, obtuvo aquel lectorado en Bolonia, que iban a ocupar cuatro imborrables —y a la vez irrecordables— años de su vida, y en cuyo tiempo tuvo ocasión de ver a Markus Octavio, ya adulto, en tres o cuatro oportunidades más.

Si bien, de las primeras veces conservaba un recuerdo difuso, porque se habían encontrado en Roma o en Milán durante el corto espacio de un almuerzo o una cena en fines de semana, y porque el propio Markus Octavio había cerrado la puerta a cualquier intimidad; el último de los encuentros de esa época había dejado en su memoria una huella mucho más imperecedera y nítida. En esa ocasión, habían pasado juntos cinco o seis días de inicios del verano, muy cerca de Lecco, en una villa que su primo había alquilado frente al lago de Como. Femi tenía treinta y un años y el alma destrozada, su primo veintiuno y el alma como cristal de roca. Recordaba el solarium de la piscina que asomaba al embarcadero y tras él, al lago, enmarcado de montañas, frondosidad y brumas, donde Markus Octavio —que ya se hacía llamar Tobías— tomaba un sol apagado y anémico. Recordaba su cuerpo completamente desnudo bajo la caricia de aquel sol deslustrado, sus pectorales de Aquiles sobre un tórax de Marte, su sexo de fauno y sus muslos de Hermes; cubría su piel dorada un leve vello amarillo que aún doraba más su piel, quizás heredado de su sangre vikinga. Un rubor de maestra de párvulos encendía las mejillas de Femi, que no quería mirarlo, ni podía dejar de hacerlo. Jamás había visto, ni volvería a ver, un hombre tan bello.

Recordaba una mañana de aquel inicio de verano cuando, mientras desayunaban en el jardín contiguo a la piscina, su primo había clavado en ella sus diáfanos ojos azules y le había preguntado con expresión contrariada:

—¿Por qué siempre te has empeñado en perseguirme? ¿Hay algo en mí que pueda interesarte? ¿Eres…

eres, digamos, una espía familiar? La única razón de haberte invitado a venir aquí ha sido para averiguarlo.

Femi, que no sabía qué contestar, eludió la respuesta:

—Octavio, somos primos carnales.

—Espera… espera, llámame Tobías; Tobías, Femi, Tobías. Todo el mundo me llama Tobías. Aunque, en realidad, tú puedes llamarme como quieras, siempre que no lo hagas en público —había hecho una pausa—. Así que porque soy tu primo. No sospechaba que fueras tan estúpida.

En esos momentos, Femi sólo deseaba respirar la paz tibia de la mañana, lamer sus heridas, y olvidar. Tardó mucho en responder:

—No creo ser estúpida, Octavio. Aunque… mira, piensa lo que quieras.

Fue a la mañana siguiente cuando, al salir Markus Octavio de la piscina, sus miradas acabaron encontrándose en el meticuloso recorrido que la mirada de Femi deslizó, inevitable, por la figura de su primo, mientras él secaba suave y pausadamente su cuerpo perfecto, como acariciándolo, sin dejar de sucumbir a una vocación algo exhibicionista que, sin duda, ostentaba y detentaba el apolíneo Markus. Y entonces, cuando el verde náufrago de los ojos de Femi y el azul límpido y truhán de sus ojos coincidieron, Markus Octavio, dejó en suspenso el secado de su cuerpo y le preguntó procaz:

—Casimira Esmeralda Fe, ¿te sientes atraída por mí? —e inmediatamente, Tobías empezó a secar lentamente la parte oculta de su abundante pene de fauno.

Femi no apartó los ojos de su mirada, no quiso caer en la trampa:

—Supongo que tú podrías atraer a cualquiera, Tobías. Sería una estupidez negarlo. Eres demasiado guapo.

—¿Demasiado? ¿Qué quiere decir exactamente *demasiado*? Eso, creo que no me ha gustado.

Femi se sintió incómoda jugando a un juego que, ni quería ni sabía jugar y, mucho menos, en ese momento.

—Octavio, ¿podemos hablar de otro tema?

El joven, dejó la toalla en el suelo y se acercó a abrazarla:

—Querida Femi, quizá algún día llegue a comprender ese sacro vínculo al que tu llamas ser primos. De todos modos, es mejor así; mi cuerpo no está al alcance de una simple profesora.

A la mañana siguiente, Markus Octavio recibió una llamada telefónica. Hablaron largo rato en inglés. Después le dijo a su prima que lo sentía mucho, pero que tenía que marcharse porque esperaba invitados.

Murió Felicidad dos años más tarde en Villa Casimira, donde todos los hermanos —salvo Félix, que quizá no fuese hermano— habían acudido a morir o, por lo menos, a depositar su muerte. Cuando a Felicidad el hígado se le había podrido anegado en whisky, y su piel se había vuelto amarillo terroso, y aquellos vómitos negruzcos le estrangulaban la vida, doña Fe avisó a Femi para que, a su vez, intentara localizar a Markus Octavio; por si quería ver morir a su madre o, cuando menos, asistir a su entierro. Femi hizo llamadas a unos teléfonos que la derivaron a otros, puso telegramas a varios continentes, pero en ningún caso obtuvo respuesta. Encontró Felicidad el sosiego, que tan cicatero había sido con ella, mientras una expresión de serena paz, que nunca la acompañó en vida, volvió a embellecer su rostro inerte. Por entonces, hacía muchos años que había muerto don Pío, y que la ermita de Villa Casimira permanecía cerrada. El sacerdote de Tramazo del Encinar acudió a oficiar el sepelio. Días después, la octava cruz de mármol blanco y la octava lápida cubrieron para siempre su azarosa vida, en aquel recoleto camposanto familiar. En su lápida, doña Fe hizo grabar: «Felicidad del Castillo Montemayor —que nunca fue feliz—. 1915-1979. D.E.P.».

Casi un año más tarde, Femi —que ya vivía en Madrid— recibió una tarjeta desde Singapur que decía textualmente: «Espero que hayas aprendido a gozar de tu cuerpo y de tu vida. He sabido lo de mamá. Ella no aprendió nunca a hacerlo. ¡Pobre mamá! Un beso, Tobías».

Habían pasado más de dieciséis años desde entonces, cuando a finales de primavera del año anterior, Femi recibió una insistente invitación de su primo para pasar el verano *entero* en la casa donde se alojaba en una diminuta isla frente a la costa del Tirreno. «No dejes de venir. He logrado aprender algo sobre vínculos», apostillaba en una postdata. Durante todo ese tiempo habían mantenido la misma discontinua comunicación que siempre habían tenido. Femi, con el alma reticente y el ánimo aventurero, había decidido aceptar la invitación de su primo.

Llegó en taxi al muelle del pueblo más próximo, donde la esperaba un empleado con una lancha motora.

La isla —que era más bien un islote— distaba media milla de la costa; de ella recibía los diversos suministros energéticos, así como el agua potable. Disponía de un pequeño embarcadero, donde permanecía atracado un yate de unos sesenta metros de eslora. Una interminable escalinata con numerosos descansillos ajardinados, mediante grandes macetas de terracota, y dotados de unos muy oportunos bancos de piedra, comunicaba el embarcadero con la parte más alta del islote, donde se elevaba la casa. Era ésta una primorosa villa decimonónica pintada de un ígneo color carmesí y con diversas terrazas superpuestas sostenidas por columnas de evocación neoclásica. Rodeaban a la casa, un ancho y frondoso jardín, y el mar ineludible e intensamente azul.

El calor resultaba agobiante. Femi llegó extenuada hasta una especie de amplia terraza donde terminaba la escalinata y empezaba el jardín. Allí la esperaba su primo con una gardenia en la mano, la piel intensamente bronceada dentro de un exiguo pantalón corto exhibiendo su cuerpo de dios, su juventud indeleble, y su belleza rotunda. Hacía diecinueve años que no se veían, desde aquel inicio de verano frente al lago de Como, cuando ella tenía el alma llagada.

Recordaba Femi que, en ese momento, se había sentido algo ridícula: cincuentona, marchita, sudada y jadeando acudiendo a la llamada caprichosa de aquel arrogante desconocido, por muy primo que fuese. Menos mal que había dejado el tabaco, si no, no hubiera podido subir hasta allí. Recordaba que la saludó con un suave beso en los labios y, sin decirle nada, depositó la gardenia en su escote. Recordaba que después diseñó la encantadora sonrisa que Felicidad había puesto en sus labios, y que le había dicho:

—Bienvenida a Villa Avvenente profesora. Confío que pases aquí un inolvidable verano —recordaba Femi que entonces la sonrisa se le desdibujó de la boca y el límpido azul de su mirada se fusionó, en la lejanía, con el azul purísimo del horizonte marino, y que algún arcano designio había corrompido en ese momento la mirada de diáfano azul de sus ojos.

Recordaba Femi, el momento en que Markus Octavio le dijo que no volviera a llamarlo Markus Octavio, que lo llamara Tobías; porque Markus Octavio se había llamado la parte honesta que seguramente alguna vez había habitado dentro de sí, en tanto que Tobías era el alias que desde los tiempos iniciales había adoptado para no ensuciar los sonoros nombres que le habían impuesto. Y que por esa razón, casi nadie había conocido durante aquel tiempo a Markus Octavio. Que era algo parecido a un doctor Jeckyll y un míster Hyde que alguna vez habían cohabitado en su interior. Pero que hacía mucho tiempo que su míster Hyde había dado muerte a su doctor Jeckyll y que, en ese momento, tan sólo pervivían los residuos de Tobías. Recordaba Femi el acento procaz con el que, a lo largo de aquel infausto verano, fue desgranando en sus oídos el magno compendio de felonías que habían jalonado su desenfrenada vida.

En su descarrío posiblemente se habían dado cita todos los genes peores y más libertinos de ambas ascendencias: la mezquindad de don Fabricio, la crueldad de don Severo, la lujuria de don Máximo; amén de las ignotas degradaciones que hubiera podido heredar de su sangre vikinga.

Recordaba Femi cómo Tobías se deleitaba en narrarle las perversiones que lo habían acompañado desde la infancia. Y entonces creyó comprender la razón que lo había movido a invitarla a pasar el verano con él: al ir rememorando ante sus oídos atónitos tantas y tantas vilezas, de algún modo, estaba disfrutando del placer de volver a vivirlas; porque sabía que estaba causándole escándalo, y, escandalizarla, le producía un deleite residual y agostado, cuando se le habían muerto el ímpetu y el alma dentro de un cuerpo todavía perfecto, aunque algo más enjuto y esculpido, como son los cuerpos cuando dejan de ser naturales y exhiben el resultado de regímenes y muchas horas de sudor en los gimnasios. También, mirándole de cerca y muy atentamente, en sus bellos ojos azules, podía descubrirse que algo se le había muerto en la mirada. Pero no era ése el motivo de haberla invitado; ni siquiera se habría atrevido a sospechar el motivo real.

Recordaba Femi la obscenidad de su risa muerta mientras le contaba la historia de Victor Biancalani, el segundo marido de su madre:

—¡Pobre hombre! Era una miserable y sucia rata de cloaca. Pero a mí me sirvió de entrenamiento —Tobías había guardado un silencio sórdido, como si le diera asco—. ¡Lo más irritante es que no tenía clase! Tú figúrate: abordó a mamá en un camerino de Buenos Aires tras un ramo de flores. ¡Vamos! Podía haberse inventado algo más original. La pobre mamá, por entonces, ya se conservaba en alcohol. Creo que nunca logró superar el haber matado a mi padre. Mamá era débil... —hizo una pausa densa, prosiguió—. Mientras él luchaba por seducir a mi madre, yo me propuse seducirlo a él. El mismo día que se casaron, ¡el muy imbécil!, se dejó que yo lo llevara a mi alcoba. Estábamos en un hotel de Monterrey, la habitación de ellos y la mía se comunicaban. Cuando yacía en mi cama bien comprometido, le susurré a la oreja: «No pensarás que me gustas. ¡Payaso!», y me puse a gritar a voz en cuello: «¡¡Socorro!! ¡¡Socorro!! ¡¡Me quieren violar!!» —la risa obscena de Tobías le impedía proseguir con fluidez—. ¡Fue sublime! ¡Imagínate! Yo tenía catorce años. Se armó un fregado ¡tan grande! que tuvimos que abandonar el hotel. Mamá intentaba sonreír con el desconcierto dibujado en el semblante que, por otra parte, siempre la acompañaba. ¡También fue estúpida, ir a conocer a aquel macarra barato cuando yo estaba de vacaciones con ella, y casarse con él ocho días más tarde!

Estaban sentados en una terraza de la parte opuesta a la costa. La noche ocultaba a la mar; sólo su gemido jadeaba incesante, y su olor a yodo perfumaba la atmósfera. Tobías, prosiguió casi en un susurro:

—No he podido comprender cómo mamá soportó a aquel hombre todo un año, cuando a mi padre no alcanzó a soportarlo más que algunos meses. Claro que, en aquella época, mamá aún no bebía. Quizá, tan desconcertada como vivía, no encontrara la forma de deshacerse de él. Tuve que ayudarla.

—¿Mataste tú a su marido?

Tobías la había mirado, como si acabara de descubrirla, a través de la luz tamizada del farol náutico que iluminaba la terraza.

—¡Femi, pero tú fumabas! ¡No me digas que no tienes tabaco? ¡Pobrecita! Ahora mismo te traigo.

—No, gracias, Tobías. Hace años que lo he dejado.

—Seguro. Mira que en esta casa hay de todo.

—Seguro. Continúa.

—¿Una raya de coca?

—Nada, de verdad. Gracias.

—¿Qué me habías preguntado?, ¿que si maté yo a Víctor? ¡Pues claro! Tenía que ayudar a mi madre. Fue al verano siguiente. Yo fui el que se empeñó en hacer aquel crucero; siempre me ha gustado este mar. La noche que lo hice, procuré —fue una tarea fácil— que mamá bebiera más de la cuenta. Por si no hubiera bastado, le diluí un Halcion en uno de sus whiskies. La noche estaba tan serena y tan oscura como ésta. Al tal Víctor me empeñé en llevarlo a la discoteca; creo que había aprendido a temerme. Accedió. Estuvimos allí hasta que cerraron; yo tenía quince años, a esas edades encanta bailar. Después quise nadar, después me empeñé en dar un paseo por cubierta. Fue muy fácil. Mamá me despertó casi a medio día con una fuerte resaca y su eterno desconcierto dibujado en la cara: «¿Qué pasó anoche? —me dijo—. Sabes… sabes lo que hicimos Víctor y yo después de la cena?». «No lo sé, mamá —le respondí inocente— yo me vine a acostar. Creo que tú querías mirar las estrellas.» —de nuevo, la risa interrumpió su relato—. Figúrate, Femi, entonces, me preguntó desconcertada que desde cuándo a ella le gustaban las estrellas. Además… además aquellos días el cielo estaba nublado. Pero con mamá no era necesario esforzarse mucho. Le hice prometer que se mantuviera firme en su creencia de que estaba durmiendo. Dos días más tarde, un servicio de buzos encontró los restos de su cadáver.

Recordaba Femi, que aquella misma noche le había dicho a su primo que quería marcharse, que esperaba que supiera disculparla. Y recordaba cómo su primo le había dicho, rotundo y muy sorprendido, que no, ¡que ni hablar!, que tuviera paciencia, pues el verano sólo acababa de empezar; y que estuviera tranquila, que no había más muertos en su vida. Recordaba Femi que ella había insistido, y que Tobías, muy seguro de sí mismo, le había dicho que bueno, que estaba dispuesto a aceptar su grosería si era capaz de llegar nadando hasta la costa. También recordaba Femi que un escalofrío, como si la hubieran secuestrado, había recorrido su espalda. Pero que al día siguiente, el sol había salido radiante, y que Tobías, más hermoso que Apolo, después de haberse bañado en la piscina desnudo, como tenía por costumbre, le había sugerido, inocente, una excursión por los pintorescos pueblos costeros, e ir a cenar a Nápoles. Y que a ella se le habían desvanecido las aprensiones bajo el imantado hechizo que Tobías irradiaba.

Markus Octavio Halgrimsson determinó hacerse llamar Tobías cuando, a los dieciocho años, abandonó el pensionado del campus universitario de Boston y decidió vivir su propia vida. Lo primero que hizo, fue reclamar su herencia paterna. Entonces, su familia vikinga convino en una notaría de Copenhague en pasarle una sustanciosa renta mensual que, muy pronto, al joven sólo le alcanzaba para pagar el servicio de manicura y poco más. Fue en aquella época cuando Markus Octavio empezó a frecuentar, en Nueva York, el ambiente de lugares como el Studio 54, el Elaine's, el Underground, o el Quo Vadis; impecablemente vestido por Calvin Klein, o por Giorgio Armani. Según parece, fue Leonard Bernstein —que conocía a su madre, y de quien su primo decía que era una loca muy simpática— el que lo introdujo en *sociedad*. Recordaba Femi, el desprecio colgando de su acento procaz cuando le contaba chismes de las «doradas pirañas» que revoloteaban por esas «doradas cloacas». Decía, por ejemplo, de Schwarzenegger, que había llegado a América a los diecinueve años siendo una especie de leñador austríaco, y había ido escalando con sus músculos, hasta alcanzar su cumbre, a hombros —mejor dicho: a espaldas— de muy diversos y variopintos personajes, entre otros, de un Nureyev ya en franca decadencia; pero que era un tipo valioso, que después había estudiado económicas, se había casado con una Kennedy, y que había tenido suerte. De Nureyev decía que era tacaño hasta la ruindad, de Truman Capote que era «una gran maricona casi siempre ebria», de Antony Perkins que sólo se excitaba con los chaperos de la peor catadura, que Andy Warhol era un *voyeur,* Fassbinder un sádico, y Passolini un poco masoquista. Quizá todo fueran simples bulos de Tobías. Es frecuente que quienes están enfangados tiendan a enfangar a los demás, o quizá fueran cosas más o menos del dominio público. Femi ni lo sabía, ni le interesaba, ni pertenecía a ese público. Le contó su primo otros muchos pútridos secretos de alcoba, y no sólo de alcoba, de personajes famosos que acaso no fueran tan del dominio público. Lo cierto, es que, así, a hombros de quienes pudieran permitirse el lujo de costear sus servicios —sin distinción de sexos— el joven Tobías empezó a desplazarse en limusina, a utilizar el Concorde para saltar de un continente a otro, y a habitar en hermosas villas, y en lujosos hoteles; había invertido en ello su incomparable belleza, su talento diabólico, y su esmerada educación británica. Recordaba Femi, cómo su primo había puesto gran énfasis en que él, a diferencia de otros, jamás había buscado la fama, sino todo lo contrario: siempre procuró guarecerse en el anonimato; le dijo que por eso se llamaba Tobías, que era más seguro. Tampoco estaba en sus proyectos ser utilizado como un mero *kleenex* para que otros ganaran dinero a cuenta suya, y acabar alcoholizado y acudiendo a los comedores sociales, tras haber sido taxista, como, por ejemplo, Joe Dallesandro. Claro que él «no era un palurdo de 1,65 de estatura y con una simple polla grande». Eran palabras textuales. Asimismo, hizo hincapié en que nunca le había interesado demasiado hacer inversiones que, a la larga, a saber quién iba a disfrutar; sino vivir día a día sin privarse nunca, en ningún momento, ni del capricho más excéntrico y fútil. Porque así era la vida: día a día, minuto a minuto; caprichosa y fútil. Recordaba Femi que Tobías aseguraba que el porvenir era una inversión en lo fortuito; así de trivial y de precario. Recordaba la muerte del alma agazapada en sus límpidos ojos azules mientras se lo afirmaba.

Una mañana, después de haber estado jugando distendidamente al tenis, el humor de Tobías era glorioso, y le sugirió a Femi salir a navegar hasta Ischia y Capri. El patrón timoneaba el yate, y ellos tomaban el sol en cubierta. Entonces, en mitad de la mar, o sea, en terreno neutral, Femi se aventuró a hacerle preguntas a su primo. Le preguntó qué sabía de la vida de su madre, le preguntó qué sabía de la muerte de su padre, más concretamente: cómo había sabido lo que decía saber. Le preguntó cómo era su familia paterna, y le siguió preguntando hasta que Tobías la cortó irritado y le dijo: «¡Basta, basta, son demasiadas preguntas!». Y, entonces, Femi, aún le preguntó, muy quedo, por qué la había invitado a pasar el verano con él. Tobías guardó un obstinado silencio y, cuando su prima ya no esperaba respuestas, le dijo que le diera tiempo, que cada cosa a su hora, que aún quedaba mucho verano, que a lo largo de él obtendría todas aquellas respuestas; pero que, por favor, no le estropeara aquella plácida mañana.

Fue aquella misma tarde, en una taberna del puerto de Sorrento, cuando Markus Octavio empezó a darle respuestas: Tobías pidió las consumiciones y un paquete de cigarrillos, lo abrió taciturno, le tendió la cajetilla y le dijo, mirándola inexorable con una expresión perversa, que ella nunca le había visto:

—Fuma.

—Ya te he dicho que no fumo.

—¡¡Fuma!!

Entonces, Femi, cogió un cigarrillo.

—De mamá sé algunas cosas; pocas. Sé que, en Viena, era discípula favorita de un destacado profesor judío; no recuerdo su nombre. Según creo, solía visitarlo en su casa y todo. En la época en que empezaron a ponerse las cosas bravas, a raíz del Anschluss, determinado día, mamá acudió a visitar a su profesor en el inoportuno momento en que él había recibido otra visita: la de un S.A. Parece ser que los modales de aquel buen hombre no eran demasiado refinados. No sé con precisión qué pasó. Tengo entendido que el S.A. intentó violar a mamá, o que llegó a hacerlo. No lo sé exactamente. Tampoco sé quién de ambos, ni cómo; pero lo cierto es que el S.A. resultó muerto. Por aquellos días, el honorable profesor ya tenía su documentación en orden para emigrar a Estados Unidos. No puedo referirte cómo se deshicieron de un cadáver tan incómodo, ni cómo llegaron a América, pero lo hicieron. El tal profesor tenía buenos amigos en Nueva York, entre otros, la *loca* de Bernstein precisamente, que por entonces era una joven promesa de apenas treinta años. Él me ha contado ese episodio. Quizá, de no haberse cruzado aquel desgraciado nazi en la vida de mamá, nunca hubiera triunfado. Ya ves tú cómo son las cosas —Tobías exhibió su hermosa sonrisa muerta—. Bueno, profesora; por hoy ya basta. ¿Quieres otro cigarrillo? Mejor quédate el paquete.

Femi aceptó la cajetilla y, al salir, la dejó sobre la mesa.

Siguió reptando el verano en Isolleta Parva, que así se llamaba el islote donde se elevaba Villa Avvenente. Y al decir «reptando», Femi quería decir reptando, pues sabía que en cualquier recodo de aquel verano, el tiempo podía hincarle su emponzoñado diente e inocularle un veneno letal. Sin embargo, una inmovilidad hipnótica parecía encadenarla a toda la sordidez y la aprensión que sentía anegada en su alma. Como si toda aquella molicie desarrollara en ella un morboso e irrefrenable encanto, cuya densidad, la asustara y la paralizara a un mismo tiempo.

Recordaba Femi el fulgor inerte en los ojos de su primo cuando le explicó la historia de la muerte de su padre:

—Mamá me lo contó sin que yo le preguntara nada. Yo no conocí a mi padre, por tanto, qué podía importarme. Se ve que el secreto le pesaba en el alma. Quizá, con ello, intentara justificar su devoción al whisky. No lo sé exactamente. Me dijo que le ocurría a veces, mejor dicho, casi siempre: Que una repugnancia incontrolable se apoderaba de su instinto en los momentos de mayor intimidad con un hombre. Que a veces era tan fuerte, que no podía soportarlo. Resumiendo: que le repugnaba follar. Me dijo, que en realidad había sido un accidente, que ella no quería matarlo, que si hubiera ocurrido en una habitación, o en un lugar llano no habría pasado nada, que sólo habría sido un simple empujón; pero que ¡justamente! se le había ocurrido ir a abrazarla y a besarle el cuello junto a aquel dichoso acantilado. y por sorpresa. No sé el porqué, pero creo que mamá siempre fue una enferma.

Recordaba Femi que Tobías había añadido:

—Oye. ¡Que te estás poniendo triste, y yo no soporto la tristeza! ¡Venga, vamos a alegrarnos la vida con unas rayas de coca! Espera.

Recordaba Femi que ella se había negado, y que Tobías había insistido:

—Venga mujer. Mira, quizá después te haga un regalo. Y, que conste, yo nunca he hecho regalos; tan sólo negocios.

Recordaba Femi que ella se había seguido negando y que, entonces, Tobías había rozado con sus labios de fuego ficticio el perfil de su boca, y que aquellos labios de grana candente, habían seguido recorriendo su cuello hasta el vértice de su escote. Y que, en ese momento, ella tal vez había comprendido los impulsos enfrentados de tía Felicidad: deseo y aversión simultáneos. Recordaba

Femi que había rechazado con suavidad a Tobías, y que él había dicho entre carcajadas:

—Encanto, estás rechazando un brillante. Pero tengo la impresión de que tú entiendes poco de joyas. Creo que eres una solterona, acaso, virgen y frígida como la pobre tía Fe. ¿No es así? Voy a preparar mi nieve, y a ti, te traeré tus asquerosos cigarrillos. Monada, no te prives de disfrutar de ningún placer en la vida, por asqueroso que sea. Toma, ¡fuma!

Recordaba Femi que entonces había recordado que no, que no era así. Que quizá su ánimo estuviera más próximo al de tía Felicidad que al de tía Fe. Y que no había fumado.

De su familia paterna, le confesó otro día que, aunque llevaban el ilustre apellido de un insigne poeta, ellos tenían una especie de industria dedicada a la manufactura de fiambres, quesos y otros derivados lácteos y porcinos. «Comprenderás, querida, que no hay mucho más que decir.»

Agosto serpenteaba menguando los días, cuando su primo, finalmente, le enseñó un comodín:

—¿Que opinas de la vejez, Femi? De ir perdiendo, primero, elasticidad y firmeza en el cuerpo; más tarde memoria, curiosidad, capacidad de gozar. De acabar siendo alguien que deja de interesar por sí mismo, y de interesarse a sí mismo?

Femi, sin saber porqué, se sintió aludida:

—Si conservas bagaje, nunca dejarás de interesar por ti mismo.

—Eso no es cierto. Bagaje contienen los libros, el cine, la música; hasta la televisión contiene bagaje, Femi. Los viejos contienen arrugas, achaques, y degradación de lo que han sido; nada más.

—De acuerdo Tobías; esa es tú verdad, y yo la respeto, pero no la mía.

—Femi, cuando alguien envejece, se convierte en la caricatura de sí mismo. Sólo eso. ¿Por qué crees que Marilyn Monroe o James Dean todavía permanecen vivos; mientras Marlon Brando, que precisamente era el mito de James Dean, o Kim Novak son muertos que aún viven?

—Porque han seguido especulando con ellos.

—No es exactamente así, lo correcto sería decir «porque han podido seguir especulando con ellos». Y han podido hacerlo, precisamente porque nadie ha visto su papada, sus arrugas o sus carnes fofas. Desengáñate, Femi, la vejez se soporta, pero no gusta. De joven se vive, después se sobrevive.

Recordaba Femi que ella había dicho: «Bueno… pues sobreviviremos.», y que Tobías se había chutado otra raya de coca y no había dicho nada.

Pero no fue hasta algunos días después, cuando Femi comprendió el motivo exacto por el que Markus Octavio la había invitado a pasar el verano precisamente en aquella villa rodeada de mar. Lo comprendió, ya a finales de mes, y porque no le quedó otra alternativa. Por la mañana, Tobías le dijo que esa noche procurara arreglarse, que la cena sería a las nueve, y de media etiqueta; su acento era neutro. A lo largo de la tarde, no volvió a ver a Tobías. A las nueve en punto, Femi entró en el comedor lo mejor arreglada que pudo. Markus, de esmoquin negro, tomaba un martini mirando hacia un mar que empezaba a dorarse. Estaba más bello que nunca, más bello que el hombre más bello que Femi hubiera visto en su vida. La cena ya había sido servida: caviar, ahumados, una selecta variedad de mariscos, quesos, y un enorme cubo de hielo con varias botellas de un venerable champán. Un complejo centro de mesa perfumaba de jazmín la atmósfera. Dos grandes candelabros de plata del siglo dieciocho completaban la luz del crepúsculo. Sonaba Vivaldi. Ningún empleado acudió a servirles la cena. Tobías le dijo que no quería intrusos en la intimidad de esa noche, que volverían al día siguiente, pero que no se preocupara, que él sabía ser un perfecto anfitrión. Femi había empezado a perder el apetito. Tobías descorchó el champán:

—Brindemos. Por la despedida.

Femi, estaba incómoda e intentó canalizar su nerviosismo dando coartada a la risa de una broma fácil:

—¿Me tengo que ir? ¿Esperas invitados?

Tobías no aceptó la broma, acarició el desconcierto de su prima con el azul de su mirada muerta:

—Ya no espero a nadie, profesora. Por favor, acepta el brindis y bebe.

Femi aceptó el brindis, y después otro, y otro… y otro. «Por la vida», «por el placer», «por todos mis amantes vivos», «por todos mis amantes muertos». Seguía sonando Vivaldi. Los ojos de Tobías la acariciaban, como ortigas, al otro lado de los candelabros del siglo dieciocho. De nuevo levantó la copa: «por la muerte, por toda la mierda del mundo, que no es más que mierda». Femi bajó su copa:

—¡¡Bebe!!

Bebió.

Tobías abrió una cajita de oro, y con una cucharita de plata fue paladeando lentamente el polvo blanco que contenía la cajita de oro. Femi pensó que era coca; quizá también había coca.

—Escucha —le dijo poco más tarde, cuando estaban arrellanados en sendas tumbonas, en una de las terrazas de evocación neoclásica frente a un mar sin confines—. Ahora te agradecería que me dejaras solo. Mañana, entra en mi cuarto y, en el secreter, encontrarás algunos papeles, léelos, son para ti. Y ahora vete, por favor; me ha dado un poco de sueño.

Arrastraba las palabras omitiendo algunas sílabas. Vivaldi seguía sonando. A Tobías se le entrecerraron los ojos. Femi corrió a su cuarto para ver qué es lo que había en su secreter:

Querida Femi:

No es exactamente que te quiera, no te hagas ilusiones, profesora, porque yo nunca he aprendido a querer. Pero tal vez tú hayas ostentado mi mayor emoción; mi vínculo, como tú dirías. Perdóname por ello; ser querido, creo que puede hacer sufrir. No lo sé exactamente; tú si debes de saberlo.

Lo cierto, es que éste es el único momento, que recuerde, que yo he necesitado de alguien. Ese alguien eres tú.

Doy fe de que voluntariamente he renunciado a seguir soportando esta mierda de mundo y, en consecuencia, me quito la vida. Deseo que mis restos sean incinerados, y que mis cenizas sean repartidas entre todos los sobres adjuntos y que, a su vez, éstos sean enviados a las direcciones que en ellos figuran. Es lógico que quienes pagaron por mi cuerpo posean mis cenizas. Que les aprovechen. ¡Lástima que muchos hayan muerto!

Femi, te lo digo por última vez: aprende a disfrutar de tu cuerpo, mientras aún puedas hacerlo. Acaba perdiéndose esa facultad. ¡Ah!, y tú, que la tienes, disfruta también de tu alma. En eso, yo no puedo aconsejarte porque creo que he nacido sin ella. Acaso mis padres se olvidaron de dármela. ¿Quién lo sabe?

Sé feliz. Un beso,

Markus Octavio Halgrimsson del Castillo

P/D: Al fin, he recuperado los sonoros nombres que me impusieron.

Recordaba Femi, que junto a esa nota había unos doscientos sobres destinados a direcciones de varios continentes, y un paquete de cigarrillos. Recordaba, que entre sus manos temblorosas, más de la mitad de los sobres se le habían caído al suelo, recordaba que había recorrido la villa abriendo cerrando puertas y subiendo y bajando escaleras y gritando socorro. En tanto, recordaba que Vivaldi seguía sonando; lo hizo en la megafonía de toda la villa hasta la madrugada. No había nadie esa noche en la casa, ni en el embarcadero estaban el yate ni la lancha motora. Recordaba que había intentado llamar por teléfono, pero que el teléfono había sido cortado. Y recordaba que había regresado a la terraza donde Tobías permanecía arrellanado en la tumbona iniciando el fin de su muerte, con sus hermosos ojos azules entrecerrados, en los que la mirada se le había muerto cuando aún estaba vivo. ¡Quién sabe cómo, cuándo y en qué extravíos se le había muerto su límpida y hermosa mirada azul! Un llanto, más estupefacto que dolorido, la había acompañado hasta que, al día siguiente, regresaron a Villa Avvenente el yate, la lancha, y el servicio de la casa.

Recordaba Femi que durante esa larga noche se había fumado la cajetilla de cigarrillos entera. Desde entonces no había vuelto a dejar el tabaco.

II

Miró a lo lejos. Intentó sonreír:

—Lo cierto, tía, es que aún hoy no sé si Tobías se escribía con o sin tilde; porque tampoco sé si Markus Octavio al adoptar ese alias había pensado como nórdico, o como español. Su espíritu no tenía fronteras. Lo siento, es una estupidez.

—Bueno —dijo doña Fe—. Las piezas del rompecabezas parece que van encajando.

—Faltan piezas, tía. Nadie lo sabe mejor que tú.

Doña Fe no dijo nada.

Agosto iba acortando las tardes de Villa Casimira. El silencio hervía en el viejo cenador del jardín, donde la abuela de Femi había ido abandonando la razón, o donde había encontrado otras razones que no se correspondían con las establecidas. Estaba anocheciendo. Femi paseó su mirada cansada por la perspectiva floral y algo humillada bajo el largo y lacerante azote del estío.

—Se van muriendo las rosas —dijo.

—Sí, hija —respondió doña Fe—. Ellas, como nosotras, también se mueren. De no ser así, no necesitarían protegerse con espinas.

Femi, una mujer candorosa

CAPÍTULO DÉCIMO SEXTO

I

¡Claro que sabía doña Fe que faltaban fichas del rompecabezas para poder contemplar toda la panorámica familiar! Fichas difusas, pero palpitantes, que no estaba muy segura de querer entregar a su sobrina, aunque ya se las había pasado por delante de los ojos, pero sin darle tiempo a contemplarlas; porque aún conservaba reticencia en trasladarle el testigo de toda la memoria troquelada y fétida, que tampoco le había pertenecido a ella por derecho, sino por accidente; cuando Felicidad decidió distanciarse de su ruta y seguir su propio precipicio, y a ella se le había quebrado el horizonte, y ocupó un puesto en los anales familiares que nadie le había asignado; como, en su momento, le asignaron a las Ca-Ca, si bien, ellas lo habían aceptado sin reticencias en el alma. No obstante, habían sido reticentes, ante el correr del sino, a que Felicidad las sucediera. Fue lógico, y magnánimo por su parte...

Doña Fe, sabía que ahora ese puesto estaba vacante y en peligro de extinción, y por eso, no sabía si entregárselo a Femi para que ella lo aboliera, o hacerlo añicos de una vez por todas dentro de su alma y dejarlo morir con su propia muerte.

No obstante, allí estaba su sobrina, a la que nadie había llamado, diciendo: «quiero saber; porque saber redime la conciencia». Mientras, doña Fe, que de eso sabía mucho, no estaba tan segura que así fuera; porque, en ocasiones, los secretos familiares son como epidemias que se van propagando y alienando el alma.

Acaso, aquel Tobías —con o sin tilde, da lo mismo— que ella, por suerte, no había llegado a conocer como tal, detrás de sus miserias, le había dejado en herencia a Femi y, mediante ella, a los fragmentos que quedaban de familia, dos atinadas y generosas conclusiones, que sólo recordaba en esencia. Una, era que el afecto a veces duele, y no sólo duele, sino que atenaza y estrangula el albedrío. Y la segunda era algo sobre gozar del cuerpo y sobre gozar del alma. ¡Cuán equivocado había estado su sobrino al juzgarla a ella frígida, virgen y solterona. Solterona, sí, porque fue lo que la vida le dejó, pero tan convencida de que se necesita alma para gozar del cuerpo en toda su esencia, como de que si el cuerpo no aprende a disfrutar, el alma puede llegar a morirse un poco. ¡Si lo sabría ella!

Qué obcecados podemos ser al juzgar a los demás sin haber calado en sus hondos sentimientos, y qué fácil resulta hacer juicios temerarios sin haber conocido en profundidad las determinantes que han ido modelando la conducta. Bueno, la juventud también tiene sus limitaciones, y ese ímpetu irreflexivo, puede ser una de ellas. Lo terrible es cuando la edad se te echa encima sin enseñarte a perspectivar. En esos casos, resulta bastante arriesgado. Es lo mismo de estúpido, perverso y peligroso que los chismes de vecinos, tras de cuya aparente trivialidad, se puede sentenciar e, incluso, ejecutar el destino ajeno.

Por eso, doña Fe también era reticente a añadir al rompecabezas las piezas que le faltaban, porque corría el riesgo de brindar una semblanza sesgada de ciertas actitudes, cuyos móviles sustanciales nunca había conocido en toda su profundidad; y cuando llegó a conocerlos, ya no era capaz de hacer con ellos juicios de valor.

La mañana crujía al azote del bochorno que empezaba a cernirse sobre ella. Anselmo había regado al amanecer, y aún olía a tierra húmeda, que ya empezaba a deshidratar sus poros. Femi, acababa de levantarse, y acudía hacia el viejo cenador, donde doña Fe había instalado el cuartel general, que durante tantos años albergó los secretos de alma de su madre. Quizá, sin tener conciencia plena, ella había ido en pos de esos secretos para comprender el porqué, y después morirse en paz. Pero era consciente de que ya no iba a conseguirlo, porque la paz se le había hecho añicos entre los dedos.

—Buenos días, tía. ¿Hace mucho que estás aquí?

—A mi edad, se amanece pronto, Femi. Las migajas de sueño que el cuerpo te quita, son la migajas de vida que el cuerpo te regala.

—¿Has desayunado?

—No.

—Yo tampoco. Voy a avisar a Lorena. Buena chica, ¿verdad?

—Sí. Si yo fuera como Octavio me creía, diría que no parece de estos tiempos.

Femi sonrió:

—El paro y un buen sueldo hacen milagros, tía. Ahora vuelvo.

Anselmo, aparte de regar, también había cortado buena parte de las rosas muertas. Y éstas, permanecían amontonadas e inútiles exhalando una fragancia desvaída y algo acre cerca del estanque; eran espectros de vida, que tras su ajado perfume, enmascaraban la podredumbre que se había adueñado de ellas. Doña Fe pensó que tenía que decirle a Anselmo que dejara morir a las rosas en sus tallos y que la naturaleza siguiera su curso. No es higiénico alterar el curso de la naturaleza.

Comenzaron a desayunar recorriendo un silencio un poco incómodo; como sabiendo que ambas guardaban cosas que contarse —pues Femi había vuelto para eso— pero sabiendo igualmente que ninguna de ellas iba a preguntar nada, porque sería forzar una situación, que al final podía romperse si se forzaba demasiado. Resulta arriesgado exacerbar las confidencias, deben fluir cuando encuentran cauce para hacerlo. Además, doña Fe le había dicho, significativamente, que no pensaba morirse al día siguiente. No obstante, el verano terminaba, había sido infértil y Femi, que pronto tenía que volver a Madrid, prefería clausurar aquel capítulo. No sabía cómo hacerlo. Cerró los ojos y se lanzó al vacío:

—Estoy en deuda contigo. Tú me has hablado de Ramón, yo no te he hablado de Andrea; nunca lo he hecho.

—¿Quieres hacerlo?

—No exactamente. Pero quizá por eso, deba de hacerlo.

—Te escucho —no había curiosidad alguna en doña Fe, que ya sabía demasiado, y que ya no quería saber nada más.

—Lo conocí a poco de llegar a Bolonia. Yo, de sobra sabes que no había sido una chica normal. Quiero decir que no había…

—Sé lo que quieres decir.

—¡Me alegro de que lo sepas, pero déjame decirlo! No había vivido el célebre Mayo del 68, aunque entonces tenía veintitrés años, ni todo lo que su espíritu llevaba implícito; que tal vez haya sido como un sarampión que mis coetáneos pasaron y tan sólo le aportaron defensas. Yo… ya sabes cómo era mamá.

—No, Femi. Yo sé cómo era Esmeralda ¡Rocamora! No sé cómo era mamá —la interrumpió con acritud.

Femi miró a su tía pidiéndole que tuviera compasión, doña Fe le devolvió la mirada diciéndole, con ella, que no la tenía.

—Si quieres, déjalo.

—¡No, no quiero dejarlo! Mamá era tirana, convencional, víctima de un puritanismo exacerbado; quizá por tener una hermana puta.

Doña Fe soltó una carcajada.

—¿Te ocurre algo?

—No, no es nada. Continúa.

—Sabes perfectamente que hasta los diecisiete años fue a llevarme y a buscarme ¡todos y cada uno de sus días! a aquel dichoso colegio de monjas; y digo dichoso, por no decir un taco. Bueno, en la Universidad, las cosas cambiaron poco: a las nueve y media, en casa. Recuerdo que papá, en ocasiones, me miraba compadecido.

—Bien, llegaste a Bolonia y conociste a… ¿cómo has dicho que se llama?

—No, no te adelantes; quiero poner énfasis en los precedentes. Durante los dos años que pasé en Palermo… Bueno, conoces la fama que tienen los sicilianos… Pues ¡nada! ¿Y si mamá llegara a enterarse? A las diez, en casa preparando la tesina. ¡Nada!, ¡nadie! Yo era guapa, tía; tú lo sabes. Soy alta, tengo los ojos bonitos. Bueno, todos vosotros, salvo la desdichada de tía Felisa, habéis sigo guapos. Mi madre también lo era.

—Sí, Femi. Sí has sido guapa; aún lo eres…

—Pues nada: ¡tesina, universidad y cine, pero el cine por la tarde, eh! Y yo, ¡yo me había ido a Italia precisamente para ser yo! ¡¡Yo!! No la hijita de mi madre o tu sobrina. ¡¡Yo!! Pero no había aprendido a serlo.

—Femi… que conste: si alguna vez intervine en tu educación, ¡y sé que lo hice!, fue precisamente con intención de liberarte de las garras de tu madre; porque tu padre era su portavoz, de sobra lo sabes…

—Déjalo, tía. Ciertamente, no quiero entrar ahora en esa discusión; tengo cincuenta y un años… Te iba diciendo que llegué a Bolonia con el candor y la inexperiencia de una colegiala, pero con el cuerpo y la formación de una licenciada de veintiséis años. Naturalmente, era virgen… Se llamaba Andrea, era médico. También estaba en la Universidad. Durante medio año estuvo… estuvo haciéndome la corte, y yo, la gazmoña; que es lo que era. Vamos, como a principios de siglo… —hizo una pausa—. Después de todo, lo tuvo fácil Andrea… Primero fue un café, después un café seguido de un paseo… después una cena y un espectáculo, hasta que consiguió lo que buscaba: al cabo de un año ya estábamos viviendo juntos, sin dimensiones ni proyectos… Él era de Ferrara. Tres días, de los siete que tiene la semana, los pasaba allí. Decía que tenía una consulta. No quería ni oír hablar de matrimonio; según él, no creía en semejante vínculo. Pasó un año… y después otro… Y entonces empecé a preguntarme por qué ni siquiera tenía el teléfono de su consulta de Ferrara. Es cierto que cuando se iba, él me llamaba diariamente; a veces más de una vez. Sin embargo, yo empecé a abrigar recelos. Andrea no era un hombre a quien se le pudieran pedir cuentas. Y entonces, ¡estúpida de mí!, creí que era una buena idea quedarme embarazada, que así él decantaría nuestra relación... Si hubiera tenido alguna experiencia, naturalmente habría obrado de otro modo. ¡Vaya si decantó nuestra relación! Andrea tenía mujer y tres hijos en Ferrara... Me dijo que lo mejor era abortar, que, no obstante, mía era la última palabra... Todo eso ocurrió poco después de la muerte de papá... En ese momento odié a Andrea, odié Italia, odié la vida, y odié a mi madre, cuya reacción, de haberme presentado soltera y con un hijo en casa, ni siquiera me atrevía a sospechar... Aborté... Él mismo mató a su hijo... Después le dije que se perdiera de mi vista para siempre. Precisamente fue al finalizar ese curso cuando Tobías me invitó a pasar unos días en Lecco... Regresé a España con el alma destrozada. Al principio, me parecía estar sufriendo por Andrea, pero muy pronto comprendí que era por mi hijo por quien sufría, y entonces canalicé todo mi dolor contra mi madre, y a ella le imputé la culpa de mi aborto. Todavía se la sigo imputando, aunque sea injusto.

»Fue un año difícil aquel que transcurrió en el chalet de El Viso tras la muerte de papá, mientras yo preparaba oposiciones. Ya sabes cómo estaba mamá, como si de pronto hubiera comprendido todo lo que había perdido al quedarse sin mi padre; tenía razones para ello. Lo cierto es que yo tampoco la ayudaba mucho a superar la crisis; me agobiaban mis propios dolores, y mis propios resentimientos que, en buena parte, le imputaba a ella. Un día, por fin, explotaron los rencores que había ido acumulando en el alma desde antiguo. Tuvimos una enorme pelotera. Se lo conté todo; mejor dicho: se lo arrojé a la cara. También la acusé de haber dado muerte a Félix. Siempre he sospechado que fue ella; era muy capaz de hacerlo. Mamá, desde entonces, apenas volvió a hablar; se limitaba a mirarme imperdonable con su mirada de hielo. Ocho días más tarde le dio la trombosis y murió. ¡Dios!, cómo me sentí de mal en aquel dichoso y desvencijado chalet durante el tiempo que seguí habitándolo. Sentí que la soledad era tridimensional, sólida, y que podía tocarla; sentí que jamás volvería a creer en ningún hombre, y así ha sido, y sentí, como nunca, haber matado a mi hijo. Después, gané las oposiciones, me cambié de casa… y, bueno, la vida continúa… Pero no me ha indultado la conciencia. Cada día me reprocho más no haber tenido a mi hijo. Es una llaga que siempre va a sangrar dentro de mí. Imagínate, ahora tendría veintitrés años… También he vivido obsesionada por la incertidumbre de saber si fui justa o injusta con mi madre al acusarla de haber matado a Félix. Por eso es tan importante para mí saber quién lo hizo. ¿Fue ella, tía?

Doña Fe había contraído mucho sus mejillas de viruta. Miró a la mañana, que empezaba a calcinar el jardín, se pasó la lengua varias veces por sus labios resecos, tomó un sorbo de té frío. Al fin, miró a su sobrina con toda la vejez de sus noventa años, que Femi nunca había notado, aflorándole a los ojos. No podía seguir callando; sin embargo, tampoco quería decirle toda la verdad. ¿Qué importaba ya?

—Femi… Tu madre no fue precisamente una santa y, según dice el refrán: «dime de qué presumes y te diré de qué careces…»; no quiero añadir nada más. Pero tu madre no mató a Félix; fue mi madre quien lo hizo…

—¡La abuela!

—Sí, la abuela. ¿Recuerdas que he aludido a un viaje que realizó a Barcelona y otro a Madrid el mismo año que murió Félix?

—Sí, lo recuerdo. Cuando fue a ver a tía Felicidad…

—No sólo fue a ver a tía Felicidad, Femi. Mi madre nunca se hubiera desplazado hasta Barcelona por el único motivo de ver a una hija. Esa fue la coartada. Por ello me extrañó tanto cuando mi hermana me dijo que había ido a verla. Pero tu abuela era inexorable, y nunca perdonaba nada… Según parece, Félix, además de su gran debilidad, era una cuenta pendiente que tenía en su memoria desde antiguo, desde muy antiguo. Concretamente desde hacía cuarenta y cinco años, cuando Federica murió ahogada en ese estanque, antes de haber nacido ninguno de nosotros. Meses después de aquel viaje a Barcelona, vino a Madrid expresamente para contármelo todo; porque, según me dijo, alguien tenía que saberlo, y yo le parecí la más indicada. Mis espaldas, aunque frágiles, siempre han sido anchas… Sólo a partir de entonces sucumbió a la vocación que su mente albergaba de naufragar en los piélagos de la demencia. Pienso que, si bien mamá nunca estuvo completamente cuerda, hasta ese momento hizo un gran esfuerzo de voluntad para ir sosteniendo la razón. Quiero decir, que una de sus grandes razones a lo largo de su vida consistió en seguir la evolución de Félix. Si te cuento todo esto, es para rehabilitar la memoria de tu madre, que aun cuando de sobra sabes que nunca fue santo de mi devoción, tampoco tiene por qué cargar con las culpas ajenas. De no ser por eso, ten presente que nunca lo habrías sabido como, de hecho, nadie lo ha sabido hasta ahora. Escucha:

» Fue poco después de que yo hubiera abrasado los restos de Ramón y, con ellos, los restos de mi vida que, según me has dicho, Octavio juzgó, tan gratuitamente, de frígida y malversada. ¡Pobre Octavio!, qué difícil es meterse en la piel de nadie… Para mí, malversada fue la suya. En fin… Te decía que por entonces, mamá apareció una tarde, sin previo aviso, en la calle Padilla. Tu abuela no era persona que se anduviese por las ramas; de modo que llegó, me pidió un café, ¡ilusa: café en el Madrid de aquellos días! Bueno. Le hice una achicoria, ella la probó, la escupió, y me dijo que le diera un vaso de agua, que naturalmente no había ido a verme, sino a hablar conmigo, y que tenía la boca seca. Entonces me contó todo lo que a lo largo de esos cuarenta y cinco años había silenciado: que Félix posiblemente hubiera querido ser hijo único, y que por esa razón, quizá siempre había odiado a sus hermanos. Que aún no tenía cinco años cuando había matado a Federica. Que era un secreto que siempre le había pesado en el alma, como si ella misma hubiera sido cómplice. Y que esa complicidad la había obligado en más de una ocasión a ponerse de su lado, porque hay que ser coherente con las posturas que se toman. Así que ella sabía perfectamente que esa historia de que Félix no era Félix, sólo era una patraña para exculpar la mala sangre que corría por sus venas; o sea, por las de todos... Me dijo, que Félix ¡claro que era Félix!, que a ella no podía engañarla; que ojalá ciertamente no hubiera sido su hijo, que todo habría resultado mucho más liviano. Me dijo que cada una de las cartas que había ido recibiendo de él, donde se recreaba en narrarle sus felonías familiares, contenían la huella de un viejo reto; como el ir tensando y tensando la cuerda de un arco hasta ver cuándo se rompe, o cuándo lanza una flecha al corazón. Me dijo que, en el fondo, Félix tal vez estuviera roto, y era eso lo que deseaba: recibir la flecha. Y que quizás él recordara, como lo recordaba ella, aquella larga mirada que habían sostenido cuarenta y cinco años antes, cuando se retaron junto al estanque donde él jugaba con un barquito, mientras Federica flotaba sobre el agua. Me dijo que acaso entonces había empezado el mudo desafío que los había vinculado a lo largo de la vida, y que quizá él ya no lograra mantenerlo por más tiempo. Me dijo que cuando había llegado al execrable sótano donde naufragaba su sórdida vida, la había mirado sin sorpresa, como diciéndole: «Ya era hora…». Me dijo, que desde el primer momento, él había sabido que ella iba a matarlo, que casi se lo había suplicado con su mirada nebulosa y vencida. Me dijo que una madre nunca se equivoca… Y lo cierto, es que ni tú ni yo podemos saberlo, porque no hemos sido madres. También me dijo que él mismo le había brindado el arma; que mientras hablaban, él afilaba y afilaba aquella dichosa navaja de afeitar, como si fuera la última arma de que ambos disponían, y que después, deliberadamente, la había dejado a su alcance. Me dijo que a ella jamás se le hubiera ocurrido semejante utensilio, que llevaba la pistola de papá en el bolso, pero que de pronto había pensado que las pistolas hacen ruido… Me dijo que él le había dicho: «O ellos, o yo. Tú eliges; pero elige de una vez por todas, porque si no, seguiré adelante…». Y que fue a renglón seguido cuando se había retractado y le había dicho que él no era su hijo. Pero que ella, naturalmente, no le había creído, porque sabía que él se había rendido y le estaba pidiendo terminar de una vez por todas aquel largo y fracasado duelo… Me dijo que le había contestado que esa elección ella tenía que haberla considerado justo tras la muerte de Federica; pero que entonces flaqueó, y que después había tenido cuatro hijos más, de modo que ya no le quedaba otra elección… Me dijo, que tras haberle rebanado el cuello, y mientras aún estaba vivo, había visto en sus ojos la misma mirada que cuarenta y cinco años antes la había mirado al borde del estanque. Y me dijo

411

que al fin estaba en paz consigo misma, y que posiblemente él, también…

»Por primera vez vi dos lágrimas atravesar el rostro de mi madre. Aquella noche la pasó en casa, al día siguiente regresó, y despidió al viejo chófer, a quien, en compensación, le regaló el coche. Un gran detalle de su parte… Desde entonces, mamá nunca más salió de esta casa. Permaneció aquí, enfundada en sus viejos trajes, paseando su autismo indiferente a todo lo circundante; como si se hubiera quitado un enorme peso de encima, sumergida en un silencio inconmovible que amparaba en una sordera que siempre la había acompañado, y que siempre había sabido sortear… —doña Fe hizo una larga pausa; su mirada recorrió el viejo cenador invadido de maleza, después de mirar al suelo, elevó los residuos de sus cejas—. Como podrás comprender, nunca lamenté la muerte de Félix, y menos en aquel momento: cuando el asesinato de Ramón aún latía en mis sienes. Pero, a partir de entonces, todos y cada uno de los días que han pasado, he intentado desbrozar la maraña de pasiones que acompañaron a tu abuela a lo largo de su vida, y que tanta incidencia han tenido en las nuestras. O sea: la razón de su sinrazón, o la sinrazón de su razón; ése es el enigma. Si he de ser honesta, debo de confesar que, hasta aquella época, siempre la había infravalorado, y que a partir de ese momento, nunca la he entendido. Seguramente esa incertidumbre me acompañará hasta la tumba… —doña Fe sonrió felina—. Bueno, supongo que ya sabes lo que querías saber… Lo has conseguido… Espero que realmente te aporte el sosiego que buscas. No estoy muy segura de ello. En tus manos ha quedado toda la maldita memoria familiar, que bien merece morir; te lo aseguro… ¡Mátala, Femi! Hazme caso… ¡Mátala! Y cambiando de tema: sí, hija, pienso que hiciste mal en no tener a tu hijo. Yo te habría ayudado, no lo dudes. En cuanto a tu madre, que sabía lo que era abortar, y, ¡por qué no decirlo!, también sabía de pasiones... debería de haber sido comprensiva. En fin. Pero lo que no tiene sentido es estar lamentando eternamente lo que se ha hecho o se ha dejado de hacer. ¡Vive!, asume los reveses que la vida te depare, como yo los he asumido. Es demasiado breve la existencia como para detenerse constantemente a otear su horizonte. En eso, a mis noventa años, yo pienso lo mismo que Octavio. Pero, a diferencia de él, no me ha asustado envejecer ni, por ser vieja, tengo ninguna desavenencia con la vida. Ah, y a partir de hoy, se acabaron las confidencias. Estoy harta de moverme en la espiral... Tú, que aún tienes futuro, procura mirar hacia adelante. Yo, cuando me llegue, procuraré morir en paz... Punto. ¡Eso es todo! —hizo una pausa, miró a su sobrina con el arrepentimiento bailándole en el semblante—. Discúlpame Femi, pero tenía que decírtelo, porque tú eres idéntica a tu padre; tan inocente como él.

II

Llegó septiembre, y doña Fe vio partir a su sobrina con el alma sosegada. ¿Cómo lograría sosegar la suya, después de saber todo lo que nunca había sabido, y ni siquiera había podido sospechar, y que entonces, le

413

pesaba como plomo derretido en el alma! ¡Cómo perdonar a la memoria de su madre, que había sido cómplice del descalabro familiar, y que la había engañado con tan execrable cinismo, sierva de sus miserias y de las pasiones más bajas de su instinto pervertido, tras su escudo de beata? No, era mejor no haber llegado a descubrirlo…

Ocurrió como resultado de la constancia infatigable en buscar y buscar a lo largo de la vigilia de sus noches y de sus amaneceres, mientras Femi dormía, y ella se obstinaba en hallar algún vestigio traspapelado en el laberinto de Villa Casimira, donde su madre había extraviado la razón, y que le permitiera comprender. Lo encontró. Doña Fe sabía que su madre no había quemado las cartas que Félix le enviaba; que nunca lo habría hecho, y que tenían que estar en alguna parte que, posiblemente, su razón obnubilada había olvidado al final. Las encontró. Ésas, y todas las demás que aquel hombre y su madre se habían intercambiado a lo largo de la vida, y que ella rescató tras darle muerte en Barcelona. También encontró los diarios donde doña Casimira había dejado rubricada la constancia de sus flaquezas. Los propios diarios, en sí, ya eran una flaqueza que horadaba la solidez irrompible de su madre. Pero cuando se extravía el corazón, el alma se torna vulnerable.

Y entonces, supo doña Fe que cuando aquel vagabundo llegó por primera vez a la quinta, su madre había sabido de inmediato que no se trataba de su hijo; porque una madre, en esas cosas, nunca se equivoca… También supo doña Fe que doña Casimira enseguida se había sentido irremediablemente fascinada por la maldad que asomaba a la mirada de aquel hombre y que, en ese mismo instante, se había establecido entre ellos un vínculo tácito e indestructible; como un reto de amor-odio, que don

Eloy, quien le había dado tantas cosas, no había sabido darle; porque don Eloy tenía el alma noble, y nunca había aprendido a odiar. Se enteró doña Fe, a través de los diarios de su madre, de que cuando ella había dicho: «¡¡Hijo!!, ¡¡hijo mío!!, ¡¡hijo de mis entrañas!! Por fin vuelvo a abrazarte», y él había contestado, casi en tono de pregunta: «Mamá», él había sabido que ella sabía que él no era su hijo. Y que entonces, en ese preciso momento, se había iniciado aquella suerte de pasiones disolutas que habrían de vincularlos, arrastrando en sus lazos a toda la familia, durante veintitrés años, hasta que ella fue a visitarlo a Barcelona y le cercenó la vida con una navaja de afeitar. Con ese episodio terminaban precisamente los diarios de su madre; quien, desde entonces, había dado rienda suelta al desvarío de su mente. O, acaso, fuera al contrario, y hubiera recuperado una razón, que ya nunca quiso esclarecer, y que hasta entonces había sido prisionera de la sinrazón de su ímpetu descarriado. ¡Quién lo puede saber! Lo cierto es que doña Casimira amó y odió a aquel hombre, sin freno ni medida. Y cuanto más lo odiaba más lo amaba, y cuanto más lo amaba más lo odiaba. Porque tal vez, allá en su infancia, en la atmósfera fétida de las umbrías estancias de su linajudo y enrarecido caserón de Montorga, el odio y el amor se le amalgamaron juntos en el alma y, a la postre, su razón ya no supo discernirlos, ni siquiera desglosarlos. ¡Quién lo sabe! Lo cierto es que a doña Casimira, según sus propias reflexiones, se le fue quebrando el amor hacia su esposo al ir constatando que era, precisamente ella, su gran debilidad, y que a medida que había gobernado en su corazón, el amor se le fue muriendo diluido en un desprecio ciego pero, a la vez, incontrolable: «Nadie, ni uno mismo —subrayaba— puede gobernar el corazón».

Sacrificó doña Casimira a aquella pasión desenfrenada, en primer lugar, la memoria de su hijo Félix que, sin duda, fue al hijo que más quiso; porque fue el primero, y porque en él sí se habían citado, desde la más tierna infancia, las pasiones perniciosas que tanto subyugaban a su alma. Después, sacrificó la armonía de su hogar, la agonía lacerada de su marido, la desgracia irreversible de Felicidad, el envilecimiento progresivo de toda la familia, hasta que aquel hombre empezó a ganarle el desafío de una pasión, que tal vez él no compartía y sólo detentaba en favor de mezquinos intereses, y se aventuró a empezar a destruir, ya no emocional, sino físicamente, a los miembros de su estirpe para gobernar sobre ella en solitario. Fue entonces, cuando a doña Casimira la pasión se le tornó sólo rencor dentro del alma, y es muy destructivo el envilecimiento del amor… Doña Fe se enteró, a través de las últimas páginas de los diarios de su madre, de que hizo lo que hizo, porque tenía que hacerlo; porque detrás de yernos, nietos nonatos, y de amancebados, aquel hombre se había propuesto destruirle también al resto de los hijos. Y que los hijos… eran hijos, carne de su carne y sangre de su sangre. Que todo había empezado a gestarse aún en casa, cuando el desenfreno de pasiones se le había ido de las manos, a raíz de la marcha de Felicidad, y fue preciso acudir a la autoridad pública para que refrenara el desenfreno.

Doña Fe fue comparando minuciosamente las verdades de aquellos diarios y las mentiras que su madre había ido expresamente a Madrid para contarle, cuando pudo haberlo silenciado todo. ¿Qué razón o sinrazón la habían motivado a hacerlo? Doña Fe sabía de sobra que la sinrazón de su madre jamás había estado exenta de razones, y ella, que era tan obstinada como doña Casimira, le dio vueltas y más vueltas al asunto hasta que creyó encontrar el sentido de aquella aparente falta de sentido: comprendió que en su relato se entrecruzaban verdades y mentiras. Recordaba las mejillas de su madre surcadas por dos lágrimas que, durante toda su vida, jamás le había visto brotar de sus ojos como acero. Y entonces, doña Fe creyó comprender que había parte de verdad en su mentira, si bien, sujeta a otros vínculos. Quizá fuera cierto —estaba segura de ello— que el falso Félix le había dicho eso de: «O ellos, o yo. Tú eliges; pero elige de una vez por todas, porque si no, seguiré adelante...», y creía coherente que ella le hubiera contestado algo alusivo a sus cuatro hijos vivos y que hubiera añadido que no le quedaba otra elección... Sí, ése era el mensaje que doña Casimira había ido a brindarle expresamente hasta Madrid; ésa era la verdad subyacente bajo sus mentiras: había inmolado su pasión más desaforada, cuando de modo inapelable tuvo que optar entre dos vínculos. Dijo, que al fin estaba en paz consigo misma; y seguro que era cierto. Doña Casimira había ido a contarle que había sacrificado a aquel hombre y, con él, su propia razón, para amparar a sus hijos. Había ido a presentarle un pliego de descargos. Asimismo, creía comprender el motivo por el que, acaso, su madre se había negado en todo momento a vender ni una sola finca: sin duda, temía a la voracidad de aquel hombre; porque quizá ésa hubiera sido su única pasión. Y tal vez fuera precisamente ese juego de antagonismos el que había incentivado en el pecho de doña Casimira el magnetismo y, con él, la razón, su razón. ¡Pobre madre! ¡Qué mutilada debía de tener el alma!

Doña Fe, había quemado lentamente, como páginas de la vida, todas aquellas cartas y los diarios que doña Casimira había escrito archivando su memoria disoluta. En el mismo escondite donde había guardado y olvidado todo ese pútrido legajo, doña Fe encontró una esquela que, según parece, su padre le había enviado mucho tiempo antes de que el desencanto se le desmoronara sobre la ilusión, y de que a doña Casimira se le corrompiera el alma. Doña Fe la había leído antes de arrojarla al mismo fuego redentor:

> *Me consumo en la hoguera de hacer público nuestro amor y de tenerte a mi lado para siempre. No necesitas oírme para saber que te adoro.*
>
> *Mañana, a las siete de la tarde, me tendrás aguardándote frente a tu casa.*
>
> *Tuyo,*
>
> *Eloy del Castillo.*

Era un trozo de nostalgia que, aunque mancillada, su madre había guardado a lo largo de la vida, aún después de haber extraviado el alma y el decoro.

¿Habría llegado a sospechar su padre el caos que se había cernido sobre sus tenaces y cercenadas ilusiones?, ¿habría sufrido el desmoronamiento de su entusiasta afán cuando, en las postrimerías, paseaba todo su ímpetu fracasado a lo largo del pórtico de la casa? ¡Ojalá hubiera muerto, aunque abandonado, ignorándolo! Ojalá tan sólo ella hubiera conocido los móviles exactos del descalabro familiar! Y agradecía encarecidamente a la vida no haberlo averiguado antes.

¡Cómo iba a sorprenderse ya de nada, sabiendo lo que ya sabía, cuando Femi le narró los extravíos de conducta de Tobías! Después de todo, tanto él como su desdichada madre, habían sido salpicados por aquella genética desaforada; igual que ella misma. ¿Habría conocido Felicidad toda la dimensión de la trama que fue gestando su infortunio y arrastrándola hasta la hecatombe?

Doña Fe deseaba que, ni siquiera, hubiera llegado a sospecharla.

Se le quebró la verdad irrepetible, en la mentira desvergonzada que su madre, en Madrid, le había contado a ella; cuando fue preciso esclarecerle a su sobrina quién había ajusticiado al falso Félix; ya que, a su juicio, había sido un mero acto de justicia, uno de los pocos que su madre había acuñado. No, no podía decirle toda la verdad a Femi; pues doña Fe se habría abochornado de llevar el apellido que llevaba, y que, por suerte, se extinguiría con ella. No quedaban más Montemayor con vida.

Los había encontrado sin buscarlos, porque ya no quería hurgar en el mórbido recorrido del sino familiar. Los había encontrado, porque seguramente ella los había dejado al alcance de la mano para que alguien los leyera tras su muerte, cuando ya no pudiera sonrojarse. A diferencia de su madre, no fue el olvido quien los puso en su camino, sino la intención. Doña Fe recorrió la vista, cansada de miserias, por las últimas páginas del manuscrito de su hermana:

«Me estoy muriendo. Pero no importa; empecé a morirme cuando mamá me utilizó como carnaza para retener a Félix, o como se haya llamado aquel hombre, ¡a saber! Mi vida sólo ha sido un largo y tortuoso naufragio a través de la muerte. Así que morirme ahora, es más bien una liberación. Cada día hago muchos brindis en su honor, muchos. Creo que mamá no sabía que yo lo sabía; fue mejor así, más decoroso. He callado tanto, a lo largo de mi vida, que lo que no comprendo es cómo el hígado no se me pudrió antes anegado en bilis. Pero quién iba a creerme… Aunque, en ocasiones, he pensado que tía Catalina y tía Casilda llegaron a intuirlo. Si bien, para ellas todo era leve: la maldad, la bondad. La vida en sí misma era leve para ellas… Nacieron, como yo, cuando nadie las esperaba, ni las deseaba. Me lo han contado tantas veces… ¿Intentarían consolarme?, ¿intentarían decirme que mi destino, como el suyo, carecía de destino, que nuestro rumbo era el que nos asignaran? Acaso fuera cierto, porque yo nunca he encontrado el mío. He recorrido la vida con el miedo incrustado en el alma: miedo a mi madre, miedo a mis maridos, miedo a ser madre, miedo a mi hijo, miedo hacia mí misma. ¡Nunca he sabido liberarme del miedo, ¡nunca! Quizá por eso soy mi propia víctima. Bien… ¡Brindo por ello! Recuerdo el día en que el equilibrio —llamémosle así— saltó hecho pedazos, cuando ya no pude más —porque fue por entonces cuando empecé a temerme— y le escribí a Fe para que me ayudara, y ella se dio cuenta de que, aparte de Fermín, tenía otra hermana que también necesitaba protección, y decidió llevarme a Madrid. Entonces, mamá acabó flaqueando. Quizá sabía que de todos modos era insostenible, y por eso dio su consentimiento; o sea: se rindió. Fue cuando ella y él se encontraron frente a frente, se enfrentaron… y ¡todo!, todo se rompió; estaba sostenido por un lazo muy endeble, muy endeble… Pobre mamá, a quien no supe serle útil, porque estaba a punto de hacerme pedazos, mejor dicho: estaba ya hecha pedazos. Sin embargo, abrigaba la esperanza de que podría renacer. No fue así, no supe hacerlo. He seguido rota a lo largo de la vida, destrozando casi todo lo que toco. Por eso, apenas si me atreví a tocar a mi hijo, que era tierno, que era frágil. ¡Dios!, tan pequeño, tan vulnerable. ¿Y si yo acababa siendo como ella? Así es que lo dejé a su albedrío. Sin embargo, no estoy segura, pero creo que a él la vida lo hizo invulnerable. Ojalá sea así. Recuerdo el día en que mamá fue a Barcelona a pedirme perdón… Pero no supo hacerlo, y me alegro; porque ya no habría sabido perdonarla, ya tenía callos en el alma... y además, ella habría perdido el decoro que, con tanto tesón y tan imperturbable, había observado siempre. Total... de qué habría servido entonces, cuando yo hacía muchos años que ya tenía miedo de mí misma... No obstante, sus ojos me pidieron perdón. Fue la única vez que vi misericordia en su mirada de acero. "Félix ha muerto ayer —me dijo—. Viene en los periódicos...". Lo comprendí. Ambas comprendimos que ambas comprendíamos. Pero ya era tarde... "No puedo decirte que lo sienta... —le dije—. ¡Qué más puedo añadir?". Creo que ella supo que no había piedad en mi mirada, ni en mi acento, ni en mi alma; que, por una vez, yo estaba siendo como ella...

»He querido venir a morir aquí, porque yo también pertenezco a esta pocilga. También he arrastrado mis miserias por la vida. Justo es que todo termine donde ha empezado. Ninguna tumba colindante podrá respirar con asco el olor pútrido de mi sangre, porque todos hemos inhalado la misma podredumbre. ¡Qué lástima de familia! Ojalá mi hijo, que siempre ha respirado otra atmósfera, guarde limpia el alma, e inicie una nueva estirpe.»

Doña Fe sonrió con tristeza, cerró el cuaderno, y pensó que era demasiado estúpido haber vivido noventa años para, al final, acabar arrepintiéndose de la vida. Pensó que su espíritu se revelaba contra la idea de sentirse infectada por un envilecimiento que no la había envilecido. Pensó que ya era hora de clausurar su papel de alma mater y cómplice de unas conductas que no habían sido su conducta, y sobre las que no había tenido responsabilidad alguna. Pensó que ella en buena parte había relegado en la ruta de la vida su propia ruta para encauzar la ajena, y que ésa, era una tropelía perpetrada contra sí misma. Pensó en todas las veces que le había dicho a Ramón: «aguardemos a que amanezca», y que lo único que había logrado fue hundirlo por completo en el ocaso. Pensó que ya estaba harta de pensar en los demás y que le quedaba poco tiempo para pensar en sí misma. Impregnó de alcohol el cuaderno de su hermana, que era otro lastre emponzoñado de ignominia y, tras prenderle fuego, contempló cómo unas llamas azuladas destruían los fantasmas y le purificaban la conciencia. Pensó que ella no era quién para recomendar a su sobrina que viviera, cuando ella misma se había olvidado de vivir. Pensó que no iba a perder el resto de su vida lamentándose por no haber vivido. Pensó que la mañana era gozosa y que el jardín aún albergaba restos de verano, y que era un placer respirar, y escuchar el silencio, y gozar de la transparencia del día, que se desgranaba a ritmo quedo, rebosante de luz, minuto a minuto. Entonces, encontró dimensiones de la vida que nunca había encontrado: los minutos, uno a uno, la fragancia de las flores, la quietud de la mañana diáfana y sumisa, diciendo: gózame, no me infravalores. Y la vida le dijo: ámame, sin tiempo, minuto a minuto, así, así se goza. Y, entonces, doña Fe se reconcilió con la vida, que varias generaciones de Montemayor habían tenido de enemiga.

Pensó en llamar a su sobrina y decírselo: que aprendiera a gozar como ella estaba gozando, pero inmediatamente comprendió que nadie puede enseñar a nadie a descubrir los grandes placeres de las pequeñas cosas de la vida. La generosidad que está siempre brindándose, dócil, en todos los recodos, y que avasallamos y pisoteamos, sin reparar en ella, en favor de grandes ambiciones que, con frecuencia, ni se logran; porque son como grandes espejismos, y, al final, nos desilusionan y nos hacen ruin la vida. Fueron tantas y tantas las razones que encontró doña Fe, a partir de entonces, para disfrutar todo lo que nadie en aquella casa había disfrutado nunca y que, sin embargo, estaban al alcance de la mano... Su madre le había dicho una vez: «Hija, no hay dolor en la tierra del silencio.». Entonces pudo comprenderlo, que acabó cerrándole los oídos a la vida porque nunca supo hallar su canto, o su murmullo quedo; sólo su grito desaforado.

A partir de entonces, doña Fe aprendió a encontrarle colores a la sombra, susurros al silencio, alba al atardecer. Empezó a sentir, palpitantes, todas las ilusiones que nunca había sentido; porque el alma se le había nublado en los albores y, por fin, se le había despejado el horizonte. Nacía la primavera floreciente en su pecho. ¡Ya era hora! Revolvió su antigua cómoda intentando encontrar ropa adecuada para saludar a la primavera de su alma. La vieja cotorra de pico retorcido y colores de arco iris, imperturbable hacia la hermosura de aquella primavera, e inexorable en sus ignotas reflexiones de cotorra, graznó dentro de su vieja jaula *art déco:*

—Rrrrramón.

Doña Fe sonrió a la cotorra:

¿Has dicho Ramón, querida? ¿Y quién es ese Ramón. -

Femi acudió a la llamada de Lorena. Encontró a su tía con una sonrisa beatífica e inusual adornándole el semblante, y un anticuado y vaporoso vestido de seda apestando a alcanfor y a punto de morir de vejez:

Doña Fe miró a su sobrina algo desconcertada:

—Lorena. ¿Quién es esta señora? Ya deberías saber que no acostumbro a recibir visitas.

Retorna a la nada la quinta muerta

Terminaba el siglo, cuando doña Fe, harta de ser feliz, decidió morirse y otear la dicha de otros universos. Sus restos abandonaron el acogedor hotel donde había habitado los últimos años, y donde habitaban otras personas que, como ella, habían optado por una razón distinta a la razón de los demás. Femi, precedía en su coche al taxi que ocupan las personas cuando ya han dejado este valle de lágrimas para atisbar otros paraísos. Después de rebasar Montorga, giró por una carretera comarcal a mano izquierda. El taxi de los que se han ido a investigar otros firmamentos la seguía. Les restaban dieciocho kilómetros hasta su destino. Todo estaba organizado. Dejaron atrás Tramazo del Encinar, con sus casas nuevas, sus canales digitales, su internet, y su dignidad conquistada tras antiguos y arduos años de trabajo en fábricas extranjeras. Allí había nacido don Eloy, al cobijo de una encina, y más pobre que las arañas. Nadie se inmutó en Tramazo al paso del cortejo; sólo cierta curiosidad frugal le hizo preguntarse a algún vecino: ¿quién irá dentro? Justo al terminar el pueblo, Femi siguió por un camino de adoquines bordeado de chopos, que su madre, antes de haber nacido ella, había recorrido en determinada ocasión, apoyando su mirada glacial de árbol en árbol, para pasar unas vacaciones que duraron casi tres años. Nunca, en vida, su madre quiso volver a recorrer aquel camino. Al fondo, empezó a distinguirse una desportillada y estrafalaria casa, como una mancha color crema, interrumpiendo el horizonte interminable de unos campos que doña Casimira jamás quiso vender y que, entonces, ya no había quien quisiera comprar. El taxi que ocupan los pasajeros cuando se van a curiosear otros paraísos, continuaba tras ella. Llegaron. Fue rápido y sencillo. La fosa ya estaba preparada, la lápida, el cemento y la cruz también lo estaban. La acompañaron Anselmo, con la visera entre las manos, y Hortensia con una esquina del mandil sujeta a la cintura, en un gesto de respeto, no exento de cierta coquetería. Los operarios que coordinaban el tránsito de la vida hacia otras existencias estaban completando su labor. Al terminar, la novena cruz de mármol blanco y la novena lápida quedaron instaladas en aquel recoleto camposanto. Sobre ésta había sido grabado el epitafio que la propia finada redactó años atrás para la ocasión; siempre le habían gustado los epitafios: «Doña Fe del Castillo Montemayor. 1907-2000. De quién la fe no fue su más adepta compañera. D.E.P.». Eran las once y media de la mañana cuando todo había concluido.

—Se va a quedar —preguntó Hortensia a la señorita Femi.

—Sólo un rato...

Quince minutos más tarde, Femi escuchó el estrépito de las máquinas. «Ya vienen», pensó. La vieja cotorra de su tía, superviviente a todas las pasiones y a todos los decesos, la miraba muda e impávida dentro de su anticuada jaula *art déco*.

Dos enormes palas mecánicas y una apisonadora agredieron impasibles a Villa Casimira ante las miradas atónitas de Hortensia y de su marido, y la mirada inmutable de Femi del Castillo. Mordieron, trituraron, y aplastaron, eficaces e impasibles, más de un siglo de emociones extintas en menos de dos horas. En el jardín ya no quedaban rosas, ni desenfrenos en la villa. Sólo pervivieron, además de la casa del servicio, la ermita y el camposanto; porque ésos, por algún arcano motivo, son valores que perviven desde siempre y, tal vez, para siempre. Femi echó una última ojeada a dos hectáreas de terreno yermo, que nunca más pensaba volver a recorrer. Sin saber por qué, había hecho caso a su tía; siempre había sido así... Tendió la mano a unos guardas, que ya no guardarían nada, y subió al coche.

Paró en Montorga para almorzar en un restaurante de la plaza donde los autómatas de bronce aporrean las horas impasibles. Las mismas horas, y con la misma frialdad, que midieron el tiempo de don Fabricio Montemayor a lo largo de su existencia entre los brazos de Jesusa, o entre las garras de la avaricia. Las mismas horas e idéntico sonido inerte de bronce contra bronce que midieron la crueldad y misoginia de don Severo, el libertinaje de don Máximo, el cautiverio de doña Elisa, el desapego y la demencia de doña Carlota. La misma indiferencia con que tal vez medían en el presente otras pasiones similares y anónimas y que pronto, muy pronto, aporrearían el despertar a un nuevo milenio en el que, posiblemente, todo seguiría siendo parecido a como siempre ha sido. Nada, nada; sólo campanadas en el tiempo.

427

Índice